A ROSA BRANCA REBELDE

JANET PAISLEY

A ROSA BRANCA REBELDE

Tradução
Mariana Varella

Rai
EDITORA

Título original: White Rose Rebel

Coordenação editorial
Mayara Enohata

Assistência editorial
Juliana Sayão

Tradução
Mariana Varella

Preparação de texto
Revisare – Redação e gramática

Revisão
Ana Lucia S. dos Santos

Adaptação de capa, projeto gráfico e diagramação
all4type.com.br

Assessoria editorial e de artes
Patricia Nascimento

CIP-BRASIL. CATALOGAÇÃO-NA-FONTE
SINDICATO NACIONAL DOS EDITORES DE LIVROS, RJ

P161r Paisley, Janet, 1948-
A rosa branca rebelde / Janet Paisley ; [tradução Mariana Varella]. - São Paulo : Rai, 2011.

Tradução de: White rose rebel
ISBN 978-85-63672-95-7

1. Ficção escocesa. I. Título.

11-7216. CDD: 828.99113
CDU: 821.111(411)-3

Direito de edição:
Rai Editora
Avenida Iraí, 143 - conj. 61 - Moema - 04082-000 - São Paulo - SP
Tel: (11) 2384-5434 - www.raieditora.com.br
contato@raieditora.com.br

Para Sarah e Melanie, minhas *guid-dochters**, com carinho

"Havia uma raça única de senhoras escocesas. Elas eram encantadoras – obstinadas, afetuosas e vivazes –, alegres mesmo na solidão, muito resolutas, indiferentes quanto aos modos e hábitos do mundo moderno e apegadas às próprias maneiras, destacando-se, assim, como rochas primitivas acima da sociedade comum. Suas qualidades proeminentes de sentido, humor, afeição e espírito foram incorporadas ao seu modo exterior por meio de suas roupas, de sua maneira de falar e fazer exatamente aquilo que desejam."

Lorde Cockburn, 1779-1854

---

* Em Scots, língua germânica falada em parte da Escócia e da Irlanda do Norte, *guid-dochters* significa noras. (N. T.)

Agradecimentos

Obrigada ao Scottish Arts Council pela ajuda financeira, a Judy Moir por seus conselhos editoriais consistentes, a Rennie McOwan, Joan McNaught e Pamela Fraser pelos livros de pesquisa, a Lucy Conan e Johanna Hall da BBC Radio pela experiência em adaptar histórias, a Kevin MacNeil pela ajuda essencial em idioma gaélico e a Eirwen Nicholson por verificar a fidelidade dos fatos históricos.

Não peça a história verdadeira;
Para que precisa dela?

Não é com ela que começo o dia
Nem o que carrego comigo

Aquilo com que navego,
Uma faca, um fogo azulado,

Sorte, algumas boas palavras
Que ainda funcionem, e a maré.

Margaret Atwood

Da minha parte, quero
Apenas a pequena rosa branca da Escócia
De perfume forte e doce – e que destroça o coração.

Hugh MacDiarmid

Um

A batida do tambor e a música baixa e lenta da gaita soavam ao longe. Era um chamado dos clãs para anunciar que o chefe estava morrendo. Nessas horas até inimigos implacáveis se esqueciam dos ressentimentos, deixavam as espadas de lado e iam honrar o chamado. Sem se dar conta da batida distante, uma corça pastava à luz do crepúsculo que se esvaía entre as urzes e as rochas da colina no sopé das Cairngorms. Ouviu-se o estampido de um tiro, depois outro, intercalados apenas pelo som de um batimento cardíaco. O cervo cambaleou e caiu.

– *Trobhad*! Vamos lá! – Gritando em gaélico, uma jovem garota, de talvez doze ou treze anos, saiu correndo do emaranhado de árvores próximas com o rosto sujo alerta e contente enquanto corria descalça em direção ao animal ferido, o mosquete nas mãos ainda soltando fumaça. Seu cabelo comprido e preto estava todo bagunçado, mas o vestido, embora típico das Terras Altas, era de veludo e renda.

– Anne, *fuirich*! Espere! – Um rapaz mais velho, com boina de chefe e *kilt* xadrez, saiu detrás da menina, com a segunda arma na mão, o brilho do cabelo loiro avermelhado ainda visível na escuridão cada vez mais intensa.

Anne não prestou atenção nele, nem hesitou. Derrubou o mosquete enquanto corria, retirou uma adaga do cinto preso na cintura e, para evitar os cascos do animal ferido, pulou sobre ele, a espada curta em punho. Quando a menina pulou, o animal, assustado, se debateu, tentando levantar-se. Os cascos bateram na canela da menina. Anne ganiu, tropeçando em direção às urzes. O jovem, dois passos atrás dela, jogou a arma no chão, tirou o punhal, ajoelhou-se e levantou a cabeça do animal para terminar o serviço. Anne pulou para frente, no peito do animal, para enfiar o punhal na garganta da corça primeiro.

– Peguei ele – disse ela. Havia um tom de desafio em sua voz. Do outro lado da carcaça que ainda estremecia, o jovem olhou para ela, enquanto o cheiro grosseiro de sangue dominava o ambiente. – Tudo bem, MacGillivray – admitiu ela. – Nós dois o pegamos. – Então ela enfiou os dedos no corte do pescoço do animal e, com o dedo do meio, desenhou uma linha sanguinolenta no meio da testa. – Mas eu o matei.

Satisfeita por ter seu direito assegurado, ela deu um pulo e ficou de pé. A dor percorreu seu corpo. Soltou um urro antes mesmo que pudesse contê-lo. Anne cambaleou, e o jovem MacGillivray a segurou. Ela levantou a saia de veludo comprida e olhou para baixo. Seu tornozelo direito havia começado a inchar. Então tentou novamente depositar o peso do corpo sobre o pé, mordendo os lábios para não urrar de dor outra vez.

– Eu carrego você – ofereceu MacGillivray.

– E a corça?

– Vai ter de esperar.

– *Gu dearbh, fhèin, chan fhuirich*! Certamente não terá! – Ela não ia perder a caça. Havia poucas corças nas colinas, e eles tinham tido sorte de encontrar aquela. Os nativos famintos não eram os únicos possíveis caçadores ali. – Os lobos vão pegá-la antes de percorrermos metade do caminho até em casa.

– Eu vou colocá-la em cima de uma árvore.

– Vou levá-la de volta para Invercauld. As pessoas não vão a uma despensa vazia agora.

– Eles vão levar comida, se puderem. Foi um ano escasso para todos nós.

– Mas ele vai comer. – A garganta de Anne se fechou. – E vai recuperar as forças. – Sua voz tremeu. – Talvez então todos possam ir para casa também.

MacGillivray olhou para ela. Aos dezenove anos, ele era uma cabeça mais alto que ela. Poderia lembrar a ela que o chefe não conseguia comer havia dias. Em vez disso, pegou-a pela cintura, levantou-a e a colocou sobre o ombro.

– Aonde você está indo? – Ela lutou.

– Colocar você na árvore – explicou ele enquanto caminhava de volta para o bosque.

Enquanto ela deslizava o traseiro no galho da árvore em que ele a colocara, MacGillivray preparou e carregou o mosquete de Anne antes de entregá-lo a ela.

– Mas ainda acho que a corça deveria ficar aí.

– Você vai embora, Alexander?

Ele cruzou seu mosquete no peito e pendurou a carcaça nos ombros. Não estava feliz diante da perspectiva de voltar sem ela. Eles não faziam parte do seu clã. Aquelas não eram suas terras.

– MacGillivray – chamou ela enquanto ele se distanciava. Ele se virou, ainda pronto para colocar a corça na árvore e tirar Anne de lá. – Por ali – mostrou ela. – Siga o som do tambor.

MacGillivray expirou, virou-se e andou na direção que ela indicara. A cabeça caída da corça batia em suas costas a cada passo, e o sangue do animal pingava.

– Diga que eu atirei nele – gritou ela enquanto ele sumia de vista.

Agora ela estava sozinha. Entre as rochas, dois gatos selvagens andavam em círculos, cortejando-se e miando. Uma coruja caçadora piou. A lua crescia por detrás das colinas. Sua luz fazia a poça de sangue da corça brilhar no escuro. Além do vale, um lobo uivou. Anne mudou de posição na árvore. Se a alcateia viesse naquela direção, sentiria o cheiro do sangue e iria atrás da corça. MacGillivray havia pendurado o mosquete no ombro; para carregá-lo, teria de soltar a corça. Os lobos se lançariam em cima dele, vorazes, sem sua cautela costumeira. Ele daria um tiro e teria tempo para carregar a arma e atirar de novo enquanto os animais arrastassem a corça, mas, com apenas um punhal, se fossem mais de dois lobos, MacGillivray perderia a caça. Anne olhou ao redor da árvore, pendurou o mosquete em um pequeno galho e tirou o punhal do cinto.

Quando a lua indicou no céu que já eram onze horas, os lobos encontraram a poça de sangue congelado. Eles também sentiram o cheiro azedo de seres humanos, mas a fome deixa a todos menos reticentes, e era possível ver as costelas dos três animais por baixo da pele magra. Um deles farejou a poça. Outro levantou a cabeça e uivou. O terceiro pegou a trilha que, para eles, era o caminho que a presa ferida tomara; os demais correram atrás, seguindo-o. O galho onde antes Anne estava sentada agora se encontrava vazio. Perto dele, a madeira branca de um galho indicava um corte recente.

Gotas de sangue da corça brilharam na trilha irregular que MacGillivray abrira. Respirando e caminhando com dificuldade por entre as rochas e o bosque, Anne segurava debaixo do braço esquerdo uma muleta improvisada com o galho cortado da árvore, o cano do mosquete embaixo do direito, e trazia o tornozelo inchado enfaixado sem cuidado com um pedaço de pano rasgado da saia. Ela havia ido em direção a Invercauld, mas ainda estava longe. Atrás dela, bem longe na trilha, um lobo uivava. Ela parou, virou um pouco o tronco e escutou, tentando medir a distância e a velocidade do animal. A luz alta da lua iluminava o chão coberto de urze e as pequenas árvores, formando sombras escuras. A parte da frente do vestido de Anne brilhou de modo ameaçador no luar.

Apoiada no cano do mosquete, ela tocou com a mão a mancha de sangue. Ainda estava úmida. Os lobos normalmente não e perfumadas. Jean Forbes ficou na soleira da porta assistindo ao retorno daqueles que tinham ido à procura na colina, segurando tochas. Ela estava nervosa, na verdade mais irritada que preocupada. A garotinha que se agarrara a ela percebera o humor da mãe e parecia tentar se esconder entre as dobras de sua saia. MacGillivray correu até elas.

– Ela foi embora – explicou ele, respirando com dificuldade. – Percorremos a área toda, pelo caminho mais curto. Mas ela não estava lá.

– *Och*! Então, onde?

MacGillivray estendeu as mãos intrigado. Aquilo era sua responsabilidade, e, naquele momento, uma responsabilidade enorme.

– Alguns homens seguiram outros caminhos para casa. Vimos que ela cortou uma muleta e um rastreador encontrou sua trilha, mas isso vai demorar.

Jean, Lady Farquharson, era muito mais jovem que seu marido moribundo – era sua quarta esposa – e não era mãe de Anne. A menina nunca poderia ter feito o que lhe contaram, e aquela não era uma noite em que a atenção do clã podia ser dispensada com uma menina rebelde e tola.

– Meu marido não vai aguentar muito mais tempo – falou brava com MacGillivray. – Ela precisa ser encontrada!

MacGillivary não tinha como responder à sua ira, mas tentou dar uma resposta. Quando a primeira palavra de desculpa estava pronta para deixar sua boca, um tiro de mosquete soou atrás dele e o silenciou. Alarmadas, as pessoas se viraram em direção ao estampido. No murmúrio que se seguiu, foram pronunciados nomes como McIntosh e Aeneas , nomes ditos com deferência e respeito ao reconhecerem a figura que chegava à luz. Aeneas McIntosh passou pela entrada da porta, com o mosquete na mão ainda soltando fumaça e Anne montada em seus ombros.

Aliviados, os parentes de Anne a cercaram. Lady Farquharson viu a menina primeiro, mas foi a presença do homem que a carregava que lhe trouxe um imenso prazer.

– Aeneas! *Fàilte*.

– Lady Farquharson – respondeu Aeneas. – Meu tio sente muito. Com sua saúde debilitada, passar pela montanha seria impossível.

A mulher concordou com a cabeça. O McIntosh era o chefe eleito do clã Chattan, o clã do gato, uma federação a que todos os presentes pertenciam. A morte de Farquharson seria desonrada sem sua presença. Mas ela e Aeneas tinham praticamente a mesma idade e talvez houvesse outros benefícios em sua ausência, portanto ela escondeu sua decepção diante da notícia.

– É uma honra estarmos em seus pensamentos – concluiu ela. – O senhor vai ocupar o lugar dele junto aos outros chefes Chattan?

Aeneas era sobrinho de um chefe, não um deles. Ele viera para prestar seu respeito a um guerreiro merecedor porque assim quisera, não apenas para trazer as desculpas de McIntosh, e estava sendo aguardado com outros membros da família do lado de fora. Mas ele consentiu, aceitando a honra, e tirou Anne, que se revirava, de seus ombros e a colocou no chão. Lady Farquharson olhou com desdém para a garota suja e manchada de sangue.

– Seu pai a espera – falou ela, e então se virou, pegou a menina que se agarrava à sua saia e sumiu dentro da casa. Anne encarou MacGillivray, furiosa, os dedos agarrados à cintura.

– Você não voltou para me buscar!

– Nós não a achamos.

Anne pulou diante dele, e seu ataque foi tão feroz que eles caíram sobre a roseira.

– Procuramos em todos os lugares – protestou ele, lutando para agarrar os pulsos da menina que o golpeavam.

Aeneas suspendeu a menina no ar pela parte de trás do seu vestido; uma rosa branca ficou pendurada no cabelo desgrenhado da garota.

– É assim que você se comporta enquanto seu chefe está morrendo? – trovejou ele.

– *Na can sin*, ele não está morrendo – gritou Anne para ele. – Ele está apenas doente!

– Então você vai caçar sem a permissão dele, arrasta MacGillivray com você, se machuca e ainda faz todos aqueles que vieram trazer seu respeito a um homem corajoso terem de ir salvar uma garota boba como você? – Aeneas não a havia soltado, e, mesmo cheio de raiva, não descuidou das canelas. – Mas agora você vai se comportar antes de entrar, ou eu vou lhe dar a surra que você merece bem aqui!

Anne estava à porta de casa, cercada de gente de sua tribo. Ele não ousaria fazer isso. Com toda a superioridade sarcástica, ela lhe lançou a resposta:

– Você certamente não vai me bater, senhor. O senhor não é meu pai nem um chefe!

Sem dizer uma palavra, e com um movimento calmo, Aeneas abaixou-se sobre um joelho, puxou-a sobre o outro e lhe deu um sonoro tapa no traseiro, forte o suficiente para ferir totalmente seu orgulho. Quando ele a colocou de pé novamente, ela hesitou, encarando-o. Nenhuma das pessoas que assistiam à cena disse nem fez nada para defendê-la; ela jogou a cabeça para trás e saiu mancando sobre o tornozelo inchado em direção à casa.

Aeneas olhou bem para MacGillivray. O jovem chefe permaneceu firmemente no chão. O espinho de uma rosa havia arranhado sua bochecha, de onde saíam pequenas gotas de sangue.

– Talvez eu devesse assumir seu treinamento – sugeriu Aeneas. O tom de gozação em sua voz não passou despercebido. O jovem levantou a cabeça, irritado.

– É mesmo?

– Vou falar com McIntosh quando voltarmos – respondeu Aeneas. Seu tio era guardião de MacGillivray, ele certamente aprovaria.

– Eu teria esperado por você – deixou escapar o jovem –, mas ninguém sabia aonde você tinha ido. Vim ontem... – agora seu orgulho estava voltando – ... para representar meu povo.

– O que é sua obrigação – concordou Aeneas.

Dentro de Invercauld, o quarto principal, lotado, brilhava à luz das velas. Um fogo de turfa flamejava no centro. Todos os chefes do clã Chattan, homens e mulheres, estavam reunidos com seus cônjuges, de pé ou sentados, aguardando. James Farquharson, um jovem de dezesseis anos, soluçava em silêncio próximo à cama baixa onde seu pai estava deitado. Lady Farquharson e sua filha mais nova, Elizabeth, ainda agarrada à sua saia, saíram do lado da cama quando Anne entrou.

– Olhe seu estado – sibilou ela.

Sem dar atenção, Anne rumou para perto da cama. Quando olhou para baixo, para o pai, seu comportamento rebelde mudou e, pela primeira vez na noite, foi o de uma garotinha assustada.

– Papai?

Farquharson arregalou os olhos, virou a cabeça em direção à filha e levantou um pouco o corpo, agarrando seus ombros.

– Peguei uma corça para o senhor – contou Anne. – Uma corça! Agora você vai poder comer bem e melhorar.

Dentro do quarto, Aeneas McIntosh estava ao lado de MacGillivray. Ele presumira que a garota fora caçar por diversão, indiferente à morte iminente do pai.

– Nada de comida – disse Farquharson. Ele estava muito debilitado, e parecia que todos, menos sua filha mais velha, podiam ver a sombra da morte sobre ele.

– Então vou pedir que alguém faça uma mistura de sangue com cerveja. Isso vai deixá-lo mais forte. – Ela se virou para a meia-irmã, ainda escondida atrás da mãe. – Elizabeth... – começou ela.

– Não. – O pai apertou os ombros da filha com mais força. – Não, Anne. Você e James precisam ser fortes agora. Meu tempo acabou.

– *Chan eil*! *Chan eil idir*! Não vou deixar você partir! – Sua voz falhou, mas ela conseguiu se recuperar e, atormentada, olhou para as pessoas paradas ao redor da cama, as lágrimas brilhando nos olhos. – Por que todos vocês estão aí parados? Façam alguma coisa! – Ninguém se mexeu nem falou nada, embora houvesse uma movimentação incômoda. Sua madrasta pôs a mão em seu ombro. Podia ser um sinal de compaixão, mas Anne a tirou com um sacolejo. – Sou a única?

– *Isd, a ghràidh* – falou seu pai. – Quieta, moça. – Um leve sorriso iluminou seu rosto esquálido. – Seu irmão será chefe agora, se esse for o desejo do clã, mas você, você será sempre minha guerreira. – Com a mão trêmula, ele tirou a rosa branca de seu cabelo. – Minha Jacobita, quando o príncipe se tornar homem, ele virá – sua voz tornou-se fraca – no lugar do seu pai.

O príncipe a que ele se referia era um garoto de dezessete anos que vivia no exílio. Seu avô havia governado as três nações independentes da Escócia, Inglaterra e Irlanda, mas fora deposto em 1689. Quando a Escócia e a Inglaterra se uniram em 1707, o pai do príncipe se tornou o pivô da revolta contra a união. Oito anos depois, Farquharson juntou-se à rebelião de 1715, com a esperança de coroar James Stuart rei dos escoceses e restituir a independência da Escócia. O levante não dera certo e o rei James retornou à França. Agora a esperança da causa era a liderança de seu jovem filho.

– Nós lutaremos – prometeu a filha. – Vamos lutar pelo príncipe. O senhor sabe que lutaremos.

O peito de Farquharson arqueou ao respirar.

– Lutem – ele se apoiou novamente no travesseiro – pela sua liberdade.

– Lutaremos. Prometo. – Anne levantou a cabeça, buscando o conforto das palavras dos familiares, e embora estivesse meio cega por causa das lágrimas, sua voz soou forte: – Pela prosperidade, e contra a União!

E embora o pai não pudesse mais ouvir sua afirmação, as pessoas se lembrariam de que ele morreu com a rosa branca, símbolo de sua luta, na mão, enquanto todos no quarto repetiam:

– Prosperidade e contra a União.

Dois

O nascer do sol trouxe os primeiros dias da primavera aos picos das montanhas cobertos de neve. A luz escorria como líquido pelos desfiladeiros das rochas, onde as cachoeiras começavam a pingar e a descongelar. Na costa verde e mais baixa perto de Braemar, o gado de corte pastava e um grupo de ovelhas escapava de um menino que pastoreava algumas cabras. Os chalés no terreno gramado lotavam a paisagem já populosa. O mau cheiro de turfa queimada subia em espiral pelo buraco das chaminés dos telhados. No jardim de Invercauld, um galo jovem cacarejava entre as galinhas que ciscavam, anunciando o amanhecer e afirmando sua masculinidade.

Já fazia sete anos que o antigo chefe havia morrido, mas pouca coisa, e muita, ao mesmo tempo, haviam mudado. Já não havia mais lobos na região; eles foram caçados até se tornarem extintos, com o intuito de preservar os veados e proteger as ovelhas do pasto. Com o bosque limpo, havia mais espaço para as plantações e casas, já que a floresta servia de estábulo e pastagem para as residências. O canto do galo foi interrompido pelo barulho dos cascos de cavalo trotando no jardim. O cavaleiro era mais alto e havia perdido o jeito magro e desengonçado da juventude, mas o cabelo comprido e loiro avermelhado ainda era inconfundível.

– Anne! – chamou ele tão logo sentiu que sua voz podia alcançar a casa. – Anne!

Uma jovem mulher virou-se, abandonando a procura por ovos entre os tufos de grama congelada que circundavam o galinheiro.

Magra como uma vara dentro da manta pesada de lã axadrezada sobre os ombros, ela tinha uma elegância natural, leve. Os cabelos castanhos lustrosos que antes caíam de maneira selvagem no rosto foram domados em uma trança frouxa que ia até as costas e contrastava com a pele clara. Ela segurava dois ovos nas mãos, e vendo que o cavaleiro era MacGillivray, um sorriso glorioso tomou-lhe o rosto.

– Alexander! – Ela acenou enquanto ele passava por ela. – Eu não achei que o desfiladeiro já estivesse sem neve.

– Eu vim pelo caminho mais longo. – Ele desceu do cavalo, colocou os braços em volta da garota e deu-lhe um beijo, enquanto ela continuava atenta aos ovos. Eles haviam se tornado amantes ocasionais na primavera passada. Entre os clãs, era normal satisfazer os desejos conforme surgiam; sempre havia casais eventuais nos campos de urzes. Com frequência, as mulheres levavam um homem para a cama apenas para passar o inverno.

Anne poderia ter-se casado, mas ninguém mais a interessara. Também não estava na hora de MacGillivray se casar. O casamento vinha tarde para os chefes das Terras Altas cujos clãs sustentavam a eles e a seus filhos. Sua bolsa de couro tocou a barriga de Anne. Ou ele estava excitado ou a bolsa estava cheia de aveia. Ela o empurrou para trás, rindo.

– Quer parar? *Sguir dheth*! Está congelando aqui e minhas mãos já estão cheias.

– *Ach* – murmurou – foi um longo inverno.

– Então é disso que você está atrás – sorriu ela –, de uma cama quente.

– Não. Bom, sim, disso também. Mas fui enviado. Tenho de levar todos vocês a Moy.

– Então McIntosh morreu. – Ela ficou imediatamente sombria. – Ouvi a elegia, durante a noite, mas tão fraca e distante que tinha certeza de que tinha sonhado.

– O gaiteiro de Shaw estava doente e não tocou. Mas agora ele está bem, então você vai ouvi-lo esta noite. E espere até ouvir isto. – Agora ele estava mais animado. – Eles escolheram o novo chefe, seu sobrinho, Aeneas.

– Aeneas McIntosh? – Anne abriu a boca sem acreditar. – Eles enlouqueceram?

– Mas ele é um ótimo guerreiro.

– Ótimo para bater em criança!

– Isso foi anos atrás. – MacGillivray riu. – Lembre-me de nunca contrariá-la. Sua memória é tão longa como a espera.

– E a sua é tão curta como um pedaço de pão. Não me admira que ele não tenha se casado, com você correndo atrás dele como um catamito desde a noite em que meu pai morreu.

– Ele é meu primo. – MacGillivray ficou vermelho diante da acusação. – E é meu tutor. Além disso, ele não podia se casar antes de se definir o herdeiro do chefe.

– Bem, agora ele pode. Espero que vocês dois sejam muito felizes. – Ela foi para casa, furiosa. MacGillivray ficava impressionado com facilidade. Sem dúvida Aeneas o derrotaria na espada!

– Anne – chamou ele. – Você tem de ir.

Ela se virou para encará-lo.

– McIntosh não estava aqui quando meu pai morreu. – Embora ela tenha dito isso de maneira insolente, a afirmação escondia uma dor profunda. MacGillivray percorreu os poucos passos que os separavam e, enternecido pela vulnerabilidade da garota, quis fazer as coisas darem certo.

– Não é apenas pelo funeral – lembrou ele com delicadeza. Ela continuou a olhá-lo por um momento, com um olhar suave, mas então o encanto se quebrou.

– Eu sei! – lançou ela. – O clã Chattan também vai escolher um novo chefe. Então, você vai liderar a federação, Alexander? Acho que não. Talvez meu irmão, ou MacBean, Macpherson, Davidson, Shaw, MacQueen? Não! Não será nenhum deles. Será McIntosh! Bem, agora me ouça. Aquele homem nunca será meu chefe! Eu não vou votar. E não vou! – Ela agarrou a mão do rapaz. – Toma, para seu café da manhã. – Ela lhe confiou os dois ovos que segurava nas mãos e marchou em direção ao bosque. MacGillivray fez uma careta diante da clara e da gema grossas que escorriam entre seus dedos.

– Você esqueceu o McThomas! – gritou atrás dela.

Anne passou pelas árvores, cruzando a planície aberta em direção à área queimada. Ela pretendia seguir até a cachoeira, onde havia uma piscina natural levemente salgada e a névoa fina da queda d'água lhe batia no rosto. Mas, como a cachoeira estava congelada, a água não respingaria quase nada naquele dia. Lá era o lugar onde ela e MacGillivray haviam feito amor pela primeira vez, no ano anterior, na manhã seguinte ao seu décimo nono aniversário, o dia em que o último lobo morrera.

A tempestade que caíra no dia de seu aniversário havia acabado antes do amanhecer. No alto da cachoeira, no sol da primavera, a grama úmida ainda estava molhada do vapor da chuva. A neblina formava pequenos arco-íris na espuma branca da água. Ela entrou na piscina natural, com o vestido enrolado acima das nádegas desnudas, atrás de um salmão lento. O peixe deu a volta nela, preguiçoso, roçando sua panturrilha. Ela deslizou a mão dentro da água, acariciou o corpo comprido e pesado do peixe, gentilmente. Ouviu um farfalhar na margem, passos nos pedregulhos. Ela sabia quem era, sem precisar se virar. Ele estaria olhando para ela naquele instante da mesma maneira que a olhara em casa. Ela não precisava se virar, ela sabia. Seus dedos deixaram de acariciar o peixe. Quando ela parou, o peixe deslizou ao redor de sua coxa e partiu. Ela se virou para ir até ele, sabendo o que veria em seus olhos e o que faria.

Então ela não iria mais até a cachoeira. Não naquele estado de humor. Em vez disso, desceu em direção ao balido estridente do curral de ovelhas. Seu primo estava apoiado preguiçosamente na estaca, observando. A maioria dos guerreiros era alta. Francis Farquharson de Monaltrie era mais alto ainda; seu cabelo loiro acinzentado brilhava na luz cintilante. O barão Bàn o chamara por causa do cabelo. Dez anos mais velho que o irmão de Anne, ele administrava Invercauld e era mentor de James desde a morte de seu pai.

– Chegou bem na hora de não poder mais ajudar – falou ele, olhando sobre o ombro quando a garota se aproximava. Ele e o irmão de Anne haviam trabalhado a noite toda. – Os pastores voltaram logo que o sol nasceu.

– Eu posso ajudar em um parto – bufou ela. – Veja, mãos pequenas. – Ela estendeu as mãos. As dele eram enormes, não serviam para ajudar em um parto complicado.

Ele riu, divertindo-se com a indignação da garota.

– A menos que você queira praticar novamente. Vamos ficar sem ovelhas, só o suficiente para comer. Haverá poucas para tosquiar, agora que os ingleses fecharam nossos mercados.

Atrás dele, um filhote de ovelha arrastava a placenta pendurada em sua traseira manchada. Do outro lado das ovelhas prenhas e dos filhotes, seu irmão lutava para tirar um cordeirinho preso em uma ovelha. O odor do parto e o cheiro ruim de morte misturavam-se no ar frio. Eles não tosquiavam havia alguns meses. Quando o clã tirava toda a lã de que precisavam, normalmente embalavam o excedente e enviavam-no a Moy. Depois a lã coletada pelo clã Chattan era transportada para Aberdeen e exportada para os Países Baixos. Era um comércio muito importante, que gerava fundos para a importação e financiava o intercâmbio cultural que fortalecia os laços com a França, Espanha e Itália, países amigos da Escócia e inimigos da Inglaterra. Naquele ano, a lã excedente iria permanecer nas ovelhas. O parlamento britânico havia proibido a Escócia de exportar lã para proteger o mercado têxtil inglês.

– Que grande indignação a traz aqui embaixo? – perguntou Francis. – É minha tia, de novo?

– McIntosh está morto. Alexander veio trazer a notícia.

Francis balançou a cabeça. Um vento leve bagunçou o cabelo loiro em seus ombros. Seus olhos azuis a encararam com firmeza.

– Então é MacGillivray que está irritando você.

– Ele é muito paciente – lançou ela.

– Vai demorar anos, Anne, ele não tem por que insistir.

– Não é isso. – Ela pegou a mão do primo e pressionou-a contra o peito, embaixo do coração. – Quando eu quiser casar, vou sentir aqui. – Ainda segurando a mão dele, ela a enfiou debaixo de sua saia, entre as coxas. – E não apenas aqui.

Seu jeito intenso o divertiu ainda mais.

– Talvez você devesse sentir aqui – falou batendo na cabeça da garota com o dedo indicador da outra mão. – E então você consideraria Louden.

Ela tirou a mão do primo de suas coxas.

– Como se eu fosse me casar com um lacaio do governo!

– Nem mesmo um conde? – quis saber Francis.

– Nem um barão – respondeu Anne.

Francis a havia pedido em casamento em seu aniversário, no dia em que o último lobo morrera, mas apenas para zombar de sua madrasta. Anne fora à janela e colocara o rosto contra o vidro úmido para ouvir o barulho da chuva. A água batia no vidro e depois caía no pátio coberto de paralelepípedos.

– Eles disseram que ele vem este ano – disse ela.

– Ou no ano que vem – bufou Lady Farquharson detrás dela. – É na sua união que você deveria estar pensando. A política não traz nada de bom, até onde eu sei.

A chuva riscou o céu escuro, como lâminas cinza cortando a luz amarela que saía da janela. Era costume das mulheres se casar cedo. De outro modo, os filhos chegariam sem ter a devida assistência. Os homens se casavam tarde, estavam livres para começar uma nova família apenas quando seus irmãos menores estivessem crescidos.

– Dezenove anos – resmungou Lady Farquharson. – É hora de você sair de casa. – As suas sugestões de maridos para a enteada não eram nada generosas: um viúvo idoso, um homem grosseiro divorciado duas vezes e um conde, o Lorde Louden. Aos quarenta anos, Louden estava pronto para se casar, mas era um firme defensor da União.

– O título de condessa seria perfeito para você, tia – sugeriu Francis, com a expressão séria. – Seria um desperdício dispensá-lo a Anne. – Ele havia segurado as mãos de Anne. – Eu deveria pedi-la em casamento – falou ele – pelo seu aniversário.

– E pelo meu aniversário – revidou Anne – eu recusaria o pedido. – Ele estava apenas atormentando Lady Farquharson, tentando sugerir alguém melhor do que ela havia indicado. Aos trinta e quatro anos, seu primo ainda não estava pronto para se casar.

O cordeiro que James tentara salvar escorregou, morto, para fora de sua mãe. Depois de amarrar a fêmea em uma estaca para ela amamentar, o pastor foi escolher o melhor dos órfãos. Ajoelhado, seu irmão já tinha tirado a adaga para esfolar o corpo ainda quente. A pele do animal morto seria amarrada no órfão para induzir a mãe a amamentá-lo. A carcaça seria jogada na pilha de cadáveres já inchados que exalavam um odor adocicado. Francis se apoiou na estaca e observou a prima.

– Talvez seja hora de eu explicar algo sobre homens e mulheres – caçoou ele.

Anne bufou. As crianças das Terras Altas viam frequentemente animais e seres humanos copulando. Criadas em fazendas, elas aprendiam cedo sobre o acasalamento. E não havia nada que sua madrasta não tivesse lhe dito sobre um bom casamento.

– O que você sabe sobre as mulheres? – provocou ela.

– Ande um pouco – sugeriu ele.

Anne jogou a cabeça e andou para trás e para a frente toda empinada, de um jeito bem arrogante.

– O suficiente – suspirou Francis. – Eu sei o suficiente.

James se aproximou, manchado de sangue, cansado, mas feliz por ter salvado a ovelha. Ele era esbelto e ágil, parecido com Anne, com cabelos castanhos, boca carnuda e olhos grandes, mas de temperamento oposto.

– Bem na hora – falou Anne. – Francis ia me ensinar sobre procriação.

Criado em uma família de mulheres loquazes, James nunca falava apenas para preencher um silêncio e usava as palavras com cuidado. Ele olhou para o primo.

– Você ainda não me ensinou.

Anne morreu de rir. Francis vaiou. Feliz consigo mesmo, James sorriu. Enquanto eles caminhavam pelo campo, Anne contou sobre a morte de McIntosh ao irmão. Ele recebeu a notícia solenemente, sem demonstrar surpresa diante do aviso de que Aeneas seria o novo chefe.

– Mas nós não precisamos escolhê-lo – acrescentou Anne, insistindo que Macpherson era uma escolha mais inteligente para liderar a federação do clã Chattan. – Pelo menos ele pode tentar influenciar o Parlamento!

Cluny Macpherson certamente era um orador persuasivo, mas os chefes tinham perdido o poder no Parlamento da União. Os pedidos de um acordo federal tinham sido negados. A Escócia só podia ter dezesseis representantes e, na Câmara dos

Comuns,[1] quarenta e cinco assentos comparados aos mais de quinhentos da Inglaterra. O clã Chattan havia ignorado o Parlamento desde então.

– Nós estamos em menor número, Anne – concluiu Francis. – Não importa como os escoceses votem, não fará diferença. Apenas os votos ingleses contam.

– Um país não pode superar o outro em número – protestou ela. – Há apenas dois países nesse Reino Unido da Grã-Bretanha. O tamanho não deve importar.

Francis parou de caminhar. Ele esticou o corpo, chegando a bem mais de um metro e oitenta de altura.

– Acho que você vai descobrir que importa.

Anne dobrou os braços e inclinou a cabeça para ele.

– O que importa é o tamanho das ideias – corrigiu Anne, apontando para o curral onde as ovelhas baliam. – Você vai deixá-las suar durante o verão e desperdiçar a lã da temporada porque os ingleses disseram que não podemos negociá-la?

– O que você faria, tosquiaria as ovelhas e queimaria tudo?

– Eu guardaria a lã. As coisas podem mudar, ou ser mudadas.

– Ela iria se decompor, Anne – afirmou James.

– Não se a esfregássemos antes de guardar.

– Mesmo assim, as traças acabariam com ela – explicou Francis.

Anne enfiou as mãos frias na lã xadrez quente. Logo suas roupas de inverno seriam deixadas de lado, com a vinda do verão.

– *Peighinn rioghail* – disse ela triunfante. – Temos de ensacar as lãs em sacos de linho duplos com folhas de poejo secas entre as camadas. Isso afastaria as traças.

---

[1] O Parlamento britânico se divide em duas câmaras: a Câmera dos Comuns, constituída de mais de 600 parlamentares eleitos por voto, e a Câmera dos Lordes, composta por cerca de 740 membros não eleitos, indicados pela Rainha ou pelo primeiro-ministro, que assumem o cargo em caráter vitalício. (N.T.)

Houve um silêncio enquanto os dois rapazes absorviam a ideia.

– Nós estaríamos à frente – Francis olhou para James pensativo –, prontos para negociar quando tivéssemos oportunidade.

– Sem perder um ano de produção de lã – concordou James.

– Você é uma mulher esperta – Francis elogiou Anne. – Prometa que vai me esperar.

– Primeiro me convença de que tamanho é importante – retrucou sorrindo.

Eles foram para casa, discutindo sobre o armazenamento da lã enquanto caminhavam. Seria necessário arrumar um lugar seco e frio, talvez um celeiro situado entre as árvores. Com sacos para tecer e lã para preparar, os tosquiadores, fiandeiros e tecelões do clã não precisariam ficar ociosos, afinal. Quando eles cruzaram o jardim em direção à casa, Anne se lembrou dos lobos, do encontro que tivera na infância, em uma noite de luar, com um homem escuro, do medo, de um único tiro dado no escuro, de seu pai morrendo. Os lobos eram animais que viviam em bandos, caçadores, embora seu uivo, que ela não ouvira mais desde então, refletisse solidão. Agora já não havia mais nenhum deles.

– Você acha que aquele foi mesmo o último lobo? – perguntou ela.

– No ano passado? – Francis encolheu os ombros. – Quem sabe? – Ele olhou para ela. – O que importa se tiver sobrado um? Ele não iria conseguir viver sozinho.

O finado McIntosh havia ordenado a caça. Um bebê sumira e os *cottars*[2] de Moy juraram que a criatura responsável pelo desaparecimento fora um lobo. Ele morrera bem no dia do seu aniversário, antes mesmo que ela soubesse disso. Naquela noite, enquanto a chuva batia na casa, Anne se olhava no grande

---

[2] Camponeses das Terras Altas. (N.T.)

espelho do quarto. Nua na luz das velas cada vez menores, sua pele adquiria uma cor de mel, embora, na luz do dia, ela fosse branca como leite. Ela balançou o cabelo, tão comprido que batia nas costas e chegava às nádegas. Levantando as mãos, segurou os seios como duas taças, sentindo o calor emanando deles. Acariciou a barriga lisa com a palma das mãos. Gerar filhos permitia que as mulheres criassem o futuro, mas tinha um custo. No seu caso, havia custado a vida de sua mãe.

Para os animais era simples. A fertilidade, o desejo e o acasalamento surgiam juntos. Para as mulheres também, embora o desejo pudesse não estar vinculado à fertilidade – o tormento pelo que passara nos últimos dias era certamente um sinal disso. Era preciso evitar os homens nesses momentos, com exceção do casamento. O casamento significava ter filhos. Talvez ela evitasse isso também. Mas sua pele estava quente, fervendo, o coração batia forte, a respiração acelerada, o útero ávido por uma semente. Ela se inclinou em direção ao espelho, encostou o vidro frio na bochecha, em seus seios, deslizou os dedos por entre as coxas, naquele lugar úmido, ofegante com o tremor que lhe subia pela barriga.

– O que você está fazendo? – perguntou-lhe a meia-irmã, adormecida, da cama.

– Nada. Volte a dormir.

Mas Elizabeth estava acordada, o cabelo loiro saindo da touca de dormir, apoiada nos cotovelos.

– Eu sei o que você está fazendo – afirmou a menina. – Faço isso sempre. Por isso me deito cedo. – Elizabeth tinha dezesseis anos e era muito chata.

Ela vestiu a combinação de dormir, prendeu o cabelo na touca, apagou a vela e se deitou.

– Vá dormir – retrucou Anne, virando-se e se enfiando nas cobertas até o queixo. Quando dormiu, sonhou com lobos. E depois acordou e encontrou a cama vazia, o canto dos pássaros e a falta da chuva. Foi até a cozinha de combinação, o cabelo bagunçado, resquício da noite de sono, emaranhado nos ombros. MacGillivray estava lá, inesperadamente. Ele havia interrompido a caçada. O rastreador de MacQueen havia matado o animal no dia anterior, o dia do aniversário de Anne, e já havia apresentado a cabeça do bicho ao velho chefe em Moy.

Além da cozinheira, MacGillivray estava sozinho na cozinha, sentado à mesa, sem comer naquele momento, olhando para ela, o cabelo ruivo amarrado na nuca, os ombros tensos. Foi a primeira vez que Anne notara que ele era um homem. Ela foi para a cachoeira depois, sabendo que ele a seguiria. Na piscina natural, com a água fria batendo-lhe nas coxas, ela só conseguia pensar no calor que subia por seu corpo, no modo como ele a olhara de manhã, o mesmo olhar que ela vira em seus olhos quando ela se virou.

Ele estaria esperando dentro de casa agora, esperando por ela. Quando chegasse o pôr do sol, a gaita de seu irmão tocaria a nova elegia de Shaw, e eles estariam de luto. Antes disso, ela precisava convencer algumas pessoas. Por isso havia se lembrado do lobo.

Três

O dia seguinte à partida dos Farquharson para o funeral foi um dia agradável, luminoso e seco, com um leve vento vindo do oeste prenunciando o calor. Conforme prometera, Anne ficou para trás com Elizabeth, e quando amanheceu, resolveu agir. Com seu jeito persuasivo, abriu caminho no desfiladeiro em direção a Rothiermurchus, deixando a irmã um tanto confusa. Quando a noite caiu, elas buscaram abrigo junto a uma família *cottar*. A lei da hospitalidade garantia portas abertas a qualquer viajante. Essa lei visava a proteger a vida em um terreno hostil, em que o clima podia mudar drasticamente, tornando-se mortal.

No dia seguinte, tendo as Cairngorms atrás delas, as jovens atravessaram o urzal repleto de chalés fincados em terrenos gramados em direção à floresta caledoniana que ladeava Loch[3] Moy. Mesmo já com dezessete anos, Elizabeth ainda não abandonara o tom queixoso típico da infância.

– *Tha mi isght*. Se tivéssemos ido com os outros, podíamos ter aproveitado os cavalos.

– Isso se fôssemos para lá – falou Anne.

Arrastando-se um pouco, Elizabeth fez uma careta para a irmã mais velha.

– Por isso estamos andando quilômetros nesta direção, para não chegar lá?

Anne suspirou e parou. Ela tinha carinho pela meia-irmã, mas em geral desejava que ela tivesse puxado mais ao pai e menos à mãe.

---

[3] Lago em Scots. (N.T.)

– O homem é um velhaco, Elizabeth. Não vou honrá-lo com minha presença em sua nomeação como McIntosh. Mas talvez ele não lidere o clã Chattan. James e Francis vão votar contra ele, eu pedi isso a eles, e também MacGillivray. Os Macpherson vão votar neles mesmos, eles sempre votam. Então ele talvez não seja eleito. Quero ver isso acontecer. Quero ver a cara dele quando isso acontecer. Vamos. – Ela pegou a irmã pela mão. – Não falta muito!

Na Moy Hall, estavam reunidos milhares de membros do clã Chattan. Cada clã tinha seu chefe, geralmente escolhido pela família mais antiga, embora nenhuma nomeação fosse automática. Escolhia-se a pessoa mais indicada ao posto, homem ou mulher, e caso ela não se adequasse, podia ser exonerada. Os chefes, que se destacavam na multidão pelas duas penas que traziam na boina, estavam reunidos perto da porta da casa de dois andares, com seus maridos, esposas, filhos e filhas. Para os padrões dos chefes, Moy Hall era imponente – muitos chefes viviam em chalés cercados de grama, exatamente como seus familiares –, mas havia sido hipotecada. Os novos impostos cobrados haviam empobrecido o clã. Aeneas precisaria administrar a crise para manter a terra de sua tribo.

Lady Farquharson ficou perto do irmão de Anne, James. Até o casamento do enteado, ela tinha direitos iguais sobre as decisões do clã. Um ou dois dos viúvos e solteiros do clã haviam considerado a possibilidade de juntar-se a ela. Ela ainda podia ter mais filhos e era bonita, embora um pouco impetuosa. Apesar de seu gosto por homens, ela recusou todos os pedidos para se casar de novo. As pessoas diziam que ela preferia Aeneas, mas não se casaria com ninguém que não fosse no mínimo chefe. Talvez o casamento também fosse acertado naquele dia.

Na multidão, deliberadamente posicionados para encorajar um voto favorável a eles, estavam dúzias de pessoas do clã McIntosh. A porta da Moy Hall abriu e lady Anne Duff, a lady McIntosh, surgiu. Naquele momento, ela era o membro mais poderoso da federação, mulher do último chefe, enterrado no dia anterior. Segurava nas mãos a boina de chefe do marido com as duas penas de águia. Atrás dela, Aneas estava sem boina, nitidamente incomodado com a cerimônia. MacGillivrary ficou ao lado dele, segurando a terceira pena que seria dada a um dos chefes que a aguardavam como símbolo de sua nomeação como chefe da federação. A viúva esticou os braços.

– *Fàilte oirbh* – ela cumprimentou os presentes. – É minha tarefa – sua voz ficou mais alta para ser ouvida pela multidão – passar as penas do chefe.

Os McIntosh lançaram um grito em favor de Aeneas, assustando alguns patos do lago que começaram a agitar as asas, fazendo um som que lembrava aplausos.

– Mas há uma terceira pena que meu marido usava – continuou lady McIntosh. – Apenas as tribos do clã Chattan podem decidir quem a usará agora.

Longe da multidão, perto da beira do lago, Elizabeth sibilou para Anne:

– Isso é uma idiotice!

Em cima de uma árvore, em um galho, as duas estavam sentadas uma ao lado da outra, segurando em outro galho ainda mais alto, molhadas pela água que os patos respingavam ao voar.

– Se você se mexesse um pouquinho, conseguiríamos enxergar melhor – sussurrou Anne, empurrando um pouco a irmã no galho sobre o lago enquanto se esticava para ver o que acontecia em Moy.

Diante da multidão, Lady Farquharson atraiu o olhar de Aeneas. Ele balançou a cabeça ao reconhecê-la e ela baixou os olhos, com um sorriso satisfeito no rosto. O primeiro marido era sempre uma escolha racional. O segundo podia ser por prazer. Ela sempre gostara do jeito de Aeneas, de suas habilidades e astúcia. Agora ele também tinha *status*, e ela havia se esforçado para que James o ajudasse a melhorar de posição social. A única pessoa que podia impedir isso era Anne, mas ela não estava lá.

Lady McIntosh olhou para a multidão além de Aeneas.

– Qual chefe irá liderar o clã Chattan? – perguntou.

Na árvore, Anne se esticara para enxergar e ouvir melhor, fazendo que o galho baixasse perigosamente.

– Vou cair! – chiou Elizabeth.

– *Isd!* – retrucou Anne. – Quieta! – Ela viu os Macpherson erguer o punho no ar. Pela antiga lei de sucessão dos celtas, cada pessoa tinha direito à voz, mas, em assuntos relativos à federação, cada clã tinha os mesmos direitos e apenas um voto, não importava o tamanho do clã. Caso os membros de um clã discordassem entre si, contavam-se os votos para determinar a posição do clã em relação à escolha do chefe do clã Chattan.

– Macpherson! – aclamaram em uníssono.

Estática, Anne golpeou o galho com o punho cerrado.

– Boa! – comemorou. Agora ela conseguia ver Aeneas perfeitamente. Era a primeira vez que ela o via à luz do dia. Seu cabelo era negro como um corvo, as sobrancelhas escuras sobre os olhos ainda mais escuros. O cabelo era mais sedoso do que ela lembrava quando, aos treze anos, montara naqueles ombros. Ele tinha a mesma altura de MacGillivray, cerca de um metro e oitenta, mas Alexander estava mais relaxado, enquanto Aeneas estava ereto, equânime. Como uma tempestade prestes a cair, cismado, sem graça diante da nomeação. Era possível ouvir murmúrios contrários, alguns raivosos, vindos do seu clã. "Isso é bom", ela pensou.

Os MacBean ergueram o punho e disseram seu voto.

– McIntosh!

Anne olhou para Aeneas. Havia uma energia perigosa nele, mas, estranhamente, uma autoridade madura, incomodada diante da espera, mas que, ao mesmo tempo, lhe parecia muito natural.

– McIntosh! – aclamaram os McThomas.

Qual era sua idade? Ele não parecia tão velho agora, como ela pensara aos treze anos. Quantos anos ele teria, trinta e seis, trinta e sete? A mesma idade de sua madrasta.

– McIntosh! – votaram os MacQueen, com exceção de Lady MacQueen, que votara em Macpherson e, ao fazer isso, anulara o voto do marido. Ninguém esperava, porém, outra atitude dela. O irmão de Cluny a satisfazia havia muitos anos, já que o uísque e a idade avançada tinham esfriado o ardor do marido muito tempo atrás.

Elizabeth franziu a testa ao olhar para Anne. Sua irmã parecia terse esquecido do motivo que as levaram a trepar num galho sobre o lago. Os gritos se sucederam.

– McIntosh! – clamaram os Shaw.

Anne estava absorta em analisar o homem que a incomodara por tanto tempo. Era possível vê-lo bem, uma imagem cada vez mais profunda, como um céu aberto refletido num lago. Um arrepio inesperado percorreu seu abdômen. Se fosse qualquer outro homem, a sensação a teria agradado e excitado. Mas, com aquele homem, era certamente motivo de alarme.

– McIntosh! – disseram os Davidson.

– Anne! – Elizabeth cutucou a irmã com o cotovelo. Sua família seria a próxima.

– Ah, não! – Anne gritou. James votaria como ela sugerira. Onde estava Francis? – Você consegue ver Francis? – Será que ela tinha mesmo ouvido quatro ou cinco votos para McIntosh? Sua família pareceria tola. Ela se lembrava do prazer enfurecido que Aeneas era capaz de demonstrar. Ele talvez soubesse que ela influenciara sua família, se é que ele se recordava dela. Seu irmão e sua madrasta levantaram o punho com o resto dos Farquharson.

– McIntosh! – gritaram, sem nenhuma outra voz destoando.

MacGillivray deu um passo à frente, encarando as pessoas, o punho erguido. Pelo menos ele não a decepcionaria.

– McIntosh! – trovejou, com seu clã ecoando com ele. Estava feito. Todos gritaram, confirmando a votação. MacGillivray colocou a terceira pena no broche da boina de McIntosh, ao lado das outras duas. Aeneas se apoiou sobre um joelho para que a tia lhe vestisse a boina.

– Aeneas! Aeneas! Aeneas! – aclamou o clã em êxtase.

– Você viu isso? – Chocada, Anne se virou para Elizabeth. O encanto havia acabado. – Eles votaram nele! – A árvore balançou. – James votou nele, e MacGillivray! – O galho abaixo dos pés das garotas baixou perigosamente.

– Anne, fique parada! – gritou Elizabeth. Era tarde demais. Ela havia se soltado. Anne tentou segurar a irmã, mas ela caiu da árvore e gritou ao mergulhar nas águas rasas do Loch Moy. Anne olhou para baixo, horrorizada, para a irmã, que se debatia na água. Então ela se lembrou da reunião e olhou para a casa, ainda mais horrorizada. Aeneas estava de pé. Ele e MacGillivray pareciam olhar para ela. Será que as folhas a esconderiam? As duas começaram a correr na água. A última coisa que Anne queria era ser pega naquele lugar, escondida numa árvore como uma filha ilegítima. Ela recuou ao longo do galho trêmulo e foi para trás do tronco, segurando firmemente o vestido na cintura para não ser vista.

MacGillivray e Aeneas chegaram, juntos, à margem do lago. Na água, Elizabeth tentava ficar em pé, com o vestido inflado. Aeneas já a havia visto uma vez, quando ela tinha apenas dez anos, e não a reconheceu, mas MacGillivray logo viu quem era.

– Elizabeth? – Ele estava confuso, pois sabia que ela ficara em Invercauld com Anne, mas mesmo assim entrou na água para ajudá-la.

Atrás de Aeneas, outros haviam corrido para se juntar a eles, curiosos com a interrupção e preocupados, com medo de que fosse algum clã inimigo. Em minutos, Anne seria descoberta, escondida como um ladrão fugindo da justiça. Só havia uma coisa a fazer naquelas circunstâncias: enfrentar a situação. Com cuidado, balançando para não cair de traseiro na água, ela desceu da árvore, colocando o pé no chão a poucos centímetros de Aeneas. Três pessoas já seguravam os punhais ao redor dele, em resposta. Ele simplesmente a encarou, depois dispensou a proteção.

– Parece que temos duas crianças aqui – falou dando aquele seu meio sorriso enfurecido.

Atrás dela, Anne podia ouvir Elizabeth balbuciando indignada e MacGillivray dizendo: – Vocês duas? – Ela manteve o olhar frio para Aeneas, esforçando-se para parecer surpresa.

– Estávamos apenas passando – explicou ela.

Elas estavam bem no meio do território dos McIntosh. Ele fez um gesto descrente com a mão, abrangendo o lago, a floresta e as Cairngorms. Uma risada estrondosa escapou de sua boca. Anne lançou-lhe um olhar que acabaria com a maioria dos destinatários e, naquele segundo, viu em seus olhos que ele a reconhecera. Passou um longo momento até ele dizer, assombrado, o nome de Anne.

– Bem, senhorita Farquharson. *Fàilte* – falou enquanto tirava a nova boina de chefe e balançava a cabeça. Para zombar dela, ela sabia. Se ele dissesse uma única palavra sobre como ela havia crescido, aqueles punhais precisariam ser usados para protegê-lo. Mas ele não disse nada. Lady Farquharson, abrindo espaço entre os convidados, fez isso primeiro. Ela estava tremendamente envergonhada e ainda mais aborrecida.

– Elizabeth? Muito bem – berrou. – Anne? Não acredito que são vocês duas!

– Foi ideia de Anne – protestou Elizabeth.

– Como você pôde estragar um momento tão especial? – gritou Lady Farquharson antes de se virar para Aeneas, tocando seu braço em sinal de desculpas. – *Tha mi uamhasach duilich*. Desculpe, Aeneas. – Então ela chamou furiosamente por James. MacGillivray foi para o lado de Anne.

– Você não queria vir – disse ele. – O que você está fazendo aqui?

– Vim ser esfaqueada bem no coração – concluiu olhando para Elizabeth.

Animada, a multidão se dispersou em direção à comida e à bebida. O irmão de Anne surgiu entre a multidão.

– James – ordenou Lady Farquharson. – Prepare os cavalos e a carroça. Vamos embora agora.

James ficou surpreso ao ver a irmã e a meia-irmã, mas decidiu que era melhor esperar para fazer perguntas.

– Francis levou nossa carroça para Inverness – disse olhando para Anne – para buscar linho.

– Então prepare os cavalos. Os outros podem ir a pé ou esperar por ele.

James correu em direção ao estábulo.

– Vocês não vão ficar? – Aeneas finalmente recuperou a voz. – Sua filha vai precisar de roupas secas.

– É muito simpático de sua parte, considerando tudo isso. – Lady Farquharson não queria ficar ainda mais envergonhada. – Mas ela pode se secar enquanto caminha para casa.

– *Och*, mãe! – reclamou Elizabeth.

– Então pelo menos me deixe lhe emprestar mais cavalos – ofereceu Aeneas.

Ser lembrada de que agora ele podia lhe oferecer cavalos deixou Lady Farquharson ainda mais humilhada.

– Por que, Aeneas? – flertou ela. – Você é tão bom. Não é nada fácil para uma viúva educar jovens e ensiná-los a ser responsáveis sem a força de um marido.

Anne olhou ameaçadora. Às vezes ela desejava poder vomitar a hora que quisesse. MacGillivray, sabendo que ela não iria querer dever nada a Aeneas, falou em seu ouvido:

– Você pode pegar meu cavalo emprestado.

Anne olhou para ele, agradecida pela oferta, mas seu desejo de preservar a dignidade era mais forte que qualquer necessidade de conforto.

– Não, obrigada – concluiu ela e, mais alto, para Aeneas: – Eu saí para dar uma volta a pé e pretendo continuar assim. – Ela se virou e caminhou em direção às montanhas e à casa, de cabeça erguida.

– Você não vai chegar nem na metade do caminho antes de anoitecer – protestou MacGillivray.

– Os outros logo a alcançarão – completou Aeneas, vendo as costas de Anne extremamente eretas enquanto ela ia embora, determinada.

MacGillivray deu de ombros. Era inútil tentar dissuadir Anne de fazer qualquer coisa que ela colocara na cabeça. Seu orgulho, contudo, desapareceria quando ela estivesse longe. Ela não deixaria sua família passar, não ficaria na estrada.

O novo chefe agarrou seu ombro com a mão, de maneira fraternal.

– Hora de beber alguma coisa – falou.

Eles se dirigiram à casa, seguindo Elizabeth, irritadiça, e sua mãe, que não parava de reclamar. Aeneas sorriu para MacGillivray e balançou a cabeça para as duas mulheres à sua frente.

– Ela parece um pouco molhada – falou.

Quatro

Em Invercauld, vozes jovens dominavam o ambiente.

– Prosperidade e contra a União! – Dois grupos de crianças, com espadas de madeira em punho, corriam pelo campo, uns em direção aos outros, e se enfrentavam em um confronto de treinamento. Uma garotinha se escondeu atrás de seu escudo, tentando sem sucesso apunhalar o garoto com quem ela lutava, que golpeava seu escudo de couro com o punho.

– Não, não – gritou Anne, interrompendo a luta. Agachada atrás da menina, ela a envolveu com um braço para segurar a alça do escudo e, com o outro braço, agarrou o punho do braço da menina que segurava a espada. – Assim, Catríona. – Ela puxou o escudo em direção ao corpo da menina para proteger seu dorso enquanto deixava o braço que segurava a arma exposto, e então empurrou o escudo e deu um golpe com a espada para frente. – Viu? – Ela repetiu o movimento. – Você deve empurrar a espada dele primeiro e depois dar o golpe. A garota suspirou.

– O príncipe vem mesmo, Anne?

– É claro que vem. – Ela deu um aperto tranquilizador na garota. A menina tinha apenas nove anos e já duvidava. Anne havia ouvido e contado a história durante vinte anos. Às vezes ela também pensava se tudo aquilo era um conto de fadas infantil. Parecia que o príncipe era uma ficção, e não alguém de carne e osso. Era melhor ter uma esperança falsa do que esperança nenhuma? Nada disso importava para o treino de batalha. Todos aprendiam a lutar assim que conseguiam segurar uma arma, e treinavam uma vez por semana depois das aulas.

O governo havia proibido a posse de armas em público, mas o *status* e a segurança de um clã ainda dependiam do número de espadas que tinha em campo. Sempre havia inimigos. A qualquer momento um clã rival podia ultrapassar os limites da própria terra e decidir que Invercauld, ou parte dela, deveria ser anexada para fornecer alimentos e moradia a seu povo.

– Além disso – continuou a dizer para a menina –, quem não defende sua terra merece perdê-la. – Ela acenou para o garoto diante dela e ele empunhou a espada. Anne guiou o escudo de Catríona, empurrando-o para afastar o golpe do adversário. O menino protegeu seu corpo com o escudo. – Muito bem – falou ela. – Agora mantenha assim. – Movendo o braço da menina que empunhava a espada, ela apontou para os pontos mais vulneráveis do garoto. – Se você for rápida, poderá atingi-lo aqui. – Ela tocou a ponta da espada no braço do garoto, que estava desprotegido. – Assim o braço com que ele segura a espada ficará machucado e ele vai se render. O importante é você tirar sangue dele. Só dá para fazer isso ao redor do escudo. Pense rápido e seja rápida. Agora tente você.

Ela se levantou e a menina começou novamente. Anne notou uma movimentação no alto da montanha. Sua imaginação deve ter atraído intrusos. Parecia ser uma fila estreita de cavaleiros ao longe, vindo em direção a eles pela trilha.

– Peguei ele! Peguei ele! – gritou Catríona animada. Anne respondeu automaticamente, ainda de olho na encosta da montanha.

– Muito bem! – Eram cavaleiros lá no alto, acompanhados de pessoas a pé. Quem seriam? O que eles queriam ali? Ela se virou para as crianças. No futuro eles seriam guerreiros habilidosos e formidáveis. Agora, eram mensageiros. Ela pegou a mão deles para atrair sua atenção. – Temos visitas. Guardem tudo e corram para casa. Rápido, rápido. – Enquanto eles corriam para guardar nas caixas de madeira as armas que usavam nos treinos e depois voltavam para seus chalés, Anne vasculhou a encosta, tentando descobrir a identidade dos visitantes.

No alto, na trilha da montanha, o cavaleiro da frente figurava esplendoroso, vestindo calças de tartã e um casaco de veludo, repleto de insígnias de chefe. Uma espada ilegal brilhava ao seu lado. Eram habitantes das Terras Altas, e vinham tratar de algum assunto sério. Atrás do chefe, um membro do clã trazia um cavalo branco sem cavaleiro. Será que era o que parecia? Ela examinou o resto da fila. Três gados pretos, algumas ovelhas e cabras os seguiam, além de um porco gordo levado por um garoto portando uma vara. Outro membro do clã trazia os animais com ele, mantendo-os em fila. Atrás da coluna havia outro cavaleiro, um segundo chefe, com um cabelo loiro avermelhado comprido.

– Ah, meu Deus! – Anne se virou e correu para casa. Lá dentro, passou correndo pela madrasta e derrubou algumas cadeiras no caminho até a janela, de onde olhou para as montanhas.

– O que está acontecendo? – perguntou Lady Farquharson enquanto colocava a cadeira de pé.

Anne se virou para a madrasta no exato momento em que Elizabeth entrava correndo.

– Mamãe! Mamãe! Oh, Anne, você viu?

– Viu o quê? – exigiu saber a mãe.

Elizabeth quase delirava de emoção.

– McIntosh. É McIntosh. E ele trouxe... – ela batia as mãos sem conseguir encontrar as palavras.

– Presentes – Anne terminou a frase para ela, de um jeito seco, por sinal. – Ele está trazendo presentes.

– Presentes de casamento, mãe! Um cavalo para a noiva, gado, ovelhas, ah, nem sei mais o quê. James foi encontrá-los. Ele está vindo fazer o pedido, mamãe!

Lady Farquharson segurou as costas da cadeira, os nós dos dedos brancos.

– *O mo chreach*, meu Deus. E veja como está este lugar! – Ela recolheu o bordado e entregou para a filha. – Rápido, *greas ort*. *Och*, meu cabelo. Preciso me trocar. Oh, querida.

– Ele disse que quer uma esposa, agora que pode sustentar uma. – Elizabeth saltava para cima e para baixo, abraçando a tapeçaria junto ao peito. Calmamente, Anne andou até a porta dos fundos.

– Aonde você vai? – perguntou sua madrasta.

– A algum lugar tranquilo. Fora do caminho.

– O quê? – Elizabeth não podia acreditar no que ouvia. – Bem na hora em que mamãe vai ser pedida em casamento?

– Ela não é minha mãe – disse Anne ao sair.

– Bem, realmente! – E então completou, lembrando: – Ai, meu Deus, meu cabelo!

Lá fora, Anne andou pelo caminho muitas vezes trilhado, indo em direção às árvores isoladas. Atrás dela passaram um cavalo, o gado e pessoas que iam em direção contrária, à sua casa. Entre os troncos escuros e galhos pequenos, Anne vislumbrou Aeneas, a boina azul com as três penas, o cabelo comprido até os ombros, o tecido xadrez roçando-lhe as costas, seu séquito, um porco rosa gordo, o estranhamente sombrio de MacGillivray.

Em Invercauld, Lady Farquharson usava um vestido de seda e joias de prata brilhantes colocados às pressas. Elizabeth arrumou uma bandeja com um decanter e taças de vinhos de cristal sobre a mesa e arrumou seu lugar ao lado. A comida em geral resumia-se a aveia e coelho, mas eles ainda podiam preparar algo melhor quando necessário.

James surgiu na porta de entrada, para anunciar os visitantes, mas Lady Farquharson, irritada por ele impedir que Aeneas avistasse toda a sua elegância, acenou para que ele se afastasse. E lá estava Aeneas, a espada de prata de lâmina larga, com punho em cesto, no cinto, do lado esquerdo; um punhal de punho preto e prateado do lado direito.

– *Fàilte*, McIntosh – Lady Farquharson o abraçou. – É bom ver você, Aeneas.

Ele também parecia nervoso, e a cumprimentou rapidamente com a cabeça enquanto seus olhos percorriam a sala. Atrás dele, MacGillivray estava parado, na soleira da porta. Ele também usava as insígnias de chefe. Elizabeth se arrumou ao lado do decanter e lhe direcionou um sorriso sedutor. Depois que ele a resgatara do lago em Moy, ela havia imaginado algo a mais entre eles. O fato de ele ser amante de Anne não significava nada. Sua irmã obviamente não estava envolvida com ele. Ela havia evitado sua companhia mais de uma vez nos últimos tempos. E, até onde interessava Elizabeth, isso tornava a conquista ainda mais excitante.

Como nenhum dos dois homens dissera nada, Lady Farquharson aproveitou a deixa:

– Você demorou algumas semanas a mais do que esperávamos. – Ela mal podia acreditar na gafe que cometera. – Quero dizer, antes que você viesse buscar seus cavalos.

– Eu tinha outras preocupações – explicou Aeneas. Ele pareceu um tanto sucinto para um pretendente.

– As obrigações de um novo chefe, é claro – ela se desculpou. – Uma taça de vinho?

Elizabeth pegou o decanter. Aeneas não conseguia mais ser cerimonioso.

– Lady Farquharson – começou ele. – Vim fazer um pedido de casamento.

A senhora ficou sem fôlego diante do jeito assertivo de Aeneas e agitou um lenço de renda em frente ao rosto para refrescar-se.

Ajoelhada perto de uma lápide, em uma clareira entre as árvores, Anne removia com os dedos a poeira e o musgo da inscrição. Na lápide lia-se: "John Farquharson de Invercauld.

Morto em 1738". Abaixo estava escrito: "A amada esposa, Margaret Murray, morreu no parto, em 1725".

Quando ela era bem pequena, seu pai lhe dera de presente um pônei de Shetland. Ele tinha metade do tamanho do cavalo do pai, mas era grande para ela. Quando ela pudesse montá-lo, dissera o pai, ela poderia percorrer a propriedade com ele. Sem paciência para esperar, ela tentou montar. Tentou e não conseguiu, repetidas vezes, até ficar furiosa e, frustrada, se jogar no chão, batendo e chutando a terra com os punhos e os pés. Ele a levantou no ar, com os braços esticados.

– Você não pode lutar contra a própria sombra – explicou. – Aprenda a viver com ela. – Quando ela parou de brigar, ele a colocou sobre a sela. Depois disso, ela passou a andar a cavalo com ele todas as vezes. Sua madrasta achava que o pônei era um desperdício.

– Ela podia se sentar com você – reclamava ela. – Com o tamanho dela.

– E o que ela aprenderia? – perguntou o pai. – A ser passageira? Ela vai lhe deixar em paz.

Era bastante comum que as crianças perdessem um dos pais biológicos, ou mesmo ambos, e que fossem criadas pelo primeiro, às vezes segundo, companheiro do pai ou mãe. Ela não se dava bem com a madrasta, embora nunca tivesse conhecido a mãe. Apenas os braços do pai a envolveram. Era seu peito largo que a embalava, era nele que ela dava socos. Seu protetor, seu professor, seu conforto, ele sempre a perdoara, sempre, sempre a amara. Ela ainda sentia muito sua perda. Mas agora desejava uma mãe, aquela ternura, alguém que pudesse compreender a necessidade de caminhar sem uma sombra. Seus dedos percorrem a data do seu próprio nascimento, o último dia de vida da mãe. Na moita ao lado da pedra, uma galinha cacarejava e corria. Anne abriu espaço na moita e fez surgir um grande ovo marrom, ainda quente.

Vozes a chamavam dos arredores da propriedade. Era preciso que ela aprovasse o novo casal, assim as comemorações poderiam começar. Anne pegou o ovo, seu calor encheu suas mãos, e se levantou, resoluta. Ela era uma Farquharson, filha de seu pai e de sua mãe, e faria seu papel.

A pequena Catríona, a menina que por fim dominara seu escudo mais cedo, correu pela trilha até as sepulturas, chamando-a.

– Anne, Anne, querem ver você em casa – ela mal conseguia controlar a emoção. – O homem disse que devemos assar o porco.

– Então ela vai nos deixar em paz – sorriu Anne enquanto passava pela menina perplexa em direção à casa.

Aeneas se virou nervoso quando a porta se abriu e Anne entrou. A entrada da porta estava repleta de membros dos clãs McIntosh e Farquharson. As notícias tinham corrido aos quatro ventos. Anne parou ao lado de MacGillivray, deu-lhe seu sorriso mais brilhante, pegou sua mão e colocou o ovo ainda quente em sua palma aberta.

– Para mantê-lo em segurança – falou ela. E então caminhou até a madrasta e Aeneas, pronta para dar-lhes os cumprimentos. No chão, ao lado do pé da irmã, o decanter de cristal quebrado jazia em uma piscina de vinho tinto. A expressão de Elizabeth parecia congelada, impossível de revelar. Os rostos tão conhecidos espiavam pela janela, brigando por uma posição melhor. Lady Farquharson parecia de cera, dura como um avental exageradamente esticado. Anne parou em frente a ela e esperou, ansiosa. A senhora engoliu em seco.

– Aeneas... – ela parou, para então recomeçar. – Aeneas tem algo a lhe dizer.

Atrás de Anne, Elizabeth chiou e tirou a bandeja da mesa. Anne olhou em direção à irmã, que embalava a bandeja nos braços. Ela esperava que a irmã explodisse de raiva? Seria bom, pelo menos, ter Invercauld para ela e James. Direcionou um olhar brilhante para Aeneas. Mas ele apenas a olhou de volta. Não disse nada.

– Presumo que você queira dizer isso em voz alta – solicitou Anne.

– Você quer ser minha esposa? – perguntou ele. A frase saíra de repente, como um espirro que ele tivesse segurado por um tempo.

Não era bem isso que Anne esperava ouvir. Mas ela ouvira e não precisava pedir que ele repetisse. Todos na sala tinham escutado. Eles já sabiam e esperavam pelo pedido. Por isso o decanter quebrado, por isso sua madrasta e a irmã estavam paralisadas. Agora eles previam sua resposta. Ninguém respirava. Os membros do clã que aguardavam na porta tinham ouvido e contado para os de fora, espalhando como o vento a novidade. Anne se inclinou sobre os calcanhares, cada vez mais chocada. MacGillivray colocou o ovo, ainda em suas mãos, atrás das costas, para deixá-lo mais seguro. Elizabeth levantou o braço e o colocou em frente das taças de vinho, para protegê-las, e apertou os olhos fechados. Anne soltou o ar.

– Sim – respondeu. – Eu quero.

O ovo que MacGillivray segurava se quebrou. Elizabeth inclinou a bandeja e, por sua vez, as quatro traças de vinho caíram e se quebraram no chão, como o repique de sinos. Lady Farquharson dobrou a coluna e desmontou como uma boneca de pano sobre a cadeira atrás dela.

Aeneas, sem saber mais o que fazer, foi em direção a Anne para beijá-la. Então ele percebeu que sua espada e o punhal atrapalhariam e parou para colocá-los para trás. Ele a envolveu nos braços e então percebeu que ainda estava com a boina na cabeça. Sem soltá-la, tirou a boina e a jogou sobre a mesa. Mas estava prestes a beijar a mulher que não lhe saíra da cabeça desde aquele dia no lago e cujos olhos azuis densos agora estavam escuros como a água profunda em que ele talvez se afundasse, talvez quisesse se afundar, e ela esperava, e ele sabia que, se não parasse naquele momento, talvez nunca parasse, então parou.

Anne desistiu de esperar, colocou as mãos nas laterais da cabeça de Aeneas e colou sua boca na dele. As pessoas lá fora aclamaram.

Em volta da casa, dezenas de membros dos dois clãs pulavam, comemoravam e se abraçavam. Outros, ainda por vir, estavam a caminho. Uma mulher puxou uma pequena bolsinha de dentro do vestido, abriu-a e tirou uma moeda como se fosse o maior tesouro do mundo. Ela olhou para o marido. Era raro encontrar dinheiro nas Terras Altas, onde até os chefes efetuavam os pagamentos em espécies. Com orgulho, a mulher dirigiu-se até a porta, onde havia um pequeno baú de madeira perto da rosa branca que florescia. Ela apoiou a tampa aberta e jogou a moeda dentro dele.

Na casa, onde a quietude fora rompida apenas pela exclamação de choque de lady Farquharson, o beijo chegava ao fim.

– Você me surpreendeu de novo – falou Aeneas. – Achei que você fosse dizer não.

– Eu surpreendi a mim mesma – concluiu Anne.

Aeneas sentiu a necessidade de fazer algum gesto físico e virou-se para MacGillivray. Ele agarrou o ombro do jovem, oferecendo-lhe a mão direita. MacGillivray engoliu com dificuldade. Além de Aeneas, não havia uma única pessoa na sala ou nas montanhas que não soubesse de sua decepção, mas ele pegou a mão de seu mentor e a apertou firmemente.

Aeneas franziu a testa. Ele puxou a mão e a abriu para olhar a palma, que estava grudenta, untada de gema e casca de ovo. Anne explodiu em uma risada. Aenas olhou para o rosto horrorizado de MacGillivray e também começou a rir. O nervosismo deixou o jovem chefe tenso como a corda de uma harpa, mas passou quando MacGillivray se juntou a eles numa risada. Na sala todos riram e gritaram, todos menos Lady Farquharson, que lamentava o desperdício de um bom ovo.

Na soleira da porta, onde a roseira jacobita em breve espalharia suas pétalas brancas e perfumadas, o pequeno baú de madeira estava cheio de moedas jogadas. Misteriosamente apareceram uísque e cerveja para brindar o casal, a nova união do clã e, como sempre que faziam brindes, ao rei do outro lado do mar.

Longe dali, na corte de Luís XV, rei da França, uma arca muito maior também estava cheia de moedas. Perto dela, um jovem príncipe alto e elegante estava inclinado sobre uma mesa esculpida com esmero, debruçado sobre mapas e cartas de navegação com seus comandantes navais.

Cinco

Do outro lado do vau de Raigberg, a guarda de honra de McIntosh esperava: seis guerreiros a pé, um montado em um cavalo e o gaiteiro.

Olhando-os à frente, Anne parou por um instante com Pibroch, o pônei que Aeneas lhe dera de presente no dia do pedido de casamento. Seus parentes haviam coroado o cabresto do pônei com rosas brancas e trançado algumas em seu rabo. Eles também haviam costurado rosas em seu vestido de linho branco. Alguns botões meio abertos aninhavam-se em seu cabelo. Cada vez que respirava, a jovem inalava seu perfume, uma lembrança de sua herança jacobita e da memória do pai.

Do outro lado das montanhas, os campos e chalés de Invercauld que ela deixara para trás estavam quase vazios. Todos que tinham condições de se locomover fizeram questão de assistir ao seu casamento. Os mais lentos haviam saído dias antes, a pé ou de carroça. Os guerreiros e aqueles que podiam acompanhar o ritmo dos cavalos marchavam atrás do grupo a cavalo. Na ponte de Carr, onde eles interromperam a jornada à noite, as pessoas comemoravam com toda a generosidade a que eles podiam se dar ao luxo. Até sua madrasta, andando próxima a Elizabeth no grupo de trás, adquirira um ar menos reservado. Seria mais fácil cuidar da casa agora que Anne fora embora. Parecia que todas as pessoas das Terras Altas desejavam aquele casamento. Todas, menos uma.

Como Anne hesitara no vau, seu primo, Francis de Monaltrie, firmou-se ao lado dela. Ele podia adivinhar o motivo que a fizera parar. Lorde George Murray parara do outro lado da moça. O primo de sua falecida mãe e o guerreiro mais notável de Murray a acompanhavam, como mandava o costume, para garantir que Anne ia por conta própria, que não se curvava à vontade dos outros. As mulheres faziam o que queriam na sociedade tribal, e os homens da família garantiam esse direito.

– Já é aqui, Anne? – perguntou.

Atrás deles, o irmão de Anne, James, com a caixa do dote de casamento amarrado em seu cavalo, deteve o avanço. O intendente a esperava do outro lado do riacho, o sol brilhando no cabelo ruivo de um dos cavaleiros.

– É MacGillivray – falou ela.

Ela não o tinha mais visto desde o dia em que Aeneas a pedira em casamento. Mas ela devia ter esperado essa atitude do rapaz. Era direito de Alexander, e sua obrigação, ficar ao lado do chefe do clã Chattan. E isso incluía proteger a noiva de seu chefe. Aeneas certamente sabia de tudo agora. Ele estava provocando ou testando os dois?

– A decisão ainda é sua – lembrou George Murray.

Anne sorriu para ele. Ele tinha o dobro de sua idade, era inteligente e sério, todavia apoiaria sua decisão mesmo que fosse uma escolha temperamental ou caprichosa.

– Eu já decidi – explicou enquanto guiava Pibroch em direção às águas rasas do Findhorn, para atravessar o riacho claro que dava no outro lado.

Depois dos cumprimentos, a escolta de McIntosh postou-se ao lado do grupo da noiva. Era uma medida de segurança desnecessária. O clã deles, em cujas terras eles estavam naquele momento, sabia que eles não eram um grupo de invasores. Os chalés estavam vazios, pois os moradores já estavam na casa. Assumindo sua posição à frente, o gaiteiro soprou a gaita e, ao som da música, partiu para liderar o caminho. MacGillivray virou seu cavalo para ficar atrás das gaitas. Sem ligar para o protocolo, Anne passou à frente para cavalgar ao seu lado.

– Vou chegar ao seu lado – disse. Será que ele ainda era seu amigo e aliado?

MacGillivray olhou para ela, um olhar longo o bastante para que ela visse a dor em seus olhos geralmente calmos.

– Ele não sabe de nada? – perguntou Anne.

– Ele não falou nada. E o que eu poderia dizer se eu não entendo?

Anne não respondeu. Ele era, e sempre seria, a pessoa mais querida do mundo para ela. O silêncio entre eles foi preenchido pelo barulho dos cascos e pelas conversas atrás deles. Então MacGillivray disse o que pensava.

– Nós pertencemos um ao outro, eu e você.

– Hoje é o dia do meu casamento, Alexander.

– Aquele dia na cachoeira.

– Eu tinha dezenove anos – protestou ela. O mundo todo havia mudado em um ano.

– Você estava muito no fundo. A saia ao redor da cintura, a água na altura das coxas, tentando fisgar um peixe.

– Ele era meu. Bastava um movimento do meu pulso.

– Você sabia que eu estava lá, observando. Vi sua coluna ereta, sua cabeça erguida. Foi aí que eu soube que você viria até mim.

Anne não negaria o desejo que a mobilizara.

– Aqueles minutos pareceram horas. Senti o comprimento do peixe passar pela minha perna e escorregar.

Nesse momento ele olhou novamente para ela. Seus olhos azuis queimavam de certeza.

– Você ainda me quer.

Ela o olhou com a própria certeza.

– Sim, quero. – E então riu, deixando a tensão escapar de seu corpo. – E se Aeneas não me satisfizer, vou até você de novo.

Frustrado, MacGillivray jogou o braço para indicar as terras do seu clã em Dunmaglas, a perder de vista, em direção ao leste.

– Teremos o gado gordo no outono e a colheita. – A cultura predominava verde e alta ao redor. – Veja como a cevada cresce.

– Com o imposto inglês sobre o malte em cada alqueire, não lucraremos com isso.

– Quando nossos depósitos estiverem cheios, meu clã vai querer que eu me case. Faltam alguns bons anos.

– Já está tudo arranjado. – O tom de voz dela era firme, mas ele não podia deixar estar.

– Você não se casaria por fortuna ou para prestar um favor – afirmou. – Então por quê?

Essa era uma pergunta que ela não tinha ousado se fazer. Aeneas era um estranho, um livro fechado; do momento em que ela o vira em Moy até sua nomeação, ela o quisera e ficara chocada e brava diante de tal desejo. Ele a assombrava, uma presença comovente que ela ansiara em cada momento de vigília. Sempre, e sem dúvida dormindo também. Se uma noite com ele sobre as cobertas pudesse curá-la, ela teria feito isso. Mas isso estava mais dentro que entre as coxas, apesar de ela não poder entender ou explicar.

– Não sabemos por que fazemos as coisas – explicou ela. – Só sei que preciso fazer isso.

Centenas de moradores das Terras Altas reuniam-se em volta da Moy Hall. A roseira branca de junho florescera junto à grande porta de entrada, debaixo das janelas, onde fora plantada para que seu perfume enchesse a casa. Havia uma movimentação ruidosa. Homens e mulheres serviam a comida e a bebida em mesas compridas: um porco assado, carne de veado, aves de caça, coelhos, peixes, bolos de aveia, barris de cerveja. Ouvindo o som da música das gaitas, eles correram para terminar o serviço.

Dentro do salão principal, com as duas lareiras em lados opostos da parede e a longa escada que descia em caracol, uma adolescente dispunha iguarias de peixe e carne ao lado de taças de vinho Bordeaux cheias. Da porta aberta, na sala de jantar, Aeneas franziu a testa ao ver os preparos frenéticos de última hora. E então ele também ouviu o som débil da gaita e desfranziu a testa. Ele vestia um belo *kilt*, tecido especialmente para aquele dia pela melhor costureira de *kilt* do clã, e trazia a manta presa ao ombro por um broche de prata. Sua espada e seu punhal favoritos, com cabo de prata, brilhavam na cintura. Atrás dele, Forbes de Culloden, o Law Lord[4] mais velho da Escócia, falou em voz alta:

– Os custos do funeral não foram pagos. Quinhentos convidados e a dívida hipotecária que o clã deve para cobrir este salão nem foi sanada. Agora isso! Galinhas e aveia não são moedas, Aeneas. Só a conta de impostos...

– Nós comerciamos o que extraímos da terra – cortou Aeneas. – Esses impostos são invenção do seu governo.

– E as palavras certas vão acabar com eles – concordou Forbes. – Mas no Parlamento, não aqui, não hoje.

A garota vinha do salão para colocar uma bandeja na mesa já toda ocupada. Quando ela passou, Aeneas esticou a mão e pegou uma ostra. A menina rapidamente deu um tapa na mão do chefe. Aeneas apontou o outro lado da sala, indicando que precisavam dela. Ela se virou para olhar, e ele enfiou a ostra na boca e a engoliu. Quando ele colocou a concha vazia na bandeja, a garota notou o truque e olhou para ele. Aeneas riu e deu uma piscadinha.

---

[4] *Law Lord* é um membro da Câmera dos Lordes que exerce funções jurídicas. (N.T.)

– Muito devagar, Jessie – falou levantando uma taça de vinho.

– Uma esposa vai dar um jeito em você logo – brigou a moça. Então sua animação rompeu em um amplo sorriso, e ela se apressou novamente.

– Uma esposa pode dar um jeito em muitas coisas – afirmou Forbes ao ouvir o som das gaitas se aproximando. – Ouvi dizer que ela trouxe um bom dote. E em moeda, não em milho.

Aeneas jogou a cabeça para trás e riu.

– Não estou casado nem na cama ainda, Forbes – disse. – Mas ouso dizer que os bancos o mandariam passar a mão nos meus bolsos mesmo que eu estivesse morto.

– E você poderia estar mesmo, se eu reportasse a arma que você está portando – Forbes balançou a cabeça diante da espada embainhada na cintura de Aeneas. – Com o clima atual, isso seria considerado insurreição.

Aeneas sorriu para ele, impertérrito. Na Europa, a Inglaterra lutava contra a França. No mês anterior, o exército britânico fora derrotado. Agora havia rumores de que a força francesa, liderada pelo príncipe jacobita, logo invadiria a Inglaterra. Vários clãs haviam jurado fazer um levante para apoiar e manter a segurança da Escócia. Forbes desconfiava de que McIntosh podia ser um deles.

– A terra do meu clã não é pública – corrigiu Aeneas, sem revelar nada. – E não estaremos mal vestidos no meu casamento. – Ele ergueu a taça de vinho. – *Slàiinte* – disse, e baixou a taça.

Lady McIntosh correu em direção às portas de vidro. Esse seria o último dia em que ela se referiria a Moy Hall como sua casa, mas ela também estava ansiosa pelo casamento.

– Aeneas – avisou sem necessidade. – Eles chegaram!

– Acertaremos as coisas depois do meu casamento – falou Aeneas a Forbes, antes de seguir a tia para fora.

– Não, com promessas você não vai – retrucou Forbes. – Não desta vez.

Mas as promessas eram a ordem do dia. Para que todos pudessem ver a cerimônia, ergueu-se uma plataforma baixa adornada com urzes, rosas jacobitas e fitas brancas. Enquanto a família de Anne ocupava sua posição à frente do grande grupo dos Farquharson, a noiva esperava com o primo atrás da multidão. Até seu irmão ter vinte e cinco anos, Francis era o mais velho e seria sua testemunha. Eles andaram juntos na plataforma, para onde Aeneas a esperava, com MacGillivray do seu lado direito, antes do pastor. Os três homens fizeram uma formação imponente, vestidos cada um com seu tartã xadrez distinto, as penas de chefe flutuando, as armas de cabo de prata, proibidas, brilhando na cintura.

Entre eles, em seu vestido bufante de linho e cetim branco, Anne parecia delicada como uma borboleta. Era primeiro de junho, meio-dia. O sol estava a pino. Não havia sombras. No silêncio palpável da multidão, sua voz soou clara quando ela fez os votos, o último comprometimento dela com o clã de Aeneas.

– Aonde você for, eu irei também. Sua casa será minha casa, e seu povo será meu povo.

Aeneas não estava menos certo. Ele olhou nos olhos dela, firmemente, e falou apenas para ela. Eles deveriam estar sozinhos em vez de cercados de moradores das Terras Altas.

– E onde você estiver, eu estarei – falou ele, a voz firme e certa. – Minha espada e meu clã servirão em sua defesa, pois só a morte pode nos separar agora. – Então, quando foram declarados casados, ele segurou o rosto da noiva e a beijou.

Um grande grito de comemoração veio das tribos ali reunidas. O ar ficou cheio de boinas azuis jogadas para cima e urros de celebração. Como esposa do chefe deles, Anne Farquharson era agora Lady McIntosh, obrigada a servir ao clã e ser servida por ele até a morte, se necessário. A escolha de Anne fora popular. A tia de Aeneas, a viúva Lady McIntosh, foi a primeira a cumprimentar o novo casal.

– A senhora ficará aqui conosco, não? – perguntou Anne.

– Isso é muito amável da sua parte, ghràidh – respondeu a viúva. – Mas estou ansiosa para viver na cidade, em Invercauld. Terei menos trabalho, mais prazer. Moy precisa de apenas uma senhora. Você se sairá bem.

Determinado a ser o próximo, Francis surgiu à sua frente. Colocando a espada e o punhal para trás, ele se inclinou, beijou Anne longamente e depois lhe deu um abraço bem apertado.

– Você fez uma boa escolha – aprovou. – E Aeneas fez uma escolha melhor ainda.

Com o resto das duas famílias clamando para apertar a mão do casal, Anne ainda demorou algum tempo até conseguir se desvencilhar e procurar por MacGillivray. Ele ficou atrás da fila de cumprimentos, na beira da plataforma. Seu mais de um metro e oitenta e seu cabelo vermelho brilhante impediram que ele passasse despercebido como desejava. Anne colocou a mão em seu braço.

– Eu não amo você menos – contou-lhe. – E você sabe que Aeneas o ama como a um irmão.

Por um momento ela pensou que ele iria embora, atitude que os deixaria para sempre em má situação, mas ele se manteve firme, a lealdade a Aeneas e o amor que sentia por ela em conflito com seu sentimento de perda. Ele inspirou profundamente.

– *Co-dhiù* – falou. – Pelo menos eu não preciso cruzar as montanhas para vê-la.

A expressão de Anne desanuviou e um amplo sorriso iluminou seu rosto. Ela riu e pôs os braços ao redor do pescoço dele para dar-lhe um beijo.

– Veja como você é bom para mim – declarou ela.

Atrás deles, entre as pessoas que se aglomeravam para cumprimentá-lo, Aeneas viu seu braço direito levantar sua noiva e rodopiá-la alegremente, e manteve a expressão contida, indecifrável.

Seis

Era possível ouvir o som das gaitas. As bebidas foram servidas e iniciou-se o banquete. Aeneas puxou Anne para dançar e seu toque causou-lhe uma descarga de excitação. Ele era forte e assertivo em seus movimentos, mas seus passos eram leves; ele queria acalentá-la no leito conjugal, não ficar dançando no baile. Ela podia ver isso em seus olhos de maneira tão ostensiva como ele podia ler nos dela.

– Então – falou com um meio sorriso –, você pretende ficar aqui, não está apenas de passagem, afinal? – Ele estava zombando do comentário que ela fizera na beira do lago naquele dia, quando Elizabeth caíra na água.

– Um cavalheiro não deve lembrar uma dama de suas indiscrições – concluiu Anne.

Sua mão pressionou as costas de Anne e ele a puxou contra seu corpo enquanto se inclinava para frente e colocava a boca perto de seu ouvido, o hálito quente no pescoço da esposa.

– Só que eu não sou um cavalheiro, lady McIntosh – disse ele em voz baixa –, como você vai logo descobrir.

Um tremor percorreu seu corpo. Como ela desejava conhecer aquele corpo, tocar sua pele e sentir suas mãos nela, embora tivesse medo ao mesmo tempo. Ele se afastou um pouco e olhou em seus olhos.

– Além disso – concluiu –, foi sua impertinência naquele dia que me fez perceber que eu não poderia me casar com mais ninguém. Uma esposa deve ter um pouco de fogo.

A dança mudou naquele momento, tornando-se mais agitada. Aeneas rodopiou-a e, quando deveria soltá-la, segurou-a um segundo a mais, fazendo-a atrasar-se para passar ao próximo parceiro, excitada, animada, rindo. Forbes a segurou e, apesar da idade avançada, manteve o passo da dança. O velho juiz era tio de sua madrasta, mas visitava poucas vezes Invercauld.

– A senhora se casou com um homem inteligente, lady McIntosh – afirmou enquanto eles rodopiavam –, e foi boa ideia trazer seu próprio dinheiro com a senhora. A senhora fará bom uso dele, sem dúvida, ao manter seu marido longe da prisão.

Anne parou de dançar, a expectativa de levar o marido para cama se esvaindo dela.

Aeneas e MacGillivray estavam bem ao lado dela. Aeneas agarrou Forbes pela camisa enquanto, ao redor deles, a dança parou e a música vacilou, deixando o salão em silêncio.

– Prisão, é? – Aeneas gritou na cara do senhor. – Não importa quem o senhor envie para me buscar, ele vai voltar em um caixão!

Os homens do clã, enfurecidos, cercaram-nos, empunhando os punhais; as espadas curtas classificadas como facas de trabalho eram tão letais em mãos hábeis quanto qualquer espada de lâmina larga. O suor brotou no rosto de Forbes. Ele escolhera mal o momento.

– A prisão não será necessária – chiou.

Aeneas soltou o juiz. Forbes alisou a camisa para desamassá-la antes de continuar.

– O dinheiro da sua esposa vai servir.

Era possível escutar a respiração dos presentes. A notícia foi se espalhando em murmúrios que ecoavam pela multidão. Os Farquharson passaram à frente. Eles não tinham ficado mais pobres para beneficiar os McIntosh. MacGillivray olhou para Aeneas.

– Então era isso.

Anne encarou o marido. O dote era o presente de seu clã para garantir que ela seria bem cuidada durante a vida de casada. Aeneas não tinha nenhum direito sobre ele.

– Aeneas, o que está acontecendo?

– Nada que eu não possa resolver – garantiu ele.

Em volta deles, os Farquharson ficaram mais inquietos. Foram feitas ameaças, mais punhais foram desembainhados.

– É claro, há uma alternativa – falou Forbes, sacando um papel de dentro do casaco. – Assine e passe esta terra para o banco. – Ele mostrou o documento a Aeneas.

– Nossas melhores terras agrícolas? – Aeneas estava perplexo. – Sem elas, meu clã vai morrer de fome.

– Há sempre a possibilidade de alugarmos para vocês – Forbes levantou os ombros.

– Então a terra vai trabalhar para vocês – resumiu Anne – e o clã vai continuar a morrer de fome.

– O tribunal a cederia de qualquer jeito – falou Forbes. – Ou há o dinheiro.

– *Nous verrons*[5] – disse Aeneas. – Veremos. – Ele pulou de volta à plataforma. – Temos uma dívida a pagar – clamou ao clã. – O banco quer nossa melhor propriedade. – Ouviu-se um clamor de indignação vindo da multidão. – Então vamos pagá-la com o dinheiro dos Farquharson?

– Não! – o clã clamou mais uma vez. Ao seu redor, os Farquharson, aliviados, embainharam os punhais.

– Mas podemos pagar – anunciou o chefe – com serviços à Guarda Negra[6]!

Vozes descrentes encheram o ambiente. A Guarda Negra era um novo regimento criado para evitar um segundo levante jacobita nas Terras Altas. Forbes havia participado do *lobby* no Parlamento para criá-la. Agora ela estava sendo usada contra a França. Apenas os clãs leais ao Rei George pensariam em se juntar a ela. As pessoas olharam-se horrorizadas. Um robusto *cottar*, membro da família McIntosh, deu um passo à frente.

---

[5] "Veremos", em francês. (N.E.)

[6] *Black Watch* no original. (N.T.)

– Você está nos pedindo para lutar para este governo?

Sua esposa juntou-se a ele.

– Não vamos ajudar os ingleses a nos roubar e nos matar de fome – gritou ela.

– Ou matar nossos aliados! – berrou outra pessoa.

De trás, uma quarta pessoa clamou:

– Que tipo de chefe pediria uma coisa dessas?

A atmosfera ficou tensa outra vez.

– É verdade – concordou Aeneas. – A Guarda Negra luta ao lado da Inglaterra contra a França. Mas quando ela se retirar, as companhias precisarão policiar as Terras Altas. E quem melhor para fazer isso que os clãs jacobitas?

Uma mulher muito magra com um forcado na mão abriu espaço na multidão.

– Nós mesmos nos vigiamos – gritou.

– Então crie uma companhia – falou Aeneas – e seja paga para fazer isso.

O clã não estava convencido. Menos de quarenta anos haviam passado desde que o Parlamento escocês fora subordinado para se unir à Inglaterra. Os escoceses ficaram ressentidos desde o início com a união, que se mostrou desigual. Os clãs sofreram mais; seu modo de vida tribal foi corroído pelas novas leis e impostos, seus costumes foram ameaçados pela cultura inglesa invasiva. Trinta anos antes, eles haviam pegado em armas, determinados a colocar seu próprio rei, James, de volta ao trono e a deixar a Escócia livre. O levante fora derrotado, mas a esperança não fora destruída. Agora, apesar dos boatos, parecia que o novo chefe não dividia aquela esperança com eles. A raiva e a discordância cresceram entre eles.

– Você talvez se torne viúva antes mesmo de se tornar esposa – sussurrou Forbes no ouvido de Anne.

Ela pegou seus punhais e correu à plataforma para ficar ao lado do marido.

– Esse governo nos derrota todas as vezes – gritou ela à multidão. – Eles taxam nossas colheitas, nossos animais e todo dinheiro que conseguimos nas transações comerciais. Cobram-nos impostos por fazermos nossa própria cerveja e impedem-nos de tosquiar nossas ovelhas para que a indústria de lã inglesa cresça mais. Agora querem tomar nossa terra. Mas se vocês se juntarem à Guarda, podem tomar deles para variar! E para fazer não mais do que já fazem, manter a paz nas Terras Altas!

Os sussurros tornaram-se murmúrios a medida que as pessoas começaram a notar a ironia daquilo.

– Três refeições ao dia, pagas pelos ingleses! – gritou Aeneas.

A multidão riu.

– E um xelim para cada um, pago por aquele pirralho alemão dono de terras que eles chamam de rei! – acrescentou Anne.

Todos gargalharam. A senhora acenou com o forcado.

– Eu vou – gritou ela.

– Apenas os homens jovens, Meg – explicou Aeneas. – Bobos como eles são, não querem mulheres.

– *Sasannaich*! – A velha Meg cuspiu no chão.

A mulher do clã havia se objetado primeiro, mas empurrou o filho mais velho para frente.

– Nosso Calum vai – falou ela.

– E eu. – Outro rapaz deu um passo à frente.

– Eu vou.

– Eu também. – Gritos vinham de toda parte.

Forbes estava aturdido. Uma contribuição dos McIntosh para a Guarda Negra era inesperada, mas era mais que aceitável diante da possibilidade de rebelião. Ele só podia se declarar satisfeito. Aeneas olhou para Anne, suspendeu-a nos braços, desceu da plataforma e, diante dos bramidos de encorajamento dos clãs, carregou-a para casa, passando pelas portas abertas.

Era a primeira vez que Anne entrava na Moy Hall, embora ela mal notasse a grande sala de jantar ou o amplo salão quadrado. O que a impressionou foi a proximidade física com o homem que a embalava. No balanço de cada passo, sentia o peito firme do marido contra suas costelas, a nuca dele na dobra de seu braço, a maciez de seu cabelo negro entre os dedos, a pressão de seus braços nas costas e coxas, a leveza com que ele carregava seu peso.

– Eu devia lhe mostrar a casa – falou ele enquanto ia para a escada larga, sem intenção de colocá-la no chão. Do lado de fora, as gaitas continuavam a animar o baile onde a dança recomeçara.

– Isso pode esperar. – Ela acariciou a nuca de Aeneas para sentir seu perfume almiscarado e aproveitou para encostar os lábios e tocar com a língua sua pele suave e levemente salgada.

– Mulher – gemeu ele enquanto inclinava um pouco a cabeça para ela – nós nunca vamos passar desta escada.

Então ele cobriu seu rosto de beijinhos, na bochecha, em sua testa, no cabelo, – e ela correspondeu –, carregando-a sem tropeçar. No alto havia uma porta, que ele abriu com as costas, que dava em um corredor com várias portas. Ele a carregou até a primeira, que abria para um quarto com painéis de madeira que brilhavam à luz do sol, tirou a boina e colocou Anne no chão. Antes mesmo que seu pé tocasse o solo, sua boca já estava colada na dele, procurando o calor de seus lábios, sua língua, com os braços ao redor do pescoço dele, os dedos enrolados em seu cabelo comprido, ela estava muito consciente das mãos do marido, uma sobre a escápula e a outra ao redor da cintura, puxando-a em direção a ele. Foi um beijo faminto, violento, a troca do hálito quente do casal, os dois corpos enganchados, as mãos dadas alisando as roupas até o desejo pela pele um do outro se tornar irresistível. Ela soltou o cinto dele que caiu no chão juntamente com o punhal. Ela tentou soltar o *kilt*, mas, ao contrário da grande manta xadrez que cairia do seu corpo sem um cinto para segurá-la, não conseguiu.

– Espere – pediu ele ofegante, recuando para tirar sua espada e desatarraxar o broche da manta.

Ela esperou, aturdida de desejo, assistindo aos dedos dele abrirem as fivelas, o *kilt* e a manta, que caíram junto às meias tartã que ele tirara dos pés; embora ainda vestindo uma camisa comprida, ele parou para tentar alcançá-la novamente.

– Queria vê-lo sem a camisa – falou ela.

Em um movimento, ele tirou a camisa pela cabeça e ficou nu diante dela, ereto, musculoso, seu corpo perfeita e lindamente masculino, a suavidade dos músculos relaxados, o pênis projetando-se, firme, pronto. Ela colocou a palma da mão no peito dele. Seus olhos quiseram se fechar, seu corpo ansiava por se entregar, enquanto ele ficava mais vigoroso diante do desejo, a natureza assegurando sua intenção. Mas Anne queria conhecer aquele corpo que se uniria ao dela em matrimônio, antes que as sensações afetassem sua percepção; então ela caminhou ao redor dele, perto dele, passando os dedos e a boca em sua pele, sentindo seu perfume enquanto beijava, levemente, o espaço entre seus ombros fortes e sentia os músculos de suas costas e das nádegas estremecerem.

Quando ela se colocou em frente a ele novamente, as pontas de seus dedos tocaram a cicatriz do ombro esquerdo de Aeneas, uma cicatriz antiga, esbranquiçada pelo tempo, mas que um dia fora profunda.

– Lembrança da época em que eu não sabia que não podia baixar a guarda – falou ele olhando-a nos olhos.

Os olhos de Aeneas eram marrons como a turfa, e seu olhar a fez desejar sua boca outra vez, ansiando para tê-lo dentro dela. Ele, contudo, ao notar que o desejo crescia nela, balançou a cabeça.

– Ainda não – disse colocando as mãos nos ombros da esposa para virá-la de costas para ele e começar a abrir os colchetes de seu vestido.

As pétalas brancas dos botões de rosa se espalharam pelo chão e voaram pelo quarto quando seu vestido escorregou. Quando ela deixou o vestido cair, Aeneas o pegou e o colocou em cima de uma cadeira. Ele a virou para abrir o fecho de seu corpete, deixando-a de frente para ele. Ele abriu o laço, os nós dos seus dedos tocando os seios de Anne, que arfava pelos lábios entreabertos.

Quando ela já estava sem corpete, esperou que Aeneas empurrasse as alças dos seus ombros para tirar a combinação, para deixa-la cair entre eles. Mas ele colocou as mãos em suas costas, deslizou a mão direita para levantar a barra da combinação e alcançar sua coxa escondida, a curva de seu quadril, sua barriga, passando os dedos entre seus cabelos macios e no calor úmido de seu sexo.

– Você está pronta para meter – sussurrou de joelhos enquanto inseria o dedo nela.

Ela se agarrou ao seu corpo, em seu ombro para se equilibrar, tocando o membro ereto e pesado do marido com a outra mão, mas ele parou de tocá-la, recuou, os olhos mais escuros ainda, a luz da janela atrás dele, o som abafado das gaitas agora mais lento, os gritos das pessoas dançando.

– Queria vê-la sem a combinação – pediu ele, sua voz grossa e forte reverberando nela, sem sorrir.

Ela sentiu um tremor na barriga. Tirou as alças dos ombros e livrou-se da peça de seda, que escorregou para o chão. Nua diante da nudez de Aeneas, os braços se esticaram em sintonia, abertos para ele. Se ele não viesse para ela naquele momento, o sentimento que ela alimentava se transformaria em cólera.

– Solte o cabelo.

– Ele vai atrapalhar.

– Não a mim.

Agora ela estava brava. Ela mexeu na trança comprida, tirou a fita branca, derrubou os últimos botões de rosa que restavam nele, percorreu os dedos nos nós dos cabelos para desfazê-los, jogou o cabelo sobre os ombros e balançou a cabeça. Seu cabelo oscilou com o peso, caindo sobre as costas, os seios, chegando aos quadris. Ela olhou para o marido, mas, com sua energia calma e vigilante, ele parou, sem parecer se importar. Então o calor da pele dele chegou até ela, seus braços fortes a abraçaram e a levantaram para colocá-la em seu leito conjugal. Ele se juntou a esposa, seu corpo sobre o dela.

Mesmo na cama, ele pareceu não ter pressa de se entregar. Não havia nada a negar e ela não negaria nada. Ele sabia, embora ela não soubesse, que a pele entre os dedos e a da palma das mãos eram mais sensíveis ao toque que os seios. Esses gestos suaves na pele quente a excitaram como um afago. Então ela se deixou levar por ele. Tudo que ele queria evitar era que as mãos e a boca dela, e mesmo sua própria urgência, o transformassem em um marido rápido demais.

A cópula foi longa e demorada, até que, por fim, quando ela clamou por ele, Aeneas a segurou enquanto ela estremecia de prazer. Foi só então que, deixando-se levar, ele se mexeu dentro dela novamente, com golpes a princípio lentos que logo passaram a estocadas mais rápidas e profundas. Agarrada a ele, ela estava consumida, não pelo próprio prazer, mas pelo dele.

– *Mo ghaoil*, meu amor – suspirou ela quando ele sussurrou seu nome. Ela estremeceu, maravilhada, quando a semente de Aeneas deixou seu corpo para entrar no dela. Anne sentiu os olhos se encherem de lágrimas só por abraçá-lo, vulnerável como ela era, totalmente entregue, sem defesas naquele momento, deixando a quietude livrá-la do peso do marido.

– Você está chorando? – perguntou ele, levantando-se para olhá-la.

– Não. – E, na verdade, ela não estava chorando naquela hora. Embora sua barriga estremecesse, o que a movia era uma risada.

Ela sorriu, riu baixinho e rolou sobre as costas dele. Eles deitaram juntos, ouvindo a voz das pessoas que dançavam a jiga[7] ao som das gaitas, a cabeça dela encostada no peito encharcado de suor do marido, os dedos acompanhando o movimento leve do seu abdômen, o cheiro de sexo impregnado neles.

– Como você sabe tudo isso? – quis saber ela.

Ele levantou a cabeça, olhando para ela, franziu as sobrancelhas e então deu um sorriso largo, jogando a cabeça para trás no travesseiro enquanto dava uma risada profunda e gutural que ele não explicaria a não ser que ela lhe desse um golpe com o punho nas costelas e ameaçasse fodê-lo de novo, mas era muito cedo para isso, e eles tiveram de esperar um pouco.

Relutantes em se juntar de novo aos convidados, pelo menos até a manhã ou mesmo o dia seguinte, eles deixaram a tarde se transformar em noite e se alimentaram da comida e da bebida da bandeja que Jessie deixara na porta. Apenas quando a noite caiu e as gaitas e os convidados ficaram em silêncio, a grandeza do matrimônio atingiu Anne. Ela dormiria a noite ao lado dele, acordaria naquela cama no dia seguinte.

– E acordaremos fazendo amor – sorriu ele com os olhos fechados, quase dormindo.

– De manhã?

– Acho que os ingleses não aprovaram uma lei contra isso ainda – falou ele.

– Então eles vão querer cobrar imposto sobre isso – concluiu. E eles riram de novo, juntos.

---

[7] *Jig* no original em inglês. Dança de origem inglesa popular e animada. (N.T.)

Sete

Uma garoa cinzenta caía sobre Londres e mal deixava a luz do sol nascente aparecer. Nos aposentos da Kensington House, o duque de Cumberland lavou o rosto com água fria. Aos vinte e quatro anos, ele já tinha um ar bulboso, típico de um buldogue inglês. A derrota em Fontenoy ainda lhe doía, o retorno para casa vergonhoso, deixando a vitoriosa França dominar Flandres. Atrás dele, um serviçal segurava seu casaco vermelho pronto para vesti-lo. O duque se enxugou, jogou a toalha ao lado da bacia chinesa e escorregou os braços dentro das mangas que o esperavam.

– Cope! Hawley! – chamou.

A porta se abriu e o general Hawley, um senhor magro que parecia uma aranha, vestido meticulosamente de preto, entrou.

– Sua Alteza – cumprimentou. – Tudo certo com o rei?

– Meu pai está... – hesitou Cumberland – ... preocupado. Onde está Cope?

– É de manhã – disse levantando os ombros. No Exército, onde todos sabiam disso, o general Cope gostava de ficar na cama até mais tarde. Ouviu-se um barulho vindo do corredor. A porta se abriu com violência e Cope entrou, um homem corpulento, com o rosto vermelho e os botões meio abotoados, a peruca de lado, o uniforme escarlate molhado de chuva. Ele abanou as mãos, desculpando-se.

– Hã, desculpem-me, eu estava...

– Atrasado – cortou Cumberland. Suas bochechas tremeram. Ele ajeitou um maço de papéis e o estendeu aos dois generais. – Na semana passada o Lion, navio de Sua Majestade, envolveu-se em uma batalha com duas fragatas francesas. O Elisabeth voltou com dificuldade para Brest. O du Teilley escapou. Agora nossos relatórios da inteligência dizem que meu primo deixou a França.

– Ele não seria tão idiota de aportar – afirmou Cope. – Não com apenas um navio.

Isso é tudo que sabemos. – Cumberland desabou sobre a cadeira e começou a escrever. – Você vai se preparar para partir para a Escócia. General Hawly, você vai se juntar ao general Wade em Northumberland.

– Os jacobitas ingleses não vão começar uma insurreição – objetou Hawley. – Eles só falam. Bastam algumas forcas nas Terras Altas para garantir a paz.

– Ou só uma para um aspirante a rei – corrigiu Cumberland. Ele entregou o papel que escrevera para Cope. – Uma carta de crédito, Johnny. Isso deve cobrir sua folha de pagamento. Encontre-o.

A chuva caiu forte durante as primeiras duas semanas de julho, uma chuva intensa, incessante, que cortava como faca e fazia barulho nos telhados, formando poças nos campos e inundando os riachos repentinamente. Quando a chuva parou, logo se fez verão; estava tão seco e quente que era impossível imaginar que chovera havia pouco na região, muito menos pensar no outono. Apenas os vaus inundados, os lagos cheios e a correnteza forte dos rios lembravam a chuva, além das plantações. Seríssimos, Anne e Aeneas montaram em seus cavalos, lado a lado, olhando a devastação. Os campos de cevada estavam destruídos.

– O trigo estará igual – falou Aeneas, descendo do cavalo para verificar a altura dos caules quebrados.

– Não podemos fazer a colheita agora?

– Sim – disse piscando para ela, contra o sol forte. – Mas não do feno. – Isso significaria trazer mais gado para passar o inverno, assim a cultura teria algum valor ao servir de alimento aos animais. A primavera chegaria antes que o feno recuperasse totalmente seu valor.

– Pelo menos colhemos a aveia.

– Muito mingau – concordou subindo novamente na sela – e pouca bebida.

– Então você lamenta pela cerveja e pelo *uisge beatha* – caçoou. – Ou pelo que nós vamos deixar de contribuir aos *geordies*[8] alemães?

Ele colocou o braço no pescoço do cavalo e a observou por um momento.

– Também é uma pena que aqui seja um campo de cevada – falou ele devagar, seriamente, apesar do brilho em seus olhos. – Você não vai querer espigas dentro das saias.

O arrepio de prazer que tomou Anne, apesar de conhecido agora, era sempre inesperado. Durante junho, eles tentaram percorrer a propriedade para que ela a conhecesse, mas mal passaram do caminho relvado entre as urzes ou do bosque. Caminhar de mãos dadas era fatal para que eles seguissem adiante. Se fosse para ela conhecer o tamanho de Moy, eles tinham de percorrê-la a cavalo. Ao contrário de Aeneas, ela não conseguiu controlar o sorriso.

– Duvido que você gostasse de espigas debaixo do *kilt* também – falou ela.

– *Ach*, sou homem. – Ele ficou sério. – Posso aguentar a coceira. – Então ele riu. – Pelo menos até mais tarde.

Demorou mais tempo que deveria para colher e estocar os grãos meio maduros. Aeneas mandou cinco famílias *cotter* para ajudar a cortá-los e empilhá-los em Dunmaglas, onde MacGillivray, com mais cevada nos campos descobertos, sofreria uma perda maior.

---

[8] Habitantes da região de Tyneside, que fica no nordeste da Inglaterra. (N.T.)

Quando o serviço acabou, os rapazes que se ofereceram para participar da Guarda Negra se reuniram na Moy Hall. Eles haviam voltado da única colheita que haveria na região, por isso precisavam do soldo do serviço militar mais do que nunca. Enfileirados, inexperientes e ansiosos o bastante para aventurar-se, eram em sua maioria o filho mais velho das famílias mais pobres. Os *cotter* da periferia da propriedade eram, muitas vezes, exilados de outros clãs, banidos por alguma transgressão ou exilados voluntariamente após alguma disputa. Eles haviam se tornado donos das terras menores e ganhado permissão para utilizar os pastos mais escassos até provarem lealdade ao novo chefe.

Anne havia se vestido especialmente para inspecionar os voluntários e percorreu as filas com Aeneas. Alguns rapazes, cujas mães se recusaram a permitir a admissão dos filhos, foram mandados para casa. Do modo habitual, ela beijou cada um carinhosamente na boca quando Aeneas os apresentou a ela. Eram garotos muito jovens, na tenra idade, dezesseis ou dezessete anos, não muito mais novos que ela. Essa seria a primeira vez deles longe de casa.

– Calum McCay – chamou Aeneas.

Ela se lembrava de Calum do dia de seu casamento, o primeiro a ser empurrado para frente.

– Duncan Shaw. – O mais velho de dois irmãos, sua mãe havia permitido que apenas um dos filhos participasse.

O próximo rapaz era desajeitado, com um sorriso no canto da boca.

– Shameless[9] – falou Aeneas. – Ele não tem outro nome.

– McIntosh – disse com orgulho Shameless, entendendo mal seu chefe. – Estou com Howling[10] Robbie. Os dois rapazes se levantaram seguros, os dedos entrelaçados, próximos um do outro.

---

[9] Desavergonhado em português. (N.T.)

[10] Clamoroso, gritante em português. (N.T.)

– *Howling* Robbie? – perguntou Anne sorrindo.

– Você não se lembra dele do baile – indagou Aeneas em seu ouvido – ou dele cantando tarde da noite?

Agora ela se lembrava da bagunça e dos gritos motivados mais pela energia do que pela melodia da música. Ela deu um beijo estalado nos dois.

– Que bom que estão indo juntos.

Havia cinquenta voluntários, o último era Lachlan Fraser, o filho do ferreiro. Anne o interrogou. Ter um ferreiro era uma vantagem importante, não era bom desprezá-lo, ainda mais nas forças do governo, quando um levante poderia ser iminente.

– Os franceses nunca deixaram o porto, Anne – Aeneas lembrou a esposa. – Apenas dois navios escaparam do bloqueio e a marinha retornou.

– Mas eles podem tentar novamente, e se o príncipe aportar na Inglaterra, esses meninos podem ser enviados para lá, para combater do lado errado.

– Não vou deixar isso acontecer.

Anne virou-se para Lachlan, parado, a cabeça baixa, preocupado. Como todos os rapazes jovens ali, ele estava ansioso para armar-se e partir, tornando-se o guerreiro que havia treinado para ser desde a infância.

– Você pode ir com minha bênção – disse Anne ao beijá-lo. – Mas apenas por seis meses. Moy precisa mais de um aspirante a ferreiro que a Guarda Negra.

Aeneas montou no cavalo, para levar os garotos ao Forte George em Inverness. Anne ficou para trás para preparar as prendas do noivado que haveria no dia seguinte, mas ela os observou partir, apreensiva. Havia apoiado Aeneas em sua decisão de recrutá-los porque isso lhe parecera a coisa certa a fazer naquele dia, mas naquele momento, vendo-os marchar orgulhosamente, com os *kilts* xadrezes balançando, ela teve a impressão de que eles estavam indo juntar-se ao inimigo. O clã havia rechaçado instintivamente a ideia de seus filhos apoiarem uma guarnição do governo. Talvez isso devesse ter sido considerado.

Na manhã seguinte, Aeneas precisou resolver algumas disputas antes das cerimônias da tarde. Moy Hall, assim como toda a propriedade, pertencia ao povo, e seu chefe também. Era a ele que as pessoas traziam os problemas que não conseguiam resolver sozinhas. Os dois primeiros foram simples, uma divergência quanto ao limite de uma fronteira e alguém reclamando que o gado do vizinho fora colocado em seu pasto. Aeneas resolveu os dois com facilidade. Ele conhecia muito bem a delimitação da fronteira. Se ela fosse desrespeitada novamente, o dono da propriedade perderia o dobro da terra em favor da família cujos direitos foram infringidos. Ele não aceitou a desculpa de que o gado invadira o campo do vizinho.

– É sua obrigação cuidar para que isso não ocorra – avisou ao dono, alertando-o que o vizinho também ganharia um animal extra se o fato acontecesse outra vez. Em seguida, abordou a necessidade de atribuir direitos adicionais à pastagem comum.

Anne ouviu com atenção. Levaria tempo até ela conhecer Moy e seu povo bem o suficiente para fazer julgamentos tão lúcidos. Em Invercauld, ela também conhecia cada pedra e cada árvore da propriedade, cada nome e cada morador. Ela engoliu em seco a saudade repentina de casa.

A terceira queixa foi feita sob muita raiva. Uma multidão invadiu o salão, todos falando ao mesmo tempo. Uma velha senhora empurrava com um forcado um *cottar* ferido.

– Apenas um deve falar primeiro – pediu Aeneas, fazendo um sinal com a cabeça para um *cottar* robusto. – Ewan?

– Ele enfiou uma *torr-sgian* na esposa – explicou Ewan. – E os machucados nas costas dela podem provar isso!

– Então não foi um acidente? – quis saber o chefe.

– Eles não iriam cortar turfa esta tarde – interrompeu Anne, chocada com a brutalidade.

– Tampouco dentro de casa – gritou a velha senhora, cutucando o culpado com os dentes da ferramenta.

– Está bem, Meg – concluiu Aeneas enquanto franzia a testa. – Nenhum de vocês conseguiu evitar isso?

– Só agimos quando percebemos – endireitou-se Ewan, com orgulho. – Mas o mal já havia sido feito.

Aeneas verificou que a mulher iria se recuperar, e então ouviu, calmamente, a história do homem: tinha sido um acidente, sua mulher tinha uma língua mordaz e era ingrata, ele tinha ficado com raiva, mas não a tinha machucado.

– E agora estou muito arrependido – afirmou lamentando-se, levando a boina ao peito.

– Você deve controlar seu gênio, Dùghall – avisou Aeneas. – Você veio até nós porque precisava de uma casa quando foi banido pelo seu chefe. E isso por quê?

– A mulher dele disse que eles fugiram da ira da família dela – respondeu Meg no lugar de Dúghall.

– Ela irá com ele outra vez? – quis saber Aeneas.

– Ela disse que não – respondeu Ewan.

– Dizer e fazer são coisas diferentes. – Aeneas se levantou. – Vamos resolver isso lá fora. – Enquanto os *cottar* empurravam o homem para fora, ele pediu a Jessie que trouxesse uma atadura e se virou para Anne quando ela se levantou para segui-lo. – Você não precisa ver isso.

– Aeneas – insistiu ela –, quando você não estiver aqui, vou precisar tratar desses problemas.

– Se eu não estiver aqui – disse afivelando a espada – MacGillivray vai cuidar de problemas como esses.

– Não o vemos desde o casamento – lembrou enquanto o seguia.

– Ele virá quando for preciso – afirmou Aeneas colocando-se de lado para deixá-la passar na frente. Do lado de fora, ele pediu a Will, o rapaz que cuidava do estábulo, que buscasse um cabresto. Em posse dele, Aeneas amarrou a mão direita de Dùghall, que agora choramingava, ao poste próximo à porta.

– Segure-o – ordenou desnecessariamente a Ewan, que o agarrou com força para evitar que o homem fugisse. A Dùghall, ele disse: – Você não vai mais machucar ninguém nem achar outra casa facilmente daqui para frente. – Então ele desembainhou a espada, levantou-a e a golpeou com violência no punho do homem, arrancando a mão amarrada.

O homem desmontou nos braços de Ewan, gritando enquanto o sangue jorrava da extremidade do seu braço. Quando Aeneas guardou a espada, Jessie veio para colocar a atadura no ferimento e Will recolheu o cabresto e a mão decepada.

– Se vocês o levarem ao ferreiro – explicou Aeneas aos *cottar* –, Donald vai cauterizar a ferida. Depois o expulsem das nossas terras.

– Ele será um pária agora – falou Anne quando Aeneas subiu os degraus. O tamanho do ferimento era maior que a deformidade em si. Nenhum chefe o aceitaria, e ele não teria nenhum valor como guerreiro ou trabalhador, pois sua natureza pouco confiável seria evidente. Enforcá-lo talvez fosse um gesto mais generoso.

– Sua mulher vai ter menos vontade de segui-lo – concluiu Aeneas – quando ela ouvir o que aconteceu.

Os homens agora dançavam na distante fronteira da propriedade, onde o banquete de noivado ocorria do lado de fora da casa de veraneio. Os homens das Terras Altas dançavam com frequência, sozinhos, e as danças eram complexas e requeriam habilidade. Eles podiam se machucar caso as armas se envolvessem na exibição. Agora dançavam exuberantemente para as gaitas, comemorando. Aeneas foi chamado para se juntar a eles, o que ele fez, assumindo seu lugar em frente ao grupo.

Anne se juntou às mulheres, conversando e rindo com elas enquanto assistiam aos homens, com os *kilts* e as mantas balançando, os pés a toda velocidade, como facas. Os noivados eram um costume antigo não mais observado por muitos clãs, mas os McIntosh descendiam de padres celtas, seus costumes lhe eram caros. O casal que participava do noivado se comprometia a viver junto como casado, por um ano e um dia. No último dia, se os dois quisessem, eles se casavam. Se não quisessem, o laço se rompia. A igreja não aprovava o costume. Quando o casamento era recusado, os filhos concebidos ou nascidos eram geralmente dados à família do pai após o desmame, mas a mulher podia escolher. Grávida ou amamentando, ela era mais procurada por outros pretendentes, já que sua fertilidade era garantida.

Quando a dança terminou, todos brindaram, os casais se enfileiraram debaixo das árvores à beira do vau. Um depois do outro, deram as mãos, pegaram o outro pelo punho, que Aeneas uniu devagar com laços de tecido escocês. Atrás dele, Anne deu a cada mulher uma boneca de palha de milho para dar sorte. A cerimônia ocorreu atrasada naquele ano, pois em geral acontecia após a colheita de feno, que fora atrasada por causa das chuvas e pela necessidade imediata de colher as culturas quando o sol voltou. Quando a união de doze casais acabou, as mulheres cantaram uma antiga canção de amor gaélica, as vozes ecoando pelo rio. Aeneas ficou atrás de Anne, seus braços em volta da cintura dela, balançando juntos quando ela se juntou à cantoria. Quando terminou, os casais se dispersaram para um lugar privado já escolhido atrás das árvores. O sol e o verão deveriam ser aproveitados. Quando a chuva e o inverno chegavam, a maioria deles iria desfrutar do prazer nos lotados chalés de um cômodo, propriedade da família.

Vendo-os se afastar, Anne se reclinou, descansando a cabeça embaixo do queixo do marido. Seus braços estavam dobrados sobre os dele, as palmas descansando no dorso das mãos dele, os dedos entrelaçados. O barulho das pegadas nas árvores se tornaram distantes. As vozes animadas sumiram ao longe. Eles ficaram lá por algum tempo, aproveitando o calor do ar, a pressão delicada de um contra o outro, ouvindo o zumbido dos insetos, o cantar dos pássaros, a água dando voltas suavemente atrás deles. Aeneas colocou o queixo no topo da cabeça dela, e ela virou o rosto para ele.

– Nós podemos fazer a mesma coisa – falou.

Um barco a vela branco batia no vento, hasteando as cordas e as velas, o botaló balançando. De Moidart, o barco retornou em direção a Loch nan Uamh, seguindo para Borrowdale. Conforme a proa aumentou, cortando as ondas, uma ondulação branca arrastou atrás dele. No deque, caixas de munição empilhadas. Sete homens viajavam no barco. Na proa, inclinado para frente, um príncipe estava sentado. Ele era alto, magro, com traços delicados e aristocráticos, olhos marrons escuros e pele clara. Estava elegantemente vestido, com calça e jaqueta de seda azul, meias brancas e um jabô fino rendado no pescoço. O entusiasmo o animou quando a terra surgiu verde e as montanhas púrpuras ergueram-se diante deles. Ele se virou para o homem de pé atrás dele.

– *L'Écosse,*[11] O'Sullivan – anunciou. – Estou indo para casa.

Anne acordou sobressaltada. Desorientada diante da primeira luz da manhã, ela olhou ao redor do quarto revestido de madeira. E então se lembrou e se espreguiçou sensualmente

[11] "A Escócia", em francês. (N.E.)

na cama vazia, alisando o lençol enrugado com as pernas, a cena de amor do dia anterior passando novamente em sua cabeça. Ao lado dela o outro travesseiro ainda trazia a marca da cabeça do marido. Ela puxou o travesseiro para si, enterrou o rosto nele e aspirou o perfume de Aeneas. Se ele não voltasse para a cama logo, ela teria de se levantar e encontrá-lo ou buscar o prazer sozinha. Imaginou o que ele faria se voltasse. Ele se juntaria a ela e tomaria as rédeas ou preferiria assisti-la? O tilintar de algo de metal batendo em outro objeto de metal invadiu o quarto. Eram espadas, e lutavam seriamente, pelo que se podia ouvir.

Na mesma hora Anne pulou da cama, vestiu um robe e correu até a janela. Ela a abriu, inclinou-se e olhou para baixo. O medo tomou seu coração. Era Aeneas e MacGillivray no jardim abaixo, as espadas brilhando na luz de agosto. A luta era rápida, vigorosa e perigosa. Aeneas empurrou MacGillivray e o chefe mais jovem imediatamente gingou diante dele de novo.

– Espero que vocês estejam lutando para abrir o apetite – gritou Anne de cima.

– Lutando para destruir um apetite – respondeu Aeneas, deixando claro o que preferia estar fazendo. MacGillivray arremeteu de novo com sua espada. Aeneas deteve-a sobre a cabeça com sua arma. Com o rosto próximo, os olhos dos dois homens se encontraram.

– Muito devagar – falou Aeneas. Ele tinha sacado o punhal e o segurava com a mão esquerda, e sua ponta pressionou bem abaixo das costelas de MacGillivray, que sorriu. Os dois homens riram. MacGillivray separou sua espada e a guardou.

– Como sempre – reclamou.

– Fique feliz por vocês estarem do mesmo lado – gritou Anne.

Aeneas guardou o punhal no cinto e embainhou a espada, e depois colocou o braço em volta do ombro de MacGillivray.

– Deixa para lá, pequeno chefe – falou calorosamente. – Um dia.

– Sim – concordou MacGillivray. – Você vai envelhecer primeiro. – Eles riram de novo. Anne sorriu para a dupla abaixo dela. A vida já era difícil o bastante sem animosidades entre parentes.

– Achei que você estava em casa, em Dunmaglas – berrou para MacGillivray.

– Eu estava, até o MacDonalds roubar meu gado ontem à noite.

– Estávamos nos aquecendo enquanto esperávamos pelo seu consentimento para roubá-lo de volta – Aeneas falou alto. – Desça e junte-se a nós enquanto comemos.

Quando se virou para se vestir, Anne se sentiu realmente afortunada. Os dois eram habilidosos: MacGillivray era corajoso e ousado; Aeneas era imperturbável, rápido e terrivelmente preciso. Juntos, eram invencíveis. Eles teriam sua permissão para o roubo. Ela pegou o travesseiro branco da cama de casal e dançou com ele pelo quarto.

Oito

O sangue escorria de uma incisão recente feita na garganta de uma vaca e corria para um prato de madeira. A velha Meg segurava-o com uma mão, enquanto com a outra, apoiada no lombo da vaca, trazia o punhal com o qual fizera o corte. Ao lado dela havia um forcado apoiado em seu chalé. Uma jovem mulher, carregando um bebê que chorava envolto em um xale de tartã, surgiu do chalé ao lado, com a blusa aberta.

– O que posso fazer? – Ela pôs a mão no seio vazio. – Meu leite secou.

– Colha algumas aveias, Cath – disse Meg sem tirar os olhos da tarefa. – Vou lhe dar sangue para misturar com a aveia.

– Ele não vai conseguir comer isso – respondeu Cath.

– Ele não, mas você vai. – E então, quando a jovem saiu para colher um prato de aveia, ela gritou: – E beba água. Muita água.

Ela se concentrou na tigela que se enchia com o sangue da vaca, mas mesmo assim viu Anne subindo em direção a ela, seguindo pelo caminho que dava nos chalés, com uma cesta fechada e pesada no braço. Antes de a mulher do chefe ter percorrido metade da distância, Cath estava de volta com o prato de aveia. Meg interrompeu o sangramento no pescoço da vaca e então pingou cuidadosamente o sangue de sua tigela na de Cath enquanto a jovem misturava-o ao cereal. O som de cascos de cavalo interrompeu a calmaria. As duas mulheres olharam para cima, em direção ao barulho.

Um homem montado a cavalo tinha surgido de trás dos chalés pelo mesmo caminho que Anne percorria, mas indo em direção a ela. Estava nítido que ele era estrangeiro por suas roupas diferentes. A alguns metros atrás dele, uma mulher a pé puxava o próprio cavalo pelas rédeas. Sem olhar para ele, Anne fez um sinal com a cabeça quando o homem passou por ela, mas parou quando alcançou a mulher que transpirava, tirou um cantil da cesta e o estendeu a ela.

– *Uisge*? – ofereceu, e percebendo que a mulher não entendia o que ela dizia, tentou em latim: – *Aqua*? .

A mulher exausta agarrou o cantil, enquanto o homem parava, virando-se na sela em direção a ela, e engoliu rapidamente o líquido.

– Helen! – O homem ordenou, revelando pela voz e pela língua que era inglês. – Não beba essa porcaria!

– É apenas água – explicou Anne, falando na língua dele, agora que sabia qual era.

O homem virou o cavalo, o chicote em punho. Anne pôs a cesta no chão, pronta para se defender. Nos chalés, a velha Meg colocou a tigela de sangue na grama e agarrou o forcado. O homem balançou o chicote sem mirar em Anne, mas acertando o cantil na mão da companheira.

– Já disse, não beba isso!

Quando ele baixou o chicote, Anne o pegou e o segurou pela ponta, evitando que ele acertasse o alvo. A velha Meg correu para alcançá-la. Cath, devagar por causa do bebê amarrado a ela, corria atrás. Anne encarou o homem montado no cavalo acima dela.

– Já tomei o bastante – falou a mulher. – Obrigada.

Meg chegou ao cavalo da mulher, passando as mãos experientes na pata traseira do animal. O homem se mexeu na sela, visivelmente incomodado.

– Ande, Helen – insistiu. – O povo dessas tribos do norte é selvagem.

Quando Cath chegou ao lado deles, Meg tirou os olhos do cavalo. – *Tha e crùbach* – disse em língua gaélica. – Ele é coxo.

Anne pegou as rédeas do homem.

– Entre os selvagens – concluiu ela – as esposas não andam a pé enquanto os maridos montam a cavalo.

– Largue meu cavalo – ordenou o homem. – Sou um criado da Sua Majestade, o rei George.

– Mesmo? – sorriu Anne, ainda segurando as rédeas.

O homem procurou a pistola. Tarde demais. Antes de sua mão tocar o cano da pistola enfiada na cintura, a velha Meg mirou o forcado bem no meio do seu corpo. Anne achou engraçado ele ter pensado que sua lealdade ao usurpador iria impressionar alguém nas terras distantes do norte.

– E o senhor tem um nome, criado do rei George? – quis saber ela.

– James Ray – lançou. – Um nome do qual seria bom você se lembrar.

Seus modos rudes não diminuíram a cordialidade e simpatia de Anne. Ela estava curiosa, eles vieram de longe, era raro encontrar ingleses naquela região.

– E você, minha querida? – perguntou à mulher.

– Senhora James Ray – interferiu o homem. – Obviamente!

– Vocês têm o mesmo nome? – Anne franziu a testa, ainda se dirigindo à mulher. – Ninguém pensa que vocês são irmãos?

– Bem, não. De que outro modo uma esposa pode ser chamada além de pelo nome do marido?

– Estava certa de que ele a chamara de Helen.

– Ele chamou – concordou Helen. – Pois esse é meu nome, mas para ser chamada de senhora Helen Ray eu teria de ser viúva.

– Então você deve torcer para que isso ocorra logo – sorriu Anne – Helen seja-lá-quem-você-seja. – Ela traduziu a brincadeira para Meg e Cath, e as três mulheres das Terras Altas riram. Mas, enquanto a inglesa rapidamente segurou um sorriso, seu marido ficou furioso.

– Posso chamar minha mulher do que eu quiser – grunhiu –, mas você vai se dirigir a ela como senhora Ray.

Anne julgou o homem. Ele parecia não se dar conta de sua situação, tanto que tentava se afirmar. O forcado duplo de Meg poderia encher suas vísceras de ar com um movimento forte de seu pulso.

– E você deve se dirigir a mim como Anne Farquharson, lady McIntosh – avisou ao homem. – Um nome que você talvez prefira esquecer.

– Lady! – grunhiu Ray. – Duvido.

Anne puxou o punhal. Ao lado dela Cath colocou o bebê debaixo da axila esquerda e repetiu o gesto.

– Enquanto você estiver em nossa terra, é melhor controlar seus modos – informou. – Agora, você se importaria em descer do cavalo?

A pergunta foi um gesto cortês, apoiado pelo aço frio do punhal. Em segundos, Ray desceu do cavalo e sua mulher relutou em montá-lo em seu lugar.

– Eu devo obedecer ao meu marido – falou olhando nervosamente para ele.

– Mas por que, meu Deus? – perguntou Anne impressionada.

– Porque sou obrigada. Você certamente fez o mesmo voto.

– Nenhuma esposa escocesa prometeria uma coisa dessas. Nossos homens nos achariam loucas. – Anne virou-se para as mulheres *cottar*. – Obediência ao marido? – perguntou.

Elas deram de ombros, perplexas diante da ideia, que lhes parecia estranha demais para sequer ser considerada.

Helen montou no cavalo saudável empurrada pela ponta do punhal.

– Tente lembrar quem de fato você é – aconselhou Anne, e então entregou as rédeas do cavalo coxo a Ray. – Vocês podem ir. Mas estejam avisados, vocês serão observados até chegarem a Inverness. Bom dia.

Helen Ray deu um golpe para o cavalo ir em frente, sua expressão confusa, mas controlada. Seu marido a seguiu, puxando o cavalo manco. Anne, Meg e Cath os observaram partir.

– *Sasannaich*! – disse Cath, indignada diante dos invasores.

– Pagãos! – Meg cuspiu no chão.

Anne sorriu para elas e guardou o punhal no cinto. Era sua primeira visita sozinha aos chalés, mas ganhara a aprovação das duas moradoras. Ela pegou a cesta.

– Alguns alimentos não conseguimos utilizar – disse ela enquanto andava em direção às casas gramadas. – O clã é mais que generoso.

– Os Farquharson não se preocupam em honrar o chefe deles? – cortou Meg, arriscando repentinamente a camaradagem frágil entre elas.

Anne tocou o animal amarrado, as cicatrizes com crostas no pescoço, a tigela de sangue enfiada em um tufo de grama. Aquelas pessoas eram pobres, mas tinham orgulho. Um clã demonstrava *status* por meio das provisões oferecidas ao chefe. Devolver um presente poderia ser encarado como um insulto.

– Eles se preocupam – falou Anne com cuidado. – E eles também obviamente cumpririam essa honra.

Meg balançou a cabeça, satisfeita com o elogio.

– Então você não tem estômago para o que tem na cesta?

– Ah, tenho – sorriu Anne. – Vocês nos deram tanta coisa que logo haveria boatos de que eu estou esperando um bebê. Mas tanta coisa boa não pode ser desperdiçada. A carne deve ser aproveitada antes que estrague.

As duas mulheres admiraram isso, considerando menos a própria necessidade que a dos outros.

– O velho Tom está doente, no final dos chalés – indicou Cath.

– E ele tem vários netos – acrescentou Meg.

Um barulho de cascos surgiu atrás delas. As três se viraram rapidamente, talvez esperando ver o inglês irado apontando uma pistola para elas. Era MacGillivray, que vinha de baixo, com uma vaca preta amarrada arrastando-se atrás dele.

– Então esse é um caminho para a manada dos MacGillivray agora – caçoou Anne enquanto ele puxava as rédeas para parar o cavalo. – Você pegou poucos dos seus animais roubados, Alexander, se só está levando um.

– Os outros estão na casa, lá em cima – explicou. – Esta aqui vale como pagamento dos juros de MacDonald. – Ele jogou a corda da vaca para Cath. – Aeneas mandou trazê-la para cá. Vocês vão querer o leite.

Quando os olhos de Cath se iluminaram, Meg já passava as mãos experientes sobre o animal. MacGillivray ofereceu a Anne uma carona de volta a Moy.

– Pode ir – disse Cath ao perceber que – Anne hesitava. – Vou cuidar para que a comida vá para quem precisa. – Anne lhe entregou a cesta, pegou o braço esticado de MacGillivray e montou na sua garupa. MacGillivray olhou para Meg, ainda avaliando a vaca.

– Atenção, apenas o leite – falou, e então cavalgou adiante, os braços de Anne ao redor de sua cintura. Meg lançou um olhar familiar a Cath.

– Pare – Cath rejeitou a sugestão. – Isso acabou quando ela se casou com McIntosh.

– Acabou? – gargalhou Meg, gostando da ideia. – Eu estaria embaixo dele.

Durante a refeição do meio-dia, na sala de jantar da Moy Hall, Aeneas e MacGillivray entretinham Anne com a história do assalto.

– Eles ainda estavam comemorando o roubo do gado de Alexander, embriagados com o sucesso – explicou Aeneas. Ele tinha gostado de virar o jogo. Roubar o gado era um modo de vida. Os animais nativos das montanhas das Terras Altas tinham os pelos longos e abundantes, mas o gado de pelo curto era roubado do longínquo sul, na Escócia ou na Inglaterra, engordado nos vales estreitos e depois vendido de volta aos *sassenach*[12] das Terras Baixas em seu encontro anual. Era quase um acordo entre eles. Os preços pagos pelos sulistas pela carne de boi engordado no clã refletiam o peso extra do animal, não seu valor original. Era difícil roubar o gado do vizinho e livrá-lo de algumas cabeças, embora fosse uma questão de honra roubar de volta o que fora tirado.

– Os guardas estão roncando nos urzais – afirmou MacGillivray. – Aeneas nos levou bem debaixo do nariz deles e trouxemos o gado de volta ao nosso pasto.

– Não sem antes termos certeza de que havíamos contado o gado – continuou Aeneas. – E ele – disse batendo no ombro de MacGillivray – me disse então que só haviam roubado dez de Dounmaglas.

– E quantos vocês pegaram de volta? – quis saber Anne.

– O dobro disso – riu Aeneas. – MacDonald vai coçar a cabeça quando estiver sóbrio, imaginando por que seu rebanho parece tão pequeno depois de ele tê-lo aumentado.

– Ele vai levar uma semana para descobrir – falou MacGillivray. – Ele não consegue contar acima de dez, pois só tem dez dedos!

Aeneas encheu as canecas com mais cerveja.

– Então estamos todos melhores agora – concluiu. – O gado de MacDonald terá mais pasto para engordar. Nosso gado aumentou, e temos mais cinco novas cabeças. Uma boa manhã de trabalho. – Ele levantou a caneca. – Ao MacDonald.

Anne e MacGillivray responderam ao brinde.

– MacDonald!

– Há outra coisa que podemos fazer que talvez compensasse as perdas na colheita – ponderou Aeneas. – Negociar parte de nossa madeira estocada. – Ele fez uma pausa. – Em segredo.

---

[12] Termo escocês para designar os ingleses. (N.T.)

Quando eles ouviram que os Farquharson haviam tosquiado todas as ovelhas para estocar a lã em segurança, seguindo a sugestão de Anne, os dois resolveram imitá-los.

– Contrabandeá-la para os barcos? – perguntou MacGillivray, entendendo a ideia. – Você não precisa me pedir duas vezes.

– E a Guarda Negra talvez encare a coisa de outro modo agora – disse Anne secamente.

– É muito bom – Aeneas levantou o copo para ela – ter uma mulher com ideias admiráveis.

A porta da cozinha se abriu e a jovem Jessie entrou apressada.

– Aeneas, há um problema – avisou saindo.

Ele imediatamente a seguiu, deixando a cadeira cair para trás.

– O que foi, é o MacDonald?

– Não, não – falou a garota. – É a viúva.

Lá fora, Will, o rapaz do estábulo, capengando, carregava a mulher exausta pelas portas da frente. Aeneas e MacGillivray correram para ajudá-lo, aliviando o jovem de seu fardo e carregando a tia de Aeneas até uma cadeira.

– Ela veio naquele cavalo de Inverness – reclamou Will.

– Você poderia vê-lo? – pediu Aeneas, e o rapaz correu de volta para fora.

Anne serviu cerveja em uma caneca limpa e a colocou nos lábios da viúva.

– Aqui – instou. – Beba!

A velha senhora engoliu a bebida.

– O que diabos a trouxe aqui com tanta pressa? – indagou Aeneas.

– O príncipe – engasgou a senhora.

– Mas os navios dele voltaram – afirmou Aeneas. – Ele não resistiu?

– Não. – A viúva balançou a cabeça. – Ele veio. Está aqui.

– Aqui? – surpreendeu-se Anne olhando ao redor antes de parar. – Onde?

– Instalou-se em Borrowdale e agora está indo para Glenfinnan.

– Ele está aqui? – MacGillivray franziu a testa como se estivesse certo de que aquilo não pudesse estar acontecendo.

A viúva concordou com a cabeça.

– Sim. – Ela recuperou o fôlego e com a voz firme disse: – Ele finalmente chegou.

Houve um silêncio atordoado enquanto eles absorviam a notícia. MacGillivray foi o primeiro a falar.

– Agora podemos nos libertar – gritou levantando Anne para rodá-la. – E viver como queremos!

Quando ele a soltou, Anne agarrou seus braços.

– Ele veio – gritou, e então se virou para o marido, animada diante da emoção. – Ele veio, Aeneas. Ele está mesmo aqui! Ah, Jessie – ela falou à garota, que estava com os olhos arregalados. – Você pode pegar vinho e taças? Temos de comemorar.

Enquanto a garota correu, Aeneas puxou uma cadeira para se sentar ao lado da tia.

– E o Exército francês, está com ele?

A viúva balançou a cabeça devagar dessa vez.

– Sete homens, disseram.

– *Seachdnar*! – repetiu Aeneas consternado. – Sete homens!

– Algumas armas e munição.

Aeneas se levantou, empurrando a cadeira para trás, que caiu fazendo barulho ao bater no chão de madeira. – Os clãs não vão aderir a um levante por sete homens!

– Vão se rebelar por ele – afirmou Anne.

– Temo muito que eles se rebelem – falou a viúva.

– Nós lhe daremos um exército – garantiu MacGillivray. Ele já estava impaciente para partir. – Devemos ser rápidos para apresentar o clã Chattan, Aeneas, ou Macpherson pode aproveitar a chance para lhe roubar o comando. Ele não perdoou o fato de você ter-se tornado líder.

Aeneas andou até a janela e parou, olhando para fora, de costas para eles. Ele não compreendera o enorme acesso de alegria que tomara Anne. Ela se aproximou e colocou a mão em seu ombro. Ele estava tenso.

– Aeneas?

Ele então se virou, mas quando seus olhos encontraram os dela, não havia calor nem emoção neles, apenas uma certeza fria, e ela não os reconheceu.

– Não vou apresentar o clã – avisou ele.

– Não vai lutar? – Ela havia entendido errado, não era possível que ele quisesse dizer isso. – Mas devemos lutar. Concordamos que organizaríamos um levante quando ele viesse.

– É fácil falar.

– Como quando nos unimos? – acusou Anne.

– Não, é claro que não!

– Ele veio liderar nossa causa.

– Sem os franceses, o governo vai nos derrotar logo que começarmos. Não vou arriscar nosso povo por sete homens. Vamos esperar para ver o que os outros clãs vão fazer.

– Já esperamos demais – MacGillivray lembrou o chefe. – Nosso povo está morrendo de tanta paciência!

– Ele veio sozinho – reiterou Aeneas. – E a Inglaterra não vai desistir da Escócia com facilidade. Não podemos errar, Alexander. Se isso começar não podemos nos atrever a perder.

– Já começou – falou a viúva. – Lochiel mandou a cruz de fogo[13] direto de Achnacarry. Os Cameron já estão a caminho. Foi assim que fiquei sabendo.

– Vê? – Anne colocou a mão no braço de Aeneas implorando. – Devemos ficar todos juntos.

---

[13] Os escoceses das Terras Altas costumavam enviar uma cruz banhada em sangue para convocar os clãs à guerra.

– Com os Cameron? – questionou Aeneas. – Isso não. – Os dois clãs discordavam havia séculos. – O Lochie é um tolo velho e romântico.

Era demais para o temperamento esquentado de MacGillivray.

– Mas é leal – retrucou, levantando a *sgian dhubh* de lâmina curta que ele usara para comer. – Homem, há água, e não sangue, em suas veias! – E ele enfiou a faca profundamente na mesa.

Na mesma hora Aeneas puxou o punhal.

– Podemos resolver isso lá fora – desafiou.

A viúva levantou-se de um salto da cadeira e se colocou entre os dois.

– Já está resolvido – afirmou assertivamente, e embora ela talvez atribuísse a rivalidade silenciosa entre eles a Anne, ela recorreu à lealdade de MacGillivray para acalmá-lo. – Quando o clã Chattan escolheu Aeneas, escolhemos um guerreiro inteligente, não apenas forte. Você quis, naquela época, que ele nos liderasse, Alexander. Você vai falhar no primeiro teste da sua lealdade?

MacGillivray poderia, sem ser punido por isso, preferir o rei ao chefe, mas lutou contra isso. O príncipe ainda não tinha forma, o rei James era uma ideia vaga e distante. Aeneas era de carne e osso e estava lá, apoiando e defendendo seu povo. Ele liderara a aventura daquela manhã em benefício dos MacGillivray.

– Desde que comecei a andar, Aeneas – falou –, você é o líder. Seja-o agora.

Aenenas guardou o punhal novamente no cinto.

– É o que estou tentando fazer – explicou. – Qualquer idiota pode lutar, mas é preciso inteligência para vencer. Vou falar com nossos outros chefes.

MacGillivray, que não teria resistido se se tratasse de qualquer outro homem, tirou a mão do cabo do punhal.

– Então vou com você – concluiu.

– Nossos chefes vão sair – afirmou Anne. – Eles querem isso há muito tempo.

Aeneas a segurou, gentilmente, e lhe pediu paciência.

– Vou pedir a eles que esperem – disse – até os franceses chegarem. – E então ele e MacGillivray saíram. Triste e insegura, Anne os viu sair e depois se virou para a viúva:

– Mas e se os franceses estiverem esperando por nós para declarar guerra?

– Algumas semanas a mais não farão diferença – garantiu a viúva.

Jessie voltou correndo à sala trazendo vinho e taças. Sua emoção vacilou quando ela viu que os homens haviam saído e que o humor havia mudado.

– Não vamos celebrar agora? – indagou.

– Não importa mais. – A viúva tranquilizou a moça da bandeja. – Nós sempre podemos beber.

Nove

Um medo tomava forma dentro de Anne, um medo que ela não queria admitir, nem mesmo para ela própria. Ela havia se casado com um homem que não conhecia. Agora descobrira qualidades nele que nunca poderia supor. Aeneas não era como MacGillivray, franco e fácil de decifrar. Ela sempre podia prever o que MacGillivray iria fazer, às vezes inclusive sabia o que ele ia dizer antes mesmo que ele soubesse. Mas Aeneas tinha um lado obscuro que nem ele próprio conhecia. A cena que Anne presenciara havia pouco a surpreendera, mas não a agradara. Ela tinha dúvida quanto à lealdade do marido ou ao que lhe era importante, e essa incerteza a assustou.

Para evitar pensar muito no assunto, recorreu a uma convicção frágil: ele voltaria arrependido, convencido, entusiasmado. Os outros chefes o convenceriam. Ela pediu a Will que preparasse as quatro cruzes para enviá-las incitando o clã a aderir ao levante e dobrou a vigilância no castelo, caso MacDonald tentasse tirar vantagem da ausência de Aeneas e roubar os animais de volta. Manteve-se ocupada resolvendo os problemas da propriedade, fornecendo direitos extras sobre o pasto a um casal de idosos que vivia na fronteira de Drumossie e recebendo mais notícias. O príncipe hasteara sua bandeira em Glenfinnan, anunciando o compromisso de seu pai de restaurar a independência da Escócia sob sua coroa. De Angus, a recém-casada Margaret Johnstone e seu marido, lorde Ogilvie, juntaram-se a Lochiel pela causa. Os chefes dos MacDonald, ladrões de gado esquecidos, levaram seu povo.

As conversas reverberavam em todo lugar. Um exército do governo marchava em direção ao norte, para reforçar Inverness. Armas que não eram vistas à luz do dia havia anos foram retiradas do esconderijo, afiadas e polidas até brilharem. Vários chefes acenderam as cruzes de fogo e enviaram portadores, convocando os clãs para pegar em armas. Muitos, como Aeneas, não aderiram. Ele ainda não retornara. Anne entretinha a viúva, que ficara com ela para lhe fazer companhia. Quando ficou cansada da casa, ensinou Jessie a picar a carne de lebre com cebola e nabo para fazer um caldo grosso e nutritivo. No dia seguinte, saiu com um cantil cheio do caldo para visitar os chalés que ficavam a noroeste. Mesmo com a ameaça de rebelião, Tom, o velho doente, ainda precisaria de comida boa e fresca.

A manhã já estava adiantada quando Anne subiu em direção aos chalés. Adiante, viu Cath com o bebê amarrado ao xale tartã, segurando a vaca de MacDonald que ganhara de presente enquanto a velha Meg, sentada em um banquinho ao lado das ancas do animal, tirava leite das tetas inchadas. Ela esperou um cumprimento de boas-vindas, mas, assim que as mulheres a viram chegar, Cath amarrou a corda no poste e correu para os chalés. Meg observou Anne se aproximar, a cabeça de lado contra o couro preto da vaca, as mãos trabalhando ritmicamente em suas úberes. Trazia uma expressão fechada, suspeita no rosto.

– Trouxe um caldo de carne para o senhor que está doente – explicou Anne.

O barulho do leite respingando no balde de madeira cessou. A velha Meg sentou-se novamente no banquinho, limpando as mãos na saia áspera.

– Cath foi avisá-lo de que você estava chegando.

– Vocês adivinharam o motivo?

Meg deu de ombros.

– Ninguém mais aqui quer caridade.

– Não é caridade – corrigiu Anne. – Nós somos responsáveis uns pelos outros.

– Isso em teoria.

– A mulher que se feriu com uma pá de turfa – perguntou Anne – está bem?

– Voltou para o próprio povo, uma semana atrás. – A velha virou-se e voltou a tirar leite. – É a última do outro lado – acrescentou. – Eles devem estar esperando você.

Perplexa diante da mudança de atitude, Anne caminhou pelo corredor de chalés relvados. Parecia não haver mais ninguém por lá. Muitos deveriam estar nos campos, cuidando das plantações, dos animais, da turfa ou recolhendo madeira para estocar para fazer fogo, mas ela esperava encontrar algumas mulheres e crianças ocupadas em fiar lã, bater manteiga ou fazer queijos. Então, pelo canto do olho, viu um rápido vulto entre os chalés. Uma saia de mulher, um tornozelo. Quem quer que fosse, não queria ser visto por Anne, e por isso ia em direção oposta.

Anne suspirou. Não contava mais com a confiança que ganhara da última vez. Enquanto Aeneas hesitasse, seu povo não saberia o que fazer. Eles adeririam à causa, não havia dúvida quanto a isso. Mas, assim como o levante precisava da liderança do príncipe, o povo precisava de seu chefe. Talvez eles pensassem que Anne tinha influenciado Aeneas a esperar. Era nítido que demoraria mais do que ela pensara para ser aceita.

Cath surgiu do último chalé quando Anne chegou. Ela fez um sinal com a cabeça para indicar que Anne deveria entrar, mas não falou nada. Anne baixou a cabeça para passar pela porta, com o espírito mais deprimido agora do que quando saíra.

Assim que ela sumiu de vista, houve certo frenesi. Meg, de um pulo, deixou de tirar leite e acenou para a pessoa escondida atrás dos chalés. Uma mulher apareceu, o braço ao redor de um jovem. Protegendo-os como um escudo com o corpo para que

Anne, caso reaparecesse, não os visse, Meg os guiou para dentro do próprio chalé, fechou bem a porta e, quase sem parar, reassumiu sua posição no banquinho e voltou a tirar leite.

Dentro do único cômodo escuro e esfumaçado do chalé do ancião, Anne esquentou o caldo em uma panela no fogo de turfa baixo. O velho, deitado, apoiou se no estrado improvisado, tossindo.

– Trouxe uma sopa de lebre, Tom – contou Anne. Atrás do estrado, havia duas crianças pequenas e sujas agachadas, encarando-a com os olhos arregalados e hipnotizados. Eram duas meninas, embora a idade das crianças e a penumbra tornassem difícil saber ao certo.

– É uma princesa – informou a criança maior à menor.

Anne sorriu e lhes contou quem era da maneira habitual: disse seu nome seguido do título e do nome do marido, da mesma fora que fizera com James Ray em sua visita anterior.

– A esposa do seu chefe – explicou enquanto colocava a sopa fervendo em uma tigela. – E talvez haja caldo suficiente para três nesta panela. – Ela ajoelhou, mexeu a sopa com a colher de chifre, verificou a temperatura e então levou a colher aos lábios trêmulos do velho. Ele engoliu com voracidade, não havia nada muito errado com seu apetite. Atrás dele, a porta do chalé se abriu e um homem fornido e loiro entrou. Ela o reconheceu imediatamente. Era o *cottar* que primeiro desafiara o pedido de Aeneas para enviar seus filhos à Guarda Negra, o mesmo homem que segurara o bruto Dùghall enquanto Aeneas cortava a mão dele.

– Ewan McCay, lady McIntosh – ele se apresentou. – Esta é minha casa e você é bem-vinda aqui. Como está meu pai?

– Vivo – falou Anne. – Se você puder mandar a mais velha – ela fez um sinal com a cabeça para a criança – à Hall a cada três dias, Jessie vai cuidar para que sempre haja caldo fresco para ele.

– Vou ver se ela vai – disse Ewan. – Obrigado por sua bondade.

Do lado de fora, um cavalo relinchou. Ouviram-se vozes altas e alarmadas e gritos de medo. Ewan se virou para a porta. Anne colocou violentamente a tigela nas mãos da menina mais velha.

– Dê isso para seu avô – ordenou, e seguiu Ewan para fora.

O brilho repentino da luz a cegou por um instante, mas logo conseguiu enxergar. Ao redor do chalé de Meg havia um grupo da Guarda Negra. Dois homens tinham agarrado um jovem, o filho mais velho de Ewan, o voluntário. Eles o arrastaram pelo poste onde se costumava amarrar o gado, onde Meg sangrara a vaca. A vaca leiteira estava livre e fugira mugindo, enquanto outros soldados seguravam Meg e a mãe do garoto, as duas lutando, a mãe gritando o nome do filho.

– Calum! Calum! Ewan, eles pegaram o Calum!

Ewan estava bem na frente de Anne, correndo para salvar o filho. O oficial, montado a cavalo, virou o animal para o lado, fazendo-o relinchar com o puxão cruel do freio em sua boca.

– Parem aquele homem – berrou a voz inglesa cortando os gritos gaélicos.

Ewan se atirou no meio do círculo de soldados, mas foi lançado ao chão por um golpe na cabeça desferido com o cano de um mosquete. Anne correu até o espaço aberto por ele, pulou seu corpo prostrado, alcançou o rapaz assustado e passou os braços em volta dele, empurrando as mãos dos soldados que o seguravam.

– O que vocês estão fazendo? – gritou. – Ele é só um menino. Deixem-no em paz!

Calum envolveu a cintura de Anne com os braços, juntando as próprias mãos para que não o soltassem com facilidade. Ela era a mulher de seu chefe, ninguém ousaria colocar as mãos nela.

– Nós fugimos – choramingou. – Eles queriam que lutássemos contra o príncipe.

– Não, eles não vão fazer isso. *Cha dèan iad sin* – gritou para ele, apertando os braços em volta dos ombros trêmulos do rapaz, enquanto descansava o queixo na cabeça dele. – Só o seu chefe pode lhe dizer o que fazer. E ele não lhe pediria isso.

Estavam cercados por soldados, a maioria com o rosto voltado para fora, as armas apontadas para os *cottar* que saíam de suas casas. O tenente montado no cavalo guiou o animal para dentro do círculo. Era James Ray, o inglês que ela havia contrariado poucas semanas antes.

– Solte o desertor – ordenou a Anne.

Ela o apertou ainda mais forte.

– É um garoto e está assustado – falou. – E você não tem autoridade aqui.

Ray desceu do cavalo, sacou uma pistola do arco da sela e andou em direção a Anne.

– O chefe dele vai tratar de sua desobediência – insistiu Anne.

Sem hesitar, Ray encostou a pistola na testa do garoto e atirou, deixando Anne surda com o barulho. A parte de trás da cabeça do rapaz explodiu. Sangue e pedaços do cérebro voaram no rosto, no pescoço e no ombro de Anne. O corpo quente do rapaz ficou mole em seus braços, o peso da morte muito grande para ela carregar. Os *cottar* gritaram e choraram horrorizados. A mãe do menino berrou, soltando-se daqueles que a seguravam. Tomada pela dor, cambaleou na grama até o filho morto, que acabara de escorregar dos braços de Anne.

Ray, de volta ao cavalo, tirou uma segunda pistola da sela, mirou e atirou. A bala atingiu em cheio o peito da mulher desolada. Ela caiu no exato momento em que chegou ao filho, o corpo ao lado do dele. Anne, imobilizada pelo choque, olhou boquiaberta para Ray, o sangue esparramado em suas bochechas, pingando entre os seios, o vestido manchado de vermelho.

– Ela iria criar mais traidores – concluiu Ray antes de virar o cavalo e chamar seus homens. – Vamos, acabamos por aqui. Ainda temos de caçar outros antes de escurecer. – Ele saiu a cavalo, os soldados atrás dele.

Cerca de meia dúzia de *cottar* que Anne não notara antes se agitou adiante. Alguns gemiam baixinho, chocados, outros choravam. Gentilmente, eles separaram o corpo da mãe e do filho e, com cuidado, ajeitaram os membros e as roupas dos dois. Um homem cuidava de Ewan, que começava a recuperar a consciência perdida com o golpe que levara na cabeça. Vozes perguntavam a Anne se ela estava bem. Ela mal conseguia discerni-las. Mãos tocaram seu corpo, verificando, limpando o sangue esparramado, oferecendo cuidado, preocupadas. Mas ela mal as sentia. Ela já havia visto a morte de perto, mas não de modo tão brutal. Não a de uma mãe e seu filho, os seres mais valiosos, preciosos e protegidos em qualquer clã. Não conseguia falar nem sentir nada, nem se mexer.

A chegada de mais cavalos soou como o som distante de tambores tocando no ar. E então Aeneas apareceu em frente a ela, mexendo em seu cabelo, seu rosto, seus ombros, seus seios.

– Você está bem? Está machucada? Anne, fale comigo! – A voz dele era como um eco ouvido dentro d'água.

– Estou bem – ela ouviu a própria voz responder.

– Você não está nada bem – falou ele. – Mas o sangue em você não é seu, graças a Deus.

Assegurando de que ela estava viva, gritou, tomado por uma raiva cada vez maior.

– *Gonadh*! Malditos! Malditos dos infernos! – E então começou a dar ordens. A MacGillivray: – Leve minha mulher para casa. – Aos *cottar*: – Ajudem ela a se levantar. – A Ewan: – Calma, ou perderemos você também.

E então Anne estava na sela, MacGillivray debruçado atrás dela, seus braços fortes segurando-a, pegando as rédeas, conduzindo o cavalo até Moy. Ela ainda conseguia ouvir, no fundo, Aeneas bravo diante do mal causado ao seu povo, instruindo os cuidados a serem tomados com os corpos, alternando palavrões e palavras de conforto.

De volta a Moy, a viúva assumiu os cuidados com Anne, levando-a para cima para trocá-la enquanto Jessie pegava toalhas, uma bacia e uma jarra de água morna. Despida, Anne se debruçou sobre a bacia. Ela jogou a água que brilhava no rosto, deixando-a vermelha de sangue. Repetiu o gesto várias vezes, e a cor vermelha foi ficando cada vez mais intensa.

– Já está bom – disse a viúva. – Nós alimentamos o fogo, e a água está quente o suficiente. Jessie preparou um banho, vamos limpá-la.

Mas mesmo afundando na água quente do banho e deixando a cabeça cair para trás para molhar os cabelos, a água clara ficou vermelha de sangue. Ela havia ajudado o jovem Calum a se juntar à Guarda. Não conseguira protegê-lo nos chalés. Aeneas iria apresentar o clã agora, mas ela, ela nunca mais se sentiria limpa.

No Fort George, Aeneas desceu do cavalo do lado de fora do quartel do comandante. Trazia uma dúzia de rapazes com ele, todos vestidos com o uniforme da Guarda Negra, todos apreensivos. Eles haviam ouvido falar na execução de Calum. Agora o chefe deles os levava para serem executados.

– Vocês só precisam ficar aqui – instruiu Aeneas. – Vocês conseguem fazer isso desta vez?

Os jovens concordaram com a cabeça, mas estavam claramente com medo e agitados.

– Sejam fortes – pediu Aeneas. – Eu lhes direi o preço que devemos pagar quando eu voltar, mas não será a vida de vocês. Isso eu prometo. – Era uma promessa difícil. Uma nova força britânica sob o comando dos ingleses havia chegado recentemente ao forte. Mas a guarnição habitual era escocesa, incluindo seu comandante, lorde Louden. O conde de Louden não era bobo, respeitaria o direito de um chefe de determinar a justiça para seu próprio clã.

Lá dentro, Forbes já apresentava sua defesa. Como juiz supremo da Escócia, seu negócio era manter a paz. Ele havia convencido vários chefes a manterem-se neutros se houvesse ameaça de conflito. Nunca perdendo a oportunidade de se impor sobre o outro, já estava com os documentos de posse em mãos. O outro homem na sala não era Louden, era um desconhecido, um general inglês de rosto avermelhado, roliço, que certamente apreciava comida e vinho do porto. Também era educado: ficara de pé para cumprimentar Aeneas e apertar sua mão.

– General Cope, chefe McIntosh – apresentou-se. – John Cope. Temo que lorde Louden não esteja no forte. Talvez eu possa ajudá-lo.

Ao ouvir o nome inglês, Aeneas deveria ter dado meia-volta. O comandante da força enviada para reprimir os jacobitas não teria escrúpulo em condenar os desertores da Guarda Negra ao pelotão de fuzilamento. Mas uma partida repentina poderia dificultar a saída deles, e seus rapazes não teriam como enfrentar guardas armados com mosquetes.

– Então não vou incomodá-lo – falou Aeneas calmamente, como se não estivesse preocupado. – Voltarei quando lorde Lauden estiver disponível.

– De jeito nenhum, de jeito nenhum – falou Cope. – Tenho certeza de que podemos resolver isso. Você nos poupou vários problemas reunindo esses rapazes.

– São os homens do meu clã – explicou Aeneas. – Sua deserção significa minha desonra.

– Bem, muito amigável de sua parte encarar a situação assim – concluiu Cope. – Agora a questão é o que fazer.

– Duvido que mais tiros ajudarão – interferiu Forbes.

– Talvez não, talvez não – afirmou Cope sentando-se novamente. – Não queremos estimular mais apoio a esse "pretendente" a príncipe. Mas deserção é um assunto sério. Porto?

A pergunta foi dirigida a Aeneas. Ele fez que sim com a cabeça e sentou-se do lado oposto. Quanto mais receptiva fosse a negociação, melhor seria. Ele precisava ganhar tempo, a aparência de neutralidade, mas sem derramar o sangue dos jovens. Enquanto Cope servia o vinho, ele decidiu as regras que queria estabelecer.

– Talvez sejam as palavras, e não o ato em si que nos trouxeram problemas – sugeriu. – A pena de morte por deserção é justa. Não discuto isso.

– É muito bom ouvir isso. – Cope empurrou uma taça generosa de vinho de boa qualidade para ele.

– Mas esses rapazes não estão no campo de batalha. – Aeneas prosseguiu. – Eles não são covardes que fogem na hora da guerra.

– Isso é verdade – concordou Cope. – Ausentar-se e desertar são coisas diferentes, completamente diferentes. É isso que você alega?

– Não foi isso que ocorreu? – indagou Aeneas. – Eles estavam confusos. O país está tomado por boatos. Eles simplesmente voltaram para casa para saber o que deveriam fazer.

– No exército do rei – corrigiu Cope – nossos superiores nos dizem o que fazer.

– Senhor, com sua licença, esses rapazes são recrutas voluntários, e das Terras Altas. Eles estão ligados antes ao seu clã, onde eu sou superior deles. Servem à Guarda Negra para pagar os débitos do nosso clã. Tenho o direito de rescindir esse acordo.

– Como pagamento de suas dívidas – lembrou Forbes, balançando os papéis que segurava. – Você não nos garante mais nada, não podemos confiar em seu compromisso. – Ele mudou de tom. – Mas talvez possamos acertar a situação como cavalheiros. Estou certo de que doar a terra é a melhor solução agora. – Ele colocou os documentos na mesa de Cope, em frente a Aeneas. – Uma assinatura, e esse problema desagradável estará resolvido.

Aeneas olhou os documentos.

– Isso é o dobro de terra que vocês pediram antes.

– Desta vez também estão incluídas doze vidas.

– Não me ameace, Forbes – avisou Aeneas.

– Mas todos eles serão liberados do serviço, todos os cinquenta – bravejou Forbes. – Estou certo de que você tem outras funções para eles agora.

Aeneas lançou-lhe um olhar frio. Instintivamente, pôs a mão na espada.

– Estamos em uma época perigosa para fazer deduções.

Cope observava os dois homens de perto enquanto bebericava seu porto. De repente, colocou o copo na mesa e se debruçou sobre ela.

– Talvez nenhum de nós deva fazer ameaças, chefe McIntosh – sugeriu. – Ou vou pressupor que a arma que traz em sua cintura não serve para cuidar do interesse do rei em perseguir desertores, e vou acusá-lo.

– Não posso abrir mão dessa terra – contou Aeneas. – Eu salvaria uma dúzia de vidas agora ao preço de dúzias no futuro. Meu clã não pode sobreviver sem ela.

– Então coloque sua própria oferta na mesa – retrucou Cope.

– Perdi um garoto – disse Aeneas tentando ganhar tempo. – E a mãe dele assassinados.

– Isso foi lamentável – afirmou Cope.

– Mais que lamentável – concordou Forbes.

Aeneas não duvidou de que o juiz estivesse sendo sincero. Ele obtinha dinheiro dos habitantes das Terras Altas. E mortes significavam perdas financeiras. Também era escocês e, apesar de sua posição desagradável em favor do governo, pelo menos compreendia os clãs e sua cultura.

– Peço desculpas – acrescentou Cope – por um oficial ter-se comportado mal e atirado em uma mulher indefesa. Porém, como você disse, esta é uma época perigosa. É bom que você mantenha um olho no futuro. Tenho ouvido dizer que alguns dos seus colegas chefes são menos prudentes. Será que eles não estão conscientes de que firmamos a paz com os franceses?

Aeneas não deixou a surpresa dominar sua expressão. Enquanto digeria a novidade, olhou de volta para Cope com um ar calmo e reviu sua primeira impressão sobre o general. O homem podia parecer indulgente demais, mas entendia de diplomacia. O aviso tinha sido claro. Os franceses talvez encorajassem a rebelião para hostilizar a Inglaterra, mas seria pouco provável, naquele momento, que enviassem apoio de fato. Livres de seus compromissos no exterior, a força do Exército britânico poderia em breve ser lançada contra as forças jacobitas principiantes.

– Você sem dúvida se lembra dos resultados de 1715, certo? – alertou Cope.

Aeneas devia ter sete anos quando o primeiro levante ocorreu. Seu pai morrera nesse levante. Uma batalha testemunhou a derrota dos jacobitas. Quando o rei James chegou da França, de novo sem o exército prometido, tudo já estava acabado. Muitos chefes que apoiaram a insurreição perderam o controle das terras de seus clãs, cedendo imensas extensões àqueles que apoiaram o governo.

– Garanto que esses jovens permanecerão na Guarda, não importa o que aconteça – ofereceu.

– Mesmo que chamássemos isso de licença não oficial, a deserção não pode deixar de ser punida – contestou Cope. – Precisamos de tropas de confiança sob o comando de líderes leais.

– Então vou aumentar o número de rapazes até formar uma companhia inteira. Serei o capitão deles, como o senhor deseja.

Cope sorriu, inclinando-se para frente para defender sua ideia.

– Comandantes ausentes apenas tornam as lealdades confusas – explicou. – E uma cerca rapidamente torna um lugar desagradável.

Ele havia estabelecido seu preço: a vida de doze jovens pelo comprometimento de McIntosh com o governo. Como Forbes, ele suspeitava que Aeneas estivesse jogando dos dois lados e talvez passasse para o lado oposto. O juiz não traiu a simpatia jacobita dos moradores das Terras Altas a Cope, mas viu a chance de controlar o jogo e levantou os documentos da mesa.

– Há mais de uma maneira de se escalpelar um gato – falou enquanto estendia os papéis. As palavras tinham sido escolhidas cuidadosamente para que Cope não entendesse nada. O clã Chattan era o clã do gato.

– Há mesmo – concordou Aeneas. Forbes estava oferecendo a chance de manter a cerca, mas a um preço. Os chefes da federação Chattan estavam ligados a ele por juramento, e não podiam rompê-lo sem correr o risco de morrer. Como chefe deles, Aeneas podia garantir que ninguém iria aderir ao levante ou podia assinar os documentos. Assinar os papéis acabaria com sua obrigação junto à Guarda Negra, mas também acabaria com a possibilidade de prosperidade para o clã no futuro. Ele fez a única coisa que lhe restava – blefar. Remover ele mesmo a cerca e torcer para que Forbes não revelasse quanto mais eles poderiam ter ganhado.

– Meus rapazes lá fora continuarão na Guarda – avisou a Cope.

– Você não ouviu? – forçou Cope. – Isso não vai servir.

– Não. – Aeneas olhou firmemente para Cope. – Eu vou servir – e virou-se para olhar para Forbes – com eles, e uma companhia inteira, como capitão deles.

– Você não está oferecendo muito, McIntosh – zombou Forbes. – Uma espada, centenas de jovens e seus princípios.

Aeneas ficou de pé em um pulo, sacando a espada.

– Esta espada – falou.

Antes que os outros dois homens pudessem se mover ou mesmo respirar para protestar, ele girou a espada, partiu ao meio a vela que estava sobre a mesa e, passando pelo cabideiro onde estava pendurado o chapéu do general Cope, cortou as pernas da frente de uma pequena mesa de madeira. Quando a mesa se inclinou para frente, ele, com um único golpe de espada, arrancou os puxadores de uma cômoda com gavetas e completou a volta cortando horizontalmente as folhas de papel nas mãos de Forbes.

– Fico feliz por você ter poupado o cabideiro – disse Cope.

Sem virar para olhar o móvel, Aeneas esticou o braço e tocou o gancho de cima do cabideiro, que estava mais perto, com o indicador. A base e a parte superior do cabideiro se separaram bem onde foram cortadas. Quando o chapéu de Cope caiu, Aeneas pegou-o e colocou-o sobre a mesa enquanto a parte de cima do cabideiro despencava no chão.

– Bem, devo dizer que estou impressionado – concluiu Cope. Ele pegou as folhas partidas do documento de Forbes que haviam voado na mesa e as rasgou. – Você, suas terras e aqueles jovens lá fora estão salvos. Você está no comando, capitão. Confio que você vá mantê-lo. – Ele tocou a campainha em cima de sua mesa.

– É preciso vigiar você – Forbes o olhou com o cenho franzido. – E eu o vigiarei.

Aquilo era o suficiente para Aeneas. O clã Chattan continuava descomprometido. Seus chefes podiam fazer as próprias escolhas. O juiz não iria revelar quanta terra a mais ele poderia ter ganhado. Atrás deles, um soldado entrou pela porta.

– Capitão McIntosh – falou Cope. – Este é seu tenente. – Quando Aeneas se virou para o desconhecido soldado, Cope saiu. – Tenente Ray, o capitão McIntosh vai assumir o comando de suas tropas agora mesmo.

James Ray bateu continência e o cumprimentou.

Dez

– *Taigh na Galla ort*! – jurou Anne levantando-se da mesa de jantar no meio do almoço. – Não acredito nisso! – Era mais tarde que de costume, começo da tarde. Eles haviam esperado por Aeneas, a mesa repleta de comida e vinho para marcar a última refeição antes de aderirem à guerra. – Você se juntou ao governo contra nós?

– Não estou contra você – falou Aeneas. – Estamos juntos.

– Não nisso – disse Anne enquanto andava pela sala. – Não nisso.

– É um truque, é claro – concluiu MacGillivray perplexo.

– Não – assegurou Aeneas. – Os franceses não virão.

– Eles virão quando pusermos nosso exército em campo – retrucou Anne com raiva. – Quando virem nossa força, quando virem que estamos unidos e que vamos vencer, eles virão!

– Você acredita que esse general inglês esteja falando a verdade? – perguntou a viúva, tentando acalmar a situação.

Aeneas balançou a cabeça, mas Anne respondeu:

– Agora quem virá será o exército britânico. Você lavou o sangue de um de nossos garotos. Vai lavar o sangue de milhares deles?

Anne parou de andar.

– Dois dos nossos morreram, Aeneas. Um garoto e sua mãe. A morte dela não significa nada para você?

– É claro que sim. O que quero dizer é que...

Anne o interrompeu.

– Você quis usar a culpa contra mim. Tentei impedir aquele inglês, ele não me ouviu. Ele não se importou comigo, nem com a mãe de Calum, uma mulher. De acordo com o costume dele, minha autoridade não vale nada.

– As leis inglesas são diferentes. Ele vai aprender nossos costumes.

– Vai mesmo, ou nós aprenderemos os deles? Você decidiu o que fazer sem falar comigo! – Ela saiu da sala furiosa, chamando Jessie no caminho.

– Anne! – Aeneas ia atrás dela quando a viúva o segurou pelo braço.

– Deixe-a se acalmar – pediu. – Não vai conseguir nada enquanto ela se sentir tão insegura. Você deveria tê-la consultado antes.

– Não tive tempo para isso, posso explicar.

– Tudo que você disser vai soar como mais uma ameaça. Deixe-a voltar quando quiser, quando se restabelecer.

MacGillivray ainda estava sentado, tentando entender os atos incompreensíveis do chefe. De repente ele se levantou, deixando a cadeira cair, e encarou Aeneas.

– Você pode explicar para mim?

No andar de cima, Anne tirou a roupa e deixou-a cair no chão. Seu corpo estava tenso de raiva. Ela abriu a porta do guarda-roupas com força, fazendo-a bater na parede.

– Meu traje de montaria azul – ordenou a Jessie. Ela se sentia bem com aquela roupa, confiante em sua aparência e em sua força, o veludo adornado com tecido tartã. Jessie a segurou um tempo enquanto a patroa a vestia. Anne arrumou os cabelos rapidamente, mas com cuidado. Ela tomaria uma atitude, e se sairia bem, ele ia ver só.

– Há uma boina que combina com a roupa em algum lugar – disse. Enquanto Jessie procurava a peça nas gavetas, Anne abriu a tampa da caixa que guardava seu dote e pegou alguns punhados de moedas. Colocou algumas na bolsinha de veludo que seria amarrada à cintura e outras na bolsa de couro que levaria na sela. Aeneas tinha feito sua escolha; agora ela fazia a sua.

No andar de baixo, MacGillivray fazia sua própria escolha.

– Não vou apoiá-lo nisso – contou a Aeneas.

– Não lhe peço isso – respondeu o chefe. – Eu me comprometi, não você, nem os outros chefes. Mesmo assim, ainda lhe peço que espere um pouco antes de aderir ao levante. Ninguém vai ganhar nada com a pressa.

– Alguns meses, Alexander – acrescentou a viúva – até a situação ficar mais clara.

– Meu povo vai querer uma posição – afirmou MacGillivray, relutando a aceitar o pedido de prudência. – Não vão aderir ao levante sem minha palavra.

– Então você só precisa segurar a língua – concluiu Aeneas.

– Se eu conseguir. – MacGillivray sorriu com tristeza. – Vou voltar a Dunmaglas. – Ele estendeu a mão ao chefe. – Na próxima vez que nos encontrarmos, talvez sejamos inimigos.

Aeneas apertou firmemente a mão do jovem chefe.

– Então pelo menos vamos nos separar como amigos – pediu, abraçando-o.

A porta da sala de jantar se abriu atrás deles e Anne entrou. Estava pálida, extremamente calma, a mandíbula cerrada demonstrando sua determinação. O azul do traje de montaria deixava o azul de seus olhos mais escuro, como uma madrugada de verão.

– Você me espera, Alexander? – pediu ela.

Ela levava a boina azul na mão e a bolsa de veludo com as moedas pendurada na cintura. O punhal atado à cintura era costume em caso de viagem. A espada de punho em cesto, de prata, embainhada do lado esquerdo, porém, não era. Atrás dela, Jessie carregava duas pistolas de prata.

– Peça para Will guardá-las na sela de Pibroch – ordenou Anne.

Quando Jessie saiu da sala, Aeneas encontrou as palavras para perguntar:

– Você vai sair?

Anne endireitou os ombros, levantou a cabeça e o encarou.

– Estou indo apresentar o clã – declarou.

Ele respondeu rapidamente:

– Eu disse para não fazer isso!

– Eu não sou uma esposa inglesa que você pode possuir e mandar – corrigiu ela. – Você fala por si, eu falo por mim. – Ela vestiu a boina ornada, na falta das rosas, com um penacho de fita branca e se virou para MacGillivray: – O que você tem a dizer, Alexander, vai seguir minha liderança?

Não demorou para o rosto de MacGillivray romper num sorriso largo.

– Sim, coronel – disse, conferindo-lhe automaticamente o título que Aeneas possuía ante os clãs na época de guerra. – E nossos guerreiros também irão, até o fim do mundo, se você mandar.

– Talvez seja o fim da vida de vocês – lançou Aeneas.

Anne virou-se para o marido mais uma vez.

– Nossas vidas – afirmou. – E escolhemos como vamos vivê-la ou perdê-la. – Ao dizer a frase, virou-se para a porta e saiu, seguida por MacGillivray.

Aeneas não se mexeu nem disse nada. A viúva olhou para ele, mas também ficou em silêncio. Eles ouviram o barulho das patas dos cavalos do lado de fora e o som dos animais se afastando. Quando restou apenas um ruído ao longe, o silêncio aumentou até se transformar em um vazio insuportável.

– Vai ficar tudo bem – sussurrou a viúva. – Se estivermos representados dos dois lados, não haverá como perdermos.

Movido pela raiva, Aeneas empunhou a espada, soltou um rugido alto como o de um touro no abate e deu um golpe, acertando a comida, o vinho, os pratos e copos em cima da mesa, que se quebraram ao caírem ruidosamente no chão.

Anne e MacGillivray rumaram primeiro para o leste da propriedade, onde reuniram voluntários antes de partirem para o norte e o oeste. O pedido de que um homem adulto de cada família aderisse ao grupo foi facilmente atendido. Quando possível, as mulheres e as crianças mais velhas também se juntavam à marcha. Elas eram tão valiosas às tropas das Terras Altas quanto os homens.

– Vocês vão precisar de um ferreiro – afirmou Donald Fraiser, dobrando seu avental de couro.

– Moy também vai precisar enquanto estivermos fora – lembrou Anne. A propriedade deveria continuar a funcionar para quando eles voltassem.

– Então meu filho poderá voltar da Guarda Negra – concluiu Donald, e entrou para apagar o fogo na ferraria.

Na fronteira do pântano de Drumossie, o casal de idosos para quem Anne havia cedido pasto esperava do lado de fora do chalé.

– Vá você, se for preciso – pediu a senhora ao marido, entregando-lhe uma velha espada recentemente afiada. – Eu só iria atrasá-lo.

MacBean pegou a espada. Ele tinha setenta anos e era um homem grande, que ainda tinha bom gingado.

– Vou escrever para você – avisou.

– E vai me fazer ficar indo e voltando de Inverness para ver se chegou carta sua?

– Você pode perguntar ao rapaz do correio quando ele passar.

Anne debruçou-se sobre o cavalo.

– Você não é obrigado a ir – avisou. – Não quando é necessário aqui.

– Devo isso a mim mesmo – explicou MacBean subindo no animal. – A morte deve vir acompanhada da honra.

– Ele só fica atrás de mim mesmo – garantiu a esposa enquanto se ocupava em ajeitar a manta no ombro do marido. – Mantenha-se firme e com o peito aquecido.

– Não se preocupe, mulher. – O velho interrompeu a esposa. – Estarei de volta para suas reclamações antes que você se dê conta.

Quando eles chegaram aos chalés ao noroeste da propriedade, a noite começava a cair, e a notícia da vinda do grupo já tinha chegado. Os moradores estavam diante da cova recém-cavada que abrigaria os corpos, enrolados em lençóis, da mãe e do filho, ainda deitados sobre a grama. Ewan deu um passo à frente para ser o primeiro a falar, a cicatriz em formato de V na testa, feita pelo cano do mosquete, vermelha e franzida à luz evanescente.

– Tenho de enterrar minha mulher e meu filho, depois pertencerei a vocês – falou a Anne.

Ela balançou a cabeça.

– Não vou pedir isso a você, Ewan. Você tem pai e outros filhos que precisam de você aqui.

– Cath vai cuidar deles – avisou. Ao lado dele, Cath segurava o bebê agarrado à sua cintura.

– Como se fossem meus filhos – disse.

A velha Meg deu um passo à frente e cuspiu.

– Eu deveria ter deixado a luz do dia entrar nas tripas daquele *Sasannaich* da outra vez – falou levantando o forcado. – Precisamos acertar as contas agora. Vou lutar.

As terras de Moy foram responsáveis por fornecer um exército de quase trezentos guerreiros, com mais metade disso de mulheres e crianças que apoiavam a luta. A bolsinha de moedas de Anne estava mais leve graças aos xelins pagos às famílias que ficaram para trás. Agora ela deveria ir a Dunmaglas para buscar os MacGillivray antes de cruzar o campo para recolher aqueles que lutariam, membros das outras tribos dos Chattan. Anne parou Pibroch na cordilheira que fazia fronteira com o pântano de Drumossie enquanto deixava passar suas tropas: uma longa fila de homens, mulheres e crianças que levavam apenas um pouco de comida, armas e roupas extras. Bem ao longe, a Moy Hall brilhava dourada, iluminada pelo pôr do sol, enquanto as águas do riacho ao lado assumiam um tom laranja radiante.

MacGillivray aproximou o cavalo de Anne.

– Ele vai se juntar a nós – assegurou – quando perceber o que seu povo deseja.

– Enquanto ele me ignora? – Era inaceitável que um marido agisse sem consultar a mulher em uma situação como aquela, e Aeneas havia feito isso. – Vamos – falou virando Pibroch. – Temos de chegar a Dunmaglas antes que fique muito escuro. – Ela passou à frente da tropa para liderar o caminho. Quando o sol grande e vermelho tocou o horizonte, o céu sobre o pântano ficou vermelho sangue.

Na Moy Hall, Aeneas tinha feito as malas e estava pronto para partir. Will, o rapaz do estábulo, segurava seu cavalo, já preparado, diante da porta de entrada. A viúva o observou dirigir-se à porta.

– Você precisa ir agora? Anne deve ter deixado as tropas com Alexander em Dunmaglas. Ela pode voltar amanhã. Você precisa conversar com ela para resolver essa situação.

– Eu tentei. Ela não me ouviu. – Ele pôs o pé no estribo e subiu na sela. – Louden vai voltar ao fronte. Ele deve ter ouvido que meu clã está em marcha. Se eu não aparecer hoje à noite, ele vai achar que não mantive a palavra antes que eu consiga mantê-la. – Ele pegou as rédeas, agradeceu a Will e preparou-se para sair.

– Você não estará entre amigos, Aeneas – avisou a tia. – Controle a raiva.

– Pode deixar – falou. Ele esperava inimizade de seus inimigos, mas da esposa esperava apoio. Soltou as rédeas e partiu, dando volta ao lago, pegando o caminho mais curto para cruzar Moy e chegar a Inverness e Fort George. Enquanto cavalgava, sua única companhia era o caminho vazio. MacGillivray era como sua segunda identidade, sempre ao seu lado para viver uma aventura, mais próximo que um irmão. Ele não ficara dividido quanto a quem ser leal. Bastou um chamado de Anne para que ele ficasse ao lado dela. Aeneas não sabia qual traição lhe doía mais, a de Anne ou a de MacGillivray. Ele não vislumbrava a traição que ainda poderia estar por vir. Eles ficariam juntos por duas semanas, talvez mais, reunindo voluntários, levando-os a Glenfinnan.

Quando Anne os levasse até lá, sua honra estaria satisfeita. As mulheres casadas apenas marchavam ao lado dos maridos nas Terras Altas. Sem seu marido, ela não poderia ficar, teria de passar o comando a MacGillivray e voltar a Moy. Duas semanas. Em duas semanas, ele resolveria tudo com ela. Quando Aeneas entrou no pátio de paralelepípedos do forte, já havia recuperado o controle. Ele precisaria de toda a sua perspicácia.

Lorde Louden não se preocupou em esconder o alívio. A presença de McIntosh seria a garantia do retorno de seu chefe. Ele não gostaria de ordenar um pelotão de fuzilamento caso Aeneas não tivesse aparecido.

– Fico feliz em saber que você está conosco, McIntosh – afirmou. – Embora suspeite que o general Cope pense que seu compromisso conosco incluía sua tribo também.

– Entreguei o que prometi – explicou Aeneas.

– Mais do que pensa – concordou Louden. – MacDonald de Skye e MacLeod seguiram sua liderança. – Temos companhias para os dois. – Seguindo a diplomacia, ele não acrescentou que, assim como Aeneas, outros chefes que declararam apoio ao governo também não foram seguidos por alguns de seus membros do clã e parentes. – Suas ordens – disse entregando os papéis a Aeneas. – Seu alojamento fica no bloco sul das dependências dos oficiais. Seus homens estão se exercitando na praça.

– Castigo? – Era tarde, quase escuro.

– Achei que era melhor que se ocupassem. – Ele abriu a porta. – Você pode liberá-los agora, capitão.

Quando Aeneas estava saindo, cruzou com Cope, que entrava. O general parou para deixar o chefe das Terras Altas passar, cumprimentando-o com um aceno de cabeça que foi retribuído. Cope ignorou o fato de Aeneas ter dispensado a continência. Estava aprendendo um pouco sobre os modos das Terras Altas.

– Um chefe dos pés à cabeça – disse a Louden ao observar Aeneas se afastar. – Boa aparência, boa constituição e sem modos.

– Modos diferentes – corrigiu Louden. – Não consigo descobrir se ele é corajoso ou covarde, mas não desejaria estar em seu leito matrimonial, não agora.

– Você já quis antes? – perguntou Cope.

– Ah, sim – riu Louden. – Anne Farquharson pode levantar qualquer homem entre os lençóis. E fora deles, pelo que ouvi. Você voltou para buscar um gorro para a noite?

– Trouxe notícias – explicou Cope. – Mas elas descerão melhor com um pouco de porto. – Louden o fez entrar, seguiu-o e fechou a porta.

A companhia, que fazia exercícios com o mosquete na praça, reconheceu Aeneas assim que ele dobrou a esquina para encontrar os homens. Foi possível notar o alívio nos rostos jovens. Eles não tinham dado nenhum tiro sequer e sabiam o motivo. Talvez tivessem de se defender se seu chefe os deixasse na mão. Agora ele estava lá e eles não tinham mais o que temer. Estavam salvos. O tenente Ray parou de gritar ordens e se virou para cumprimentar Aeneas.

– Capitão – bateu os calcanhares.

– Tenente – suspirou Aeneas. – Talvez possamos dispensar as formalidades até eu vestir o uniforme.

– Desculpe, capitão – falou Ray, cumprimentando-o outra vez. – Disseram que os navios das tropas estão a caminho com mais reforços. Acha que entraremos em ação logo?

– Esperemos que não.

– Pergunto porque estou ansioso por isso, não porque tenho medo – reagiu com indignação Ray.

– Então você é um tolo – concluiu Aeneas. – Homens morrerão, Ray. E cada morte será a de alguém que conheço. Homens com quem lutei, cacei, homens de quem roubei gado, com cujas mulheres ou filhas dormi. Mas não desejo a morte de nenhum deles. Então vamos torcer, em vez disso, para que seja necessária apenas a demonstração de força e que a insurreição não vá em frente sem que precisemos dar um tiro sequer. Matar é um dever, mas homens devem obter prazer com as mulheres.

A companhia aplaudiu e soltou gritos de aclamação. Ray se virou e os homens voltaram a prestar atenção.

– Você vai liberar os homens? – Aeneas sorriu.

– Capitão. – Ray bateu continência, sem notar que Aeneas estremecia quando se virou para a companhia novamente e gritou: – Descansar!

Aeneas dirigiu-se às suas dependências, sorrindo ao dar as costas para o inglês extremamente ansioso. Quando achou seu quarto, julgou-o adequado: um beliche, uma mesa, cadeiras e um decanter com uísque, cortesia do rei George. Navios com tropas. Era cedo para saber o que aconteceria. Se os reforços fossem generosos, os chefes jacobitas iriam se retirar. Era difícil ganhar a vida nos clãs, e ela não deveria ser gasta onde não havia benefícios. Aquilo acabaria em poucos dias. Ele estava servindo uma segunda dose de uísque quando soou o toque de recolher e bateram à sua porta. Era Ray.

– Tudo certo, senhor – afirmou.

Aeneas levantou o dedo, evitando que o tenente lhe batesse continência.

– Ótimo – disse erguendo o copo vazio. – *Uisge beatha*?

– Ah, uísque. Sim, obrigado. – Ele observou Aeneas servir-lhe uma dose generosa. – Sabe, conheci uma mulher louca quando estava a caminho de Inverness. Ele estava com uma tribo de selvagens. Forçou-me a descer do cavalo e mandou minha mulher montar. Ela falava irlandês também.

Aeneas reconheceu a história. Meg e Cath ficariam contentes de terem crescido em uma tribo. Ele entregou a bebida a Ray e dirigiu-se à janela. Lá fora, a noite estava iluminada pelo brilho da lua crescente.

– Uma louca, de fato – falou.

Onze

No acampamento Glenfinnan, Charles Edward Stuart saiu de sua tenda. Assim como seu primo, o duque de Cumberland, ele tinha vinte e quatro anos e era filho de um rei. A semelhança entre os dois terminava aí. Charles parecia recém-saído de uma história infantil: elegante, alto e bonito, a ossatura do rosto delicada, o corpo magro. Vestido agora com um *kilt* tartã vermelho, uma manta por cima dos ombros e um casaco escarlate, usava uma peruca empoada branca e uma faixa azul a tiracolo. Antes de a Escócia unir seu Parlamento ao da Inglaterra, quando os reis escoceses se sentavam nos dois tronos e governavam a Irlanda, seu avô foi deposto pelos ingleses, que o substituíram por um holandês. Quando o último membro dessa linhagem morreu, seu pai esperou ser chamado, mas novamente os ingleses escolheram um estrangeiro, um alemão de Hanover cujo filho, George, agora reinava. O príncipe Charles viera para recuperar o trono do pai.

– *La victoire est certaine*,[14] O'Sullivan – disse ao general-adjunto irlandês ao seu lado. Havia um milhão de escoceses. Mais da metade morava nas Terras Altas. – Há seiscentas mil pessoas nestas montanhas, pelo menos quinhentos mil guerreiros treinados.

– Nem todos se apresentarão, senhor. – A resposta partira de lorde Murray. – E os navios com as tropas de Cope vão chegar a Aberdeen. Assim que esses reforços se unirem a ele em Inverness, ele vai querer começar a batalha contra nós.

– Com míseros poucos milhares? – O príncipe foi mordaz. Nascido e criado na Itália, falava francês com seus comandantes

---

[14] "A vitória é certa", em francês. (N.E.)

escoceses, a única língua que compartilhavam. – Cumberland deve pensar que é fácil nos meter medo. Teremos *deux armées,*[15] lorde George. Cinco, dez exércitos!

Do lado oeste do acampamento vieram sons de ovações que interromperam a bazófia. Os três homens se viraram em direção ao barulho. Uma mulher vestida de azul, montada em um cavalo branco, desceu a ladeira em direção a eles. Era Anne Farquharson, a lady McIntosh. MacGillivray estava ao seu lado e atrás deles marchavam várias centenas de tropas, incitando os clãs agora reunidos, que os receberam com tiros de pistola no ar.

– Viu? – O príncipe sorriu para lorde George.

Quando as tropas do clã Chattan abriram espaço, Anne e MacGillivray dirigiram-se à bandeira para se apresentarem. Lorde George estava ao lado de Anne quando ela desceu do cavalo. Ele havia trazido o clã da mãe dela, os Murray.

– Você deve estar dolorida por causa da sela – falou ele. – Mas é um prazer vê-la. Não estava certo se essa era uma decisão acertada. Você me convenceu. – Ele a levou até o príncipe. – Minha prima, senhor. Coronel Anne Farquharson, lady McIntosh.

O príncipe imediatamente pegou sua mão e a beijou, para o deleite de Anne.

– *La belle rebelle*[16] – exclamou ele. – Ouvimos dizer que você inflamou os moradores do interior. Agora vejo o porquê.

– Não, senhor, *vous êtes trop généreux*[17] – disse Anne –, quem o fez foi o senhor. Ela apresentou MacGillivray como tenente-coronel de suas tropas. Ele as lideraria em campo. O vinho foi servido quando os outros chefes a cercaram para cumprimentá-la: Lochiel, Keppoch, Glengary, Ranald, McGregor, os lordes Elcho, Tullibardine e os Ogilvie. Anne ergueu o copo.

[15] "Dois exércitos", em francês. (N.E.)

[16] "A bela rebelde", em francês. (N.E.)

[17] "Você é muito generoso", em francês. (N.E.)

– Prosperidade e contra a União – brindou. Ela não fazia essa declaração desde a morte do pai, mas se entusiasmou ao citá-la agora. A resposta ressoou no acampamento inteiro como um eco distante.

– Prosperidade e contra a União!

O'Sullivan acenou para MacGillivray para reforçar seu papel importante.

– Seiscentos guerreiros – MacGillivray contou a ele. – Duzentos homens mais mulheres e crianças apoiando.

Ao seu lado o príncipe conversava ao pé do ouvido com lorde George.

– Eles precisavam trazer tantas mulheres?

– É o contrário, senhor – explicou o lorde. – São as esposas e mães que criam e enterram os homens, que decidem quando os clãs devem lutar. São elas que os trazem.

Margaret Johnstone, lady Ogilvie, puxou Anne para apresentá-la aos demais.

– Não esperava tanta gente – falou Anne olhando ao redor enquanto caminhavam pelo acampamento. Em todos os lugares, havia grupos sentados em volta da fogueira, cozinhando, afiando espadas e punhais, limpando e polindo pistolas.

– O que mais podemos fazer? Se não acabarmos com essa União, nosso modo de vida logo vai se acabar. – Ela tocou o braço de Anne. – O que você acha do nosso príncipe?

– Ah, com roupas ele tem uma boa aparência – brincou Anne. – Se sua capacidade de liderança for tão boa quanto seu charme, nós já ganhamos.

Lady Ogilvie parou para apresentá-la a Margaret Fergusson, lady Broughton, uma linda mulher que usava chapéu de plumas e um traje ornado com pele, e cujo marido, sir John Murray de Broughton, era igualmente elegante. Naquele momento, Margaret afiava a espada.

– Pode me chamar de Greta – pediu. – Cuido do recrutamento e das provisões.

– Sir John é secretário do príncipe – contou Margaret.

– Mas quando entrarmos em combate – vangloriou-se Greta – ele irá para a cavalaria do lorde Elcho.

– Temos cavalos suficientes? – indagou Anne.

– Ainda não – sorriu Greta. – Mas vamos resolver isso logo. Você pode ajudar.

– Eu adoraria – avisou Anne – mas preciso voltar para casa.

– Você foi muito corajosa – elogiou Margaret. – Eu não conseguiria deixar David. – Como Anne, ela tinha vinte anos, a mesma idade de seu jovem marido, um lorde rico que podia dar-se ao luxo de casar-se cedo. – Sabe, precisei convencê-lo – falou. – Os homens nem sempre entendem o que está em jogo. Se as atitudes inglesas nos derrotarem, os homens terão direitos e poderes. Nós não teremos nenhum. – Ela apertou o braço de Anne em sinal de apoio. – Mas você vai convencer Aeneas. Você inspirou tanta gente. – Ela apontou para uma mulher vestida de calças compridas ocupada em coordenar a montagem das barracas. – Aquela é Jenny Cameron. Ela ouviu falar no que você estava fazendo, saiu e juntou trezentas pessoas para a causa. Oh, e Isabel forçou Ardshiel a se apresentar por sua causa. Ele chegará em breve.

– Forçou-o a se apresentar?

– Sim – riu Margaret. – Disse que ia organizar um levante e comandar ela mesma seu povo se ele ficasse e cuidasse da casa. E lhe entregou um avental!

As duas riram ao imaginar o corpulento Ardshiel usando um avental, debruçado sobre as contas domésticas, cuidando da limpeza ou assando pão. O humor de Anne, porém, não se animou com a história. Ardshiel tinha aderido à causa enquanto Aeneas passara para o outro lado. Se ele não tivesse feito nada, se tivesse esperado, como disse inicialmente que faria, talvez fosse suportável. Mas isso não era.

Assim que conseguiu fugir da energia e da excitação do acampamento, Anne vagou sozinha até chegar à fronteira. Foi presenteada com uma enorme lua cheia, cortada por uma pequena nuvem púrpura. A cena lembrava a ferida em seu coração, que a separava em duas metades: ela e Aeneas. Seu marido havia se juntado ao inimigo. Nada que ele fizesse podia lhe machucar mais que isso.

Quando MacGillivray a encontrou, sentada em uma pedra, ela admirava a lua nascente.

– Sua tenda está pronta – avisou, aproximando-se dela. – E a ceia já vai ser servida. – Ela não respondeu, e ele a virou em sua direção. Seus olhos eram luminosos na escuridão, iluminados pelo brilho das lágrimas não derramadas. – Ei. – Ele a puxou para perto dele, envolvendo-a e aquecendo-a com os braços.

– Não posso ficar assim tão sozinha – chorou Anne. – Não agora, não aqui. Ele deveria estar conosco. Deveria estar ao meu lado.

– Eu sei. – MacGillivray a apertou mais forte, e a raiva que sentia de Aeneas, o homem que ele considerava um irmão, de repente ficou mais intensa. Eles ficaram um longo tempo abraçados, até as lágrimas de Anne secarem, até o corpo dos dois começar a se lembrar da forma e do calor do outro, por ficar assim tão perto, e parecia que o tempo não tinha passado desde a última vez, que nada tinha mudado.

– Não sou tão forte como pensava – concluiu Anne olhando para ele.

Ele podia notar que ela o beijaria agora. E se ela fizesse isso, eles ficariam juntos, pelo menos naquela noite, tomados por um velho e conhecido êxtase. E nada diminuiria a dor da separação que ele sentiria quando ela saísse de manhã, e seria isso mesmo que ela faria, pois ela o desejava naquele momento apenas para preencher o vazio que a falta de Aeneas lhe causava. Ele colocou as mãos em seus ombros e se afastou dela.

– Você é mais forte do que pensa – falou. – Vai convencê-lo. Aeneas não é um lacaio do governo. Aqui é onde ele deseja estar.

– Ele lhe disse isso?

– Quase. Ele só foi para proteger os rapazes da Guarda.

– Ele poderia tê-los trazido para cá.

– Mas ele acredita que não vamos vencer.

– E vamos perder, se nos dividirmos e lutarmos uns contra os outros. – Anne não se acalmou. – É isso que vou dizer a ele, quando voltar a Moy.

Na hora do jantar, MacGillivray sentou-se entre Margaret e Greta e flertou escandalosamente com ambas. Anne sentou-se do lado oposto, próxima ao lorde George. O príncipe havia nomeado o primo de Anne comandante e chefe. Sua liderança era repleta de táticas.

– Vamos deixar o acampamento amanhã – disse. – Nossos homens não podem aguentar muito mais tempo nesta área.

– Você vai enfrentar Cope? – indagou Anne.

– Não, acho melhor, por enquanto, o rodearmos. Vamos deixá-lo correr para as Terras Altas, tenho outros planos. – Ele olhou para Anne seriamente, com compaixão. – E você? Margaret me disse que vai voltar a Moy.

Anne concordou com a cabeça.

– Pela manhã. Já fiz o que tinha de fazer.

– Mas você vai precisar de proteção lá.

– Aeneas não deixará nada acontecer em sua própria casa.

– Estou certo de que não, ou pelo menos ele vai tentar evitar que algo aconteça. Mas você está perigosamente perto do quartel de Ruthven. O governo inglês está se reunindo lá. Alguns oficiais podem querer mostrar trabalho prendendo a rebelde lady McIntosh.

– Não, George! – Anne ficou chocada. Seu casamento já tinha se mostrado instável, agora nem sua casa era segura? – Mas preciso ver Aeneas.

– Deixe-o vir até aqui, se ele quiser. Ele vai sentir sua falta. Venha conosco, pelo menos por um tempo. Vou atrair Cope para longe de Inverness. Então, se você conseguir, pode voltar para casa sem risco.

– Vai dar certo, *vous verrez*[18] – insistiu Anne. – Ninguém vai se machucar.

– Acho que é um ótimo plano. – Ao seu lado, Greta a apoiou.

– Eu também – concordou Margaret. – Queria ter pensado nisso.

Eles estavam no salão principal do palácio de Holyrood, na parte de baixo da Royal Mile, em Edimburgo. Estavam acampados ali havia uma semana, sem poder atravessar os portões da cidade que estavam fechados. O príncipe tinha proibido um ataque à muralha, pois não desejava perder vidas nem desagradar os súditos de seu pai que viviam do lado de dentro daqueles portões. A cada dia, mais e mais simpatizantes escalavam a barreira ou subornavam os guardas para encontrá-lo, para jurar-lhe lealdade e depois voltarem sorrateiramente para a cidade, antes do toque de recolher das dez da noite.

– *Mais oui*,[19] se eu organizar um baile – disse o príncipe. – A música vai distrair os guardas e nos dar cobertura.

– Certamente é uma boa ideia, senhor – concordou O'Sullivan. – Muito boa.

– Contanto que meus homens vão primeiro – insistiu Lochiel.

– Ninguém vai lhe privar desse direito – garantiu lorde George. – Anne, caberá a você persuadir MacGillivray.

As três mulheres puseram-se a trabalhar, Margaret e Greta com as agulhas e Anne usando seu charme.

– Com uma corda eu entro lá – protestou MacGillivray.

– E a cidade toda ficará alerta – afirmou Anne.

[18] "Você verá", em francês. (N.E.)

[19] "Sim", em francês. (N.E.)

– Então me faça entrar como advogado.

– Você já viu um advogado com mais de um metro e oitenta e coxas como as suas? – Anne sorriu. – Além disso, todo mundo iria se divertir e a situação ficaria um pouco melhor.

– Não para mim – reclamou MacGillivray. – Eu seria motivo de chacota.

– Só entre os seus – riu Anne. – Os moradores de Edimburgo não perceberiam nada. Seda verde – ela não conseguiu resistir. – Vai ficar linda com seu cabelo.

– Sem cachos – insistiu MacGillivray. – Prefiro morrer.

Ela tinha vencido.

– Uma boina bem bonita – prometeu. – E um leque.

Tarde daquela noite, Duff vigiava cuidadosamente o movimento de dentro da guarita das muralhas da cidade. Era um homem atarracado, robusto, um sapateiro mais habituado a debruçar-se sobre a fôrma de sapatos do que cuidar da segurança de Netherbow Port com um mosquete na mão. No escuro, ele enxergava pouco além dos primeiros edifícios pela janela. Abaixo de Canongate, era possível ouvir a música vinda de Holyrood. Os jacobitas tocavam a canção rebelde "The Auld Stuarts back Again". Durante toda a noite o guarda ouviu *jigs*, *strathpeys*[20] e *reels*[21]. Agora, parecia que a festa estava para terminar. Acima dele, na torre, o sino logo anunciaria o toque de recolher noturno.

O outro guarda havia descido para deixar um grupo de mulheres passar após guardar o dinheiro do suborno no bolso. Eles resolveram a questão entre eles: o pagamento de uma taxa duas vezes maior que a usual para entrar e sair da cidade, metade para os guardas, metade para a cidade. Duff recebeu o pagamento

[20] Refere-se a uma dança e a um ritmo criados na Escócia. (N.T.)

[21] Também refere-se a um tipo de dança e de ritmo tradicionais escoceses. (N.T)

quando saía. Os homens dificilmente eram admitidos, como precaução, e eram rigorosamente revistados, mas, como não havia nenhum homem no grupo, seu colega terminou o trabalho rapidamente. Duff o ouviu subindo a escada para voltar a seu posto.

– Oi – chamou uma voz do lado de fora do portão –, você se esqueceu de mim.

Duff abriu a janela e olhou para fora. Havia uma mulher embaixo da guarita, com as mãos nos quadris, muito bem-vestida usando um chapéu enfeitado com plumas e um traje de pele de animal.

– Diga-me seu nome – gritou o guarda de volta. Ele não estava certo de por que perguntara, pois uma mulher não oferecia perigo, mesmo que tivesse um nome típico das Terras Altas ou um sotaque estranho.

– Como ousa perguntar meu nome? – A mulher estava indignada. – Diga-me seu nome.

– Duff – berrou igualmente indignado. – Duff, o sapateiro.

– Então sou sua mulher, idiota – gritou para ele.

Duff estava triunfante. Ele não tinha mulher! Ela tentara enganá-lo. O outro militar chegou ao alto da escada e Duff virou-se para ele.

– Não tenho esposa – falou. Alguém apontou um punhal para sua garganta. Não era o outro guarda que entrara na guarita, mas uma mulher com um vestido de seda verde, alta, usando uma boina e com um punhal na mão.

– Que pena – exclamou ela. Sua voz era grave e sonora, com um cantado típico das Terras Altas. – Mas, se você ficar quieto enquanto a deixamos entrar, talvez viva tempo o suficiente para ter uma.

Duff não estava em condições de emitir um som sequer. A ponta afiada do punhal pressionava seu pomo de adão. Agora que ele tinha se virado, podia ver, pela janela lateral, que bem abaixo, do lado de dentro do portão, o outro guarda estava deitado no chão, imóvel, enquanto uma terceira mulher destrancava o portão de baixo, uma mulher jovem, esbelta e de cabelos escuros. Ela pertencia ao grupo que havia acabado de entrar. As outras haviam sumido na King's High Street.

Na Canongate, quando o portão de baixo se abriu de novo, os homens de Lochiel emergiram das sombras dos edifícios desertos e correram em direção à cidade, passando por Greta no caminho. Lá dentro, alguns assumiram o lugar de Anne para destrancar as grandes portas de metal, deixando-as bem abertas para o resto dos jacobitas poder entrar. Quando o sino de Netherbow anunciou o toque de recolher, os demais correram para os três outros portos a fim de render os guardas. No castelo, no topo da colina, a guarnição suspendeu a ponte levadiça quando percebeu o que estava acontecendo. Quando lorde George andou até o portão, Edimburgo já estava tomada. A única baixa fora um guarda que ferira a cabeça.

– Deu certo, George – comemorou Anne quando ele chegou. Ela estava sentada junto ao portão, dividindo uma garrafa de cerveja com Greta. Na soleira da porta da guarita, também dividindo uma garrafa com o aturdido Duff, estava MacGillivray, já sem a boina, com o cabelo loiro avermelhado ofuscado pelo luar.

– Gostei do vestido – gritou lorde George. – Você fica bem de verde.

Doze

Na manhã seguinte, Anne assistiu ao príncipe fazer sua entrada triunfal na capital escocesa. Ele havia esperado pela luz do dia para que o povo apreciasse o espetáculo. Em um traje das Terras Altas completo, com um grupo de gaitistas marchando à sua frente e o sino de Netherbow anunciando sua chegada, ele entrou com seu séquito a cavalo. Enquanto aguardava ser apresentada ao prefeito, Anne também se sentiu triunfante. Eles haviam tomado Perth enquanto caminhavam para o sul. Agora, dominavam também Edimburgo. As ruas estavam cheias de gente, todos aguardando para ver o príncipe Charles.

A cidade havia empobrecido muito desde que o Parlamento mudara-se para Londres, e tornou-se raro ver senhores e senhoras donos de terras andando nas ruas desde então. A nova elite era composta por comerciantes, advogados e estudiosos da universidade, todos menos generosos com os pobres, mas mais esbanjadores. Ainda assim, suas mulheres estavam à frente da multidão de açougueiros, padeiros, tanoeiros e comerciantes usando os mais finos e esvoaçantes leques enquanto o príncipe passava. Ele as cumprimentou movimentando a cabeça à esquerda e depois à direita.

Chegando à Câmara da cidade, ele se inclinou em direção a O'Sullivan, que vinha montado ao lado dele.

– Edimburgo é cheia de moças animadas? – indagou.

– Se o senhor não se incomodar em agradá-las, senhor – respondeu O'Sullivan. – Elas talvez também tenham algum dinheiro que pode nos ser útil.

Quando eles desceram, o príncipe estendeu a mão para que Anne a beijasse.

– *Ma belle rebelle*[22] – falou – a senhora vale dez homens. – Ele olhou para o prefeito Stewart. O homem estava horrorizado, a peruca empoada, torta, embaixo do chapéu. – É muito gentil da sua parte receber-me em sua bela cidade – afirmou o príncipe.

Sem saber se a frase denotava cordialidade ou sarcasmo, o prefeito quase esqueceu o medo de perder o pescoço. Ele havia fechado os portões da cidade para impedir a entrada dos rebeldes, mas tanto a União quanto o governo dos *whigs* eram populares na região, e embora suas forças ainda fortificassem o castelo atrás de si, as ruas estavam dominadas pelas espadas jacobitas.

– O senhor é mais que bem-vindo – disse curvando-se e fazendo uma reverência. – É que não temos nada a oferecer aqui e o senhor tem um exército considerável.

– *Ma foi*![23] – exclamou o príncipe. – Não somos meros ladrões que vieram aqui para roubá-lo. Vamos nos alojar onde tiver espaço. Pagaremos pelas provisões que precisarmos. Agora, *mon ami*, mostre-nos o caminho, vou dirigir-me ao seu conselho.

Anne os viu se afastarem. O príncipe, com seu charme e ar régio, parecia estranhamente deslocado naquele lugar. A cidade estava cheia de gente e imunda, dominada pelo odor de dejetos humanos. Suas construções se elevavam sobre as ruas estreitas e becos escuros, e o único lugar onde havia alguma chance de a luz do sol penetrar era na ampla King's High Street, onde Anne estava. MacGillivray já havia se livrado do vestido de seda e organizava as provisões para seu regimento. Os homens de Lochiel haviam se postado em volta do perímetro do castelo, para caso a pequena força do governo, que estava trancada voluntariamente do lado de dentro,

---

[22] "Minha bela rebelde", em francês. (N.E.)

[23] "É uma promessa!", em francês. (N.E.)

de repente fosse afligida por uma coragem temerária e resolvesse sair para cumprir seu dever. Anne sentiu uma mão puxar sua saia.

– Minha senhora, minha senhora.

Ela olhou ao redor. Uma menininha imunda de talvez doze anos segurava o tecido de sua roupa. A garota tinha o cabelo escorrido, estava descalça e vestia roupas feitas de saco. Ao atrair a atenção de Anne, soltou a saia.

– Meu pai vai brigar por vós, se a senhora nos der um centavo para o pão.

O sotaque da menina não lhe era familiar. Anne entendia o dórico dos escoceses de Aberdeenshire, mas ouvira pouco a vertente do sul, exceto quando os pedintes das cidades começaram a passar o inverno com os *cottars* pobres, abusando da lei da hospitalidade oferecida aos necessitados. Como a maioria dos chefes, ela falava gaélico, francês e inglês. Apenas os habitantes das Terras Altas que costumavam roubar gado entendiam os escoceses das Terras Baixas. Pelo que ela decifrara, contudo, tinha dúvidas se acreditava no que a garota falara. Se a constituição física e a saúde da menina podiam dar alguma pista, seu pai, se é que ele existia, mal poderia segurar uma arma, ainda mais empunhá-la.

– Qual o seu nome? – perguntou.

– Clementina. Por favor, minha senhora. Estamos passando fome, vamos morrer.

Isso bem podia ser verdade. Anne enfiou a mão na bolsinha e tirou dois centavos. Sem dúvida ela seria cercada por garotos e pedintes por causa disso, mas aquela criança precisava fazer uma refeição decente. Um banho também não lhe faria mal. Ela lhe entregou as moedas.

– Tome – ordenou. – Arrume um caldo para mergulhar o pão. – A garota pegou as moedas da mão de Anne e sumiu, misturando-se rapidamente à multidão. Ela podia facilmente ser um fantasma, com sua pele pálida, acinzentada. Aquela cidade era seguramente assombrada por muitos deles. Cinco mulheres cruzaram a rua em direção a ela. Estavam tão animadas, cheias de vida. Eram Greta e Margaret, acompanhadas de outras três mulheres de seu exército.

– Uma diversão merece outra – disse Greta. – Vai me ajudar agora?

Elas saíram em direção aos estábulos da cidade. Enquanto os dois cavalariços olhavam admirados diante da grande quantidade de mulheres glamorosas, o ferreiro ficou feliz em fazer negócios com elas, até ouvir do que se tratava.

– Mas não posso vender os cavalos para as senhoras – protestou. – Eles só estão alojados aqui, não são meus.

– Você tem alguns para alugar – insistiu Greta. – O resto você pode negociar com seus clientes. Você decide como dividir o lucro.

O homem disse que não teria lucro, pois estaria fora do negócio sem os cavalos.

– Que pena – falou Greta. – Vocês não acham uma pena, senhoras? – Todas concordaram que era, de fato, uma pena. Greta desembainhou a espada. – Derramar sangue em um dia tão alegre seria uma pena maior ainda – afirmou.

O ferreiro pegou um ferro incandescente da fornalha, mas Greta já apontava a espada para seu peito. Anne mirou a pistola em sua cabeça enquanto as outras mulheres apontaram a espada para os cavalariços.

– Devemos fazer isso? – perguntou Anne a Greta.

– O que, atirar no ferreiro? – indagou. – Só se ele apoiar os *geordies* alemães e o governo *whig*.

– Eu não apoio, eu não apoio – protestou o homem.

– Ou se ele atacar as forças de seu verdadeiro rei – acrescentou Margaret.

– Não faria isso – disse o homem, jogando o ferro de volta ao fogo e gritando: – Prosperidade e contra a União. – Logo acrescentou: – Vida longa ao rei James!

– Bem – sorriu Greta. – Parece que temos um bom patriota aqui, senhoras. O príncipe Charles vai ouvir falar de você, meu caro – falou Greta ao ferreiro, já sem forças. – Agora se você e seus cavalariços puderem selar os animais...

Em pouco tempo elas montavam cinco novos cavalos e seguiam em direção a Canongate, puxando outros vinte atrás delas. Em Holyrood, sir John Murray de Broughton ficou encantado com sua cavalaria.

– Vinte e cinco cavalos novos – gritou. – Greta, você é maravilhosa. – Garboso como era, em vez de girar a esposa para eriçar as penas de sua roupa, ele pegou suas mãos e eles dançaram alguns passos de *jig*.

Anne teve de sair do caminho. O entusiasmo elegante daquele homenzinho diante das façanhas da mulher a deixou aflita. Se ela pudesse ao menos esperar alegria semelhante por parte de Aeneas. Logo ela voltaria para ele, não havia razão para ficar mais tempo. Cope havia embarcado suas tropas novamente em um navio em Aberdeen até Edimburgo assim que descobrira que lorde George evitara enfrentá-lo marchando para o sul. Moy estaria segura de novo, livre do exército de Cope, mas não da ira do marido. Ela subiu para seu quarto no palácio. Era um aposento magnífico, decorado com bom gosto, com o teto ornado e esculpido e belas cortinas nas janelas. Mas não era sua casa.

Do lado de fora da janela, ela avistou a colina alta e relvada de Arthur's Seat, local escolhido por muitos dos soldados para acampar a céu aberto, como estavam acostumados. Ao virar a cabeça, também via o Canongate com suas casas dilapidadas, outra grandiosas, tomadas como alojamento, e o porto Netherbow, com seus portões de metal, agora bem abertos e controlados pelos jacobitas. Um cavaleiro vinha em direção a eles, descendo as montanhas apressado. Anne podia notar seu entusiasmo e ver que gritava notícias a todos por quem passava, as quais ela não conseguia escutar àquela distância. Anne percebeu que a notícia chegava às pessoas e se espalhava; elas viravam a cabeça, formavam grupos, passavam a notícia adiante. O cavaleiro era MacGillivray.

No momento em que Anne desceu as escadas amplas e saiu à frente do palácio, ele já havia desmontado do cavalo e amarrava o animal. As pessoas em sua volta corriam, e a permanência delas naquele lugar trazia-lhes um rumo que lhes dava força.

– Anne! – chamou MacGillivray quando a viu. – Cope chegou a Dunbar. George me mandou para dizer que vamos sair para nos juntar a ele em breve.

– Então ele acha que vamos ganhar?

– Deve achar. Mas, ganhando ou perdendo, uma hora temos de lutar. Essa hora chegou. Você vai ficar para nos ver sair?

Anne hesitou. Ganhando ou perdendo? Se eles perdessem, ela chegaria à casa como um cachorro ferido. Mas e se ganhassem?

– Não, não vou vê-los partir – avisou. – Vou com vocês. – Mais que Perth e Edimburgo, o triunfo no campo provaria a justeza de seus atos. A vitória mostraria a Aeneas o quanto ele estava errado.

Cope escolhera o chão plano de Prestonpans como campo de batalha. Mais de dois mil soldados estavam enfileirados atrás do canhão, sob o sol brilhante de setembro. Eles estavam em uma boa posição, o mar atrás protegia sua retaguarda. Um enorme pântano lodoso tornava o flanco esquerdo da tropa inacessível aos guerreiros das Terras Altas que atacassem a pé. A única forma de se aproximar era pela frente ou pela direita, onde a artilharia estava alinhada.

– Olhe as armas deles, Alexander. – Anne estava montada em Pibroch ao lado de MacGillivray, subindo em direção a oeste, com vista para o campo de batalha. – Não podemos enfrentar um canhão.

– Nós já teremos passado antes que eles atirem mais de uma vez – afirmou.

Aquilo era uma bravata, e ela sabia disso. Nenhum deles havia participado de uma batalha, mas qualquer um sabia que um ataque corpo a corpo a pé causaria dúzias de perdas antes mesmo que eles chegassem aos inimigos. MacGillivray, assim como os outros chefes das Terras Altas, liderava assumindo a posição dianteira, sem nunca pedir a nenhum homem que fizesse aquilo que eles próprios não pudessem enfrentar. Ele entraria, com o povo dela, no fogo do inferno.

Mais ao longo da cadeia de montanhas, Anne avistou lorde George tentando resolver o problema. Ele discutia intensamente com o príncipe, O'Sullivan, o duque de Perth e o recentemente chegado conde de Kilmarnock. O exército deles tinha agora três mil efetivos, maior que o que eles tinham de enfrentar, mas não tão bem equipado. Seria suicídio enfrentá-los ali.

– Vou avisar George que não lutaremos – disse Anne puxando as rédeas de Pibroch. MacGillivray ainda estudava o inimigo. Ele esticou os braços, apontando em direção a eles.

– Não, Anne. Veja!

Em um primeiro momento, tudo que conseguiu ver foram soldados e membros da cavalaria ingleses, e então seus olhos avistaram o tartã negro no meio do grupo. Era a Guarda Negra, e sob o galhardete que tremulava sobre o centro de comando, o regimento de lorde Louden, de Inverness. Seu coração congelou no peito. Eles enfrentariam o próprio povo? Um movimento à frente das fileiras de soldados chamou sua atenção. Um oficial e seu tenente percorriam a fila, parando aqui e ali para conversar com os homens. Apesar do tartã negro de seu uniforme desconhecido, ela reconheceria aquele caminhar em qualquer lugar. Era Aeneas.

Aeneas parou ao lado de Lachlan Frase. O rapaz tinha apenas dezessete anos. Apesar de não estar frio, ele tremia como se estivesse congelando.

– Controle-se, rapaz – ordenou ele com benevolência. – Eles não podem se reunir antes do anoitecer. Você primeiro vai dormir uma noite e, quando eles vierem, as armas estarão entre você e eles.

– Meu pai está entre eles – revelou o garoto.

Aeneas apertou o ombro do rapaz. Não havia nada a dizer diante disso.

– Talvez não esteja – falou. – Estamos bem posicionados. Eles talvez deem meia-volta e voltem para casa, e isso não será vergonha nenhuma. – Ele não estava enganando ninguém, muito menos a si mesmo. A força jacobita havia crescido durante a marcha. Talvez eles escolhessem não lutar ali, mas algum dia em breve iriam se enfrentar. Se fosse ali, o governo alcançaria a vitória que ele esperava. Seria algo suportável, um enfrentamento rápido e certeiro derrotaria o levante e todos poderiam ir para casa cuidar dos ferimentos.

– Capitão McIntosh – disse Ray batendo continência ao lado dele. O homem não aprenderia nunca? – Temos companhia. – Ele balançou a cabeça em direção ao levante.

Aeneas examinou bem o grupo. Já havia visto Charles Edward Stuart, com seus comandantes, e George Murray, que conhecia muito bem. Em outras circunstâncias ele estaria ao lado deles, e estaria agora, se os franceses desafiassem a confiança do governo e viessem. Como o jovem Lachlan Fraser, ele também estava dividido.

– A mulher – falou Ray apontando. – Não vê a mulher, senhor?

Não havia dúvida: era Anne, ao longe, montada no cavalo nupcial que ele havia dado a ela, ao lado de MacGillivray. Ele sentiu a raiva crescer dentro dele, a mesma raiva atormentada que sentira quando ela partira, só que mais forte. Já havia passado um mês desde aquele dia. Ela não voltara para casa na hora suposta, depois de entregar os soldados a Glenfinnan. Não voltara para casa na hora esperada, depois que o exército do governo deixara Inverness. Ela não se contentara em envergonhá-lo ao agir independentemente do marido. Havia ficado lá sem ele, como nenhuma outra mulher faria. Permanecendo com um exército a que seu marido se opunha, ficara com MacGillivray.

– Aquela é a bruxa de quem lhe falei, capitão – explicou Ray. – Por duas vezes eu quase lhe meti um tiro. Desta vez, não vou errar!

Aeneas o virou, agarrou-o pelo colarinho e levantou o tenente até que ele ficasse na ponta dos pés e o rosto de ambos estivesse na mesma altura.

– Ao contrário – falou com desprezo. – Você vai garantir que não aconteça nada a ela ou vai se ver comigo. Ela é minha, entendeu? Minha!

Anne desceu do cavalo e caminhou agitadamente pelo cume.

– O que ele está fazendo aqui, MacGillivray? – protestou ela. – E ao lado do homem que matou Calum e a mãe. Não foi isso que ele disse que faria. Não foi isso que você disse que ele faria!

– Não sei, ele não pegaria em armas contra seu próprio povo.

– Ele está prestes a fazer isso – lançou. – Está prestes a vê-los serem assassinados por aquelas armas. Ele espera nos humilhar nos fazendo dar meia-volta? Está tão determinado em conseguir o que quer que vai matar seu próprio povo para conseguir isso?

Lorde George começou a dirigir os soldados em direção ao campo de batalha abaixo, posicionando-os cuidadosamente. Mesmo assim, porém, eles acabariam se afunilando em direção às armas. O príncipe, a cavalo, subiu para se dirigir aos chefes das Terras Altas antes que eles também rumassem ao campo de batalha. Anne podia ouvi-lo abaixo.

– Sigam-me, senhores, e com a ajuda de Deus irei torná-los, no dia de hoje, um povo livre e feliz.

Se Anne conseguisse rezar... ah, se pudesse. Como Aeneas pôde fazer isso? Ele não se importava com seu povo, com ela? Uma mão agarrou sua saia. Era a garotinha imunda, a pedinte a quem ela dera esmola em Edimburgo.

– Clementina! – exclamou Anne. – O que faz aqui?

– Meu pai veio lutar, como eu disse que faria – explicou. – Ele me pediu que esperasse com as mulheres.

– Elas estão ali – Anne apontou. Ela não tinha tempo para tratar do assunto. Era preciso tomar uma decisão. MacGillivray precisava levar os soldados dela para baixo em breve.

– Eu sei – disse Clementina. – Eu estava com elas, mas a senhora disse que aquele homem – falou apontando para lorde George – estava perguntando se havia um caminho até o pântano.

– Pântano? – Anne olhou para trás, para o campo. O pântano estava do lado esquerdo das tropas do governo. Entre o pântano e os soldados, havia vários campos de terra firme para posicionar as tropas, mas não tinha como chegar lá. O pântano era visivelmente perigoso, cheio de poças de água parada. Ela se voltou para Clementina:

– O que você sabe sobre o pântano?

– Nós vivíamos ali, do outro lado – contou a menina. – Até minha mãe morrer e meu pai achar que viveríamos melhor em Edimburgo. Não conseguimos achar trabalho e pagar a taxa do portão para voltar, até que você chegou e o abriu.

Os McIntosh estavam sendo chamados.

– Tenho de ir, Anne – avisou MacGillivray, desmontando do cavalo para entregá-lo a Anne.

– Não, espere – pediu Anne antes de se virar para Clementina. Era difícil entender o sotaque escocês da garota. – Então o que sabe sobre o pântano?

– Conheço o caminho – revelou a menina. – Sei como chegar lá.

Treze

Quando a noite chegou, os dois exércitos pararam para dormir, afastados da cadeia de montanhas, um de frente para o outro. Satisfeito com os preparativos, Cope retirou-se para uma taverna perto de Musselburgh para passar a noite. Aeneas estava agitado, pois quando amanhecesse, MacGillivray ocuparia o centro do campo de batalha, assumindo a tradicional posição do clã Chattan, bem de frente a ele. Se lorde George mandasse primeiro os MacDonald para atacar o flanco esquerdo, as armas seriam disparadas diagonalmente no campo de batalha, acertando o clã no caminho. A mesma coisa aconteceria se os Cameron atacassem o flanco direito primeiro. Os canhões virariam na direção deles, mas ainda assim não seria possível atacar o meio do campo. A única maneira de abrir o meio seria enviar Keppoch e Lochiel ao mesmo tempo. Será que lorde George faria isso ou mandaria o regimento dos McIntosh na frente para atrair os tiros e liberar os flancos?

Aeneas sabia o que ele faria. No lugar de MacGillivray, que ele teria ocupado se Anne tivesse imposto sua vontade, ele se recusaria a lutar. MacGillivray não faria isso. O homem era corajoso a ponto de ser temerário. Ele atacaria quando lhe mandassem. Atacaria acreditando que a velocidade e a fúria o levariam ao campo e às armas antes que as perdas crescessem a ponto de pará-los.

– Boa velocidade, Alexander – rogou Aeneas. – Boa velocidade. – Era uma esperança tola. Se seu primo conseguisse passar pelo tiro do canhão, chegaria às fileiras de Aeneas, com os membros aterrorizados de seu próprio clã, os Chattan, e um mataria o outro, tio contra sobrinho, irmão contra irmão, pai contra filho. E se MacGillivray descesse até o campo, Aeneas teria de impedi-lo. Durante toda a vida, ele havia dormido sobre as estrelas mais vezes que sob um teto, sobre as urzes, nas rochas, em árvores, exposto ao tempo bom e também ao tempo impiedoso, mas nunca havia dormido em uma cama mais dura, mais inóspita que aquela. Ele amarrou a manta firmemente em volta do corpo e tentou acalmar sua mente inquieta.

Não havia estrelas no céu aquela noite, dominada por um nevoeiro vindo do mar que cobria a paisagem. Os jacobitas apagaram as fogueiras para não haver nenhuma possibilidade de os guardas das fileiras das tropas do governo observar seus movimentos. Eles haviam recebido ordens silenciosas. Todas as armas, todos os objetos de metal estavam amarrados bem firmemente ao seu corpo. Eles portavam punhais e espadas nos dois lados da cintura e pistolas duplas no cinto. Alguns levavam machados Lochber ou espadas de dois gumes penduradas nas costas, onde todos guardavam os escudos, e poucos carregavam mosquetes. Como última alternativa para um embate corpo a corpo, levavam debaixo do *kilt* uma *sgiandhubh* curta e afiada. Uma garotinha descalça, de doze anos, liderava o caminho, à frente de todos. Fortes moradores das Terras Altas, durões, repletos de armas, caminhavam devagar, em fila indiana, de um tufo de grama áspera a outro, desviando de poças de lama e água, passando por moitas de juncos, seguindo uma criança.

No flanco esquerdo das tropas do governo, dois artilheiros dormiam embaixo do canhão. Uma mão tapou a boca de um deles, que arregalou os olhos enquanto um punhal lhe cortava a garganta. Seu companheiro encontrou, simultaneamente, o mesmo destino. Puxando os corpos para trás, por entre as rodas, os dois

Cameron responsáveis pelo ato deitaram-se com suas mantas amarradas ao corpo para dormir. As duas outras duplas de artilheiros enfileirados tiveram, da mesma maneira e em silêncio, o mesmo fim.

Um após o outro, o resto dos jacobitas alcançou o chão firme, enfileirou-se e então se deitou entre os restos de trigo recém-cortado para dormir envoltos em suas mantas. As últimas fileiras armaram-se com o que encontravam: podões, bastões, forcados. Eles seriam os últimos a atacar, e talvez encontrassem armas melhores entre os derrubados. Demorou várias horas até que o último homem conseguisse cruzar em segurança. Quando todos estavam em seus lugares, Clementina, àquela hora adormecida, encolhida na beira do brejo, estava fraca, e por isso foi enviada de volta às mulheres atrás do cume.

Envolto no nevoeiro cinza do início da manhã, entre a infantaria do governo, um soldado tropeçou em seu cobertor, cambaleou alguns passos a sul em direção à beira da fileira em que estava, deixou cair suas roupas e começou a aliviar a bexiga, bocejando. Ficou congelado nessa posição, pois do outro lado do campo, bem em frente a ele, coberta pelo nevoeiro e apenas parcialmente visível, havia uma formação de fantasmas, bloqueando as fileiras de soldados e aparentemente pronta para a batalha. De boca aberta e cabelos em pé de medo, o soldado se virou lentamente, sem conseguir entender aquela fila longa e macabra. A urina respingou na trouxa que dormia a seus pés. O soldado dentro da trouxa acordou e o xingou aos berros.

Mais para trás, entre a Guarda Negra, Aeneas, apenas meio adormecido, deu um salto e ficou de pé, olhando em direção ao grito, esforçando-se para enxergar alguma coisa. Sob o vento turvo havia grandes filas de jacobitas fantasmagóricos, imóveis, esperando pelo raiar do dia. Ele se virou para oeste, para onde estivera na noite anterior, mas não conseguiu ver nada, apenas um turbilhão acinzentado. Olhou em direção ao sul outra vez e os viu ainda ali, etéreos, envoltos no nevoeiro, mas bem reais. Abaixou-se e chacoalhou Ray para acordá-lo, dizendo a ele que acordasse seus homens e os deixasse prontos enquanto ele corria para chamar lorde Louden. No flanco esquerdo, os soldados despertavam naquele momento, levantando-se e esforçando-se para compreender a temível visão à esquerda. Ouviram-se mais gritos.

– Jacobitas!

– Armem-se!

– Em nosso flanco.

– Soem o alarme!

– Acordem! De pé!

Ao ouvi-los, vendo os movimentos através do nevoeiro, MacGillivray ficou de pé em frente ao clã Chattan, sem se mover, respirando profundamente, enquanto o exército do governo despertava no campo de restolho.

No cume, o príncipe e lorde George, ambos a cavalo, esperavam lado a lado. Não conseguiam ver nada abaixo, pois o sol ainda não havia nascido no horizonte, mas ouviram os gritos alarmados. O príncipe Charles Edward Stuart sorriu para seu comandante em chefe.

– De fato, um levante difícil, lorde George.

Afastada do grupo de comando, mais atrás, Anne estava imóvel sobre Pibroch. Ao seu lado, também montadas nos cavalos, Margaret e Greta. As três traziam espadas na cintura e pistolas embaixo do arco da sela. Do outro lado de Anne, Clementina estava montada no cavalo de MacGillivray para que conseguisse enxergar. Era o mínimo que Anne podia fazer. Atrás deles, imóveis pelo medo e tomadas pela expectativa, estavam as mulheres e crianças. Reverenciadas nas tribos, não se arriscavam nas batalhas. Poucas haviam escolhido se arriscar, o resto teria trabalho a fazer quando tudo acabasse. O sol nascia no horizonte, fazendo os rostos brilharem. Lá embaixo, no campo de batalha, a neblina começava a diminuir e se dissipar.

Após Aeneas sacudi-lo com força para que acordasse, Louden saiu de sua barraca.

– Estamos flanqueados – disse Aeneas apontando. – Onde está o general?

– Ele passou a noite na taverna.

– Então é melhor você assumir o comando. O dia logo vai raiar.

Louden pegou o jovem lorde Boyd, filho do conde de Kilmarnock. – Mande os soldados da cavalaria montarem. – E então virou-se para Aeneas e falou: – Vire os canhões e traga sua companhia. Cubra aquele flanco.

– Isso não é possível – afirmou Aeneas franzindo a testa.

– Tente – ordenou Louden.

Aeneas correu até sua companhia. A luz do dia começava a aumentar, a névoa estava fraca agora, revelando os territórios do inimigo. Quando ele chegou até seus homens, encontrou Duncan Shaw de pé, olhando para baixo, para eles.

– O que está tentando ver, rapaz? – indagou Aeneas.

– Meu irmão, senhor. Ele está lá. Não luto com ele desde que ele fez meu nariz sangrar, quando eu tinha dez anos.

– Então você poderá se vingar hoje. – Aeneas correu até James Ray. – Tenente, você pode mandar virar os canhões?

– Para atirar sobre nós? – perguntou Ray incrédulo.

– Faça isso! – gritou Aeneas. Não admirava que os ingleses gritassem suas ordens. Pedidos não funcionavam com eles.

Ray correu em direção ao canhão mais próximo.

– Virem os canhões! – gritou assim que conseguiu ser ouvido. Os artilheiros amontoados em volta do canhão não responderam. Ray continuou a correr.

No campo, MacGillivray virou-se para examinar as fileiras dos inimigos assim que o nevoeiro permitiu, para falar com Donald Fraser na fileira da frente.

– Não é seu filho do outro lado?

– 'S *e* – concordou Fraser com orgulho. – Meu mais velho, o único rapaz.

Do outro lado, entre as fileiras de soldados ingleses, um jovem soldado da Guarda Negra havia se virado para olhá-los.

– Então vá para trás com Ewan – ordenou MacGillivray.

– Meu lugar é na linha de frente – afirmou teimosamente.

– Não vou permitir que pai e filho se matem sob meu comando – insistiu MacGillivray. – Agora vá para trás.

Irritado por ter perdido o lugar, Fraser saiu e dirigiu-se para trás das fileiras. O homem atrás dele assumiu sua posição.

James Ray havia chegado até os artilheiros. Parou de correr e ficou parado, firme, furioso porque eles pareciam não se dar conta do apuro pelo qual passava seu exército.

– Ainda estão dormindo? – berrou. – Virem os canhões!

No canhão mais próximo, os dois artilheiros agachados se levantaram e afastaram as mantas, mostrando que já estavam armados, apontando as espingardas para Ray. Por sua vez, as outras duas duplas de artilheiros imitaram o gesto. As doze pistolas ficaram apontadas para o tenente, que ficou boquiaberto, os braços agitados. Ele deu meia-volta e correu o mais rápido que pôde, pelo mesmo caminho pelo qual viera.

Aeneas, tentando organizar a confusa Guarda Negra em fileiras viradas para o sul, viu que três de seus seis canhões haviam sido capturados. Os homens do clã que os haviam tomado começaram a virá-los em direção às tropas do governo. Ao lado de Aeneas, um soldado fez o sinal da cruz. Ray passou correndo, sem parar.

– Recuar – murmurou Aeneas. – Temos de bater em retirada!

Ele deixou seu sargento incumbido de organizar os homens e correu para encontrar Louden.

No cume, Anne se inclinou para frente, sobre Pibroch, esticando o pescoço para tentar ver Cope e o que ele faria agora que tinham virado o jogo. Moradores e populares de Edimburgo começaram a chegar à costa e a outros pontos privilegiados para assistir à batalha.

– O que estamos esperando? – quis saber Clementina.

– Que tenha luz o suficiente – respondeu Anne. – Assim reconheceremos os nossos. – Um movimento entre o inimigo chamou sua atenção. Era Aeneas, correndo de volta à sua tropa. Ele parecia perseguir o próprio tenente. Ela imaginou aonde ele estaria indo para deixar seus homens assim, sem comando. Aeneas alcançou um grupo de oficiais, entre eles Louden, e gesticulou, apontou. Seu tenente continuou correndo. Anne não conseguia ver nada de importante na direção que Aeneas apontava, exceto um rapaz que tocava tambor. Um tambor! Ela foi, montada em Pibroch, até lorde George.

– George – chamou. – Eles vão bater em retirada.

– Espere mais um minuto – pediu. – Deixe-os se verem primeiro.

– *Mais non*[24] – objetou o príncipe. – Devemos deixá-los recuar?

– Não teremos essa oportunidade outro dia – falou lorde George.

O príncipe começou a examinar a cena também.

– Não consigo ver o general Cope.

– Ele não está lá – contou Anne.

---

[24] "Mas não", em francês. (N.E.)

– *Pas ici?*[25] Então a retirada pode ser um truque – avisou o príncipe. – Ele pode tentar trazer homens por trás. Ficaríamos no meio deles.

– Com todo respeito, senhor – garantiu lorde George –, ele não dispõe de mais soldados.

– Então onde ele está?

Na taverna em Musselburgh, uma toca vermelha com uma borla era tudo que a proprietária conseguia ver debaixo das cobertas quando entrou no quarto de hóspedes.

– Senhor – chamou timidamente. – General Cope?

O grande monte em cima da cama roncou.

– General, senhor – tentou outra vez. – O senhor queria que o acordasse cedo.

Ele bufou, respirou com dificuldade e espiou com um olho só fora das cobertas.

– Que horas são?

– Está amanhecendo, senhor. Seus criados saíram meia hora atrás.

Cope afastou as cobertas e saltou da cama. A proprietária virou o rosto para evitar vê-lo de camisola branca e curta e saiu. No andar de baixo, serviu a mesa do café da manhã. Em minutos, o general estava descendo as escadas estrondosamente, com o uniforme abotoado errado, tentando, sem sucesso, arrumar a peruca e embainhar a espada ao mesmo tempo.

– O senhor precisa comer – falou a proprietária mostrando o prato quente. – Não pode morrer de estômago vazio.

– Não tenho tempo, não tenho tempo – falou, indo para a porta.

– Mas eles não vão começar sem o senhor. – A porta bateu atrás dele. – Vão?

---

25 "Nem aqui?", em francês. (N.E.)

Catorze

Da planície, MacGillivray viu lorde George sobre a colina. O sol já tinha nascido, o nevoeiro quase totalmente dissipado. Ele conseguia enxergar bem o suficiente para atacar e esperava a ordem. No cume, lorde George ergueu a espada, segurou-a no alto e baixou-a com um golpe. MacGillivray puxou a boina azul para frente e pegou, nas costas, a enorme espada com as duas mãos, erguendo-a acima dele.

– Espada! – gritou.

Todos os chefes ecoaram o grito, de Lochiel à esquerda a Keppoch à direita. Os homens na linha de frente ajeitaram as boinas e sacaram as pistolas. Quando os outros chefes lançaram seus gritos de guerra, MacGillivray esticou a espada para frente.

– Loch Moy! – brandiu.

O grito de guerra percorreu o clã Chattan atrás dele, e eles invadiram o campo em um ataque típico das Terras Altas. MacGillivray estabeleceu o ritmo; os inexperientes recrutas à frente do exército do governo nunca haviam visto nada igual. Assustados, dispararam os mosquetes bem antes da hora. Cada tiro foi disparado inutilmente, antes que pudessem atingir os inimigos das Terras Altas que corriam em direção a eles. Na linha de tiro, MacGillivray parou abruptamente e seus guerreiros o imitaram.

– Mirar – berrou. – Disparar!

O grupo disparou as pistolas. Quando os soldados britânicos atingidos caíram, os membros do clã jogaram as armas a seus pés, tiraram o escudo das costas e, com um movimento preciso, sacaram e levantaram a espada.

– Loch Moy! – gritou mais uma vez MacGillivray, e seu grito ecoou entre seus homens, enquanto corriam em direção ao inimigo. Os soldados britânicos que ainda estavam de pé entre os mortos e feridos da linha de frente do governo olharam horrorizados para as tribos ferozes e armadas que vinham em sua direção. Na segunda fileira de jacobitas, os soldados acertaram bem as boinas. Liderando seus homens, após ter se recusado a deixá-los sob o comando de outra pessoa, Jenny Cameron empunhou a espada.

– Espada! – berrou. Os homens atrás dela repetiram o grito e sacaram as pistolas. O alarido ecoou por toda a fileira.

– Espada! – bramiu McCay para o clã Chattan. Após o som de uma batida, cada clã deu seu grito de guerra.

– Loch Moy! – berraram outra vez os McIntosh enquanto corriam para o campo.

A fileira desalinhada de soldados britânicos aguardou, com as baionetas em riste, a primeira onda de jacobitas rugir em direção a eles. MacGillivray chegou primeiro, liderando seus homens. Ele baixou a espada, com força e rapidez, no soldado mais próximo, abrindo-lhe o pescoço e a garganta. A cabeça do homem caiu de lado, expondo o osso branco e embotado. Quando ele tombou no chão, o sangue jorrou de seu corpo, mas MacGillivray já havia partido para o próximo.

Na colina, Anne viu a cena e virou o rosto, com o estômago revirado.

– Talvez não devêssemos assistir – sugeriu Clementina, com o semblante mais acinzentado que antes. Seu pai estava lá embaixo.

– Eu preciso olhar – explicou Anne. – Fui eu quem os trouxe aqui. Mas você deve voltar e ficar com as McIntosh. Diga que a mandei para lá e que você deve ficar com elas.

Não foi preciso dizer duas vezes: ela virou o cavalo de MacGillivray e cavalgou até o cume, onde as mulheres aguardavam. Anne voltou a atenção ao campo de batalha.

Aeneas havia ouvido o início do ataque e correu em direção a seus homens. As fileiras de soldados britânicos, posicionadas entre sua Guarda Negra e o ataque dos moradores das Terras Altas, titubeavam, quase destruídas. Os Cameron haviam massacrado a infantaria para alcançar a cavalaria. Perto do mar, os MacDonald fizeram uma carnificina enquanto penetravam nas fileiras inimigas. MacGillivray e seus homens atingiram as linhas de frente, matando os soldados no caminho. Baionetas, escudos e espadas travavam combate. Os homens nas fileiras da frente, dizimadas, não sabiam se atacavam por trás ou se se viravam para enfrentar a segunda fileira de soldados das Terras Altas, que agora vinha atacá-los. Em vez de adotar as duas táticas, resolveram correr, fugindo da luta, voltando para suas tropas e abandonando o campo de batalha.

Aeneas, correndo para frente, empunhou a espada, tirou um jovem soldado de seu caminho e golpeou um soldado das Terras Altas prestes a atacá-lo. Ali perto, os dois irmãos Shaw se enfrentavam com golpes de espada, tentando acertar os espaços desprotegidos pelos escudos.

Por trás, Louden tentava, em vão, dispor a cavalaria em posição de combate.

– Recuem! Recuem! – gritou à infantaria, desesperado para arrumar um espaço livre para deixar os cavalos entrarem. Os soldados da linha de frente correram em direção a eles, evadindo-se do campo de batalha. Cada um dos três canhões capturados disparou, um após o outro. A cavalaria ficou dividida, e os soldados se viraram e bateram em retirada a cavalo. Louden agarrou o rapaz do tambor.

– Dê o aviso de recuar! – ordenou. – Agora! – E então o segurou pelo casaco para evitar que ele também fugisse.

Quando o aviso de recuar ecoou pelo campo, Aeneas deu um golpe na cabeça do jovem McGregor e, jogando-o no chão, caminhou até onde os dois irmãos Shaw lutavam, ambos no chão, as armas abandonadas ao lado. Ele puxou o mais jovem.

– Consegui – gritou Duncan. – *Rinn mi a' chùis*!

No chão, o nariz do irmão jorrava sangue.

– E vai acontecer a mesma coisa com você – falou Aeneas. – Vá! – Ele virou o rapaz pelo colarinho, puxando-o na direção dos soltados em retirada. Logo depois, um jovem do clã acertou a espada no estômago de Duncan até sair-lhe pelas costas. O peso do corpo do rapaz o fez cair de joelhos. Aeneas gritou e antes que o soldado do clã pudesse retirar a espada, enfiou a própria espada no pescoço do homem, puxando-a bruscamente quando ele caiu no chão. Aeneas deitou Duncan no chão, inclinou-se e arrancou a espada do corpo contraído do rapaz. Em frente a ele, o rapaz mais velho estava abaixado aos seus pés, o nariz sangrando, olhando horrorizado para o irmão.

– Duncan? – perguntou, como se esperasse uma resposta.

Encolerizado, Aeneas, com uma espada em cada mão, levantou a arma apreendida, gritou como se fosse partir o rapaz ao meio, baixou a arma, que passou pelo rapaz, e cravou-a no fundo da terra.

– Leve seu irmão para casa – ordenou. Quando o garoto se esforçava para colocar o corpo pesado sobre as costas, Aeneas olhou para o campo. A batalha havia se acalmado. Os soldados das Terras Altas perseguiam os soldados britânicos batiam em retirada. Um pouco ao longe, viu MacGillivray, ainda entretido, golpear um soldado da Guarda Negra, arrancar seu braço do ombro e, sem uma pausa sequer, atacar outros dois. Aeneas apertou a espada mais forte e se dirigiu ao primo.

Na colina, Anne sacou a pistola e bateu no cavalo para que ele descesse a costa, ziguezagueando entre os espectadores, em direção à batalha. Margaret tentou chamá-la de volta, mas ela não ouviu, ou não notou, o chamado, e continuou galopando.

A terceira fileira do povo das Terras Altas empunhou a espada, deu seu grito de guerra e rumou em direção à confusão. O segundo grupo já tinha chegado e isolado as fileiras da Guarda Negra. Muitos haviam passado correndo, à procura de ingleses para matar, evitando os companheiros escoceses. A Guarda Negra mal se aguentava. Suas fileiras tinham sido destruídas, todos corriam para sair em retirada com os demais. Ewan viu Lachlan Fraser, o filho do ferreiro, ser atacado por trás com um único golpe.

Anne, passando às pressas pela linha do canhão, tinha o olho fixo no soldado britânico ferido atrás de MacGillivray. Ele lutava para se manter em pé, um machado Lochaber, tomado de um soldado das Terras Altas caído, balançando em sua mão. Ela bateu as esporas em Pibroch enquanto o soldado cambaleava, levantando o machado para enfiá-lo nas costas de MacGillivray. Anne puxou as rédeas de Pibroch, levantou a pistola e mirou. O machado pendeu para baixo quando se ouviu o retumbar de um tiro de pistola. O sangue do jovem espirrou na saia de Anne e ele caiu, o machado inofensivo jogado na grama ensanguentada. Sobre ele, uma fumaça se dissipou. Logo atrás estava Aeneas, a pistola enfumaçada na mão esquerda estendida, agora apontando para Anne. Ela, sobre Pibroch, apontava a sua diretamente para ele.

MacGillivray se virou para o tiro, viu Anne, o soldado britânico caído e Aeneas. O soldado com quem ele estava lutando conseguiu fugir. Anne e Aeneas se encararam. Ao seu redor, os homens abandonavam o campo, enquanto os soldados das Terras Altas corriam atrás deles. Havia corpos caídos por toda parte, cavalos relinchando, homens feridos gemendo e gritando de dor. O campo estava banhado em sangue e repleto de membros arrancados, deixando o ar com um odor doce e enjoativo. Anne não conseguia dizer nada. Aeneas quebrou o encanto, enfiou a pistola na baia, pegou a espada com a mão direita e olhou para MacGillivray.

– Aeneas! – gritou Anne.

O marido continuou andando. O príncipe surgiu galopando entre eles, gritando inutilmente para os soldados das Terras Altas, que só falavam gaélico, que perseguiam o inimigo.

– *Cessez de tuer*! Parem a matança! *Ceux-ci sont les sujets de mon père*. São os súditos do meu pai!

Anne guardou a pistola na sela, deu a volta com Pibroch e retornou para as montanhas.

A terceira onda de soldados das Terras Altas chegou à linha de frente e diminuiu o passo, pulando os homens caídos. Alguns correram atrás dos soldados do governo. Meg, com o forcado nas mãos, liderava a perseguição. Ela ficara muito ofendida por não ter estado na linha de frente e queria alguém vivo com quem lutar. Os outros pararam, pois não havia sobrado ninguém para combater. Os soldados do governo que não podiam fugir jogaram as armas no chão e levantaram as mãos, rendendo-se. Menos de quinze minutos após o início, a batalha havia acabado.

Quando Anne subiu de volta à colina, as mulheres e crianças estavam lá embaixo. Algumas das crianças haviam ido pegar pistolas e mosquetes deixados para trás pelos soldados das Terras Altas. Outras, as mais velhas, recolhiam todas as armas que encontravam entre os mortos e moribundos. Era tarefa das mulheres cuidar dos feridos, do seu povo e do inimigo, fazendo curativos no campo antes de levá-los ao médico de Edimburgo que aguardava na colina. Elas tiravam seus mortos do campo para enterrá-los e roubavam os mortos inimigos.

Donald Fraser também vasculhava os mortos, parando diante de cada corpo, virando-os de barriga para cima, para ver se encontrava o filho. Os mortos pelas espadas de dois gumes ou punhais em geral estavam irreconhecíveis, pois lhes faltavam membros e partes do rosto. A espada escocesa, que geralmente era girada em círculo, cortava a cabeça fora ou partia o dorso ao meio. O machado Lochaber também partia o crânio, separando ossos e cérebro. Era um trabalho horripilante tentar encontrar alguém no lodo escorregadio e vermelho. Fraser ignorou os ingleses, concentrando-se em corpos vestidos com o tartã negro. Ele já havia quase desistido quando virou um corpo com um ferimento profundo nas costas e viu o rosto jovem conhecido, sem marcas.

Ajoelhou-se ao lado do filho, enfiando os joelhos na mistura lodosa de sangue e carne que uma vez já fora gente e grama. O amor que sentiu pelo filho o deixou ainda mais fraco, tomado pela tristeza. Ele via naquele corpo talhado o bebê que engatinhara a seus pés na ferraria, a criança que forçara bravamente seus limites para manejar o fole, o jovem que se esforçara para colocar uma ferradura tão bem quanto o pai. Seus olhos se inundaram de lágrimas ao acariciar o rosto pálido do filho. O braço do rapaz se contraiu. Na mesma hora, Meg surgiu diante deles, equilibrando o forcado.

– Cuidado com a *sgian dhubh* dele – avisou, levantando o forcado para dar um golpe.

– Não, Meg! – berrou Fraser, mandando-a retirar-se com raiva.

O peito do jovem inflou-se com dificuldade, seus olhos piscaram.

– Você está vivo – engasgou-se Fraser, enquanto olhava ao redor para ver se havia alguém por perto. – Ajudem-me! – gritou. – Ele está vivo. Ele está vivo!

Quinze

Trezentos soldados ingleses haviam morrido. Os jacobitas tinham perdido trinta homens e setenta estavam feridos, mas levaram mil e quinhentos prisioneiros, um terço deles machucados. Poucos inimigos escaparam. No caminho de volta a Edimburgo, Anne e MacGillivray, manchados de sangue, cavalgavam lado a lado. O cavalo de Anne puxava um estrado de carga onde o filho ferido de Fraser ia amarrado. Logo atrás marchavam Fraser, Ewan, a velha Meg e MacBean, com Clementina e seu pai, por fim reunidos após a batalha. Eles seguiam o resto dos soldados, dispersos ao longo da estrada para Prestonpans. Haviam deixado o príncipe clamando que ninguém enterrasse os ingleses.

– Eu poderia ter matado um homem – falou Anne gravemente.

– Talvez – MacGillivray não estava certo do que havia acontecido entre eles e Aeneas no campo de batalha. – Talvez você tenha salvado um, ou dois.

Um cavaleiro de uniforme vermelho galopou em direção a eles, inclinado para frente, a cabeça abaixada, a mão segurando o chapéu de três pontas na cabeça. Mas, ao reconhecer aquelas pessoas cobertas de sangue e desgastadas pela batalha, aprumou-se e diminuiu o passo. Era um homem corpulento e vestia o paletó abotoado torto; sua trança e seu estilo denunciavam sua patente. Quando ele passou a cavalo por MacGillivray, de modo imponente, o chefe cumprimentou-o tocando a boina com os dedos.

– Ótima manhã para um mergulho, general – falou.

Era Cope, correndo em direção ao campo de batalha. Ele passou pelo estrado de carga com o cavalo.

– Não deveríamos tê-lo levado preso? – indagou Anne.

MacGillivray deu de ombros.

– Alguém deveria contar aos ingleses que eles perderam – falou enquanto se virava na sela. – Se correr, general – gritou –, o senhor chegará a Berwick em uma hora!

Cope açoitou o cavalo e galopou rapidamente em direção à Inglaterra. Anne sorriu para MacGillivray, e ele retribuiu o sorriso. Ambos começaram a rir e, logo à frente, os outros se juntaram a eles. Eles tinham vencido.

O duque de Cumberland segurava na mão um esboço de um desenho de uma amazona corpulenta e feia, com bíceps protuberantes e coxas monstruosas, o rosto retorcido de raiva, a espada erguida pelo pulso enorme enquanto descia uma ladeira montada em um cavalo branco e ia enfrentar os soldados ingleses, encolhidos de medo. Ele empurrou o desenho para Cope.

– Derrotados por uma mulher liderando bandidos mal armados! – grunhiu com raiva.

Cope não disse nada, não havia visto nenhuma mulher assim. Não participara da batalha.

– Anne Farquharson – leu – lady McIntosh.

O general Hawley, cujo pedido para ser enviado para negociar com os escoceses fora negado e era agora validado pela inaptidão de Cope, inclinou-se sobre o ombro do rival e sorriu friamente.

– Não parece muito uma lady.

Cumberland deu uma palmada no retrato. – Esses... – ele estava furioso, os olhos embotados – ... esses papéis estão por toda Londres. Somos motivo de chacota! Está ouvindo esse barulho, Johnny? São os franceses partindo. Partindo às gargalhadas!

– É uma ficção – arriscou Cope. – Essa mulher não existe. – Ele colocou o desenho, que o tinha deixado enjoado, sobre a mesa.

– Isso é o que esperamos – disse Hawley.

Cumberland deu um tapa na mesa.

– Alguns escoceses grosseiros? – gritou. – Quero que meu primo seja detido. Quero que *ela* seja detida!

– Para dizer a verdade... – começou Cope.

Hawley riu. Seu corpo magro fez um barulho parecido com vidro se quebrando.

– A verdade, vinda do primeiro comandante da história a chegar em casa sem os soldados para anunciar a própria derrota?

– A força e a habilidade do exército deles – continuou Cope, sem se deixar intimidar – são tão expressivas que o próximo comandante a enfrentá-los vai sofrer uma derrota semelhante.

– Eu não apostaria nisso – desdenhou Hawley.

– Eu, sim – afirmou Cope. Pela janela, do outro lado da mesa, ele via os pináculos de Londres. Do lado de fora, as barcaças navegavam preguiçosamente pelo Tâmisa. O sol de setembro ainda estava quente e o mundo parecia um lugar calmo. Mas ele havia visto seu exército terrivelmente destroçado e escutado as histórias contadas pelos soldados. Ele conhecia a devastação que os assolara e tinha consciência das perdas que haviam sofrido, maiores que as deles. – Na verdade, apostaria dez mil libras nisso.

– Você parece levar esses selvagens quase nus em alta consideração – concluiu Cumberland. A quantia era alta, comparável às coxas da megera da caricatura.

– E levo mesmo – admitiu Cope. – E principalmente sua comandante.

– O quê? – berrou Cumberland. Um tremor percorreu-lhe a mandíbula.

– Lorde George conhece as capacidades de seu exército muito bem. – Cope continuou firme. – Mas ele também conhece sua terra e sabe como tirar vantagem dela.

– Vou aceitar a aposta – afirmou Cumberland. – Você vai se arrepender de apostar. Hawley, estou enviando você para o forte

George, para assumir o comando. – Ele se sentou e começou a escrever as ordens. – Você vai enfrentar o inimigo quando reunir seu exército. Com as forças que estiverem disponíveis lá e os soldados reunidos aqui... – ele entregou o papel a Hawley – você terá sete mil homens. Vai ser suficiente?

Hawley pegou o papel com a ordem com avidez.

– Vai, Sua Alteza. – Virou-se para Cope: – A menos que você queira se retratar, Johnny, vou aceitar a aposta também.

Cope olhou bem para ele. Ele detestava aquele homem mal, quase desnutrido, venenoso, com aparência de aracnídeo. Ao mesmo tempo, nunca teria 20 mil libras disponíveis. Ele poderia ficar arruinado se aceitasse a aposta.

– Mudou de ideia? – perguntou Cumberland sorrindo.

Hawley deu um olhar lascivo e sugou as bochechas. O gesto era para mostrar sua superioridade, mas apenas serviu para expor a pobreza de sua alma.

– De jeito nenhum – assegurou Cope. Aquele exército poderia contar, como o seu, com muitos recrutas mal treinados. Ele olhou para o retrato na mesa em frente a ele e desejou que aquela mulher existisse e cruzasse Hawley. Mas ele reconhecia o que aquilo representava, o poder e o medo daqueles que os haviam atacado. – É com você, Henry. Desejo-lhe boa sorte.

De volta a Edimburgo, os sinos da cidade soaram por dias em comemoração, alternando o repique e a sequência, de modo que não enlouquecesse os moradores. Os contrários à união se declararam abertamente, enquanto os indecisos deixaram de ter dúvida. Os hanoverianos convictos começaram a titubear. No Marcat Cross do centro da cidade, o príncipe leu mais uma vez o manifesto Glenfinnan, escrito por seu pai, James Stuart, para multidões ansiosas:

– Vemos uma nação que sempre foi reconhecida por seu valor e altamente estimada pelos grandes potentados estrangeiros ser reduzida à condição de província, sob uma pretensa e ilusória união com um vizinho mais poderoso. – Ele detalhou as consequências daquela falsa união com a Inglaterra: impostos aviltantes que resultaram em uma pobreza nefasta, a proibição de os habitantes das Terras Altas portarem armas, a instalação de guarnições militares e um governo militar imposto, como se tomasse posse de um país conquistado. E prometeu perdão aos inimigos, liberdade de culto, proteção às indústrias de pesca e têxtil, nomeação de um parlamento livre – assim a nação restituiria a honra, a liberdade e a independência de que desfrutava antes.

O príncipe então proclamou seu pai, James VIII, o rei dos escoceses por direito, e anunciou o fim do Ato de União. Além de guarnições isoladas confinadas em castelos de Edimburgo e de Stirling e em três fortes nas Terras Altas, a Escócia pertencia aos jacobitas. A nação estava livre.

Braseiros foram acesos nas ruas imundas. A música tocava em todo lugar onde havia espaço para dançar. As gaitas e tambores competiam com os violinos. Um fazendeiro jacobita de Haddington havia escrito uma música que agora era cantada calorosamente:

> "Hei, Johnnie Cope, ainda acordado?
> Ou seus tambores ainda tocam?
> Se estivesse acordado, eu esperaria
> Para atacar os carvões de manhã".

Uma mulher da cidade, inclinada com o cantil, despejou um gole de cerveja na boca de Donald Fraser, que estava de costas. Seu filho estava no hospital convalescendo. Perto dali, o velho

MacBean e Ewan McCay dançavam com as espadas ao som dos foles, para o deleite dos moradores, mais acostumados aos flagelos virtuosos do que aos prazeres pecaminosos da diversão. A velha Meg apoiou o forcado na soleira da porta e olhou lascivamente para um negociante robusto de Edimburgo, chamando-o para dançar. Era Duff, o sapateiro, que tristemente não fora bem-sucedido em guardar o portão de Netherbow.

– Ah, não – recusou. – Meus sapatos estão apertados.

A mão ossuda de Meg disparou em direção a ele, que soltou um grito. Ela o segurava pelos testículos.

– *Nì sinn dannsa, a Shasannaich* – falou enquanto o arrastava pelos testículos até o grupo que dançava. Duff entendeu a mensagem.

Ao passar por eles, Anne e MacGillivray pararam para observá-los. A animação dos sobreviventes era contagiante. Greta, ao dar um passo, soltou-se do marido e inclinou-se até girar a tábua sobre rodas de um pedinte, deficiente físico. Do outro lado do grupo, Jenny Cameron tirava braço de ferro com o capitão Stewart em cima de um barril. Ele dava um belo espetáculo até que ela se inclinou, colou a boca na dele e partiu seus lábios com a língua. Então ela empurrou a mão dele para baixo, interrompeu o beijo e sorriu. A plateia comemorou e vários homens deram um passo à frente, oferecendo-se para o próximo assalto.

Duff tropeçou, deixando o grupo e batendo em MacGillivray, que o envolveu amigavelmente com o braço.

– Duff, velho amigo – sorriu –, você não ouviu o príncipe? Os mortos eram súditos do seu pai também. Sem comemoração, ele disse. – E então empurrou o sapateiro fujão de volta à Meg, que o aguardava batendo os saltos; ela o arrastou novamente para a dança.

Anne pegou a mão de MacGillivray.

– Talvez seja a hora de nós comemorarmos também – disse.

Eles se juntaram aos dançarinos, batendo os pés e voltando-se para a batida. Então se moveram para lá e para cá e giraram um em volta do outro, encarando-se o tempo todo. O brilho do braseiro acendeu o fogo vermelho do cabelo de MacGillivray, seus olhos brilharam, seus lábios se partiram em um sorriso iluminado. O coração de Anne bateu forte, a respiração ficou pesada. Ela estendeu a mão, agarrou o cinto dele, puxou-o até seus seios tocarem seu peito firme e seus quadris ficarem contra os dela. Ele enlaçou as mãos em volta de suas costas, puxando-a com força para ele, e eles giraram, giraram e giraram. Ela não percebeu que eles haviam se distanciado do grupo até chegarem a um local escuro e ela encostar as costas na parede. Anne passou os dedos entre os cabelos compridos e enrolados de MacGillivray, e a cabeça dele encontrou a sua, e ela abriu os lábios para receber seu beijo. Anne o desejava agora, como ela o desejava!

Ela os moveu um ou dois passos para o lado, para um abrigo escuro e fechado, enquanto ainda o beijava, uma língua procurando a outra, provando, tocando, enquanto um desejo desesperado crescia entre eles. Foi ela quem soltou a frente do vestido, puxou a manta de lado e levantou a camisa de linho dele para que seus seios nus roçassem a pele dele. Foi ela que suspendeu a frente do *kilt* dele até a cintura, até alcançar seu membro ereto com as mãos. Ao mesmo tempo, ele levantava a saia dela e colocava as mãos entre suas coxas úmidas inserindo os dedos dentro dela, afagando-a e acariciando-a enquanto ela estava ali com ele, até os dois se perderem em um sentimento aturdido, até ficarem meio enlouquecidos. Foi ela que passou os braços em volta do pescoço dele para ajudá-lo enquanto ele colocava as duas mãos embaixo de suas nádegas e a levantava até seus quadris alcançarem os dele. E foi ela que lembrou o modo como Aeneas a olhou, sobre o corpo do soldado britânico atingido pelo tiro, no campo de batalha em Prestonpans.

MacGillivray notou a mudança nela logo, a respiração quente contra a orelha dela enquanto ele falava.

– O que foi? – perguntou com a voz grave e grossa pela excitação.

Ela colocou as mãos em seus bíceps, deixando-as descansar ali. Ele a deixou tocar o chão com os pés de novo, embora o corpo dos dois ainda estivesse unido, pele contra pele, carne contra carne. Ele olhou para ela, a cabeça inclinada, seus olhos mais escuros que as sombras.

– Eu não disparei a pistola – afirmou. – Foi Aeneas. Ele salvou sua vida, não eu.

MacGillivray abaixou a cabeça e encostou a testa na dela.

– Mas você a teria salvado – frisou.

– Sim, teria – concordou. – Mas não fui eu, foi Aeneas.

Ela inclinou a cabeça olhando para o telhado escuro e sem estrelas acima deles. Então ele levantou os braços, pressionando as palmas das mãos em suas ancas, contra a pedra áspera, e olhou para ela de novo.

– Nunca amei uma mulher no meio da rua antes – revelou. – Talvez não seja uma boa hora para começar. – Ele a empurrou contra a parede, ajeitando os braços de modo que seu corpo se soltasse do dela. Seu *kilt* e a saia dela caíram entre eles.

Dezesseis

O sol já havia se posto quando Aeneas chegou ao forte George com os remanescentes de sua companhia devastados pela guerra. Tinha sido uma semana de marcha exaustiva por algumas áreas nada amistosas do país. Houve várias vezes, muitas, em que eles foram recebidos com cuspidas, excrementos de seres humanos e animais, sofreram com brigas e outras vezes, piores ainda, em que levaram tiros. Os simpatizantes jacobitas os insultavam porque eles faziam parte das tropas do governo. Os simpatizantes do governo os hostilizavam porque eles tinham sido derrotados. Entre alguns atos esporádicos de bondade de estrangeiros, que lhes deram comida, cerveja ou curativo, raros momentos de piedade e socorro vieram igualmente de menbros de ambos os lados ou de nenhum deles. Amigos eram raros.

Mesmo em Inverness houve desprezo, gritos de desaprovação e ameaças por parte dos moradores. Quando eles saíram pelas últimas ruas, extenuados, em direção aos portões do forte, ouviram as gaitas chamando-os para casa. Agora os portões estavam abertos, os tambores retumbavam. Um guarda de honra apresentou as armas, batendo os mosquetes no peito dos soldados. Duas fileiras retas e bem formadas de soldados escoceses demonstraram respeito aos colegas que voltavam da guerra.

Atrás de Aeneas, os rapazes soluçavam e fungavam enquanto entravam. Seus olhos encheram-se de lágrimas. Isso, contudo, ele não faria. Ele se virou e parou a tropa confusa.

– Vocês não são mais filhinhos de papai, rapazes – lembrou ele. – São guerreiros. Homens bravos a quem tenho orgulho de liderar. – Ele havia saído com centenas de jovens ansiosos, quase

filhotes que poderiam ser lambidos por um gato. Haviam sobrado trinta e nove, alguns com curativos, outros mancando, acrescidos de soldados de outras unidades que ficaram para trás, encontrados na estrada, e um soldado da cavalaria inglesa que perdera o cavalo e uma orelha. Todos estavam chocados com o que haviam visto, com os olhos fundos e perseguidos pelas lembranças.
– Vocês saíram daqui com um orgulho que não mereciam. Agora vocês têm direito a ele. Então vamos endireitar a coluna. Atenção!

Eles tentaram ficar eretos, menos os feridos, que se apoiavam nos companheiros e oscilavam de pé.

– Sim, chefe! – gritaram.

– Agora vamos tentar de novo – ordenou Aeneas com mais gentileza e um sorriso vacilante. – *Atten-shun*!

– Sim, capitão! – As saudações foram repetidas quase em uníssono.

– Melhor – aprovou. Eles também tinham gostado. Ele se virou e marchou à frente deles, em direção às duas fileiras de guardas de honra, passando pelas gaitas e tambores, rumo ao forte, sessenta e um homens a menos. Mortos, feridos, capturados ou simplesmente foragidos. No dia seguinte, ele se sentaria com eles e faria as contas: quem eles tinham visto caídos, com qual ferimento, quais feridos estavam vivos quando eles deixaram o campo. Naquela noite, ele apenas os levava para casa.

Eles marcharam para a balbúrdia da escotilha dos cozinheiros. A porta se abriu estrondosamente e de dentro saiu um cheirou bom. Um dos cozinheiros colocou a cabeça para fora:

– Jantar em uma hora, senhor.

– O jantar será servido agora – disse Aeneas calmamente. – Eles vão comer o que você tiver, pronto ou não. – Ele não fazia ideia de seu aspecto perturbador, a manta coberta de sangue, o rosto sem expressão, os olhos desolados.

– Sim, senhor – concordou o cozinheiro. – Vamos cuidar disso.

Ele os deixou com o barulho das panelas da sopa sendo servida.

Era um alívio chegar aos seus aposentos, mas até lá ele não podia ficar sozinho. Forbes o esperava lá dentro, com uma lanterna acessa. Sob a luz, os olhos do velho juiz pareciam mais úmidos que de costume.

– Não tinha certeza se você voltaria, McIntosh – revelou. – Já que você está aqui, talvez queira isto. – Ele lhe empurrou o decanter de uísque sobre a mesa.

– O que você está fazendo aqui, Forbes?

– Vi que você esvaziou o último.

– O que você quer?

O velho se levantou. Sem dúvida seus olhos estavam úmidos.

– Acredito na União, McIntosh – afirmou com a voz vacilante. – Não é perfeito, mas é o único caminho adiante.

– Diga isso aos jacobitas. – Aeneas se serviu de uma dose. – Fomos derrotados.

– E agora precisamos pensar! Há um mundo além que tem muito a nos oferecer. As colônias estão se revelando um bom negócio. Quem sabe até onde os britânicos podem chegar? Mas a Escócia sozinha? A Inglaterra por conta própria? A França ou a Espanha vão simplesmente nos engolir e depois cuspir o caroço.

– Então você veio para falar de política?

– Podemos ir mais longe juntos que separados.

Aeneas deu um bom gole no uísque. Não importava atrás do que a velha raposa estava, ele falava com o homem errado. O destino das nações não era uma preocupação imediata. Sua esposa havia apontado uma pistola carregada para ele, para defender MacGillivray.

– Está certo até o momento, Forbes – concluiu. – Não sou muito chegado ao companheirismo. *Tha mi sgith*, e amanhã devo me sentar com meus homens e tentar fazer uma lista dos mortos. Então, se me dá licença. – Ele segurou a porta aberta.

– Desculpe. – O juiz pegou o chapéu. – Você vai querer dormir. – Ao sair, tirou um envelope do bolso. – Trouxe isso a você. – Ele o entregou ao chefe e saiu. Na soleira da porta, virou-se. – Desculpe, Aeneas. – Colocou o chapéu e saiu na noite.

Aeneas fechou a porta. Não havia motivo para especular. Ele se sentou à mesa e aproximou a lanterna para poder enxergar. Tirou a *sgian dhubh* de dentro do *kilt*, abriu o envelope e puxou os papéis de dentro. Após ler um trecho da página, sentiu que precisava recomeçar, pois não tinha certeza se havia entendido direito. Era a escritura e o título da Moy Hall e, virando a página, toda a terra atualmente ocupada. Era o fim da obrigação do clã, a dispensa da dívida, o fim da hipoteca. Era motivo para comemoração, quase na hora errada, pois não havia com quem compartilhar a notícia. No dia seguinte, em vez de escrever às mães dos mortos, ele podia levar os vivos embora, de volta para suas famílias. Podia falar com os parentes enlutados, se decidisse ir embora. E voltar a ser o chefe deles.

O que Forbes lamentava? Que ele fosse embora ou, o que era digno de sua parte, o preço pago com sangue jovem, uma perda inútil que podia ter sido evitada? Ou lamentava que essa ação tivesse custado a Aeneas o respeito do seu povo, a fidelidade de sua mulher? Com cuidado, dobrou os documentos e os guardou no envelope. Então, dobrou também o envelope e o colocou na bolsa de couro, bebeu o uísque, deitou na liteira e dormiu.

Pela manhã, reuniu os soldados restantes e eles começaram a se recordar do que acontecera. Ele podia garantir a morte de Duncan Shaw, sem dúvida enterrado em Prestonpans, apesar de ele ter ordenado ao irmão que levasse o corpo para casa.

– Lachlan Fraser foi ferido nas costas – contou um dos rapazes. – Eu estava olhando para ver se ele vinha atrás de mim quando aconteceu.

– Foi grave? – O filho do ferreiro poderia ter sido a única perda do clã.

– Um corte do ombro até o quadril, chefe.

Aeneas deixou o incidente passar e prosseguiu com a lista. McThomas havia levado um tiro no rosto, Howling Robbie perdera um braço, o jovem McIntosh chamado Shameless havia corrido para o outro lado do campo, Macpherson fora perfurado nas vísceras. Quando terminaram de lembrar tudo de que tinham certeza, a lista chegara a dezenove, e alguns deles talvez tivessem sido capturados feridos. Eles não sabiam nada sobre os outros quarenta e dois ausentes. Aeneas faria duas cartas. Uma para os feridos na batalha, outra para os presumidamente mortos. Elas poderiam ser escritas naquela noite. Os inexplicavelmente desaparecidos durante a ação esperariam.

À tarde, ele requisitou um cavalo e se dirigiu a Moy. A terra se descortinava diante dele enquanto passava por Drumossie, as florestas e campos recobertos de urzes, o fogo que saía pelo telhado dos chalés relvados, os riachos respingando nas rochas, o estrondo das águas quando caíam, espumejando, nas cachoeiras, o lago brilhando no sol de outono. Construiria mais chalés de pedra, limparia o campo de samambaias e urzes, colocaria os melhores fazendeiros do clã ali. Autossuficiência, esse era o caminho a ser seguido. A dependência não interessava a ninguém. Aeneas fazia planos para o futuro, um futuro do qual Anne não participaria.

Ele passou pela ferraria de pedra do ferreiro. Se Donald estivesse lá, ele teria parado, oferecido suas condolências pela perda do filho do casal. A ferraria, porém, estava fria, o ferreiro havia saído, estava em Edimburgo, se é que havia sobrevivido à batalha, e Aeneas ainda não podia encarar Màiri e o filho mais novo, não sem a carta, não sem nada a que ela pudesse se apegar.

Em Moy Hall, Will e Jessie correram para cumprimentá-lo.

– É bom tê-lo em casa – saudou Will.

– E inteiro – acrescentou Jessie.

– É bom estar em casa – falou, e seria verdade se ele ignorasse o que lhe faltava: Anne chamando-o da janela do quarto ou correndo para recebê-lo.

Sua tia ficou aliviada ao vê-lo, aliviada por ele não estar ferido, surpresa com os documentos entregues por Forbes.

– Santo Deus – disse –, então você está livre.

Ele concordou com a cabeça. A palavra por si só era uma dádiva, como o sol no céu, o vento que varre a chuva dos morros ou a neve que congela as montanhas. Uma dádiva gentil e sarcástica, que trazia algo bom oriundo do mal, algo que nascia da destruição, a paz vinda da dor.

– Então você trouxe os rapazes para casa? – indagou a viúva.

– Não. – Agora ele entendia porque Forbes expressara seu pesar. Ficar livre da dívida não significava ter liberdade para escolher. O velho juiz era um pacificador, mas ele sabia que Aeneas não poderia tirar proveito da situação e então não tomar parte dela. Ele tinha achado que Aeneas uniria os jacobitas, mas estava errado.

– Mas eles não precisavam ficar na Guarda. – A tia estava perplexa. – A dívida está paga.

– Eles escolheram ficar comigo. – Forbes também estava errado sobre a União. Ela não era a melhor escolha que a Escócia tinha feito. O poder deveria ser igualmente dividido entre as nações, não dado à maior população, à voz mais alta. Intencionalmente ou não, a Inglaterra havia afundado a Escócia com seus costumes diferentes. Muito do que era bom havia se perdido, sido destruído ou descartado. O povo sentia vergonha e isso tinha de mudar. De alguma forma, algum dia e de alguma outra maneira era preciso mudar. Mas Charles Edward Stuart não oferecia essa oportunidade. Aeneas o havia escutado gritando no campo para Anne não atirar, para os jacobitas pararem de matar seus súditos. Ele teria usado os escoceses para dominar a Inglaterra, se pudesse.

Não importava o que ele havia prometido, ele queria manter a União. A única mudança que implantaria seria trocar a face da moeda.

– Uma derrota não significa o fim da guerra – continuou ele. – A dívida que pagamos agora é para nós mesmos, para manter a posse de Moy com o clã. Não vou arriscar o futuro deles.

– Se não vai se unir ao levante, deve ficar fora disso.

– Se me mantivesse neutro, ia parecer que confabulo com minha mulher.

– Então também estamos em desacordo, Aeneas – concluiu a tia. – Você tomou decisões como um homem que não tem uma mulher para lhe dar equilíbrio. Não viu Anne?

– Vi. Não nos falamos. Ela defendeu seu ponto de vista com uma pistola carregada. Nossas diferenças são claras. Não temos nada a dizer um ao outro.

– Então os dois saíram perdendo.

– Tia – ele estava ficando irritado – ela escolheu MacGillivray.

– Pelo amor de Deus, Aeneas. Ela é jovem, tem um apetite saudável. Que diferença isso faz? Ela vai voltar para casa. Para onde mais ela poderia ir?

– Se ela pensa que vai fazer de mim um MacQueen em minha própria casa, deve pensar melhor e se mudar para Dunmaglas!

– Você a colocaria para fora de casa? Não pode fazer isso, ela é líder do clã agora. Cabe a eles essa decisão, você não tem o direito.

– Então talvez eu esteja aprendendo algo com os ingleses. – Essas foram as últimas palavras dele. Ele lhe entregou a escritura para que ela a guardasse em segurança, pediu que Will trouxesse seu cavalo e partiu.

Enquanto Aeneas estava fora do forte, Louden havia voltado com seus exércitos ainda mais miseravelmente reduzidos. Havia um vaivém considerável de soldados, vários novos uniformes ingleses circulando no lugar. Aeneas foi para seu alojamento e começou a dolorosa tarefa de escrever as cartas oficiais para os familiares próximos. Quando assinou a última, a luz da lanterna estava acessa e os braseiros queimavam do lado de fora. Os canais de luz que vinham do sebo desenhavam sombras estranhas no quarto. Anoiteceu cedo. Outubro estava quase chegando.

Alguém bateu e abriu a porta. A silhueta escura e magra, de sobrecasaca preta e um chapéu de três pontas surgiu pela abertura, contrastando com a fumaça preta azulada que vinha de fora, os braços magros esticados para alcançar o batente como uma aranha gigante em sua teia. A morte, pensou Aeneas, tinha vindo visitá-lo. O homem-aracnídeo colocou os braços atrás das costas e entrou no quarto. Louden seguia atrás, mais sólido que nunca. O ser era um homem, nada sobrenatural, e olhava ao redor sem dizer nada, ignorando Aeneas sentado à mesa.

– Entre – mandou Aeneas, baixando a pena.

– Desculpe, Aeneas – pediu Louden. – Este é o general Hawley.

– Não tenho certeza se gosto dos modos escoceses, capitão McIntosh – falou Hawley. O homem fez uma expressão de desprezo, com intenção de depreciá-lo.

– Não mais do que eu gosto da noção de tempo dos ingleses – disse Aeneas. – Perdemos pelo menos quinhentos homens, cento e cinquenta foram levados prisioneiros.

– E ainda mal relamos nos jacobitas – zombou Hawley.

– General Hawley vai substituir o general Cope – avisou Louden.

– Então o senhor está a mais de trezentos quilômetros longe do norte, general – concluiu Aeneas. – Cope foi para a Inglaterra.

– Essa mulher que acompanha os rebeldes... – Hawley tirou a caricatura de dentro do casaco e a deixou sobre a mesa, empurrando-a a Aeneas.

O desenho não significava nada a Aeneas, mas o nome sobre ele saltou-lhe aos olhos. Então era por isso que o general se dera ao trabalho de ir até seu alojamento. Disfarçando o espanto, ele levantou os olhos e encarou Hawley.

– Nunca vi essa mulher – afirmou.

Hawley levantou a caricatura com as pontas dos dedos cuidadosamente, como se o desenho pudesse contaminá-lo, e a entregou a Louden erguendo a sobrancelha, como se estivesse em dúvida.

– Anne Farquharson – leu Louden. Antes que terminasse, Hawley o interrompeu.

– Ela é o brinquedinho do pretendente?

Louden pigarreou, visivelmente nervoso. – Coronel Anne é, como se diz...

– Coronel? – interrompeu mais uma vez Howley. – Os rebeldes têm suas prostitutas em alta estima.

Louden estremeceu. Aeneas empurrou a cadeira para trás e se levantou.

– Coronel Anne é a lady McIntosh – afirmou com firmeza. – Minha esposa, general.

Hawley não pareceu surpreso, ao contrário, tinha o ar de um homem prestes a cantar vitória.

– Esposa ou não – falou com um risinho malicioso –, sua lealdade ao governo não vai salvá-la da forca.

– Nós não enforcamos nossos adversários. – Louden ficou chocado diante da ideia.

– Nem mesmo quando vencemos – acrescentou Aeneas – e se vencermos.

– Mas traidores – continuou Hawley –, nós enforcamos traidores.

Era muito para Louden. O conde era um soldado acostumado à brutalidade e à morte, mas resistia à ideia de enforcar um inimigo derrotado, ainda mais uma mulher. Ele colocou o braço em volta do ombro de Aeneas.

– Vamos – disse mudando de assunto. – Vamos jantar no meu alojamento.

Hawley se apoiou na mesa, cruzou os tornozelos e esperou até Louden abrir a porta e Aeneas chegar à soleira.

– Espero que os rebeldes comemorem de modo mais lascivo – zombou.

Aeneas ficou tenso. A raiva, aquela raiva movida pelo ciúme que lhe era tão conhecida, cresceu em seu peito. Agora ele tinha um alvo. Agarrou o batente da porta com os dedos pronto para se atirar sobre aquele homem detestável. Imaginou-se batendo nele com os joelhos, atirando os pedaços quebrados estrondosamente no canto.

– Não seja louco – aconselhou Louden baixinho.

Com cuidado, Aeneas soltou o batente e se virou para Hawley.

– Sem dúvida eles vão comemorar – falou com uma calma aparente. – Eles têm motivo para isso.

E então saiu acompanhado de Louden, deixando Hawley rondando seu alojamento e vasculhando seus parcos pertences, se ele assim quisesse.

Do lado de fora, Louden acertou o passo com ele.

– Desculpe-me por isso – pediu. – Eles devem ter escolhido o pior de todos.

– Preciso avisar minha mulher – revelou Aeneas. Ele achava que não se importaria mais. Obviamente ele se importava, pelo menos por sua vida.

– É incrível como podemos ficar surdos – respondeu Louden –, deve ser por estar sempre atrás do gaiteiro. – Aos quarenta anos, ele ainda não podia culpar o avançar da idade. – Aeneas, se você for perseguir duas lebres com um pé lá e outro cá, não quero saber. Mas Hawley ordenou que todas as cartas que entrem e saiam passem por uma revista. Não arrisque cair no pelotão de execução. – Quando passaram pelas celas, Louden continuou: – O que me faz lembrar... – e parou para mandar o guarda abrir uma delas. – Pegamos este homem quando voltávamos para cá. Desertor, eu acho. Não quis vir conosco, mas disse que você poderia ajudá-lo.

O homem que o guarda puxava para levá-lo à luz do braseiro era o tenente Ray. Aeneas o olhou. O homem tremia, os olhos implorando. Ele havia deixado o campo antes do aviso de debandar.

– Ele é meu tenente – avisou Aeneas, sabendo que mentia –, e não um desertor.

Aliviado, Ray deu um passo à frente, em direção a Aeneas e o cumprimentou.

– Obrigado, capitão. O senhor não vai se arrepender.

Aeneas não estava satisfeito. Na noite anterior à batalha, Ray dissera que tinha encontrado Anne duas vezes e que quase lhe acertara um tiro ambas as vezes. Ele percebera então que Ray era o homem que matara Calum McCay nos braços de Anne, em frente aos chalés. Na noite anterior à batalha ele não tivera tempo de cuidar do assunto. Fechou o punho. Antes tarde do que nunca. Agora cuidaria disso.

– Isso é por Calum – avisou levando o punho para trás e acertando Ray bem no rosto.

O tenente caiu para trás, os braços agitados, no chão.

Aeneas se inclinou, pegou seu braço, ajudou-o a se levantar e repreendeu-o.

– Tudo bem, tenente? – quis saber.

– Sim, senhor – balbuciou enquanto o sangue lhe escorria do nariz e da boca.

– Muito bem – observou Aeneas. E então ele levantou o punho novamente. – E isso é por Seonag, a mãe do garoto. – E acertou o homem em cheio, com toda a força, no queixo.

Ray ficou no chão dessa vez, o mundo girava demais para ele conseguir se levantar. Louden viu se ele estava bem: ele sobreviveria. Mandou o guarda levá-lo à enfermaria e se virou para Aencas.

– Quer que ele seja transferido para outra companhia?

– Não – balançou a cabeça. Era melhor manter os inimigos por perto. – Acho que agora vamos nos entender.

Dezessete

O dia raiava e a vida na cidade despertava quando o carteiro chegou a cavalo. Os tambores cheios de dejetos, colocados para fora às dez da noite anterior, tinham sido recolhidos pelos limpadores enquanto as pessoas dormiam. Médicos e advogados saíam às ruas, agora mais limpas do que quando se recolheram em casa, rumo às tavernas subterrâneas para tomar café da manhã e visitar os clientes. Negociantes fechavam as persianas das lojas. Os porcos, depois de passarem a noite dentro das casas, foram conduzidos para fora para buscar forragem nas calhas. Edimburgo estava se acostumando ao povo das Terras Altas. O trem com a bagagem do governo fora capturado durante a batalha por um destacamento dos Cameron, aumentando os fundos dos jacobitas em quarenta mil libras. Os soldados tinham sido pagos e os negócios iam bem.

Anne, inclusive, dispensou parte desse fundo. Por semanas ela passara os dias em um pequeno quarto na prisão de Tolboth, negociando com prisioneiros capturados. A euforia que a tomara agora se dissipava, conforme encarava as consequências da vitória. Sobre a mesa de madeira sólida havia uma pilha de papéis, tinta e pena e uma pequena arca cheia de moedas. Os derrotados foram trazidos um por um, a maioria sem ferimentos, alguns com curativos.

Ela ofereceu a todos a mesma oportunidade de escolha: juntar-se ao príncipe ou assinar um documento de liberdade condicional que garantia que eles nunca mais pegariam em armas contra os jacobitas, sob pena de morte. Muitos dos escoceses entre os prisioneiros escolheram juntar-se aos rebeldes. Os que assinaram o documento receberam dinheiro suficiente para se alimentar durante o caminho para casa. Vez ou outra um se recusou a assinar. Em geral, um soldado inglês que temia ser punido pelo exército caso o fizesse. Esses então eram mandados à solitária por alguns dias, e quase sempre mudavam de ideia.

Robert Nairn, tesoureiro, sentou-se com ela e anotou nomes, detalhes, a escolha feita e a quantia paga. Ele tinha os ossos finos, cerca de vinte anos, era gentil e preferia a companhia de homens na cama, e era o favorito do príncipe. Em geral, arrepiava-se diante do menor sinal de ferimentos, mas, conforme ia conhecendo Anne melhor, sussurrava em seu ouvido indecências sobre os encantos daqueles que julgava atraente. Quase sempre um amante em vez de guerreiro, raramente pegava em armas. Anne imaginava quais motivos, além de seu gosto por homens, o haviam trazido à guerra.

Eles estavam terminando uma tarefa longa: tinham atendido mil e quinhentos homens, só os que ainda estavam hospitalizados haviam ficado de fora. Nas outras salas, Margaret e Greta faziam o mesmo trabalho. MacGillivray colocou a cabeça na porta entreaberta.

– Só mais dois – avisou –, aí terminamos.

Anne se levantou e alongou as costas.

– Não valeria a pena tirar as calças de nenhum dos homens que atendemos hoje – comentou Robert.

– *Sguir dheth!* – Anne bateu o dedo indicador na mesa. – Concentre-se no trabalho.

– Ah, lá está um, lá está um – sorriu ele.

Ela riu quando um soldado da Guarda Negra entrou.

– Shameless! – gritou Anne. Ela o conhecia de Moy, de quando inspecionara os voluntários com Aeneas antes que saíssem para se juntar à Guarda Negra.

O rosto do jovem soldado se rompeu em um sorriso beatífico.

– Lady Anne! – exclamou, surpreso e encantado. – Sabia que tínhamos vencido. Bem, que se dane.

– Se eu tiver a oportunidade – sussurrou Robert.

– Comporte-se – ordenou ela – pelo menos até terminarmos aqui. Ela explicou a situação a Shameless e lhe deu suas opções: lutar pelo príncipe ou assinar o documento de liberdade condicional.

– Tanto faz contra quem eu vá lutar – informou. – Se Howling Robbie puder ir junto. – A dupla ia junto a todos os lugares desde que eles haviam começado a andar.

– Robbie é o próximo? – perguntou ela.

– Ele ainda está no hospital – contou. – Perdeu um braço, o esquerdo. Não, o direito. Um dos dois.

– Então não vai poder lutar – explicou Anne gentilmente.

– Sempre disse que um dia ele me carregaria – ele olhou para Robert Nairn – nas costas.

Para que ele não lutasse, Anne o fez assinar o documento, duas cópias, sendo uma para ele, para provar que ele não podia mais se juntar à sua unidade. Shameless de McIntosh, ele escreveu. As leis elaboradas pelo velho Parlamento insistiam que todos os jovens tivessem acesso à educação. Os chefes do clã Chattan apoiavam a lei. Aeneas garantiu sua execução. Aeneas, Aeneas, Aeneas. Ele empurrou um segundo documento.

– Faremos uma para Howling Robbie – afirmou Anne. – Aí você pode levá-lo para casa.

– Robbie precisa assinar ou colocar sua marca – corrigiu Robert. – Mas como temos apenas mais um para atender, se Shameless esperar lá fora – disse sorrindo para o soldado –, vou com ele ao hospital e a gente preenche o resto do documento lá.

Com tudo acertado, Anne entregou a Shameless a cópia da sua liberdade condicional, deu moedas suficientes para uma semana de caminhada e chamou o próximo, o último. Um soldado da infantaria do governo, do pelotão mais difícil de lidar. Não tinha instrução, como a maioria dos ingleses, por isso não sabia ler nem escrever e estava certo de que queriam que ele assinasse sua própria sentença de morte. Robert Nairn reformulou as palavras de Anne, explicando tudo pacientemente. Da catedral de St. Giles, o sino tocou convocando os cidadãos para fazer uma pausa no meio do dia e tomar uma bebida nas tavernas. O homem estava muito assustado para erguer a pena. Anne explicou a situação novamente, mas Robert começou a inquietar-se. Por fim, ele esticou a mão e desembainhou a espada de Anne.

– Assine agora – ordenou. – Ou arranco sua cabeça!

Anne olhou para ele perplexa. O soldado pegou a caneta, colocou sua marca nas duas cópias, fez uma expressão de horror, temendo que ele ainda desferisse o golpe. Levantando os ombros em sinal de desculpas, Robert guardou a espada de Anne, levantou um papel, guardou-o na bolsa com os demais e saiu. Anne colocou algumas moedas em frente ao soldado e balançou seu pulso para que ele abrisse os olhos outra vez.

– Pegue o dinheiro – avisou – e saia. – O trabalho havia acabado. Ela secou a tinta da pena e fechou o tinteiro. Howling Robbie perdera um braço. Por que Aeneas não os trouxera para lutar pelo príncipe? Ela fechou a arca de dinheiro rapidamente e levou-a a MacGillivray. Ele a guardaria com o tesouro deles enquanto ela participaria do conselho de guerra que o príncipe convocara para o meio-dia. Eles desceram juntos. Lá embaixo, o velho MacBean lia, sentado, uma carta da esposa.

– Ela está conseguindo cuidar de tudo sem você? – quis saber Anne.

– Ela está conseguindo me repreender, isso sim – respondeu MacBean. – Tenho de me certificar de esfregar gordura de ganso no peito para evitar pegar gripe e colocar um pouco de açúcar no meu uísque à noite e... – ele verificou as linhas – não ir atrás de mulheres jovens. – Seus olhos envelhecidos brilharam. – E com que idade as mulheres deixam de ser jovens? – indagou. – Dessas eu posso ir atrás.

– Quando são mais velhas que sua mulher? – sugeriu Anne.

– Então, se elas estiverem próximas dos setenta, vou ficar com elas – MacBean riu e se levantou. Apenas cinco anos mais velho que a esposa, era bastante ágil, e apesar da nítida preocupação que sua mulher tinha com sua saúde, ficara claramente feliz com a carta. Guardou-a cuidadosamente na escarcela e partiu para a taverna mais próxima.

– Só há uma mulher que MacBean deseja. – MacGillivray olhou para ela. Os dois ignoravam a distância desagradável que agora havia entre eles. – Eles estão juntos há quarenta anos. – Era muito tempo em um mundo em que a morte não permitia que os casamentos durassem mais de dez anos, um casamento muito longo para uma época em que a maioria das pessoas se casava várias vezes.

Anne sentiu um arrepio na coluna. Ela ainda via Aeneas no campo de batalha, o olhar em seu rosto. Não havia amor ou compreensão nele, nada que ela reconhecesse. Era raiva ou desespero? Ela esperou todos os dias por sua chegada e se decepcionou todos os dias também. Devia ser difícil para ele assumir que estava errado, mais ainda mudar de ideia. Talvez ela devesse escrever.

– MacBean voltará para casa em breve – ela respondeu a MacGillivray. – Todos nós vamos voltar. – A vitória havia convencido muitos dos que antes estavam em dúvida. A ajuda chegava todos os dias. Eles agora tinham soldados suficientes para garantir a segurança da Escócia. Os seiscentos membros dos Macpherson, chegados de Cluny recentemente, aumentaram o contingente do clã Chattan. Eles poderiam ficar no sul enquanto ela levaria seu povo de volta para casa, livraria Inverness de sua guarnição enfraquecida e convenceria o marido.

Eles subiram até Canongate. Não havia ninguém por lá, as lojas estavam fechadas, os comerciantes nas tavernas. À frente deles, em uma das entradas próximas, ouviram vozes exaltadas e em seguida o início de uma briga. Um dos soldados da milícia da cidade apontava o mosquete para Robert Nairn, enquanto outro segurava Shameless pelo cangote e o arrastava ao poste onde se aplicavam chicotadas, ao lado do Mercat Cross. Um ministro da inflexível igreja de Edimburgo reclamava. Anne e MacGillivray subiram correndo os últimos degraus.

– Pare! – gritou Anne. – O que estão fazendo?

– Eles estavam praticando atividades pecaminosas! – O ministro a rondou. Vendo que ele falava com jacobitas, apontou um dedo trêmulo de raiva para Robert. – Seu homem é responsabilidade sua. Leve-o ao príncipe. – O homem que gritava era obviamente um Whig, mas, mesmo em situações extremas, capaz de tomar cuidado com a política. – Mas daquele – apontou para Shameless, que agora era atado ao poste e gritava e chutava. – Daquele, cuidaremos nós.

– Anne – apelou Robert – nós estávamos apenas nos beijando.

– Cinquenta chicotadas! – O ministro mal-humorado espumava pela boca. – E se ele estiver consciente, mais cinquenta!

Anne empunhou a espada e pressionou sua ponta contra a garganta do homem. MacGillivray bateu a arca de moedas na cabeça do mosqueteiro e, enquanto o soldado caía, sacou a própria espada. Robert pegou o mosquete no chão.

– Anne, da próxima você vai prestar atenção na arma? – indagou MacGillivray.

– Sabia que você cuidaria disso – concluiu.

O miliciano que amarrava Shameless percebeu que o jogo virara e ergueu as mãos.

– Não me importo com o que eles estavam fazendo – avisou.

– Por que se importaria? – Anne incitou o ministro. – Algum deles lhe fez mal?

– Eles são uma ofensa aos meus olhos – lançou o homem.

– Então o senhor deveria ter virado os olhos – concluiu Anne. – O prazer deles não é problema seu. Eles não estavam beijando o senhor.

MacGillivray libertou Shameless das amarras.

– Vocês todos vão queimar no inferno – gritou com raiva o ministro. – Perante Deus, o pecado será punido!

– Perante Deus é onde você vai estar – avisou ela – se não ficar em silêncio. – Anne gostou da maneira com que pronunciou a frase. Algumas semanas a mais na cidade e ela seria especialista na língua das Terras Baixas.

O ministro ficou quieto. A espada de Anne havia cortado a garganta dele enquanto ela falava.

– Volte para sua igreja – mandou ela.

O ministro saiu correndo, provavelmente para encontrar outros milicianos. Como a maioria dos habitantes, eles estariam nas tavernas bebendo até depois do meio-dia. Como desejava resolver a situação antes que piorasse, Anne ordenou que os milicianos fossem ver seu companheiro aturdido, e pediu a MacGillivray que levasse Shameless ao hospital para encontrar Howling Robbie, e que depois os levasse para fora da cidade.

– E você – disse para Robert – é melhor vir comigo.

Ele pegou a maleta e a arca de moedas e a seguiu pela rua.

– Fiquei feliz por você ter passado por aqui – contou ele. – *Tapadh leat*. Obrigado.

– Beijando – chispou. – Vocês acabaram de se conhecer. No que estava pensando?

– Não consegue adivinhar?

– Robert – sugeriu ela –, enquanto estivermos aqui, é melhor carregar uma espada com você.

Nas câmaras da cidade, as ruínas caíram em cima de um mapa sobre uma mesa. O príncipe bateu na mesa, satisfeito.

– *Oui*! – Ele olhou em volta, procurando seu comandante em chefe. – Vê, lorde George? A sorte está conosco.

Margaret Johnstone trocou um olhar com o marido, incerta quanto àquele método de campanha preditivo. Anne e Robert correram e ficaram ao lado dela.

– Agora que estamos todos aqui... – disse intencionalmente o príncipe. – Ouvimos que meu primo, o duque de Cumberland, estabeleceu uma recompensa de 30 mil libras pela minha captura. – Ele fez uma pausa, sorrindo. – Eu paguei na mesma moeda e ofereci a quantia idêntica pela sua prisão.

Os comandantes reunidos riram em uníssono. Quando pararam, o príncipe apresentou os recém-chegados ao seu lado: a condessa de Erroll que, sendo grande condestável da Escócia, era uma poderosa aliada, lady Nothsdale, suas irmãs e os lordes Lovat e Balmerino.

Perplexa, Anne encarou Lovat. Ele era odiado pela família de sua mãe, os Murray. Antes de Anne nascer, ele tentara roubar o título de Lovat casando-se à força com a viúva, Amelia Murray, depois que não conseguiu encontrar e violentar sua filha. No fim, ele escapara para a França para fugir da pena de morte estabelecida pela corte escocesa. No último levante, lutara pela Inglaterra. Como recompensa, o rei George perdoara o estupro e garantira o título. O que ele fazia ali? O príncipe deveria prendê-lo e devolver o título ao dono. Ela mal conseguia acompanhar o que estava sendo dito.

– Lady Nairne e lady Lude também enviaram soldados. Meus amigos – o príncipe fez uma pausa para impressionar –, ganhamos a Escócia. – Todos em volta da mesa comemoraram. O príncipe esperou, sorrindo, que se aquietassem. – Agora estamos prontos – anunciou – para invadir a Inglaterra.

– Inglaterra? – Lorde George não esperava por isso. – Devemos garantir a segurança da fronteira.

– E a costa? – perguntou O'Sullivan. – A marinha real não navega pela terra.

– Os moradores das Terras Altas cuidam disso – indicou Lochiel. – Não temos interesse na Inglaterra. – Ele se virou para o príncipe. – Você está sonhando, rapaz. Nossos homens não vão cruzar a fronteira.

– A não ser para roubar gado – completou lorde Kilmarnock.

O conselho foi tomado por burburinhos. Anne parou de prestar atenção em Lovat para assegurar-se do que acontecia. O príncipe fez sinal para que os dissidentes parassem.

– Senhores – pediu com grandiloquência –, vim para devolver esses três reinos a meu pai.

– Então os irlandeses e ingleses devem ganhá-los para você – replicou lorde George.

O'Sullivan comentou que seu mercenário irlandês, Wild Geese, recentemente enviado pelo rei Louis, lutaria com eles. O príncipe assegurou que os jacobitas ingleses iriam juntar-se à sua bandeira, se tivessem a oportunidade. Ele levantou um bloco de papel com suas promessas por escrito.

– Eles só se importam com política – acrescentou Margaret.

O príncipe deu um sorriso encantador, sem o menor sinal de irritação.

– Ajudar nosso rei – falou – não é o que importa a todos nós?

Todos concordaram que sim. Houve gritos de apoio. Percebendo que os detratores estavam vacilando, O'Sullivan pegou uma carta e exibiu os selos.

– Do rei Louis, depois de concordar com você – falou. – Isso garante que o exército francês vai nos ajudar a tomar Londres.

– Dei-lhes a Escócia – afirmou o príncipe. – Vocês não vão me ajudar a tomar a Inglaterra?

Vários membros do conselho concordaram com a cabeça. Era um pedido justo. Lorde Lavout defendeu a ideia. A Inglaterra sob o reinado do rei James seria um vizinho pacífico. Outros o apoiaram. Anne estava surpresa com o rumo dos acontecimentos.

– Lutamos para ser livres – protestou ela. – *Pour être libre*! Tudo de que precisamos é de nosso parlamento aqui outra vez.

O príncipe voltou-se para ela como faria com uma criança rebelde.

– E por quanto tempo vai conseguir mantê-lo aqui, coronel Anne – indagou –, com meu primo sempre à espreita?

Dezoito

– Nada me aflige mais que meu desejo por você – escreveu MacBean. Ele estava sentado em um montinho gramado, ao lado do rio Esk, com a folha de papel balançando no joelho, escrevendo para a esposa. Ao redor, nas colinas de Dumfries e Galloway, soldados andavam a esmo. Alguns, como ele, escreviam a última carta para casa. Outros esperavam na fila para usar a pena e a tinta. O restante já marchava em longas filas pela fronteira com a Inglaterra, a caminho de Carlisle. Os rapazes que tocavam os tambores marchavam em intervalos, ao lado da fileira, marcando o tempo. Os gaiteiros deixaram os regimentos do clã. O ar vibrava. Mesmo os voluntários das Terras Baixas, que agora eram um terço da força, usavam trajes típicos das Terras Altas. O príncipe havia ordenado que se vestissem assim, para impressionar. Ele também ordenara que mulheres e crianças andassem atrás dos escoceses, mas na maioria das vezes sua ordem foi ignorada. Cinco mil homens cruzariam a fronteira, poucas esposas os deixariam seguir sozinhos.

Anne procurou por Ewan McCay trazendo uma pilha de despachos oficiais na mão. Ele também estava sentado, escrevendo.

– Dê as notícias a eles pessoalmente, Ewan – pediu ela. – Há um cavalo pronto. Avisei que vou mandá-lo para casa com a correspondência.

Ele ficou de pé em um pulo, derramando a tinta quando o próximo homem na fila tentava pegá-la.

– Eu vim para acertar as contas com os ingleses – assumiu – pelo que fizeram à minha mulher e ao meu filho.

– Você fez isso, e com muita honra – falou Anne. – Precisamos de alguém de confiança para entregar a correspondência. – Ela entregou os despachos. – Você é necessário em casa.

– O inverno sem um homem será difícil para eles – concordou. Ele pegou o pacote, olhando para baixo.

Anne tocou seu braço. Ele era um bom homem, que já tinha sofrido perdas suficientes e agarrara-se ao dever porque ficara desolado. Ela não queria que ele morresse na Inglaterra.

– Deixe a morte para trás – aconselhou gentilmente ela. – Seu pai e suas filhas precisam de você – ela fez uma pausa, sem ter certeza dos sentimentos dele – talvez tanto quanto Cath.

Ele ergueu a cabeça. Seus olhos encontraram os dela, irônicos.

– Os bebês costumam parecer com os pais – explicou Anne. – De outra forma, como saberíamos?

– Seonag e Calum eram minha vida – falou calmamente. – *Ach*, mas Cath... Ele interrompeu e depois começou de novo: – Acha que ela se importa comigo?

– Vi como ela olhou para você. Mais do que qualquer passeio nos vales urzes. – Anne sorriu. – Agora você tem um novo filho para criar. E então, vai levar a correspondência?

– Vou. – A gravidade que o assolava desde aquele dia terrível nos chalés desapareceu. – *Tapadh leat*. Vai ser bom voltar para casa.

– Os mensageiros vão trazer as cartas dos homens para você. – Ela lhe entregou a dela. – E aqui está, se você puder entregar a ele. – O papel, dobrado e selado, estava endereçado a Aeneas. Mesmo agora, quando muitos tinham se reunido pela causa, ele não havia se juntado a eles nem mandado uma mensagem de apoio sequer.

– Vou fazê-lo receber – Ewan sorriu – ou morrerei tentando.

Anne voltou para onde MacGillivray havia amarrado Pibroch e o cavalo dele. Ela também estava indo embora, para casa, para conseguir reforços. Com metade das forças comprometidas com a invasão, era necessário conseguir mais homens para proteger a Escócia. Ela pararia em Invercauld no caminho, pois os Farquharson de seu irmão ainda não estavam mobilizados. Não havia necessidade de mais forças do clã Chattan, pelo menos por enquanto. Seria bom vê-lo e a Elizabeth, sua irmã. Com sua madrasta, ela daria um jeito de lidar. Anne mal ousava pensar em Aeneas ou MacGillivray. Este lideraria as tropas dela até o sul.

Quando ela o encontrou, ele cumprimentava com a cabeça um casal que passeava de mãos dadas por ele. A mulher carregava um forcado. Era a velha Meg, acompanhada de Duff, o sapateiro, agora vestido com um traje tartã.

– Edimburgo e cerveja têm muito a ver com isso – brincou MacGillivray.

– Não estou feliz, Alexander – confessou Anne. – Concordei em aceitar a escolha da maioria. Era um voto. Não estamos entusiasmados com isso, nem vamos ficar.

– Se eu não for, Macpherson vai assumir a liderança do clã Chattan, e isso também não vai acontecer. – Cluny buscava a aprovação do príncipe, e não aderira ao levante até ter certeza de que Aeneas não participaria, e insistiu em manter o comando do seu clã separado.

– Mas a Inglaterra não tem importância para nós – exclamou Anne, frustrada. – Eles só vão ficar mais irritados.

– Então talvez eles nos persigam e nos façam voltar para casa.

– Não brinque.

– Olhe, se eles implorarem ao príncipe que os liberem, não amarão mais esse governo do que nós. Vamos para despertá-los, não obrigá-los.

– Então somos uma inspiração, não invasores? – Ela pôs o pé no estribo de Pibroch. – Queria acreditar nisso.

– Acredite. – Ele sorriu. – Mas reúna reforços. – Ele a ajudou a montar na sela, deixou as mãos descansarem em suas coxas e ficou sério. – Você vai encontrar Aeneas.

– Preciso encontrá-lo. – Ela não podia explicar o modo como seu marido havia olhado para ela. E ele havia salvado a vida de MacGillivray. – Escrevi para dizer que estou voltando para casa.

– Eu mentiria se dissesse que desejo que dê certo.

– Não deseje. – Ela se inclinou para frente e colocou a mão em seu rosto. – Não torne isso mais difícil do que já é.

Ele colocou a mão sobre a dela, pressionando a palma de Anne contra seu rosto, colocou-a sobre a boca e a beijou. Anne sentiu seus lábios e o hálito quentes na pele.

– Tenho tido apenas muitas chances de lhe perder – falou ironicamente. Ele soltou a mão dela e montou em seu cavalo.

Greta Fergusson chegou com todas as suas penas e peles, ao lado de sir John Murray, seu marido bem apessoado e baixinho.

– Você deve vir conosco, Anne – chamou ela. – As lojas de Londres são uma beleza!

Anne acenou. A proximidade do casal e a maneira como ambos se apoiavam aprofundaram seu sentimento de perda mais uma vez. Ao descer a colina, já longe, Margaret e David Ogilvie, juntos como sempre, levavam seu gado da raça angus pelo Esk. Uma garotinha correu e agarrou sua saia.

– Nós viemos, Anne – avisou. Era Clementina. – Meu pai e eu vamos ver o rei!

– Algo assim – concordou Anne. Seus olhos encontraram os de MacGillivray. Ele olhava para ela com certo desespero, como se eles não fossem se encontrar de novo. – Cuide do meu povo pediu , e de você.

Ela virou o cavalo e andou em direção aos trezentos soldados que viajariam com ela, entre eles mulheres e crianças, muitos chorando.Eram homens suficientes para protegê-la durante a viagem e em Moy, contra a Guarda Negra de Louden. Eles vinham atrás. Ela não se viraria, não olharia para trás, não veria

MacGillivray observando-a partir até sumir de vista. Ela continuaria indo em frente. Não havia mais nada a fazer.

Quando Anne montou acampamento naquela noite, havia mais de sessenta quilômetros de distância entre ela e MacGillivray. Ele marchava no sentido oposto, ela estava a trinta quilômetros de casa. Havia trinta quilômetros a menos entre ela e Aeneas. Anne manteve-se ocupada: ajudou a pegar lenha para fogueira, buscou água no riacho. Também não demorou muito com as tarefas. Escolhera um bom lugar para parar, que tinha lenha e um rio por perto. As noites de novembro eram frias no campo aberto, por isso as fogueiras eram necessárias. Ela ocupou a mente verificando se as crianças tinham tudo de que precisavam e conversando com as mulheres.

A maioria voltava para casa para cuidar das coisas: filhos mais novos deixados para trás, pais idosos, animais que deveriam receber atenção antes do início do inverno. Elas se sentaram em volta da fogueira, às vezes cantando canções gaélicas, a maioria das vezes em silêncio. Todas haviam deixado o marido partir sozinho para uma terra estrangeira, sabendo que poderia não voltar. Ela não lhes dava falsas garantias, também temia por eles, e as visitava apenas para consolar-lhes com um toque no braço ou um aperto de mão, ouvindo, concordando, falando pouco.

Apenas as mulheres dos homens que ela escolhera como guarda-costas estavam felizes, elas e seus maridos, sabendo que não morreriam longe de casa. Falar com elas não lhe trouxe nenhum conforto. Ela desistiu, enrolou-se no *arasaid* e deitou-se. As colinas da fronteira eram confortáveis, como seios arredondados e pesados, mas pareciam elevar o chão para perto do céu, diferentemente das montanhas escarpadas de Braemar, que forneciam abrigo e cerca. Acima, no céu amplo e repleto de estrelas pontiagudas, a lua olhava para baixo. Ela se sentiu exposta.

Inglaterra. Não era isso que ela queria. O príncipe. Ganhar a Escócia de volta não pareceu uma grande vitória para ele. Lorde

Lovat. Seu pai sempre dizia que é possível conhecer um homem sabendo com quem ele anda.

– Ande sempre em boa companhia, querida – ele a aconselhou –, não importa em que apuro você esteja metida.

Aeneas. Sua companhia mais constante era MacGillivray, até que ela interferira na relação dos dois. O céu escuro formava um arco acima dela, cheio de buracos. A lua se escondeu e o vazio lhe apertou o peito. O que ela queria, quem ela queria, onde ela estava indo, o que estava fazendo, por quê? Quando ela acordou, o acampamento já estava desmontado, o pão já tinha sido assado e comido. A estrada os esperava. Demoraria nove ou dez dias para chegar a Braemar. Se ela estivesse sozinha, como Ewan, a jornada demoraria metade do tempo. Invercauld, família, sua irmã. Ela se apegaria a isso.

Quando Anne avistou as montanhas e seus picos cobertos de neve, começou a evocar a memória. Aqueles cumbres, o lago, a colina, o rio nunca mudavam. O bosque abraçava a costa, incendiando-a de vermelho e amarelo. E então ela viu a árvore, o monte, a rocha, todos lhe pareciam velhos amigos, a intimidade fácil dos familiares, dos entes queridos que vinham para abraçá-la. Ela bateu em Pibroch com os pés para que galopasse. Metade da guarda iria segui-la mantendo o próprio ritmo. A outra metade seguiria adiante, para levar as mulheres e crianças para casa antes de se reunirem com os demais em Moy. Mas ela, ela estava onde pertencia. Galopou para o jardim de Invercauld e puxou Pibroch quando chegou em frente à casa, a mesma casa tranquilizadora onde ela havia crescido.

A porta se abriu e Elizabeth saiu correndo.

– Anne, Anne – gritou.

Anne tinha descido do cavalo e passou os braços em volta da irmã, abraçando-a, chorando, envolvendo-a, beijando-a, acariciando seu cabelo, sentindo seu cheiro.

– Deixe-me olhar para você. Você cresceu mesmo? Faz tanto tempo assim? – Fazia seis meses que ela partira, mas pareciam anos.

Logo veio James, seu irmão calado, em dúvida se um aperto de mão seria o mais adequado. Anne o envolveu com os braços, pressionando as bochechas contra as dele. Ela não o beijaria para não deixá-lo envergonhado. A alegria em vê-la tinha outra expressão para ele, que sempre fora contido, mas ele a apertou o mais forte e durante o máximo tempo que pôde.

– Então – retumbou uma voz da soleira da porta – vamos ficar aqui fora no frio ou você pretende entrar para podermos fechar a porta? – Era lady Farquharson.

Anne pulou os degraus correndo e a envolveu nos braços.

– Oh – fez ela. – É tão bom vê-la!

– Bem, de fato – afirmou lady Farquharson. – Vejo que seus modos não melhoraram muito. E o que é isso que está usando? – O comentário em tom de superioridade se referia ao *arasaid* de Anne, a manta tartã que as mulheres *cottars* usavam em volta dos ombros e amarrada à cintura.

Anne deu uma gargalhada. O *arasaid* servia para afastar o frio e como cobertor para as noites de sono ao relento, assim como as mantas usadas pelos homens.

– Amo você – falou. – Você não muda.

– Não, mas você deveria – reclamou a madrasta – para algo mais feminino e de acordo com sua posição. – Se algo lhe agradasse, ela não comentaria.

Dentro da casa, na cozinha, havia comida e ponche. Anne se jogou em uma cadeira, os pés esticados, olhando em volta da sala com um carinho que nunca sentira enquanto morava lá. Era bom estar em casa. Lady Farquharson bateu em seu joelho.

– Sente-se direito – ralhou. – Vão pensar que você é um marinheiro.

– Você já viu um marinheiro, mãe? – perguntou Elizabeth com as sobrancelhas inocentemente arqueadas.

– *Isd, no*! Não seja boba. É claro que já vi. Não vivi a vida toda aqui, você sabe. Já estive por aí.

Elizabeth e Anne gargalharam e lady Farquharson irritou-se, dizendo que não sabia o que era tão engraçado. Elas riram ainda mais, batendo no chão. James trouxe o vinho com um leve sorriso enfeitando o rosto sério.

Seu primo, Francis, juntou-se a eles para a ceia. Sentaram-se tarde, fazendo planos. Seguindo para Prestonpans, as tropas do governo tinham sido repostas no Forte George. Os Farquharson formariam dois batalhões, de Invercauld até Monaltrie, prontos para tomar Inverness quando as forças de lá tivessem saído. Anne esperava que eles fossem chamados ao sul quando a Inglaterra fosse dividida pela rebelião.

– Eles têm milhares de soldados em Ruthven – contou Francis.

– Fazendo o quê? – perguntou ela.

– Descansando – respondeu James. – Dizem que eles devem tomar Edimburgo de novo.

– Acho que eles esperam que o príncipe ainda esteja lá – acrescentou Francis.

– Se ele tivesse juízo, estaria – interveio lady Farquharson. Ela estava sentada perto da lareira, bordando e intervindo de vez em quando.

Anne ficou perturbada com o fato de elas estarem concordando tanto.

– Talvez – afirmou ela –, se a única terra que pudermos manter for aquela sobre a qual caminhamos. Cruzar a fronteira tinha feito com que eles perdessem controle sobre a campanha. O sucesso agora dependia do apoio inglês.

– Podemos manter a Escócia – explicou Francis –, mas se tomarmos Londres, o governo vai cair. Sem pagamento, esse exército que eles reuniram vai se desmantelar.

– Então o príncipe está certo, precisamos da Inglaterra?

– Isso é o que acontece quando o tamanho importa. – Ele sorriu para ela, estendido na cadeira, tomando metade da sala, como sempre. – Há sete milhões de ingleses. Eles talvez queiram um novo governo, mas não escocês. Ou eles se levantam para apoiar o rei James ou vamos precisar dos franceses.

Aeneas também tinha insistido que o exército francês era a única garantia deles. Agora que ela estava em casa, o passado o tornava mais presente a cada minuto. Fora nas montanhas de Invercauld que eles se encontraram pela primeira vez, quando ela era uma menina desconfiada e enfurecida e ele era um guerreiro desconhecido cuja autoridade acalmara sua dor avassaladora. Tinha sido ali, naquela sala, que ele a pedira em casamento, acalmando seus medos mais uma vez, colocando ordem no caos de suas emoções. No campo de batalha, ele salvara MacGillivray, apesar de ter todos os motivos para matá-lo. Talvez ele tivesse visto mais a fundo e adiante que ela. Ela ainda sentia um arrepio de medo no estômago. Ele estava a apenas um dia de viagem.

Ir para cama com Elizabeth era quase como voltar a ser criança. Elas se despiram depressa por causa do frio, brincando e rindo. Era bom aninhar-se no calor de outro corpo. Assim que apagaram a vela, sua irmã só quis falar de homens, sobre os amantes e guerreiros.

– Você está transando com MacGillivray de novo?

– Não.

– Ah, vamos, Anne. Você ficou fora meses, como se virou?

– Estivemos ocupados.

– Há mais alguém?

– Não.

– *Och*, conte. Você deve estar transando com outra pessoa.

– Com ninguém, juro.

– Eu estou.

– Mesmo? Com quem?

– Você não vai rir?

– É claro que não. Se algum homem está montando na minha irmãzinha, quero saber quem é.

– É o contrário. Eu tirei o cinto dele nos bosques um dia e, bem, ele ficou bem interessante sem a manta. Então o deitei no chão e subi nele.

– Do jeito que tem de ser – riu Anne.

– Você está rindo.

– Não estou. Quem é ele?

– Você vai rir.

– Não vou.

– Dauvit.

– Dauvit, o adivinho? – Anne elevou a voz.

– *Isd*! – pediu Elizabeth. Anne se contorceu na cama, virou-se e bateu no travesseiro com os punhos. Elizabeth não conseguiu evitar e se juntou a ela na risada.

– Dauvit – Anne ganiu. – Dauvit, o adivinho.

– Você disse que não ia rir – riu baixinho Elizabeth. – A mamãe vai entrar aqui logo, logo.

– Ela não ia achar isso engraçado. – Anne gritou mais. – Ele não é digno de você.

– Ele é bonitinho – protestou Elizabeth.

– É – riu Anne. – E também é meio devagar.

– Bom, é só para praticar – defendeu-se. – E devagar é bom. Ele faz tudo que peço e se sai bem.

– Eu diria que sim – Anne riu outra vez –, e talvez não seja tão lento assim. – Ela mordeu o travesseiro para não fazer barulho. – Quase todas as mulheres do clã saíram com ele, pelo menos uma vez.

– Saíram?

Anne concordou com a cabeça.

– Há alguma coisa no jeito de ele ficar parado, observando, e suas mãos são tão delicadas. Muitas mulheres querem arrancar-lhe a roupa, especialmente na primeira vez.

– Você também?

– Não foi bem isso que quis dizer. – Anne colocou a cabeça debaixo do travesseiro, bufando. Seu corpo chacoalhou em uma risada, fazendo a cama tremer.

Elizabeth começou a rir também, gritando e com a mão na barriga.

Uma batida brusca fez a porta vibrar.

– Vocês duas estão desperdiçando vela aí dentro? – A voz abafada de lady Farquharson indagou de trás da porta.

As duas jovens riram ainda mais.

Dezenove

– Nada me aflige mais que meu desejo por você – estava escrito na página que o ajudante de ordens, nervoso, segurava embaixo do nariz e lia em voz alta.

– Que idiota romântico – falou Hawley. Ele jogou a carta na pilha de papéis que saía da bolsa de correspondência em cima da mesa. Ao lado estavam os despachos jacobitas, já abertos e lidos. Ao fundo, o som ritmado de um chicote batendo na pele. Em geral, a correia dos açoites era feita de corda, mas aquela trazia um arame farpado nas pontas. Cada chibatada vinha acompanhada de um grito de dor, seguido de um gemido baixo. – Mas isto... – Hawley pegou uma carta que o interessava e rompeu o lacre. Estava endereçado ao capitão Aeneas McIntosh, em forte George, Inverness.

Nas pedras sombrias da cela da prisão de Inverness, estava Ewan, inclinado para frente, a cabeça pendente, desnudo, amarrado entre dois postes de madeira. Seu corpo se retorcia quando o açoite batia em suas costas ensanguentadas. De repente, os gritos e gemidos pararam. Hawley foi até o prisioneiro inerte balançando a carta de Anne na mão esquerda como se ela tivesse um cheiro ruim. Ele não podia lê-la. O ajudante que a lera estava cuidando de um corte na cabeça, feito por um golpe que Hawley desferira com a pistola por ele não revelar nenhuma informação útil ao ler a carta. Esta trazia poucos detalhes: apenas que ela voltaria logo e esperava poder conversar com ele.

Hawley fez um sinal para que parassem as chicotadas, agarrou Ewan pelos cabelos e jogou sua cabeça inerte para trás. Ele estava inconsciente. O carcereiro jogou uma xícara de água em seu rosto enquanto Hawley aguardava alguma reação. O carteiro havia sido capturado por um destacamento que guardava o castelo de Stirling. Os idiotas de lá o mantiveram por vários dias enquanto liam os despachos, preocupados com o próprio pescoço antes de mandarem o cativo embora sob escolta.

Ewan tentou abrir os olhos embaçados pela dor. Hawley se abaixou perto de sua cabeça. Seus lábios finos como de uma cobra roçaram a orelha do atormentado *cottar*.

– A prostituta jacobita – sibilou. – Onde ela está?

A boca de Ewan se moveu, mas não fez nenhum som. Hawley se aproximou dele.

– Repita, homem.

– *Pòg* – murmurou Ewan tossindo – *mo thòn*.

– Em inglês! – Hawley chacoalhou o *cottar* pelo cabelo.

– Vá – tentou falar Ewan.

– Sim – encorajou ele. – Vá, vá aonde?

– Para o inferno.

Hawley soltou o cabelo do homem. O carcereiro levantou o açoite, mas Hawley segurou-lhe a mão.

– Esfregue sal nas costas dele – ordenou. – Não queremos matá-lo, ainda não. Ele vai falar. É só uma questão de tempo.

Anne entregou uma caixinha prateada para Lady Farquharson.

– Um presente – falou. – As senhoras de Edimburgo usam isso sempre.

Lady Farquharson abriu a tampa e olhou o pó marrom.

– *Ciod e*? O que é isso, pólvora?

– Rapé. Pegue uma pitada – ela mostrou como se fazia – e aspire.

– É mesmo? – A madrasta não estava convencida. Anne devolvera o pó na caixa sem colocá-lo dentro do nariz.

– Vá em frente – incitou ela. – Experimente.

Lady Farquharson pegou uma pitada, espalhou-a na depressão em forma de V do dorso da mão, entre o polegar e o indicador, como Anne demonstrara, e cheirou.

– Ah – Anne estendeu a mão e fechou a caixa – e você vai precisar de um lenço.

– Por quê? – perguntou Lady Farquharson antes de espirrar.

– Por isso – concluiu Anne.

Lady Fraquharson espirrou outra vez, e mais uma. Seus olhos lacrimejaram.

– Elas fazem isso por prazer? – indagou.

– Sim. Você vai ver daqui a pouquinho. – Elas estavam na porta de Invercauld, do lado de fora, ao lado do cavalo de Anne já selado e à espera. Ela havia mandado o resto de sua guarda na frente e já perdera muito tempo. Era de manhã bem cedo, mas no inverno era impossível atravessar o Lairig Ghru, portanto ela precisava pegar o caminho mais longo, em volta das montanhas. Ela se virou para a irmã.

– Preciso ir.

– Deixe-me ir com você pelo menos até Moy – implorou Elizabeth.

– Não desta vez – ela a abraçou. – Continue praticando com Dauvit – sussurrou, rindo, no ouvido da irmã. – Você vai aprender muito. – Ela então se despediu de James, sorriu para a madrasta, que agora cambaleava um pouco, ainda espirrando, montou em Pibroch e partiu.

– Bem, meu Deus – Lady Farquharson continou repetindo, apertando a testa. – Deus me ajude.

Seiscentos e quarenta quilômetros ao longe, MacGillivray participava do conselho de guerra ao lado de Lochiel. Eles estavam em Derby, a alguns dias de distância de Londres, e deveriam estar comemorando. A marcha até lá, graças à habilidade de George Murray em vencer taticamente o exército do general Wade, transcorrera sem incidentes. Seus espiões relataram que Londres estava tumultuada e que as milícias de lá eram mais fracas que os moradores das Terras Altas armados do levante. O rei George havia empacotado seus pertences e os embarcado no Thames, pronto para fugir. Eles *deveriam* estar comemorando, embora a expressão do rosto dos participantes do conselho estivesse tensa. As runas jogadas no mapa em cima da mesa fizeram o príncipe quase chorar.

– Você ouviu aquele homem – retumbou Balmerino. – Os veteranos de Cumberland voltaram do continente. Dez mil soldados experientes, avançando sobre nós enquanto falamos.

– O informante é um espião – comentou o príncipe –, um agente do governo. Ele está mentindo.

– Alguém está mentindo – falou baixinho Margaret Johnstone, a Lady Ogilvie, mas sua voz trouxe mais aprovação ao caso. – O que aconteceu com a promessa de apoio dos ingleses?

– Apenas um punhado em Preston – completou MacGillivray –, duzentos em Manchester. – O povo da Inglaterra havia respondido de várias maneiras, com medo, curiosidade ou amizade, mas não havia se juntado à marcha.

– Lamentável – concordou David Ogilvie.

– Não lutamos em batalhas da Inglaterra – Lochiel deu um golpe na mesa com o punho.

– Se eles de fato tiverem uma, exceto contra nós – acrescentou Kilmarnock.

– *Mon dieu*, o bom povo da Inglaterra não vai lutar contra seu verdadeiro príncipe. – O príncipe deu um tapa na testa.

– Também não vai lutar por você – apontou Jenny Cameron.

– O exército francês está se reunindo em Dunkirk. – O'Sullivan viera para o resgate. – Estão prontos para embarcar.

– Mostre-me – pediu George Murray.

– O quê?

– As cartas dos franceses.

– Ah, bem – O'Sullivan fora pego – eu não estava pensando em trazê-las.

– Sir John? – Lorde George se virou para o secretário do príncipe.

– Só temos os contatos anteriores – o homem bem-vestido olhou para os pés. – A confirmação ainda não chegou.

MacGillivray se inclinou para frente.

– Mostre-me as promessas dos jacobitas da Inglaterra – pediu.

Sir John continuou olhando para o chão. Greta Fergusson, sua esposa, colocou o braço em volta dele. Uma pena de sua roupa voou e caiu no chão.

– Não há nenhuma – afirmou ela.

– Você nos enganou.

– Você não teria vindo – declarou o príncipe. – Nós ainda podemos tomar Londres. *Fait accompli.*[26] Amanhã, será nossa!

– Sem o apoio dos ingleses – grunhiu Balmerino – e nada além de palavras vazias do rei Louis.

– O exército francês está vindo – interveio o príncipe. – Acreditem em mim.

– Acreditamos em você quanto ao apoio dos ingleses – apontou MacGillivray.

– Louis não vai me decepcionar – o príncipe agitou a mão nervosa sobre a mesa. – As runas nunca mentem!

Lochiel pegou as runas e as segurou na mão.

– George, George. – O príncipe segurou lorde George pelo casaco. – Podemos tomar Londres, você sabe disso. Diga a eles.

– Vamos voltar para casa – avisou George Murray. – Vamos esperar lá pelos franceses. Quem concorda?

[26] "Fato consumado", em francês. (N.E.)

Todos levantaram a mão, menos o príncipe Charles e O'Sullivan. Lochiel soprou o pó da palma da mão sobre o mapa. Juntos, os comandantes escoceses deixaram a sala. O príncipe jogou a cadeira em sua direção.

– *J'ai promis mon père*[27] – gritou. – Vocês são idiotas, idiotas! Nunca, nunca mais vou consultá-los!

A cada galope, Pibroch conduzia Anne pelo mesmo caminho que percorrera no dia da sua festa de casamento. Na ocasião, o cavalo avançara com um trote manso, eles fizeram apenas uma parada noturna e avançaram vagarosamente, comemorando, pelo campo exuberante e verdejante. Agora o cavalo galopava acelerado e vigoroso, o som das patas ecoando na estrada, atravessando vaus, soando pelos campos abertos, passando por florestas de árvores desnudas. Eles pararam duas vezes para descansar, beber água e caminhar um pouco. Estava frio, mas o inverno não os alcançaria antes da virada do ano.

A luz de dezembro já estava diminuindo quando eles chegaram a Moy. Anne ficou inquieta novamente. Ela estava contente por estar escuro; a escuridão a envolveu como um cobertor, impedindo-a de ver o que ela não suportaria: a árvore onde ela se escondeu próxima ao riacho, o lugar onde ela se casara, a janela do quarto atrás da qual ela de fato conhecera o marido, onde ela se inclinara para observar Aeneas e MacGillivray, com medo de que brigassem até morrer.

Will, o rapaz do estábulo, correu para pegar seu cavalo, sem palavras, tomado pela surpresa de vê-la. Dentro da casa, a viúva estava sentada ao lado da lareira lendo a *Scots Magazine*, tentando parecer tranquila, embora certamente tivesse ouvido o barulho do cavalo se aproximando. Quando viu que era Anne quem chegava, jogou a publicação de lado.

---

[27] "Eu prometi a meu pai", em francês. (N.E.)

– Anne! – exclamou aliviada. – Achei que era Aeneas, pois ouvi o barulho de apenas um cavalo.

– E isso a deixou preocupada?

– Depois que seus soldados chegaram, sim. Mas conversamos da última vez que ele veio, e ele está no forte agora. – Ela segurou as mãos de Anne. – Tudo isso pode esperar. É bom ver você. – Ela chamou Jessie e pediu que a garota, animada, servisse cerveja.

– Cerveja, não – falou Anne. – Tenho algo melhor. – Ela colocou a caixinha que havia trazido com ela na mesa e abriu a tampa. – Chá.

– Já tinha ouvido falar em chá – afirmou a viúva franzindo a testa para os flocos pretos e secos na lata. – *Ciod e*? É comida?

– Ou tempero? – Jessie pôs uma pitada na língua e cuspiu. – Tem um gosto ruim.

– Devemos preparar uma bebida com ele – explicou Anne. – As senhoras de Edimburgo trocaram a cerveja pelo chá durante quatro horas.

– Elas tomam chá nas quatro horas? – A viúva estava impressionada.

– Das quatro às oito da noite, quando se distraem nos salões, antes do jantar. Os ministros pregam contra o chá para tentar convencê-las a voltar para a cerveja, mas elas não aceitam. Pensei, se aquela igreja melancólica fica irritada com isso, deve ser uma boa bebida.

As três mulheres olharam para as folhas de chá. Anne, com apenas uma vaga ideia de como preparar a bebida, passou instruções a Jessie. O chá deveria ser trazido em uma chaleira fumegante, com três canecas, um pratinho de açúcar e uma jarra de creme.

– Encomendei um jogo de chá – contou Anne –, mas isso vai servir por enquanto.

Jessie não estava convencida e trouxe um jarro de cerveja.

– Trouxe isso também – avisou. – Por via das dúvidas.

O chá não fez muito sucesso. O gosto era agradável, embora insípido, mas as folhas escuras que boiavam ficavam presas na boca e era preciso tirá-las. As mulheres recorreram à cerveja.

– Agora que já somos tão elegantes quanto às senhoras de Edimburgo – disse a viúva, cuspindo outra folha de chá –, você precisa nos contar sobre sua aventura.

Jessie trouxe pratos quentes de carne moída e purê de batatas e os colocou ao lado da lareira. Will, sabendo que ela ia contar sua história, deixou o estábulo para se juntar a elas. Anne e a viúva sentaram-se nas poltronas, ele no chão, próximo à lareira e Jessie no escabelo. Ela contou sobre o encontro com o príncipe, e eles, curiosos, quiseram saber todos os detalhes: o que ele vestia, de que cor eram seus olhos, seu cabelo, qual era sua altura, se ele era bonito como todos diziam. Eles pediram detalhes parecidos sobre sua chegada a Perth, a captura de Edimburgo, Prestonpans, o cruzamento da fronteira. Era uma longa história, quase quatro meses de aventura, uma história que seria recontada, passada adiante pelo clã, uma história de longas noites de frio invernal.

– Será que eles estão em Londres agora? – perguntou Will, por fim, com os olhos brilhando e um dos lados do rosto ruborizado pelo calor do fogo.

– Devem estar – concordou Anne com a cabeça. – Talvez o príncipe se sente no trono hoje à noite. – Essas notícias viajariam rapidamente, mas mesmo com o relato dos novos cavaleiros, levaria alguns dias para chegar.

– Conte de novo sobre como foi vestir MacGillivray com um vestido – riu Jessie.

A viúva os mandou para a cama. Era tarde para aqueles que levantavam com a luz do sol. Porém, em vez de colocar uma turfa úmida para diminuir o fogo para a madrugada, ela o atiçou com um pedaço de lenha e serviu mais cerveja para ela e Anne.

– Há uma pequena parte da história que você pulou – contou –, sobre você e Aeneas no campo de batalha.

– Como você sabe? – Anne ficou confusa, mas logo entendeu. – Ele lhe contou?

– Sim – afirmou a viúva balançando a cabeça. – Mas quero ouvir de você.

Então Anne contou a ela o que aconteceu, sobre o perigo pelo qual MacGillivray passou, o soldado inglês com o machado, o tiro de pistola, e como ela ficara paralisada, sem conseguir falar, ao ver Aeneas tão perto, próximo o suficiente para que ela pudesse desmontar do cavalo e se atirar em seus braços. Ela só não fizera isso por causa da maneira como ele a olhava, perto o suficiente para falar, embora ela tenha saído sem dizer nada.

– Por que você não contou essa parte?

– Não queria que eles soubessem – falou com os olhos cheios d'água – que o chefe deles tem tão pouca consideração por sua esposa a ponto de salvar MacGillivray e tratá-la com tanto desprezo.

– Oh, Anne, *a ghràidh* – a viúva se levantou e se ajoelhou em frente à sua poltrona –, você foi tão corajosa. Não chore. Tome. – Ela estendeu o lenço que estava em sua cintura. – Seque as lágrimas.

– Não suporto a ideia de que ele me odeia tanto.

– Isso porque você o ama.

– Não. – Anne assoou o nariz. – Não estou certa disso.

– Por que outro motivo se importaria com o que ele pensa?

– Não sei o que ele pensa. Ele não vai conversar comigo.

A viúva segurou suas mãos, olhando sinceramente em seus olhos.

– Ele pensa que você foi ao campo de batalha para atirar nele.

– O quê?

– Porque você pensou que ele iria matar MacGillivray.

– Não!

– Você apontou a pistola para ele.

– Porque o soldado inglês caiu antes que eu atirasse. Eu não tinha visto Aeneas até aquele momento. – Tinham decorrido apenas segundos entre uma coisa e outra. Anne repassou a cena em sua cabeça. A fumaça, ele parado ali, o dedo dela no gatilho, o olhar no rosto do marido. O olhar no rosto do marido.

Vinte

O cantar dos pássaros, uma profusão de sons, gorjeios, pios, balbucios e grasnidos, fez Anne acordar desorientada, no quarto com painéis de madeira. A luz do sol invernal entrava brilhando pelas persianas. Ela se alongou, arqueando as costas contra o balcão atrás dela. Aeneas? Então não era sua imaginação, ele voltara mesmo para casa à noite. Ela se virou mas, não, era apenas o travesseiro, colocado embaixo das cobertas durante o sono para preencher o vazio. Sua memória trouxe-lhe outro som, o barulho do aço. Ela se levantou. Tudo tinha acontecido. Ela não estava lá, mas aqui, e sozinha.

Lá embaixo, na sala de jantar, Jessie cuidava do fogo e servia mingau de aveia quente.

– Tenho alguns arenques defumados ou salgados, se você quiser – avisou quando Anne chegou. – O clã não tem trazido muita coisa, já que tantos homens estão fora e só a viúva está aqui.

A viúva já estava sentada, colocando sal na comida, a mesa repleta de papéis espalhados. O *Caledonian Mercury* era razoável, e ela preencheu as lacunas deixadas pelas suas três edições semanais com o *Edinburgh Courant*. Agora que a guerra justificava o gasto, o *Spectator* e o *London Evening Post* tinham se juntado a eles, pois eram mais relevantes agora, embora demorassem para chegar. Ela gostava de ler enquanto comia.

– Os jornais ingleses parecem chocados porque nosso exército age como quem vai para o sul – contou ela.

– Aveia está bom – Anne avisou Jessie. – O peixe pode esperar. – Ela se sentou à mesa. – O que "age" quer dizer?

– Acho que eles esperavam que praticássemos estupro e roubo – considerou a viúva –, já que somos bárbaros. – Mas ela não conseguiu ficar séria. As duas riram.

– Pagamos por tudo – afirmou Anne. – Queremos fazer amigos, não inimigos.

A viúva indicou a chaleira fumegante no fogo.

– Achamos que você talvez gostasse de chá.

Anne balançou a cabeça.

– Vou ficar com a cerveja, pelo menos até o jogo de chá chegar.

– A igreja de Edimburgo vai adorá-la por isso – falou a viúva secamente.

– Duvido que eu consiga me redimir – afirmou Anne – depois de resgatar Shameless das mãos daquele ministro ácido e da sua ideia de justiça.

Enquanto comiam, a viúva contou-lhe as notícias da propriedade. Os Shaw haviam perdido um filho cujo corpo fora trazido para casa pelo irmão mais velho, costurado em sua manta da Guarda Negra por algum bondoso habitante das Terras Baixas. A jornada levara duas semanas, e ele teve de arrastar o catre que fizera com galhos para carregar o corpo. Lá houve vários mortos, ou prováveis mortos, alguns que Anne conhecia de Moy.

– E Màiri tinha a palavra de Aeneas, e agora seu Lachlan está morto.

– O filho do ferreiro? Mas ele está conosco – afirmou Anne. – O pai dele o tirou do campo de batalha. Ele só teve ferimentos na pele, e estava tão orgulhoso da cicatriz que lhe tomava as costas de cima a baixo. Mas ele está vivo e se recuperando.

– Mas isso é maravilhoso. A viúva sorriu. – Podemos ir à casa de Màiri quando ele voltar de Inverness. Mandei-o acender a estufa para mim, para afastar o frio. Não vai adiantar, com a casa vazia no inverno.

Anne trazia mais boas notícias. A maioria dos jovens McIntosh cativos da Guarda Negra, desaparecidos depois de Prestonpans, juntara-se ao exército jacobita, cinquenta deles. Ela não conseguia lembrar o nome de todos, mas guardara o número. A viúva sabia de alguns graças às cartas que as famílias tinham recebido de Edimburgo, mas não tantos assim. Anne franziu a testa. O resto deveria ter escrito para casa antes de cruzar a fronteira. Ela insistiu nisso.

– Shameless chegou em segurança em casa? – indagou.

Ele e Howling Robbie, este sem o documento de liberdade condicional e sem o braço direito, mesmo sendo destro. A condicional estipulava que o soldado não lutaria contra os jacobitas de novo ou seria condenado à morte. Robert Nairn iria tratar do assunto com Robbie no hospital em Edimburgo, mas se metera na confusão com o furioso ministro em Marcat Cross. Sem ter ninguém para mostrar os termos de sua libertação, Robbie devia ter sido considerado desertor. Então Shameless tinha tirado seu nome do documento, inserido o de Robbie no lugar e voltado ao forte novamente.

– Ele não pode fazer isso – objetou Anne. – Temos o nome dele em nossos registros.

– Se ele for pego alguma vez, vamos pedir por ele – avisou a viúva. – Ele certamente não pode morrer por causa dessa estupidez.

O resto das notícias tratava de trivialidades. A vaca de Meg parecia apta a sobreviver ao inverno agora que sua dona não estava lá para sangrá-la. O velho Tom estava na mesma, apesar ou por causa do caldo frequente. O bebê de Cathy engatinhava.

– Ela ficou com Ewan?

– Ewan foi com você.

– Foi, mas o mandei de volta para casa, na fronteira, com a correspondência.

– *Och*, bem, aí está sua resposta – disse a viúva. – Ele deve estar entregando cada uma pessoalmente. Você sabe que o bebê de Cathy é dele?

Anne concordou com a cabeça, distraída. Ela tentava contar os dias, quantos? Muitos, ela tinha certeza.

– Seonag também sabia – continuou a viúva. – Amava o bebê, é claro. Os vivos devem ser valorizados. Mas reprimira Ewan. Nós mulheres somos criaturas engraçadas. Esperamos que os homens não se importem em nos dividir, mas se eles fazem isso, é diferente. Mas, então, suponho que somos feitas para isso, e os homens não. Aceitar isso é tudo que eles podem fazer para deixar uma mulher satisfeita.

– É muito tempo – interrompeu ela. – Ewan, ele já deveria estar em casa. Faz muito tempo.

A porta da cozinha se abriu. Will entrou correndo, Jessie logo atrás dele.

– Eles estão voltando – gritou o rapaz. – Nosso exército, eles estão voltando!

– *Dè bha siud*? – A viúva virou-se para ele.

– O quê? – Anne ficou de pé. – De Londres?

– Eles não foram a Londres. Eles pararam em... em... – ele não conseguia lembrar – algum lugar ali perto. Lorde George avisou ao príncipe que voltariam para casa.

Anne e a viúva se olharam, como se as respostas para todas as perguntas que lhes cruzavam a mente pudessem ser encontradas nos olhos da outra.

– George tem seus motivos – falou a viúva saindo.

– Isso não é tudo – Will estava quase explodindo –, o exército do governo está deixando o acampamento de Ruthven! Indo para Edimburgo, dizem.

– Para interceptá-los – conjeturou Anne. – Para nos prender.

– Também acho – concordou a viúva. – Oh, querida, isso não é bom. O exército do general Wade deve estar atrás deles agora. E então eles vão marchar para cá.

Anne agarrou Will.

– Você poderia dar uma volta a cavalo ao redor de Moy? Avise aos guardas que estamos saindo e que preciso de todos os guerreiros. Nós nos reuniremos em Invercauld.

– Sim. – O rapaz concordou freneticamente com a cabeça. – Assim que você me deixar buscar minha manta.

Ela deixou, e ele saiu correndo, batendo a porta atrás dele.

– *Ach* – fez Jessie. – E vou mandar alguns mensageiros do primeiro lugar por onde eu passar para avisar os outros clãs.

– Boa menina, bem pensado.

E, assim, Jessie também saiu. Anne correu até a cozinha e voltou com o *arasaid* que Jessie tirara dela na noite anterior, jogou-o sobre os ombros e o amarrou na cintura.

– Você vai voltar para Braemar, então? – adivinhou a viúva.

– Não, o clã do meu irmão já está se reunindo. Ele vai saber que nossos planos mudaram. Vim para ver Aeneas e há mais motivos para isso do que imaginei, então não vou sair daqui enquanto não falar com ele. Estou indo para Inverness.

– Mas eles estão procurando por você. Você será reconhecida. Veja. – Ela levantou um jornal da mesa para mostrar-lhe.

– Não por causa disso. – Anne olhou a caricatura. Era uma brincadeira? Ela olhou para o segundo desenho ao lado. – Jenny Cameron? Eles a desenharam como um homem.

A viúva não estava convencida.

– O povo daqui pode ligar seu rosto ao nome. É perigoso.

Anne deu uma volta no tartã que sobrara sobre as costas e o jogou sobre a cabeça. O capuz de fato cobria seu rosto.

– A maioria das mulheres estará usando capuz por causa do frio – explicou –, e pareço uma *cottar* com isso.

– Mas como vai chegar ao forte?

– Vou me preocupar com isso quando chegar lá.

E, assim, ela também saiu.

– Jessie! – chamou a viúva e, reclamando com ela mesma, voltou à sala de jantar e se serviu de mais uma caneca de cerveja. – Bem, querida casa – falou levantando a caneca para brindar –, parece que você está presa a mim de novo. *Slàinte*! – E bebeu toda a cerveja.

Na fronteira de Inverness, Anne deixou Pibroch com uma mulher de confiança, que o escondeu na cozinha para que os vizinhos não comentassem. Ela deixou a espada e o punhal guardados, e embora se sentisse despida sem eles, carregar armas era o mesmo que declarar quem ela era.

– Cuidado – aconselhou a mulher quando Anne saiu a pé. – Há espiões na praça. Outro dia era Struan Davidson.

– O compositor de canções? – Davidson havia arrecadado fundos para os soldados jacobitas. Um dos despachos mandados por Ewan era destinado a ele.

Anne enfiou uma pistola entre o *araisad*, por via das dúvidas. Só a pistola, caso a vissem, já seria motivo para prendê-la, mas ao menos ela não iria sem lutar. Quando chegou à praça, havia um burburinho ao redor da forca do outro lado. Era dia de feira, a praça estava repleta de bancas e pessoas que tinham ido fazer compras, ver os soldados ou algum enforcamento. A multidão era um bom lugar para se esconder. Atrás da forca, havia soldados britânicos reunidos, que deixaram o forte para se juntar àqueles em Ruthven, mais abaixo na estrada. Os portões estavam abertos, a bandeirola de lorde Louden balançando no mastro. A Guarda Negra ainda estava lá, embora, talvez, não por muito tempo.

Anne manteve a cabeça baixa e continuou andando, examinando as bancas como qualquer esposa *cottar*. Em uma delas, comprou um frasco de cerveja. Aquilo seria suficiente. Ela correria aos portões, fingindo ser uma comerciante com um presente para Aeneas, não, para Louden, desejando-lhe vitória. Isso a faria entrar. Outras mulheres chegariam e sairiam, esposas, namoradas, comerciantes. Com o barulho causado pelo vaivém de gente, som de gaitas, soldados correndo de um lado para outro, alguns em fila, ninguém a notaria.

Ela se virou para percorrer a praça lotada, caminhando determinada, como se estivesse fazendo compras. Sobre a plataforma da forca, algum pobre coitado era erguido pelas axilas, a cabeça caída no peito, em direção ao laço. Anne virou o olhar, resoluta, em direção ao forte e ficou paralisada. No chão de pedras, ao pé da forca, um capitão uniformizado da Guarda Negra andava ereto quando, de repente, parou e olhou para o prisioneiro acima. Era Aeneas.

Aeneas olhou para o rosto coberto de hematomas e sangue do homem com o laço em volta do pescoço e o encarou. Ao lado dele, James Ray também parou de andar e esperou, a esposa se arrastando atrás dele. Ele olhou distraidamente pela praça. Atrás da multidão, que aguardava com a respiração suspensa, uma mulher *cottar* usando capuz, estranhamente familiar, olhava fixo, aparentemente para ele e não para a forca. Atrás dele, o alçapão da forca abriu-se ruidosamente. O condenado caiu, o laço apertando o pescoço, estrangulando, sufocando. Suas pernas chutavam com violência. Aeneas viu quem era e agarrou Ray.

– Abaixem o homem! – ordenou contundentemente, apontando.

Ray saltou para frente, envolveu os membros agitados do moribundo com os braços e pulou, dobrando as pernas a fim de cair com todo o peso de seu corpo, puxando o homem, que se debatia, para baixo. O pescoço do homem quebrou, suas pernas se contraíram e ele parou de chutar.

Anne olhou automaticamente para onde Aeneas apontara. Seu corpo tremeu. Ela encarou o enforcado, o capuz de tartã descobrindo seu rosto. O homem que balançava na forca era Ewan. Sem conseguir entender o que se passava, ela olhou para o rosto robusto e coberto de hematomas do guerreiro morto. Aeneas havia enforcado Ewan. Ela havia mandado o *cottar* para casa, para começar uma nova vida. Ela o enviara com uma carta para Aeneas, uma carta pedindo que eles conversassem, e essa era a resposta do marido. Era isso que ele faria a Ewan, ao seu povo?

Um general magro vestido de preto saltou diante de Aeneas, empinando-se como um bicho-pau insano. Anne conseguiu ouvir seus gritos altos e estridentes.

– O que você fez? Queria esse homem vivo!

Uma mão tocou seu ombro, outra suas costas, virando-a.

– Você vai encontrar a morte, querida – disse uma mulher, cobrindo novamente a cabeça de Anne com o capuz. Era Helen, a mulher de James Ray. – Você não deveria estar aqui fora. – Ela puxou Anne, o braço ao redor da sua cintura, na direção em que ela a havia virado, de costas para a praça, longe da forca, para o outro lado.

Ao lado da forca, Hawley estava apoplético, berrando com Aeneas e Ray.

– Você vai pagar por isso! – Ele se virou para gritar com o carrasco. – Mate-o! Mate-o!

O corpo de Ewan caiu, o rosto virado para baixo, para o chão embaixo do cadafalso.

– Eu não tinha terminado com ele – gritou Hawley. – Eu queria destripá-lo. A visão de suas próprias vísceras teria soltado sua língua.

Aeneas olhou para o *cottar* morto, de costas. Ele trazia chagas profundas e abertas, enegrecidas de sangue coagulado, que expunham o osso.

– Duvido – disse gravemente. – Ele é um *cottar*. Não teria nada a lhe dizer.

– Acha que sou idiota, McIntosh? – A saliva espumava no canto da boca fina de Hawley. – Ele sabia onde está sua mulher!

Ray procurou a esposa, imaginando aonde ela poderia ter ido. Seus olhos vasculharam a multidão na praça. Ele notou um movimento do outro lado, o farfalhar do vestido de Helen, duas mulheres sumindo entre as bancas. Ele foi em sua direção, empurrando a multidão em volta da forca.

– Cruze meu caminho de novo, McIntosh – vociferou Hawley – e você vai ser o próximo a dançar na forca!

Aeneas respirou profunda e dolorosamente. A paz era tudo que ele queria ser capaz de oferecer a Ewan. Anne teria mais a responder agora: seu paradeiro levara o homem do clã àquela morte atormentada. Hawley era apenas uma doença, um sintoma do que eles haviam feito a eles mesmos, mas o amor doentio pela tortura e pela corda eram responsabilidade dele. Com uma calma glacial, Aeneas encarou desdenhosamente os olhos furiosos do general.

– Todo homem deveria dançar – afirmou – antes de morrer.

Ao chegar ao outro lado da praça, Helen chacoalhou Anne pela cintura.

– Nós, as esposas dos oficiais, achamos você maravilhosa. – Ela empurrou Anne em um beco. – Agora vá, depressa – ordenou.

Anne direcionou-lhe um olhar de gratidão, colocou a cerveja nas mãos de Helen e correu até o final do beco.

– E fique viva – sussurrou Helen. Ela inspirou profundamente, balançou o frasco de cerveja no braço, ajeitou o vestido e saiu do beco. Seu marido surgiu diante dela.

– Você veio aqui com uma mulher – acusou Ray.

– De fato não – ela segurou a jarra. – Você estava ocupado. Vim comprar cerveja. E então fui pega desprevenida.

– Uma mulher que acho que reconheço – corrigiu ele, puxando-a de lado para inspecionar melhor o beco.

Com medo, Helen olhou ao redor dele. O beco estava vazio; Anne partira.

– Não vi nenhuma mulher, querido – sorriu. – Estava me aliviando.

Vinte e um

MacGillivray estava parado sobre a terra que margeava o rio, olhando para o Stirling Castle. Ele já havia visto o castelo antes, quando mais jovem, na época em que tocava gado. A propriedade marcava a divisa entre as Terras Altas e as Terras Baixas, um belo castelo, que parecia se erguer naturalmente do alto penhasco rochoso onde ele estava. A terra plana ao redor proporcionava-lhe uma boa visão da região abaixo. Como o castelo de Edimburgo e os três fortes das Terras Altas, aquele era guardado pelos soldados britânicos desde o início da União, como se os escoceses fossem um povo subjugado. Quando o levante começara, essas guarnições recuaram e se esconderam atrás de suas defesas, imóveis. O príncipe estava determinado a removê-las de lá. A companhia de *Écossais Royaux*, enviada pelo rei Louis para ajudar as forças jacobitas que ficaram na Escócia quando o grupo principal invadira a Inglaterra, chegara de Perth. Eles traziam um canhão, agora posicionado para atacar o castelo. A guarnição dentro do castelo atirara uma ou duas vezes, mas os jacobitas estavam bem longe do alcance.

– Você acha que eles já deveriam ter saído? – perguntou Donald Fraser. O ferreiro estava perto do cotovelo de MacGillivray. Eles haviam iniciado o cerco após dominarem Glasgow, quando voltavam da Inglaterra para casa. Glasgow, era uma cidade esquisita, pequena se comparada a Edimburgo. Seu povo já havia aderido ao motim duas vezes contra a União, em 1707 e de novo vinte anos atrás. Agora eles viviam uma fase de crescimento e prosperidade. Seus navios mercantes, não mais acossados pela marinha inglesa, navegavam pelas novas colônias, negociando tabaco e açúcar. Eles eram a única região da Escócia que se beneficiava do casamento maldito das duas nações. Poucos de seus cidadãos ainda se opunham à união. O exército jacobita havia se reabastecido e deixado a região. Agora eles estavam presos em um cerco em Stirling.

– Acho que estão parando de atirar da rocha – respondeu MacGillivray. – Se esperarmos o suficiente, um dia o castelo vai cair no buraco que eles mesmos cavaram. – Ele se virou e sorriu para Fraser com ironia. – Então todos poderemos voltar para casa.

Era bem cedo, e embora fosse metade de janeiro, o tempo estava estranhamente agradável e úmido. Ele não tinha notícias de Anne desde novembro, quando ela o deixara na fronteira, mas podia adivinhar onde ela estava: em Moy com Aeneas, passando o inverno, o fogo acesso, ponche na mão, readaptando-se à vida conjugal. Aeneas era um homem de muita, muita sorte. Certamente ele sabia disso agora.

– Anne deve ter encontrado uma maneira de entrar – contou ao ferreiro.

– Ou de fazê-los sair – sorriu Fraser.

O exercício era inútil. Diante da persistência do príncipe, que queria manter um apoio na Inglaterra, a força jacobita tinha ficado para manter Carlisle. O exército de Cumberland, menor do que haviam lhe dito, tinha deixado suas atividades para montar o cerco. Duas semanas antes, Carlisle tinha sido derrotado. Aquele cerco era uma retaliação inútil, uma perda de tempo. A fome e a sede não eram armas que os guerreiros deveriam usar. Um homem deveria agir, não deixar-se atrofiar. Apenas quarenta quilômetros a oeste, o exército de Hawley agora ocupava Edimburgo. Cumberland estava próximo a eles. Eles deveriam virar-se e enfrentá-lo ou voltar para casa, conforme planejado, para organizar uma nova ofensiva na primavera.

Em vez disso, o príncipe os mantinha ali. Quando não estava consultando o técnico francês sobre as armas de cerco, ele se enfurnava em seus aposentos para beber com O'Sullivan. O *Écossais Royaux* também trouxera informação de que seu exército *estivera* reunido em Dunkirk, mas havia se dispersado quando os escoceses voltaram, após tomar Londres. Lorde George parecia não querer entrar em confronto com o príncipe e fazer exigências para seguir adiante. Os soldados jacobitas eram muitos, e cresciam o tempo todo, mas os habitantes das Terras Baixas eram incansáveis, e velhas disputas cresciam entre os clãs. Logo, eles lutariam entre si.

MacGillivray pegou uma pedra e a jogou em direção à fortaleza. A pedra balançou os galhos nus de uma árvore.

– Se o príncipe quer este castelo, pode esperar por ele – afirmou. – Vou perguntar ao nosso regimento se eles querem pegar suas coisas e ir para casa.

– Você só vai receber respostas afirmativas – explicou Fraser. – Todos querem voltar para suas famílias, antes que o tempo piore.

Eles começaram a andar de volta ao acampamento. Ao norte deles, entre as árvores, viram um movimento e fileiras de soldados agrupados. Os dois homens pararam, tentando descobrir quem ou o que vinha em seu caminho.

– Serão as forças de Hawley de Edimburgo? – sugeriu Fraser.

– Não daquela direção. – MacGillivray balançou a cabeça. – Além disso, as sentinelas nos teriam avisado.

Os soldados estavam fora das árvores, no campo aberto. O som das gaitas soava ao longe. A música era "The Auld Stuarts back Again". Os jacobitas, então, marchavam ao som da canção rebelde, homens e mulheres envoltos em roupas de tartã, crianças correndo ao lado. Atrás do gaiteiro, três cavaleiros os conduziam, usando boinas azuis. Um homem alto e loiro, usando penas, vinha montado a cavalo, acompanhado de outro homem, um chefe menos imponente. Entre eles, em um cavalo branco, era ela, mas poderia ser?

– Anne! – MacGillivray correu, os sapatos macios deslizando na grama áspera, em direção a ela. Antes que ele percorresse metade do caminho, Anne galopou em direção a ele, puxou as rédeas de Pibroch e desceu do cavalo em direção a seus braços, beijando-o, segurando-o, murmurando seu nome.

– Você voltou para ficar? – perguntou ele inclinando-se para olhar em seus olhos.

– Não há outro lugar em que eu deseje estar.

Ele a beijou novamente, sua boca, seu rosto, sua garganta, seu cabelo, segurando-a fortemente contra ele, sentindo o calor do corpo dela penetrar sua roupa.

Quando os outros os alcançaram, ele a colocou de novo sobre a sela de Pibroch. Ela deu uma leve palmada na anca do animal, convidando MacGillivray a montar atrás dela. Ele subiu e colocou os braços em volta da cintura dela, como um cavaleiro pouco habilidoso que precisava se segurar.

– Por que você não mandou avisar que estava a caminho? – sussurrou em seu ouvido.

– George mandou um mensageiro me avisar que ele não queria que nenhuma informação vazasse.

Eles andaram pelo campo entre o primo e o irmão de Anne, setecentos Farquharson, McIntosh e outros do clã Chattan que marchavam atrás. George Murray os aguardava.

– Bem na hora, Anne – sorriu ele.

– Sua mensagem foi muito precisa.

Ele abriu a barraca e os fez entrar. Os outros comandantes os aguardavam no interior – até O'Sullivan estava lá, largado em um canto –, todos, menos o príncipe.

– Hawley deixou Edimburgo com seu exército alguns dias atrás – explicou lorde George. – Ele está acampado em Falkirk, a cerca de dezenove quilômetros daqui, e pretende vir nos encontrar amanhã ou daqui a dois dias. Tenho outro plano.

Juntar-se ao cerco do príncipe tinha sido um blefe, armado para levar Hawley da capital para um terreno adequado aos guerreiros das Terras Altas. Lorde George quis limpar o caminho de volta para casa. Até aquele momento, o odioso general inglês havia cooperado sem querer. Os escoceses tinham seus agentes duplos em campo.

Depois da reunião, MacGillivray acompanhou Anne até Pibroch.

– Queria que você não tivesse sugerido isso – falou ele, apoiando-se em um joelho para ela poder subir em sua coxa e montar na sela.

– Vai ajudar – afirmou. – E quero ver esse homem de perto.

A reputação de Hawley como um homem bruto havia crescido. Edimburgo oferecera resistência à sua entrada, embora ele tivesse armado forcas em vários pontos da cidade, prendido o prefeito e enforcado vários cidadãos apenas para demonstrar sua força. Tão brutais quanto seu comandante, suas forças esmagaram cada janela não iluminada para celebrar sua chegada. A casa dos jacobitas suspeitos foram pilhadas para abastecer suas tropas.

– Então tenha cuidado, ele talvez a conheça.

– Ele acha que sou uma amazona – riu Anne. – E então acrescentou com seriedade: – Sei o que estou fazendo. É você que precisa se cuidar. Não morra agora, Alexander.

– Se você ficar comigo, sou invencível.

– Só cuide da retaguarda desta vez. – Ela bateu as rédeas e saiu.

MacGillivray a viu partir. Tudo que ele tinha a fazer era sobreviver. Ela também, ela também. Ele voltou para seus soldados, já mobilizados.

Eram dezesseis quilômetros em direção a leste do acampamento de Stirling até Falkirk. O mercado da cidade ficava na metade do caminho entre as cidades de Edimburgo e Glasgow, a quarenta quilômetros de cada uma. Seguindo as instruções de lorde Kilmarnock, Anne deu a volta na fronteira do sul, no alto do urzal. Lá embaixo, ela conseguia ver as barracas de Hawley e seu exército acampado em um local plano entre o morro e a cidade adiante. Quando alcançou o lago que o conde descrevera, ela seguiu seu curso morro abaixo pela floresta até a fronteira do estado de Callendar, no lado leste da cidade. Amarrou Pibroch em uma clareira entre as árvores, deixando o laço confortavelmente solto para ele poder pastar e alcançar a água. Andando pela floresta abaixo, logo encontrou o caminho que levava aos fundos da Callendar House e da porta da cozinha. As cozinhas eram um lugar seguro para se entrar: pessoas entravam e saíam o tempo todo, ninguém reparava. Mesmo o cozinheiro, sentado com o pé apoiado no fogo, mal olhou para ela. A empregada daria mais trabalho.

– O que deseja? – perguntou assim que colocou os olhos em Anne.

– Tenho uma mensagem do conde – explicou baixinho, colocando um dedo nos lábios para evitar que ela falasse alto. – Você consegue encontrar uma desculpa para fazer sua patroa descer?

– Vou dizer que estou com um problema na cozinha que não consigo resolver – afirmou nervosa.

Quando ela saiu, Anne cruzou os dedos e ficou perto da porta, por via das dúvidas. Demorou apenas alguns minutos para a condessa aparecer, pálida de susto, correndo no chão de pedra, para segurar o braço de Anne.

– O que você sabe sobre meu marido?

– Está tudo bem – avisou Anne rapidamente. – Lorde Kilmarnock está bem e mandou seus cumprimentos. Vim pedir que a senhora prepare uma refeição especial, bem farta, que precisa ser feita agora.

– Mas costumamos fazer uma refeição frugal no meio do dia – estranhou a condessa, franzindo a testa. – E, menina, você é das Terras Altas. Não sabe o perigo que está correndo?

– Vocês estão hospedando o general Hawley e seus assessores – assumiu Anne. – Então, sim, sei o perigo que corro. Por isso vim aqui.

– E quem é você?

– Anne Farquharson, lady McIntosh.

A condessa abriu a boca. A criada, nervosa, ficou vermelha, imediatamente envergonhada ao perceber que se enganara quanto à posição da intrusa, e assim que registrou seu nome, ficou boquiaberta. Mesmo o cozinheiro, que prestava pouca atenção na conversa, ficou de pé em um pulo, derrubando a chaleira na fogueira.

– Então você deve ser a coronel Anne! – exclamou a condessa. – E corre perigo. O general e seus assessores estão no andar de cima.

– Mas ele não vai saber que sou eu – disse Anne tentando imitar o sotaque regional que aprendera com a pequena Clementina e o pessoal de Edimburgo. Agora era o melhor momento para praticá-lo. A condessa balançou a cabeça.

– Moça, isso não vai dar certo.

– Vai dar, ele é inglês – sorriu Anne. – Nossos sotaques devem ter o mesmo som para ele. – Ela ficou séria. – Gostaria de dar uma olhada no seu hóspede e trabalhar ou ficar na cozinha – concluiu. – Mas vou embora se isso lhe oferecer perigo.

– Você não vai a lugar nenhum – afirmou a condessa. – Vamos precisar das habilidades de nós duas para preparar essa refeição.

A cozinha tinha poucas provisões, o empobrecimento da propriedade era uma das razões para os Kilmarnock apoiarem a rebelião. A criada, a empregada da cozinha e a criada do andar de cima foram enviadas para o quintal, às pressas, para assaltar os jardins, o pombal, o riacho e a horta atrás de ingredientes. O rapaz que cuidava dos sapatos correu até a cidade para pedir, pegar emprestado ou, como último recurso, comprar provisões. Enquanto o cozinheiro batia nas panelas para dar as instruções, Anne arregaçou as mangas para ajudar a despelar, picar, cortar, rechear, empanar e fritar. Até a condessa juntou-se a eles. Quando tudo acabou, ela jogou água fria no rosto para se refrescar e então convidou Anne a fazer a mesma coisa.

– Depois de tudo isso – concluiu – você merece seu jantar. – E levou Anne pelas escadas dos empregados para seus aposentos, para ela se preparar.

Lady Anne Livingstone adquirira o título de condessa de Kilmarnock depois que se casou e, antes disso, por direito próprio, era condessa de Linlithgow e de Callendar. Sua tia, a condessa de Erroll, era chefe do clã Hay e, como Grande Condestável, possuía o mais alto título da Escócia, de chefe supremo das Forças Armadas escocesas, abaixo apenas da Coroa. Lady Livingstone era sua herdeira e, assim como sua poderosa e mais velha tia, que enviara soldados para apoiar a causa, era uma jacobita leal que convencera o marido a juntar-se aos rebeldes. Ela aceitara, com certa relutância, que seu filho mais velho tomasse a precaução de se juntar às tropas do governo. Agora começava a se divertir.

– Quando descermos, fale o mínimo possível – instruiu ela enquanto arrumava o cabelo de Anne. – Seu sotaque das Terras Altas vai denunciá-la se falar muito.

Na sala de jantar, os assessores andavam a esmo, aguardando. O general estava de costas para as mulheres quando elas entraram, estudando o retrato de Kilmarnock na parede. Anne o reconheceu como o mesmo general que ficara furioso com Aeneas quando ele enforcara Ewan. A reação de Hawley à morte do *cottar* não batia com as histórias que ela ouvira sobre ele, um homem que apreciava o uso da forca. Aeneas não estava apenas *ao lado* do inimigo, ele *era* o próprio inimigo agora, sem compaixão, cruel, desumano. Os dois claramente se mereciam.

– Seu marido está com os rebeldes – falou Hawley dirigindo-se à anfitriã sem se virar.

– Sim – respondeu a condessa –, e meu filho está com o senhor.

Lorde Boyd havia se virado para cumprimentar a mãe quando ela entrara. Agora olhava para Anne.

– Lady Forbes – mentiu a condessa, usando o nome da madrasta de Anne para apresenta-la à companhia. – Jean. Ela acaba de chegar à cidade. Meu filho, James.

Lorde Boyd fez uma reverência. Ele não era nada tolo, mas não podia adivinhar o que sua mãe estava fazendo nem quem de fato era sua convidada, e se sentou. Os outros assessores eram ingleses e suspeitavam ainda menos de que havia algo estranho. Hawley mal olhou para Anne, em vez disso, fitou os próprios pés. A mesa estava repleta de pratos: sopa de queijo *crowdie* e de caldo de galinha e alho-poró, truta marrom com cebolinha na manteiga, salmão com creme e molho de salsa, ensopado de veado, perdiz com geleia de sorva, nabos glaceados, beterrabas ao vapor, alcachofras em conserva, bolo de aveia, queijo cottage, maçãs assadas com amêndoas selvagens, geleias e gelatinas de frutas, pão de gengibre, bolo de sementes e uma variedade de tortas doces.

– Vocês comem bem em Falkirk – comentou Hawley enquanto se sentava.

– Comemos – concordou a condessa. – Embora nem sempre tenhamos um exército em nossa porta.

Anne baixou a cabeça para esconder o riso, fingindo estar interessada na sopa.

– Vamos embora em breve – revelou Hawley – para socorrer Stirling. Os rebeldes cercaram o castelo. Será a última ação deles.

A refeição continuou. Anne falou pouco, embora cada vez que dissesse algo, o jovem lorde Boyd olhasse para ela e enrubescesse. Ela lhe direcionou um sorriso quando seu rosto ficou vermelho, o que só o fez corar ainda mais. Um dia ele seria Grande Condestável da Escócia, herdaria três condados por parte de mãe e um por parte de pai. Ela imaginou se ele apoiava verdadeiramente o governo ou se pai e filho apenas estavam se garantindo. Talvez não demorasse muito para ela descobrir.

Hawley comia com voracidade para um homem tão magro, rasgando a carne com o dente, mastigando ruidosamente, engolindo a cerveja de um só trago. Seu espírito malévolo certamente impedia que a gordura se acumulasse em seus ossos, concluiu Anne. O homem não conversava, a maioria das vezes grunhia, e ela não ousava tornar a companhia menos desagradável. Essa função ficou para a condessa e os assessores de Hawley. Por fim, eles se levantaram. Tinham passado duas horas à mesa, tempo mais que suficiente. Ociosamente, Anne pegou sua taça de vinho doce, levou-a até a janela e olhou para fora. O céu estava acinzentado e carregado, com nuvens escuras de chuva. O vento bateu no vidro e pequenas gotas começaram a respingar na janela, multiplicando-se rapidamente.

– Os soldados sobre a colina serão seus – afirmou ela.

– O quê? – indagou Hawley.

– Não sabia que o senhor tinha tantos soldados usando mantas.

Ela falara demais. Lorde Boyd se desculpou e saiu. Agora só importava se ele voltaria para denunciá-la.

– Meu exército está acampado no planalto de Bantaskin – comentou com desdém –, como deveria ser. A artilharia não vai ficar para cima e para baixo sem motivo. – Ele olhou brevemente pela janela. A chuva caía forte, levada pelo vento. – Devem ser trabalhadores da propriedade.

– O senhor gostaria de um chá, general? – ofereceu a condessa. – Ouvi dizer que têm esse gosto particular em Londres.

– Eu não – explicou Hawley. – Um copo de conhaque, se a senhora tiver.

Enquanto a condessa o servia, lorde Boyd entrou correndo.

– General, senhor, é melhor vir rápido – pediu olhando para Anne, muito gentil para traí-la, muito bom filho para revelar o papel da sua mãe naquilo. – O exército jacobita está no urzal.

Os outros assessores correram para fora. Hawley ficou bravo com a confusão.

– Vocês viram os mesmos trabalhadores que esta mulher. – Ele apontou bruscamente para Anne. – Os rebeldes não vão avançar. Não contra uma força superior. – Ele pegou o conhaque da mão da condessa. – Seu filho precisa aprender a arte da guerra.

– O senhor tem muito para ensiná-lo – sorriu ela.

Um dos assessores voltou correndo, o uniforme molhado, o rosto branco como giz.

– General – avisou – os rebeldes estão mesmo na montanha, enfileirados para a batalha, e sobre nossos soldados! Não ouve?

Anne abriu a janela. Embaixo da chuva e do vento, o som das gaitas ecoava.

Vinte e dois

Hawley galopou para seu acampamento acompanhado de seus assessores, o guardanapo usado no jantar ainda preso ao colarinho. Ele ordenara que a artilharia ficasse a postos no urzal, mas a chuva havia tornado o solo ao pé do morro mole. As armas pesadas ficaram atoladas e presas, as rodas patinando na lama. Berrando ordens aos soldados, Hawley mandou a cavalaria e a infantaria subirem o morro. Os rebeldes haviam dominado o morro acima dos soldados e esperavam em filas e blocos.

Os soldados britânicos lutavam para tentar subir sob a tempestade violenta, formando filas no lado leste do inimigo, embaixo do morro. Os dois exércitos se encaravam, nenhum com artilharia. Poucos jacobitas mantinham o cerco a Stirling. Os homens de Hawley estavam ao pé do morro, um local que favorecia os jacobitas. O vento e a chuva os atingiam pelas costas, enquanto batiam no rosto dos soldados do governo.

Hawley pegou um telescópio de um assessor e examinou as fileiras inimigas: as tribos bárbaras na frente, lorde George comandando o flanco direito, nenhum comando no esquerdo, atrás, ao longe, com as reservas dos Piquets irlandeses e da *Écossais Royaux*, o suposto príncipe. Não havia sinal de nenhuma guerreira selvagem montada em um cavalo branco. Sua suprema autoconfiança, outrora diminuída pelo avanço inesperado dos inimigos, voltou. Ele negava com facilidade a desvantagem do terreno em declive. Os habitantes das Terras Altas que assumiam a dianteira da formação de lorde George não podiam enfrentar os cavalos. Um ataque seria suficiente para dispersá-los. Ele levou a cavalaria adiante.

Vendo que os cavalos dos inimigos avançavam, lorde George deu ordem para que os soldados esperassem, parados. Ele contava com menos soldados do que esperava. O príncipe havia insistido que dois mil soldados estavam em Stirling para manter o cerco. O'Sullivan ainda não tinha aparecido para comandar o flanco direito, deixando os chefes de lá sem direção. Disparos de mosquete vieram das fileiras inimigas. Os tiros não os alcançavam, pois estavam fora da mira, portanto só poderiam servir para evitar o ataque antes que a cavalaria estivesse totalmente posicionada.

– Aguentem firme! Aguentem firme! – gritou lorde George. Mesmo com o golpe do vento, ele podia ouvir as armas falhando por causa da chuva, entre os soldados do governo. A tempestade estava do lado dos jacobitas, que conseguiam abrigar suas pistolas com o corpo.

A ordem ecoou pelas fileiras. Tensos pela frustração, os moradores das Terras Altas mantiveram-se parados.

– Por que não avançamos? – perguntou Fraser a MacGillivray. Eles estavam prontos e ansiosos para prosseguir.

– George sabe o que está fazendo – concluiu MacGillivray sério, tenso. Ele viu os cavalos do governo se enfileirarem. Os britânicos tinham vantagem: o curso ascendente de uma espada contra um oponente montado tinha muito menos força. Eles também estavam alinhados próximos um do outro, sem deixar espaço para os jacobitas andarem entre eles. Se eles viessem assim, não haveria espaço entre eles para dar o golpe de espada.

Lorde George sacou a pistola. Os soldados das Terras Altas arrumaram as boinas e sacaram as deles.

– Adiante, juntos, marchar! – berrou lorde George.

Isso era diferente. Ele queria que eles estivessem em formação cerrada, não seria um ataque selvagem. MacGillivray ficou confuso. Os soldados das Terras Altas rugindo em direção a eles devem ter assustado os animais, fazendo-os retroceder ou correr. Se ele corria o risco de ter de descer, preferia ter uma espada curta em punho em vez de uma pistola para decapitar o animal e depois atingir o cavaleiro caído. Mas ele obedeceu à ordem, mantendo a velocidade da marcha exigida, ciente do nervosismo de seus guerreiros, um passo atrás dele. Toda a fileira da frente marchou *en masse* em direção aos cavalos, que aguardavam. Vendo que os clãs desciam o morro, os soldados britânicos abaixo fizeram os cavalos irem adiante, subindo em direção a eles, mantendo-se coesos e rápidos, galopando os cavalos em velocidade máxima.

Marchando ao lado de MacGillivray, MacBean apertou a manta em volta da cintura.

– Aí vêm eles – sussurrou.

Conforme a distância entre eles diminuía, lorde George ordenou que parassem, mirassem e atirassem. As pistolas foram descarregadas. Os tiros fizeram que quase metade dos britânicos deixasse seus cavalos. Alguns, feridos ou assustados, fugiram galopando fora do campo. Os animais sem cavaleiros os seguiram; os outros continuaram a avançar, mantendo o galope.

– Punhais – gritou MacGillivray, empunhando o seu e levantando-o para que aqueles atrás dele o vissem em meio a chuva que caía a cântaros. – Para o chão! – berrou atirando-se para o lado, sobre o solo encharcado. Dos MacDonald aos Murray, toda a fileira da frente caiu, dobrada, em posição fetal. O chão tremeu com o bater dos cascos.

Quando os cavalos chegaram à fileira de obstáculos humanos, eles saltaram para acertá-los. Com um movimento circular, MacGillivray enfiou seu punhal na barriga de um animal acima dele, rolando para escapar quando ele relinchou e cambaleou. Ao seu redor, todos o imitaram. O sangue dos animais, que chiavam e depois caíam, espirrou sobre os homens. Os soldados das Terras

Altas se esforçavam para evitar as patas agitadas e os animais que tombavam, levantando-se, quando podiam, para enfrentar os cavaleiros derrubados. De pé novamente, MacGillivray agarrou o soldado britânico que tirara do cavalo e cortou-lhe a garganta. Algo pesado lhe golpeou as costas, jogando-o no chão, duro: era um cavalo que se debatia em cima dele, forçando-lhe o ar para fora dos pulmões. Ele tentou respirar, mas o ar não lhe encheu o peito. Com um braço preso, não podia se levantar direito. Mexendo as pernas, tentou dobrar os joelhos para cima para tentar se levantar. Suas costas se recusaram a arquear sob o peso, enquanto seus pulmões queimavam.

A segunda fileira jacobita tinha partido para a ação, matando todo animal ainda de pé, despachando os soldados britânicos. Os cavalos gritavam e relinchavam, dando coices. Donald Fraser correu até seu chefe e, com a ajuda do velho MacBean, tirou-o de debaixo do animal agonizante. Enquanto ele se recuperava, Fraser e MacBean montaram guarda. Era desnecessário, o ataque da cavalaria tinha terminado. Os britânicos sobreviventes abandonaram o campo a pé. Agora os jacobitas podiam usar as espadas. MacGillivray levantou-se.

– Espada! – O grito ecoou e as lâminas das armas brilharam. Os soldados das Terras Altas brandiram gritos de guerra e atacaram.

Lorde George pretendia manter a ordem, mas sem um comandante no flanco esquerdo, foi impossível. Os MacDonald, os Cameron, os McIntosh e os Farqhuarson partiram para atacar as fileiras a pé. Alguns perseguiram os soldados que fugiam pela colina, passando por grupos de moradores locais que se escondiam debaixo de árvores, assistindo à batalha.

Lutando no centro, o clã Chattan se defendia usando baionetas como escudos, cortando e abrindo caminho em direção à infantaria inglesa. Eles estavam muito próximos uns dos outros, por isso tinham medo de ferir um companheiro. Os soldados atacavam os corpos que caíam diante deles. Bem no meio da fila, Duff, o sapateiro de Edimburgo, imaginava como tinha ido parar ali, quando viu que uma baioneta vinha em sua direção. Ele se abaixou, e por trás dele alguém empunhava um forcado, que atravessou o pobre soldado britânico. Era Meg, rindo em um regozijo banguela. As fileiras do governo se dissiparam, e todas as companhias correram do campo, enquanto os jacobitas as perseguiam. Com o flanco direito ainda enfrentando as companhias que haviam resistido, a desordem do flanco esquerdo era exatamente o que lorde George temia. Sem O'Sullivan para contê-los, um clã atrás do outro saiu para perseguir os desertores.

– Parem a perseguição! – ordenou o lorde.

Kilmarnock veio cavalgando de trás, galopando em direção aos moradores das Terras Altas dispersos, para retransmitir a ordem.

– Devemos bater em retirada, senhor – aconselhou pela segunda vez lorde Boyd. Eles tinham deixado a colina depois que a cavalaria britânica fugira. – Eles não vão parar de lutar enquanto não fizermos isso.

Hawley não daria a ordem. Em vez disso, montou em seu cavalo negro, o telescópio abandonado no colo, assistindo seriamente o recuo de suas tropas. Estava tudo acabado, eles tinham perdido a batalha em vinte minutos. Cope iria gostar de saber disso, ele devia estar rindo naquele momento, pois ficaria rico graças à aposta. Ele, Henry Hawley, enfrentaria a ruína e a desgraça. Seu único conforto era saber que nenhuma mulher participara de sua derrota. Pelo menos isso não seria usado para insultá-lo.

Em sua desgraça mais profunda, levou os soldados de volta ao campo para incendiar suas barracas e então partir. Enquanto centenas dos seus soldados haviam se entregado a lorde George, apenas um prisioneiro fora trazido até ele. Desgrenhado, sem o chapéu, que perdera quando seu cavalo tropeçara enquanto tentava conter os jacobitas eufóricos, o cabelo comprido caindo sobre o rosto. Hawley conhecia aquele rosto do retrato pendurada na Callendar House. Era o conde de Kilmarnock.

– Espero que tenha desfrutado da hospitalidade da minha casa, general – falou Kilmarnock.

Hawley o fuzilou com os olhos. Aquele homem parecia se divertir, apesar da situação, como se estivesse ciente de que o longo jantar havia evitado que ele descobrisse o exército jacobita mais cedo.

– Sua mulher deve ter alguma explicação a dar – soltou.

– A condessa é generosa – sorriu Kilmarnock –, especialmente com convidados como o senhor e Anne Farquharson.

– Farquharson? – Hawley franziu a testa, o nome lhe dizia algo, mas não revelava a verdade. – Forbes, ela disse.

Kilmarnock balançou a cabeça.

– O senhor ouviu errado. Era a lady McIntosh, *coronel Anne* Farquharson.

Seus assessores, que o cercavam, deram uma risada nervosa, logo abafada. Uma onda negra cobriu o rosto pálido de Hawley. Ele pegou o telescópio e o atirou, partindo-o ao meio, próximo à cabeça do conde, que se feriu na bochecha e no supercílio. Kilmarnock cambaleou, o sangue escorrendo no olho.

– Traga o prisioneiro – rosnou Hawley, voltando-se para a estrada que levava a Edimburgo.

Lorde Boyd desceu do cavalo, tirou o chapéu e andou até o prisioneiro.

– Pai – balançou a cabeça. Ele arrumou o cabelo manchado de sangue do pai e cobriu-lhe a cabeça careca com seu chapéu.

MacGillivray estava mergulhado nas águas do lago de Callendar, que lhe batiam no peito, para tirar o sangue e os pedaços de pele de seus adversários do corpo. O céu havia clareado horas antes, afastando a chuva, e o sol de inverno surgiu no horizonte. Atrás dele, na margem, estavam sua camisa, a manta e as armas. Ao oeste, o céu brilhava rosa e dourado. A água fria ajudava a curar-lhe os cortes e arranhões e os ferimentos no antebraço causados por uma baioneta; o cavalo que caíra sobre ele também lhe machucara as costelas. Enquanto molhava e esfregava a cabeça, cantou:

– Adiante e limpando, Hawley, adiante e limpando.

Lorde George estava escondido na cidade para levar o príncipe a um alojamento seguro. Havia poucos focos de soldados do governo derrotados e ele precisava forçá-los a deixar o esconderijo, e alguns grupos de soldados das Terras Altas para trazer de volta a seu comando, mas Falkirk agora era deles. A tentativa de Hawley de queimar as barracas fora derrotada pela chuva, e os jacobitas haviam capturado as armas, bagagens e suprimentos do inimigo. MacGillivray reunira seus guerreiros e os levara a um abrigo. Agora ele estava sozinho, animado, a adrenalina ainda correndo nas veias. A música que ouvira os moradores das Terras Baixas cantando na colina não lhe saía da cabeça.

– O punhal das Terras Altas está na sua bunda e essa é a lei das Terras Altas – cantou, fazendo barulho ao afundar e espirrar água mais uma vez.

Atrás dele, na margem, a ponta brilhante de uma espada, letal e ameaçadora, percorria a água atrás dele. Quando ele se endireitou, a espada parou atrás de seu ombro.

– Geordie das Terras Altas em sua sombra, com Drummond, Perth e os demais – cantou ele sem prestar atenção ao redor.

A ponta da espada chegou perto de seu ombro, ao lado de seu pescoço.

– Você deveria ter ficado com as donzelas uma hora ou duas...

A espada tocou-lhe o ombro. Ele virou a cabeça, olhando para baixo, viu a lâmina e virou-se. A espada tocou-lhe a parte de baixo do queixo. Anne estava em pé na margem, o braço estendido, segurando a arma. A raiva era inútil. Tudo que ele tinha a fazer era recuar, mas ela havia deixado claro: um machado Lochaber poderia tê-lo atingido.

– É assim que cuida da sua retaguarda? – indagou.

– É assim que me lavo – sorriu. – Venha, entre. Dê a mão.

– Não vou entrar. A água deve estar um gelo.

Anne sorriu, colocou a espada na margem, tirou o *arasaid* que trazia sobre o vestido e deixou-o cair. Ela se inclinou e deu um tapinha no *arasaid*, convidando MacGillivray.

– *Trobhad* – convidou ela. – Saia daí.

Ele deu dois passos na direção dela. A água batia em seu umbigo; ele parou.

– Você pode me passar minha manta?

– Não vou tocar naquilo – avisou. – Deve estar cheia de sangue.

– Está limpa e seca – protestou. – Peguei uma limpa das provisões.

– E você também ficou tímido? – perguntou. Ela lhe estendeu a mão, não a manta. – *Trobhad*! Venha, saia.

Ele pegou sua mão com firmeza e piscou os olhos. Então a puxou, usando a outra mão para empurrá-la pela cintura de modo que ela passasse por cima dele e caísse no fundo, atrás dele. Rindo, ele se virou para ela.

– Que isso sirva de lição – disse, dando uma risada abafada.

Seu vestido ficou boiando na superfície. Ele tentou fisgá-la para ajudá-la a subir, mas tudo o que conseguiu pegar foi sua roupa molhada. Ele procurou entre as dobras encharcadas do vestido para tentar encontrar seus membros firmes, mas não havia ninguém dentro da roupa. Ele puxou o traje, deixou-o cair, remexeu-o, procurando. Debaixo d'água, bolhas subiam por suas costas.

Ele sentiu um dente morder seu traseiro e deu risada, mas então sentiu um chute no joelho, vindo de trás, e perdeu o equilíbrio. Anne subiu à superfície, nua, encarando-o. Ele surgiu a alguns metros de distância e cuspiu-lhe água.

– *Está* congelando – riu ela enquanto jogava água nele. Ele deslizou na superfície outra vez, vindo por trás dela.

– Essa retaguarda vale a pena olhar – afirmou ele, alcançando-a e correndo os dedos pela coluna dela. Ela se virou, os seios úmidos roçando seu peito nu. O jogo tinha acabado. Seus olhos se encontraram e eles se encararam. Ela deslizou os braços ao redor do pescoço dele. No fundo da água, que agora lhes batia no peito, o corpo deles se uniu e as bocas se encontraram em um longo beijo.

Ele a pegou, ainda beijando-a, e a levou para a margem. Mantendo-a abraçada a ele, deitou-os no *arasaid* dela, pegou a manta dele e os cobriu, fazendo-os rolar duas vezes para que ficassem embrulhados juntos. Dentro do tartã quentinho, trocaram beijos na pele, na boca, no rosto e no pescoço, até o calor envolvê-los e esquentar os corpos frios. Murmuraram palavras de desejo e amor enquanto as mãos e a língua exploravam cada parte do corpo um do outro que fosse alcançável. O mundo foi reduzido a nada. Havia apenas a sensação, irresistível, das coxas dela abertas em volta dele, as mãos dele nas nádegas de Anne, os quadris dela elevados, guiando-o, impulsionando-o para baixo. Mesmo que ele já a tivesse chamado cem vezes, era a primeira vez que o nome dela saía de seus lábios dessa forma. No calor úmido, a pele molhada, os dois unidos e cobertos, braços, pernas, coração, esperanças e vida, ele por fim os fez rolar, forçando para libertar-se, mas ela gritou por ele, chamando seu nome.

– Alexander – murmurou. – *Mo chridhe*, meu amor.

Janet Paisley

Os sinos tocavam em Edimburgo, comemorando a vitória. De quem era a vitória, ninguém sabia ao certo. O primeiro cavaleiro, um soldado britânico apavorado, declarou que a vitória fora dos jacobitas. O segundo afirmou que o governo ganhara; enquanto um terceiro ficou indeciso e um quarto saudou os rebeldes. Os cidadãos haviam sofrido nas mãos do carrasco Hawley antes que ele e seus rufiões partissem para a batalha. Agora estavam determinados a serem vistos e ouvidos, apoiando os vencedores. Príncipe ou general, um ou outro logo deveria chegar, triunfante, para reclamar a capital. O prefeito Stewart continuava preso em Tolbooth, para onde Hawley o enviara, e não pudera ser libertado até então. Os assuntos da cidade eram tratados de sua cela, repleta de conselheiros municipais, todos agitados.

– Bem, se a vitória foi dos jacobitas – disse um deles –, o senhor será posto em liberdade e podemos voltar às câmaras da cidade.

– Se foi do governo – concluiu o prefeito –, Hawley vai ouvir o quanto estamos felizes por estarmos livres dos rebeldes e talvez me deixe sair de todo jeito.

– O mais importante – reclamou um – é que seus homens não quebrem as janelas desta vez.

– Logo vamos saber – garanti-lhes o prefeito. – O vencedor virá aqui se apresentar.

– E se foi o príncipe – esfregou as mãos um terceiro conselheiro, pensando nos benefícios que viriam da realeza –, vamos demonstrar apoio como Glasgow nunca fez.

A porta da cela balançou graças a uma batida contra a parede de pedra. O general Hawley, apesar de baixinho, ocupou toda a soleira da porta.

– Quem mandou soar os sinos? – grunhiu.

Uma dúzia de rostos fitou o chão. Doze conselheiros corpulentos esforçaram-se para se misturar à parede. Tremendo, o prefeito Stewart ficou de pé.

– Quisemos comemorar seu triunfo, senhor – sua voz vacilou. Hawley não trazia um olhar de vencedor. – Talvez tenhamos nos precipitado...

Hawley o agarrou pela garganta.

– Precipitado? – grunhiu.

– Se não gosta do barulho – falou o prefeito, quase roxo – o conselheiro Jamieson pode mandar parar.

O conselheiro Jamieson deslizou para a porta e sumiu. Se ele estava indo mandar parar os sinos ou fugindo, não era possível saber. Hawley soltou o colarinho do prefeito.

– Saia – ordenou. – Todos vocês. Saiam.

Os membros do conselho de Edimburgo não precisaram ouvir duas vezes. Tão rápido quanto a pequena porta da cela permitia aos corpos robustos, eles saíram e correram para a *High Street*.

– O que acha que aconteceu ali? – perguntou um.

– Eles ganharam ou não? – indagou o outro.

– Quem se importa? – falou o prefeito. – Estamos livres, assim como nosso pescoço.

Um por um os sinos ficaram em silêncio. Hawley enviara Kilmarnock à masmorra do castelo, mandou alguém vigiar o prefeito para garantir que ele não deixasse a cidade e encheu Tolbooth com outros homens, os seus. Todos os desertores que pôde identificar e os oficiais subalternos que não conseguira controlar no campo, foram julgados e sentenciados à forca. Pelas duas semanas seguintes, as forcas erguidas em sua última visita à cidade ficaram ocupadas. Sessenta homens foram enforcados antes que o impedissem de continuar com a matança.

Vinte e três

William Augustus, duque de Cumberland, andou por Edimburgo com a pose do herói conquistador que intencionava se tornar, acompanhado do som de pífanos e tambores, da cavalaria impecável, de casacos escarlates e tranças douradas. Os sinos da cidade soaram outra vez, com um fervor oportunista. As pessoas enfileiravam-se na cidade para ver o jovem filho do rei George, comparando-o ao belo príncipe Charles. O duque saudava a população com a cabeça, mas tinha pouco tempo disponível para os remansos da Escócia ou seus habitantes queixosos. Seu pai havia ordenado que ele acabasse com os escoceses.

– Se não sobrar ninguém – afirmou Pelham, líder do governo – não haverá perdas.

Cumberland tinha sido enviado para debelar a rebelião. Seu primo principesco tinha cometido o primeiro erro, voltando de Londres a Derby. Seu segundo erro fora retornar para cercar Stirling depois de Falkirk, quando poderia ter derrotado o exército de Hawley, tomado a capital e mantido a Escócia. Em vez disso, tinha deixado o inimigo em uma posição segura. O comando jacobita, até então invencível, tinha se tornado frágil. Eles podiam ter-se aproveitado, induzindo-os a um terceiro erro.

– Você me desapontou, Henry – falou Cumberland, controlando seu humor com cuidado. Hawley era o preferido do rei. – E ouvi rumores de que não gostei.

Eles estavam no salão principal do Holyrood Palace; Hawley caminhava de um lado para outro enquanto Cope, sentado de um lado do salão e mais rico graças as vinte mil libras que ganhara, tranquilo por ter a razão ao seu lado, brincava com o papel da caricatura da coronel Anne. Ele fora o único homem que ousara repetir a fofoca ao duque.

– Aquela mulher, aquela maldita rebelde, não teve nada a ver com isso! – Hawley mentiu. – Enfrentamos uma maldita tempestade, a chuva batia no nosso rosto. As armas emperraram e não pudemos usá-las, e eles tinham a vantagem do solo.

– Então, se eu mandar uma tempestade bater nas minhas costas – caçoou Cumberland – e contar com o solo, aqueles bárbaros seminus poderão ser derrotados?

Cope inclinou-se para frente, benevolentemente. Ele podia se dar ao luxo de ser generoso.

– Pessoalmente, colocaria meu dinheiro na artilharia – acrescentou –, embora um solo mais adequado não fosse ruim.

– Deixemos as apostas de lado – afirmou Cumberland, com a bolsa mais leve por causa da derrota. – Precisamos derrotá-los. Houve muitos erros de cálculo. Esses selvagens grosseiros sabem lutar, são bem organizados, atrevidos, audaciosos.

– E mal disciplinados – grunhiu Hawley.

– Da maneira como mataram seu cavalo? – corrigiu Cumberland. – Acho que não. – Diziam que Hawley era filho bastardo do rei. Se isso fosse verdade, o duque teria desejado um meio-irmão mais brilhante. Sua brutalidade era tudo que Hawley tinha de elogioso, se direcionada para o inimigo correto. – Quero saber seus pontos fortes e fracos. Preciso saber quem comanda, quem pode ser comprado, quem deve ser ignorado. Desta vez, vamos devagar. Então... – ele fez uma pausa, encostou-se e considerou os dois generais – tendo em mente que é necessário mais de um para escalpelar um gato, quero um plano.

Na clareira entre as árvores, Anne, ajoelhada ao pé de uma lápide, tirava com os dedos o gelo e o musgo que cobriam a inscrição.

"John Farquharson de Invercauld, morto em 1738" estava escrito em cima, e logo embaixo: "Amada esposa, Margaret Murray, morta no parto em 1725". Ela tinha levado uma roseta branca para colocar no túmulo.

– Estamos ganhando – sussurrou. – Queria que você soubesse disso. Estou fazendo o máximo que posso.

Ela fora assaltada por dúvidas da última vez que visitara a casa, dúvidas sobre Aeneas, sobre a aventura na Inglaterra. Agora elas tinham ido embora. Uma galinha passou correndo saída de um monte de grama ao lado da lápide, cacarejando. Anne vasculhou a grama congelada e descobriu um grande ovo marrom, ainda quente. As galinhas, como as pessoas, eram criaturas de costumes. Ela sorriu, pegou o ovo e se levantou.

Enquanto cruzava o jardim, viu um cavalo entrando ruidosamente, trazendo MacGillivray no lombo. Ao vê-la entre as árvores, ele passou por ela, desceu do cavalo e a envolveu nos braços.

– O caminho é muito arriscado – revelou. – Devemos ir, e logo, antes que comece a nevar.

– Vamos agora. – Ela olhou para ele, pensativa. A dúvida nunca importunava Alexander. Ela nunca o vira hesitar, como se a luz da razão sempre iluminasse o caminho que ele devesse tomar. – Por que você luta?

– De que outra maneira poderíamos sobreviver?

– Fico pensando se você persegue suas próprias esperanças e sonhos ou os dos outros.

– Você acha que luto por que você me pede?

– Porque crescemos no meio disso. Pensaríamos, e faríamos, a mesma coisa se fosse diferente?

– Sim. Nossos ancestrais puseram a liberdade acima da vida, de Deus e do rei. Os homens que nos venderam para a União os desonraram. Mas, se escolhermos permanecer escravos, a vergonha será nossa.

– Tem gente que não pensa assim.

– Você quer dizer Aeneas?

– Não. – Ela colocou a mão sobre a boca dele. – Não fale no nome dele. Acabou.

Ele beijou os dedos dela e colocou sua mão sobre o peito, perto do coração.

– Se você está falando dos escoceses que ainda estão contra nós, eles temem o que talvez possam perder. A vida, a terra, os negócios. – Ele deu de ombros. – O que a Inglaterra deu, ela pode tirar.

Ela nunca entenderia isso. Não havia orgulho nem dignidade na subjugação. Sem respeito próprio, a nação e o povo não significavam nada, e os pobres nada tinham a perder a não ser a pobreza. Eles não acreditavam neles mesmos?

– A igreja os ameaça dizendo que eles perderão sua alma imortal, caso se juntem a nós. – Ela sentia o coração dele batendo contra a palma da mão e colocou a mão embaixo da manta, sobre a camisa, para senti-lo melhor. Quando estava assim próxima, próxima do pulsar da vida e do seu vigor, a solidão que sentia ia embora.

– Então eles merecem a imortalidade – concluiu. – Eles pagam caro por ela: não ouvem música, não dançam nem copulam. – Ele a puxou mais forte. – Prefiro esta vida, mesmo que seja curta.

– Tenho um ovo na mão – avisou ela.

Ele acariciou seu pescoço.

– Vamos ver se você consegue segurá-lo sem quebrá-lo.

– Então é por isso que você luta – caçoou. – Para cantar, dançar e foder.

– Para satisfazer minhas necessidades masculinas entre suas coxas – ele mordiscou o lóbulo da orelha dela –, não foi para isso que o mundo foi feito? Consegue pensar em um motivo melhor?

– Está frio. Fale sério.

– Anne – ele recuou e olhou em seus olhos. – Se não estivesse frio, isso seria sério mesmo assim. Há gelo se formando embaixo do meu *kilt*. E um homem não deve ficar nesse estado quando sua paixão está desperta.

Os dois ainda riam quando entraram pela porta de Invercauld juntos. Lady Farquharson os encarou.

– Vocês não crescem?

– Um dia, um dia – prometeu Anne.

– Só não vamos ficar velhos – sorriu MacGillivray, virando-se de costas para o fogo e levantando o *kilt* para aquecer o traseiro nu. Anne riu.

– Não sei se devo deixar Elizabeth ir com vocês – reclamou a madrasta.

– Mas ela implorou para ir, da última vez em que estive aqui – contestou Anne. – Onde ela está agora?

– Nos fundos, colocando tudo o que possui na carreta.

– Ótimo. Temos de ir antes que o tempo piore.

– Não sei – suspirou Lady Farquharson. – Você acabou de chegar e já está indo de novo.

– Só paramos para pegar Elizabeth.

– E Francis e seu irmão, voltarão logo para casa?

– Sim – garantiu-lhe Anne –, com o resto de nossos soldados.

O príncipe tinha sido convencido a desistir do cerco a Stirling e ido para o norte quando Cumberland chegou a Edimburgo. Anne tinha deixado a cidade antes, uma semana antes da batalha, quando todos os prisioneiros haviam sido postos em liberdade condicional. Ela trouxera metade da sua companhia com seus guarda-costas, mas os havia mandado na frente para Authterblair. Ela e MacGillivray passariam a noite com eles. Esperava encontrar problemas no dia seguinte ou pouco depois, em Moy. Lorde Louden ainda mantinha Inverness. Hawley não havia levado as companhias da Guarda Negra para o sul com ele. Isso significava que os jacobitas teriam de enfrentar Louden quando voltassem e, com suas forças, Aeneas.

Lady Farquharson parou de costurar a fita branca em outra roseta e considerou Anne.

– Suponho que você não tenha trazido alguma daquelas coisas para casa com você.

– Não, desculpe. – Anne mordeu o lábio, tentando não rir. – Não fui para Edimburgo dessa vez.

– Minha caixinha está quase vazia. – A madrasta voltou para a costura, escondendo a decepção.

– Da próxima vez, prometo.

– É muito bom para clarear a mente. – Ela olhou para MacGillivray e depois novamente para Anne. – Você deveria experimentar – aconselhou.

Enquanto eles dormiam, caíam alguns centímetros de neve. O mundo mudou durante a noite, envolto pelo inverno. Pela manhã, Anne e seu grupo saíram cedo de Auchterblair. Enrolada contra o frio, Elizabeth implorou para cavalgar atrás de MacGillivray em vez de ir na carreta.

– Ele vai manter o frio longe – argumentou, subindo no degrau da carreta e montando atrás dele depois que ele concordou. O espaço vago na carreta foi ocupado por uma mulher com uma criança pequena, agora sentada em seu colo. Elizabeth se enfiou atrás de MacGillivray, com os braços em volta de sua cintura, a cabeça descansando em suas costas. Ela estava feliz por ele ter vindo com Anne dessa vez. Agora poderia fazê-lo notá-la. Elizabeth nunca havia superado bem o desejo que sentira por ele desde que ele a tirara do lago de Moy. MacGillivray era um dos chefes disponíveis mais interessantes para se casar, e já era tempo de ela ter uma casa para dirigir. Com certeza ele estaria procurando uma esposa.

Eles partiram, expirando uma fumaça branca e úmida no ar fresco. Os cascos dos cavalos esmagavam a neve, as rodas da carroça rangiam e, atrás, a marcha de centenas de pés batendo fortemente enquanto se deslocavam. Eles paravam de vez em quando, tiravam a neve dos cascos dos cavalos, limpavam as rodas da carroça, removiam o gelo da sola dos sapatos e recomeçavam a andar. Era muito entediante. Elizabeth ia aninhada em MacGillivray, imaginando havia quanto tempo ele não fazia sexo. Provavelmente não muito, pois era o tipo de homem que inspirava a luxúria nas mulheres.

Ela pensou em Dauvit e em tudo que aprendera sobre como agradar um homem e como agradar a si mesma. Anne estava certa, o adivinho era um bom professor. Embora muitas mulheres *sasannach* tivessem se deitado com MacGillivray, ela sabia que podia surpreendê-lo. Pressionou o rosto em sua manta, entre suas escápulas. Ele tinha os ombros largos e fortes, e ela podia sentir seus músculos se movendo debaixo da roupa enquanto guiava o cavalo. A cada movimento, seu abdômen firme se mexia contra as mãos enluvadas dela.

Ele e Anne, cavalgando lado a lado, conversaram sobre guerra, soldados e planos. Elizabeth pensava no amor, no calor da pele e em lençóis amassados, brancos como a camada de neve que cobria a paisagem, mas infinitamente mais divertido. Ela enganchou os quadris com mais força no traseiro de MacGillivray e o sentiu ficar tenso. Embora sua manta estivesse colocada ao redor e sobre seu corpo, ele estava ciente do que acontecia. Ela mexeu a parte de cima do corpo de modo que ele perceberia que seus seios roçavam suas costas. Eles não estavam muito longe de Moy. Flocos de neve brancos e chatos começaram a cair. Sua respiração, mais quente, ficou mais intensa. Ela então moveu as mãos enluvadas mais para cima, deslizando-as para a cintura dele outra vez. Talvez, se ela tirasse as luvas, pudesse aquecer as mãos debaixo de sua manta.

– Parada, neve! – gritou MacGillivray puxando o cavalo.

Não parecia que tinha passado tanto tempo desde a última parada. Os flocos de neve caíam em seu rosto quente, derretendo-se instantaneamente. MacGillivray saltou do cavalo, sacou o punhal e limpou os cascos do cavalo de Anne com rapidez e eficiência. Então ele se virou para o seu animal, mas em vez de se baixar para levantar a pata do cavalo, enfiou o punhal no chão e esticou os braços. Suas mãos pegaram Elizabeth pela cintura. Com um movimento rápido, ele a tirou do cavalo. Será que ele iria beijá-la? Ele inclinou a cabeça para frente e, com outro movimento veloz, içou-a para cima, para a garupa de Anne.

– Sua irmã está muito aquecida – explicou a Anne. – Vão na frente, nós alcançaremos vocês.

Anne incitou Pibroch a seguir adiante, tremendo. Elizabeth apertou-a, a boca próxima ao ouvido de Anne de modo que ela a escutasse.

– O que aconteceu com ele? E por que você está tremendo?

– Ah, Elizabeth – balbuciou Anne rindo. – Você não consegue se comportar?

– Você parece minha mãe. Ele gosta de homem agora, é isso?

– *Isd*, não! Não consegue adivinhar? Ele está comigo.

– O que isso quer dizer? – Elizabeth sentou-se para trás, chocada. – *Na can sin*! – Ela deu um soco nas costas de Anne com o punho. – Você me disse que não estava com ele!

– Quando eu disse isso?

– Da última vez que esteve em casa. – Elizabeth estava furiosa. – Eu lhe perguntei e você disse que não estava.

– Isso foi daquela vez – riu Anne. – As coisas mudam.

– Então ele estava na sua cama ontem à noite, em Auchterblair?

– Sim.

Elizabeth desmoronou. Isso não era justo, Anne era casada.

– Então espero que tenha sido apenas diversão – reclamou.

– Agora quem parece a sua mãe?

Elas entraram no jardim coberto de neve de Moy, desmontaram do cavalo, chutaram as botas na soleira da porta antes que Will percebesse que precisavam dele e aparecesse correndo da cozinha, desculpando-se.

– Tudo bem, Will – interrompeu Anne. – Quem está em casa?

– Apenas a viúva – revelou o rapaz. – Como da última vez.

MacGillivray e os demais estavam a apenas alguns metros atrás.

– Você ainda é uma mulher casada – sussurrou Elizabeth quando elas entraram. – Precisa se dar conta de que isso ainda o deixa no jogo.

Anne riu como se tivesse escutado uma piada.

– Acho que você vai desperdiçar seu tempo – avisou. – Mas não vou impedi-la.

Elizabeth segurou a irmã pela capa, parando-a na entrada da casa.

– Verdade?

– Olha – Anne sorriu –, se Alexander quiser você, como poderei ficar no caminho? Ficarei feliz pelos dois. – Ela tirou a capa e a pendurou. – Apenas acho que ele não vai querer, isso sim.

A viúva descia as escadas e parou, surpresa ao vê-las, e então correu.

– Anne, *a ghràidh*! – berrou.

Elizabeth tirou a capa, um sorrisinho crescendo no rosto. Então MacGillivray não estava perdido. Ela só precisaria persuadi-lo, isso sim.

Vinte e quatro

A viúva tinha certeza de que Moy estava segura. As tarefas militares tinham mantido Aeneas ocupado no forte George. Os soldados de Louden hostilizavam os jacobitas, mas não iriam atacar Moy, não com o chefe McIntosh entre seus comandantes. Os guarda-costas de Anne voltaram para suas casas ou se alojaram com amigos ou familiares nos chalés das cercanias. A noite fora destinada às histórias. Naquele momento havia seis pessoas ao redor do fogo e duas contando histórias, Anne e MacGillivray. Lá fora a neve parara de cair. Dentro de casa, a lenha queimava na lareira. Pratos de comida liberavam vapor na mesinha ao lado do fogo. Canecas de cerveja estavam cheias até a borda. Todos queriam ouvir sobre a jornada até Derby e a segunda batalha, mas era preciso começar do início. Para MacGillivray, o começo foi marcado pelo cruzamento da fronteira, quando eles tentaram pela primeira vez ficar amigos dos ingleses. Ele havia enviado Donald Fraser para se alojar com o ferreiro de Carlisle, pois achara que eles tinham muito em comum.

– Então Donald foi para a casa, com o punhal em mãos para caso encontrasse alguma oposição esperando por ele. Mas o ferreiro tinha sumido. Só estavam sua mulher e sua filha adulta, amedrontadas em um canto, gritando até quase explodirem. Ele tentou falar com elas, mas, é claro, ele só fala gaélico.

– Que elas não entendem – acrescentou Anne.

– Nenhuma palavra. Então, para demonstrar que não ia lhes fazer mal, ele cravou o punhal na mesa, de modo que não conseguiria feri-las. Isso só fez as mulheres gritarem ainda mais.

– O que Donald fez então? – perguntou Jessie, com os olhos brilhando de entusiasmo.

– Ele fez a coisa mais amigável em que conseguiu pensar. – MacGillivray riu. – E, como tinha funcionado em Edimburgo, estava certo de que funcionaria de novo. Ele dançou.

– Dançou? – indagou a viúva.

– *Seadh*. Ele começou a balançar, colocou as mãos para cima e fez a dança das Terras Altas pela sala.

– Funcionou? – quis saber Will, cheio de expectativa.

– Nem um pouco – riu MacGillivray. – A mãe caiu de joelhos e começou a rezar, implorando para Deus o mais forte e alto que podia. A filha chorou, soluçando e gritando.

– Então ele parou? – perguntou Elizabeth.

MacGillivray balançou a cabeça, quase convulsionando de tanto rir.

– Não, ele se chacoalhou ainda mais, pensando que apenas não estava conseguindo dançar direito, e agarrou a mão da moça, tentando fazê-la se juntar a ele. – Ele inspirou profundamente, colocando a mão no peito para se controlar. – Nós ainda estávamos lá fora, alojando as pessoas nas casas. O barulho era deplorável. Tive de entrar e arrastá-lo para fora, ainda dançando.

Ele então rompeu em uma risada até saírem lágrimas dos olhos, e os outros o imitaram, colocando a mão na barriga, rindo sem parar, indefesos.

– Elas devem ter pensado – interveio Anne às gargalhadas – que era algum tipo de ritual tribal. Ainda mais com o punhal cravado na mesa.

– E ele dançando pela sala – riu Elizabeth.

– Devem ter pensado que ele ia picá-las em pedacinhos – gargalhou Jessie.

– E ia comê-las na ceia! – gritou Will.

– Oh, querido – exclamou a viúva, secando os olhos. – Preciso de mais cerveja.

A noite se seguiu. Nem todas as histórias eram engraçadas, houve algumas perdas, e a petulância e a falta de heroísmo do príncipe desapontaram os ouvintes. Mas a batalha terminara com uma vitória, por isso todos brindaram a Falkirk e a causa.

– Não vi Clementina aqui – comentou Anne, franzindo o cenho para MacGillivray.

– A garotinha pedinte de Edimburgo? – Ele ainda parecia não saber quem era. – Aquela que nos mostrou o caminho pelo pântano em Prestonpans?

MacGillivray por fim se lembrou dela.

– Ela não voltou, ficou para trás com o pai, em Carlisle. Ele torceu o tornozelo e não pôde marchar de volta para casa. Mas desconfio que a verdade seja que ele se engraçou pela viúva que o hospedou.

– Então Cumberland os capturou. – Anne ficou aflita. Se ela não tivesse lhes dado dinheiro, a garota não estaria lá.

– Se é possível colocar a culpa em um ato de bondade – falou MacGillivray, pegando sua mão e apertando-a. – Cumberland não vai manter uma criança presa, muito menos mulher, aliás. Eles devem ter dado a liberdade condicional à maioria dos homens.

– Então pode ser que ela esteja segura em casa agora?

– Ou com uma nova mãe e ainda em Carlisle.

Anne quis beijá-lo pelo conforto que ele lhe oferecia, mas segurou-se. A viúva estava olhando e Anne ainda não se sentia pronta para assumir a rejeição de Aeneas, não com tanta gente em volta. Ela soltou a mão de MacGillivray e ergueu a caneca de cerveja. A situação ficou estranha por um momento, antes que alguém falasse alguma coisa.

– A perda de Kilmarnock vai ser uma ferida aberta – concluiu a viúva.

– Ele está vivo e inteiro – tratou de reassegurar Anne. – Eles o levaram para o castelo de Edimburgo, e isso é tudo.

– Quando os derrotarmos da próxima vez – afirmou MacGillivray, enchendo a caneca – ele será um homem livre novamente.

– Da próxima vez? – indagou a viúva.

– Na primavera. Voltamos para casa para nos recuperar e descansar. Agora que Cumberland comanda, eles vão arriscar tudo de uma vez. Se ganharmos, eles não terão mais nada.

– Teremos a chance de ver o príncipe, então? – quis saber Jessie.

– Eu o convidei – respondeu Anne –, quando o resto do exército chegar, para jantar aqui.

– Vou cozinhar para o príncipe? – gritou Jessie.

– Com toda a ajuda de que necessitar. Mas não diga nada a ninguém ainda. Os soldados de Louden em Inverness pode ser avisados se alguém ouvir falar nisso.

Elizabeth estava encostada na cadeira, vendo o fogo brilhar como ouro no cabelo de MacGillivray. Ela então se inclinou para frente, estendendo a caneca para que ele a enchesse. O rapaz olhou em seus olhos enquanto colocava a cerveja.

– Está muito quente aí? – sorriu ele.

Ela baixou os olhos, e então olhou para ele outra vez.

– Nem um pouco – sorriu ela de volta. – Estou gostando.

– Conte-nos sobre o sapateiro de Meg de novo – pediu Will. – Gostei da parte em que ele pediu desculpas para o soldado britânico depois que foi furado pelo forcado de Meg.

A viúva já tomava seu mingau de aveia e lia os jornais quando Anne desceu na manhã seguinte.

– Seu jogo de chá chegou enquanto você estava fora. Ela não tirou os olhos do jornal. – Jessie deveria ter-lhe levado uma xícara, mas você não estava em seu quarto.

– Não. – Anne olhou pela janela e viu o mundo claro lá fora. Todos os contornos da paisagem estavam borrados, tudo estava sereno, calmo e sossegado. – Não me pareceu certo usar a suíte principal. Não posso continuar casada com Aeneas, não agora.

A viúva a observou:

– Não se apresse, *a ghràidh*. Esse é um grande passo. Deixe o tempo ajudá-la a se decidir.

Anne sentou-se, feliz por ter-se livrado do assunto. A viúva tinha opiniões antiquadas, e acreditava que as mulheres, casadas ou não, deveriam se satisfazer se quisessem outro homem. Os velhos modos célticos não desaprovavam a amizade entre as coxas; ela tornava as coisas mais simples. Suas ancestrais se divorciavam dos maridos com facilidade, quando eles não conseguiam sustentá-las ou respeitá-las, se roncassem, fofocassem, fossem impotentes ou apenas repugnantes. O divórcio era algo raro agora, uma questão para ser decidida nas cortes, mas era a única saída para Anne. Aeneas a havia abandonado, ela havia se voltado para outro homem. Sua escolha estava feita.

MacGillivray entrou na sala, cumprimentou todo mundo com alegria e piscou para Jessie quando ela trouxe o mingau de Anne. A viúva bateu na página do jornal *London Post* ruidosamente, irritada.

– Vocês precisam ver isto! Eles nos pintam como papistas, liderados pela Igreja Romana.

– O quê? Só por que o príncipe é católico? – indagou Anne. – Ele garantiu a liberdade religiosa, e nosso Parlamento será secular, como sempre foi.

Em ambas as nações, a maioria das pessoas era protestante, e embora muitos clãs fossem episcopais, e não presbiterianos, a austera Igreja Presbiteriana Escocesa dominava o sul. A igreja escocesa era contra o levante e a católica o defendia, mas a Igreja Episcopal Escocesa permanecia em silêncio. Os seguidores jacobitas vinham igualmente das três igrejas. Mas religião era um tema essencial para a Inglaterra, onde a monarquia chefiava a Igreja Episcopal Anglicana e o rei não podia seguir outra fé.

– Os hanoverianos dirão qualquer coisa que deixe o pessoal contra nós – acrescentou MacGillivray. – Até mesmo que comemos bebês. – Ele rosnou para Jessie. – Então é melhor ter cuidado – avisou.

– Jessie? – Anne ficou confusa, olhando para a garota.

– Ela vomitou lá fora toda manhã durante uma semana – contou a viúva.

– Mas é só de manhãzinha – protestou Jessie. – Estou bem.

– Mas grávida. – Anne ficou maravilhada. – Por que, Jessie, eu não percebi? E sua cintura já quase sumiu. De quem é? – Ela fez uma pausa. – De Will?

Jessie concordou com a cabeça, envergonhada por ser o centro das atenções.

– Dois esquentam melhor a cama no inverno – falou olhando para MacGillivray.

– É mesmo – riu ele. – Will é um rapaz de sorte.

– Vocês querem se casar? – quis saber Anne.

– Não – respondeu rapidamente Jessie. – Estou muito longe disso. Ele está me aborrecendo para ficarmos noivos quando chegar a época de colher o feno. Eu disse que talvez. – O noivado servia para que dois amantes vivessem juntos por um ano e decidissem se queriam casar-se um dia antes de completar esse período. Anne desejou ter escolhido esse caminho. Em junho, ela poderia simplesmente ter desfeito a cama sem que nenhum dos dois lados fosse responsabilizado. Em vez disso, enquanto ela se satisfazia dividindo a cama, até se divorciar ou ficar viúva, seria culpada por isso.

– Então o bebê vai ficar com a família de Will quando desmamar ou você vai ficar com ele?

– Ainda não sei. – Jessie ficou confusa. – Vou buscar o resto do mingau.

Jessie saiu rapidamente. MacGillivray sacou sua *sgian dhubh* e cortou um pedaço de peito de pato para comer enquanto esperava.

– Será bom ter um bebê aqui – afirmou Anne.

– Aeneas não sabe disso – lembrou-lhe a viúva.

– Bem, tenho certeza de que ele... – Ela parou a frase no meio. Não podia falar por ele. De todo jeito, sua opinião pouco importava: quando o bebê de Jessie nascesse, Moy deveria ter um novo chefe.

Jessie voltou com o mingau de MacGillivray.

– Will disse que está preparando seu cavalo – avisou ela à viúva. – Ele vai colocar tudo o que conseguir nos alforjes e levar o resto das suas coisas com ele da próxima vez.

– Você vai voltar para casa nisso? – perguntou Anne.

– A estrada não estará tão ruim – avisou MacGillivray. – Não caiu mais neve durante a noite.

– Mas vai cair mais – acrescentou a viúva. – E prefiro estar na minha própria casa, agora que posso. Se o príncipe tomar Inverness, pode ficar comigo. Neste caso, preciso estar pronta.

– Will pode levar meu cavalo – ofereceu MacGillivray. – Para saber se a senhora chegou bem em casa.

– Você é um bom homem, Alexander. – A viúva se levantou. – Agora me vou.

Anne acompanhou-a à entrada da casa, ajudando-a com a capa.

– A senhora não está partindo por nossa causa, não é? – indagou, embora soubesse a razão.

A viúva deu um tapinha em seu rosto.

– Minha querida Anne, já disse por que estou indo embora. Direi o que penso quando tiver algo a dizer. Alexander é um bom rapaz. Tenho certeza de que ele também é fascinante. Os prazeres são poucos e efêmeros, devem ser desfrutados. – Ela pegou o chapéu e encaminhou-se à porta antes de acrescentar: – Não acho que você tenha escolhido ainda. Aeneas também é um bom rapaz.

– Não, *na can sin*, ele não é. – Anne balançou a cabeça. – Ele enforcou Ewan. Vi-o fazer isso na praça, naquele dia em que fui vê-lo.

– Ewan? – A viúva ficou confusa. – Nunca ouvi dizer que Aeneas tenha tomado parte nisso. Não parece coisa dele.

– A senhora contou a ele que eu não pretendia atirar nele em Prestonpans?

– Como eu poderia? Fiquei aqui, e ele tem estado ocupado.

– Então não conte, porque eu atiraria nele agora.

– Anne, se Aeneas condenou Ewan à morte, deve ter tido uma boa razão para isso. Vou perguntar a ele quando o vir.

Elas ouviram Will trazendo o cavalo. A viúva beijou as duas bochechas de Anne e partiu. Boa razão? Anne os viu partir naquele caminho infinitamente branco, quebrado apenas pelos inóspitos esqueletos negros das árvores cobertas de neve até a metade. Para rejeitar a mulher, essa fora a razão de Aeneas, para pôr seu casamento de lado. Ele descontara a raiva em Ewan e, ao fazer isso, afirmara-se como inimigo dela. Agora ele guardava Inverness com uma pequena força enquanto um exército de dez mil jacobitas marchava em sua direção. Ali, nada, exceto a paisagem, era preta e branca. A viúva o avisaria, por isso partira tão repentinamente. Anne passara a informação adiante de propósito. Ela queria que Aeneas soubesse que seus dias estavam contados.

Quando Will voltou de Inverness naquela tarde, enfrentou com dificuldade a marcha sob uma violenta tempestade de neve. Flocos de neve giravam no ar. A terra era branca, o ar era branco, o céu era branco, tudo tinha um branco totalmente ofuscante. Ele só se manteve no caminho porque conhecia as árvores, cada bosque, cada tronco, os galhos espalhados assemelhando-se a mãos totalmente escuras e cheias de dedos que pegavam a neve que caía. Seu conhecimento sobre cavalos o fez manter a confiança entre ele e o animal de MacGillivray, evitando que viajasse às cegas, que escorregasse em uma fenda coberta de neve e mantivesse os pés sempre firmes sobre o chão. Ele tinha dezessete anos, nascera e vivera nos estábulos, e deixou a rédea do animal frouxa enquanto falava suavemente com ele ou cantava uma canção de ninar em gaélico em suas orelhas oscilantes.

Às vezes o cavalo respondia, relinchando gentilmente, expirando, virando o focinho para o lado. Ele queria parar debaixo das árvores, não gostava daquela brancura explosiva e ofuscante nem da neve em suas patas. Will então descia, enfiava os joelhos no monte de neve branca e fina, pegava suas patas e andava ao lado de sua cabeça, segurando as rédeas, respirando perto de seu focinho, conversando com o animal sobre a neve, os homens, a guerra, o amor e Jessie e bebês, convencendo-o a ir para casa, convencendo-o a levar os dois para casa.

Ele relinchou outra vez quando percorreram com dificuldade os últimos metros que os separavam do estábulo de Moy. Quando Will o levou ao seu estábulo, seu focinho macio e úmido o acariciou na bochecha, embaixo do queixo, tocando seu ombro. Will soltou seu equipamento, esfregou-o, colocou comida fresca e partiu, enfrentando o vento forte que batia contra a casa, para a cozinha. Jessie o havia visto se aproximar, após limpar a neve da janela com a mão. Ela se inclinou sobre o fogão quente, onde estava uma panela de caldo fervilhando.

– Você demorou – reclamou ela, olhando ao redor enquanto ele entrava e limpava a neve dos pés.

– Sim – concordou. – Está nevando lá fora. – Ela tinha ficado preocupada, aquilo era bom sinal. Ele se sentou e tomou a sopa em silêncio, ouvindo o fogo estalar na chaminé, observando Jessie se movendo, preparando a ceia da casa.

A neve trouxe paz. A propriedade ficou parada, nada aconteceu por semanas. No primeiro dia após a volta de Will, Elizabeth olhou pela janela do quarto e viu um guerreiro das Terras Altas feito de neve, a boina azul enfiada na cabeça gorda e redonda, parado nos limites do jardim. MacGillivray dava o toque final: um galho serviria de espada. Anne, vestida de capa e capuz, correu até ele, rindo. Embora Elizabeth não conseguisse ouvir o que falavam, a respiração branca, o modo como a irmã se agitava e movia-se lhe diziam que eles riam ou conversavam. MacGillivray apontou-a na janela e acenou para que ela descesse. Vê-lo deixou-a excitada. Anne não estaria sempre no caminho. Então ele seria dela, agradecido, e não seria apenas um flerte. Antecipar aquilo tudo aumentou seu desejo. Ela começou a se trocar, vestindo roupas mais quentes para sair.

Lá fora, no frio, Anne analisou sua nova oponente.

– Beije-me – pediu MacGillivray, sua respiração condensando em pequenas gotas de água nas bochechas vermelhas de Anne – antes que sua irmã saia.

– Você pode me beijar na frente dela – avisou Anne.

– Então ela vai achar que prefiro você, e como vai ficar minha reputação de galã?

– Vou fazer algo pela sua reputação. – Anne sorriu, pegando com a mão um monte de neve para jogar nele. – Agora você está grisalho – riu.

– Então vamos envelhecer juntos – retaliou ele, jogando neve nela.

Anne pegou outro punhado de neve, pôs um pouco na mão, fechou-a e atirou o resto, fazendo-o esquivar-se.

– Ei, *trobhad an-seo*, primeiro um beijo – falou ela quando ele pegava uma enorme bola de neve para jogar de volta, segurando os braços dela. Ele saltou sobre ela, pulando na neve, colocou os braços em volta de sua cintura, colou os lábios nos dela. Ela colocou os braços em volta de seu pescoço e jogou a neve que guardara na mão dentro da manta dele, dentro da camiseta.

Aquilo era demais. Ele se contorceu com a neve gelada que se derretia pelas costas e a derrubou na neve.

– Você pode me ter aqui mesmo – ameaçou ele – e congelar comigo para sempre.

– Acha que estou com medo? – riu ela. – Pareço assustada? – E enfiou mais neve em suas costas.

Uma bola de neve atingiu a lateral da cabeça de MacGillivray. Ele olhou em volta e viu Elizabeth; ele pulou para se armar. Elizabeth já havia lançado a segunda bola, sem conseguir atingi-lo. Por outro lado, MacGillivray não errou. A neve macia acertou o peito da jovem. Anne rolou e se levantou para se juntar à brincadeira, as duas jovens contra o guerreiro. Gritinhos, risadas e berros ecoaram no ar parado e branco. Por fim, exaustos, eles voltaram para casa, MacGillivray com o braço em volta das duas irmãs.

– Obrigada pelo guerreiro de neve – falou Anne, dando-lhe um beijinho enquanto tiravam os sapatos. – Estaremos seguras enquanto ele estiver lá fora.

– Minha senhora – prometeu MacGillivray –, vou lhe dar um exército para protegê-la.

No dia seguinte, lá estavam três homens das Terras Altas feitos de neve, no outro dia, cinco. Por fim, sete.

– Um número místico – contou ele. – Você não vai precisar de mais proteção que isso.

– *Tapadh leibh*, meu senhor – sorriu Anne. – Obrigada.

– Vou protegê-la para sempre – revelou seriamente.

Ela sabia disso. Ele sempre estaria lá quando ela precisasse. Sua dor ficava bem enterrada quando ele estava perto. Ela estava feliz por ele, pela neve, pela paz e pelo descanso que ela trouxera. Todos os dias do futuro deveriam ser assim tão bons, tão certos. O branco lá fora era certamente um presságio: quando os soldados voltaram para casa, aquilo transformou o mundo jacobita.

Vinte e cinco

O gelo que se formou do lado de dentro das paredes de pedra começou a derreter. As gotas corriam para baixo, difíceis de pegar com a língua. Eles usaram um buraco côncavo em um bloco de pedra para acumular a água e formaram uma fila para coletá-la. Enraivecidos, famintos e agrupados, os prisioneiros estavam desesperados de sede. A masmorra de pedra gelada do castelo Carlisle deveria abrigar cinquenta pessoas, mas havia trezentas, entre homens, mulheres e crianças.

Clementina estava grudada ao pai para se aquecer enquanto ambos aguardavam na fila para chegar ao único suprimento de água disponível. Logo acima, nas barras da pequena janela de pedra, ela observava a neve cair, os flocos lembrando uma chuva escura em contraste com o céu branco acinzentado. Às vezes a comida chegava pela janela, um pedaço de pão empurrado entre as barras, um presente arriscado dado por algum cidadão piedoso de Carlisle. Muito pouco entrava pela porta rústica e espessa. Os guardas eram soldados britânicos que haviam recebido ordens de manter os prisioneiros com pequenas porções de comida. A fome não era novidade para Clementina, mas em Edimburgo sempre havia alguma maneira de arranjar comida. Lá não, não dentro daquelas paredes duras e frias repletas de corpos, membros e bocas vazias.

– A coronel Anne virá nos buscar – falou ela. – Sei que ela vem.

– Sim, mocinha – tossiu o pai. – Sim.

Uma mulher em um canto dava à luz, gemendo e gritando. As pessoas próximas a ela tentavam abrir espaço onde não havia nenhum. Um pano molhado passava de mão em mão, até chegar à mulher. Uma das pessoas que a ajudavam colocou-o em sua boca para que ela sorvesse a água. Outra mulher começou a cantarolar baixinho, palavras tranquilas em seu idioma gaélico estrangeiro.

Bheir me ò, horo bhan o;
Bheir me ò, horo bhan i.

Outros se juntaram a ela, inclusive os recrutas ingleses. A canção se tornou um hino, as palavras foram traduzidas e aprendidas durante as semanas em que estiveram presos.

Você é a música do meu coração;
Expressão da alegria, *o cruit mo chridh'*;
A lua que orienta à noite;
Minha força e minha luz.

Apesar da neve macia e escura que caía do céu, o degelo se aproximava e um bebê nascia entre eles. Clementina e seu pai se aproximaram da pequena poça d'água acumulada na calha de pedra.

Bheir me ò, o horo ho;
Triste estou sem ti.

A luz cortou o céu da noite, chamuscando as nuvens de chuva mais baixas. Trovões reverberaram, retumbaram e desabaram sobre eles. A chuva batia nas pedras, tremulando ao alto, enchendo as calhas. Aeneas olhou para a chuva pela janela de seu alojamento no forte George. O degelo repentino fora logo seguido pelo mau tempo. Do outro lado, um cavalo parado estava miseravelmente ensopado, amarrado do lado de fora do escritório de lorde Louden. Ele havia chegado pouco tempo antes, mas Aeneas chegara tarde demais à janela para conseguir ver quem era o cavaleiro.

O exército jacobita acampava nas barracas em Ruthven. O exército de Cumberland marchava para o norte, para Aberdeen. A próxima batalha seria ali, no norte, assim que o inverno acabasse. Mesmo sem o exército francês, todos apostavam na vitória dos jacobitas, imbatíveis em todos os confrontos. Ali, em sua terra, eram mais numerosos que qualquer exército que o governo pudesse reunir. Cumberland, apesar dos auxiliares alemães e hessenos, havia reunido apenas oito mil homens. O príncipe, se reunisse todos seus soldados dispersos nas áreas que detinha, poderia comandar quinze mil homens.

Também havia pouca esperança para a Escócia. Se ele acreditasse que sua nação iria abraçar a liberdade com maturidade, teria levado seus homens para Ruthven e se juntado à revolta. Mas o príncipe, se vencesse, logo imporia um reino reunido, pois queria um trono e súditos, não pessoas livres cuidando dos próprios assuntos. Aeneas estendeu as mãos para segurar o marco da janela, descansando a cabeça no vidro. Talvez ele tivesse se enganando, talvez não estivesse ali para proteger Moy para seu clã, talvez fosse apenas orgulho e ele não fosse homem o suficiente para admitir que estava errado. Talvez não conseguisse encarar Anne, humilhado, e voltar. Não para a mulher que amava, não para uma mulher que amava outro homem.

Um feixe de luz vindo do alojamento de Louden atravessou as pedras lavadas pela chuva, iluminando a chuva que caía, quando a porta de abriu. Uma mulher vestida com capa e capuz saiu furtivamente, apressada, montando no cavalo que a aguardava. Um encontro amoroso, com aquele tempo? Havia algo tenuemente familiar naquela figura, o modo como ela se movia, conhecido, mas difícil de reconhecer. Aeneas abriu a janela para espiar. A chuva atingiu-lhe o rosto. Louden estava parado na soleira da porta de seu alojamento. A mulher puxou as rédeas, pronta para sair.

– A recompensa é sua – ela gritou. – MacGillivray é meu. – Sob o vendaval, ele conseguia ouvir apenas parcialmente a voz dela. Um relâmpago iluminou o céu, seguido de um trovão estrondoso, e ela partiu, batendo no cavalo para que ele galopasse com rapidez. Seria Anne? Ele não teria reconhecido a própria esposa, ou imaginara o que foi dito? Aeneas fechou a janela.

Ele secava o rosto quando sua porta se abriu, deixando entrar a tempestade e com ela James Ray.

– Devemos reunir as tropas de uma vez – arquejou o tenente. – O príncipe deles está desprotegido e sabemos onde ele está!

Na suíte principal da Moy Hall, Anne estava sentada em frente ao espelho arrumando o cabelo, ajeitando o corpete do vestido branco com os dedos ágeis. Um relâmpago iluminou o quarto, trazendo um brilho rápido, seguido do retumbar de um trovão, que interrompeu momentaneamente a música de fundo. Fazia tempo que ela estava ausente e eles deveriam estar sentindo sua falta. Anne ficou de pé, agitou a saia ampla, alisou a faixa amarrada na cintura e virou-se para sair. A cama de casal arrumada, intocada, seu leito matrimonial, interrompeu-lhe a saída, trazendo-lhe a lembrança e uma sensação de perda repentina e dolorida. Tão rápido como chegara, ela a afastou do pensamento, considerando-a tolice. O passado havia acabado. MacGillivray não lhe traria tristeza.

Ela saiu, fechando a porta, e atravessou o salão principal para a grande sala de recepção, animada pelo barulho, pela música e pelas conversas. MacGillivray a esperava do outro lado da porta.

– Está indo bem – revelou ele. – Ele está quase animado.

– Humm. – Anne olhou ao redor da sala, conferindo tudo. Jessie e Will, vestidos de acordo com a ocasião, traziam bandejas, servindo petiscos e bebidas. Após a batalha rigorosa e a marcha pesada para casa, todos desfrutavam com prazer da oportunidade de relaxar. Sedas, cetins e rendas desfilavam pela sala. Robert Nairn flertava com um músico; Margaret dançava com lorde George e seu marido com Greta. Sir John conversava com O'Sullivan e o príncipe. Ele aparentava estar mais feliz; seu rosto real havia perdido o ar petulante.

– Onde está Elizabeth? – indagou Anne.

– Ela foi deitar-se depois da ceia – contou MacGillivray. – Dor de cabeça.

– Pensei que ela estaria em seu ambiente, dançando e flertando com todos esses jovens. Acho que devo ver se ela está bem.

MacGillivray segurou-a pelo braço quando ela se virou, puxando-a para perto.

– Dance comigo antes.

Do outro lado da sala, o príncipe acenou e chamou-a.

– Anne!

– Tarde demais. – Ela levantou a sobrancelha para MacGillivray e então foi em direção ao grupo.

Ele se encostou na almofada da porta, batendo o pé no ritmo da música. Jessie passou para sair da sala, o avental branco amarrado sobre a barriga levemente aumentada.

– Dance comigo, Jessie – disse piscando o olho.

– Não posso – respondeu, enrubescendo. – Preciso buscar mais comida. Parece que eles nunca comeram.

MacGillivray abriu a porta para ela com um gracejo, fazendo-a rir.

Na sala, o príncipe era só elogios.

– Você é a única coisa suportável da nossa retirada, *ma chére* Anne – afirmou. – Se estivesse comigo em Derby, Londres teria aberto seus portões.

– Melhor ser vencedor da Escócia – sorriu ela – do que lorde na Torre de Londres.

– Não enquanto Cumberland nos tomar tudo que conquistamos. – Anne sentiu que o mau humor do príncipe poderia retornar.

– *Au contraire*,[28] apenas parece que é assim. Ele não pode ganhar agora. – Anne tentou apaziguá-lo. – Os ingleses não temerão tanto nossa vitória quando vencermos aqui.

– Eles podem até gostar – ponderou.

– É claro que sim, *cela va sans dire*. Especialmente quando você conseguir isso sem a ajuda da França. O inimigo antigo deles os deixaria alarmados. Resistentes, até. Suas táticas serão elogiadas. – Anne estava cansada de alegrar aquele homem arrogante e insignificante. Será que ele podia perceber isso?

Não podia. Ele balançou a cabeça apreciando seus próprios talentos imaginados.

– Quando a tempestade acabar – refletiu –, tirarei o exército de Ruthven e o trarei para tomar Inverness.

Anne levantou o copo, brindando à ideia.

– Agora sim – falou. – Poderia ser a última noite de Aeneas na cama do inimigo. Amanhã, ele talvez fosse forçado a se render.

Ao lado da porta, MacGillivray assistia à cena, impressionado. Mesmo do outro lado da sala ele conseguia perceber que Anne enrolava o príncipe com seu dedo pequeno. Ele imaginava porque ela se importava com isso. O homem era passivo, não ativo, e precisava ser adulado, não sabia prover, comandar com autoridade. Sua aparência bela e jovem e seu charme, quando usados, traziam dinheiro e apoio, mas um líder precisava mais do que isso.

Ao seu lado, a porta se abriu e Elizabeth entrou. MacGillivray desencostou-se da parede.

– Achei que você tinha se retirado a noite toda – comentou ele.

– Como se você fosse reparar – retrucou Elizabeth. – Você não tira os olhos da minha irmã.

---

[28] "Ao contrário", em francês. (N.E.)

– Bem, você tem minha atenção integral agora – sorriu. – Trocou de vestido. – Ela usava um traje decotado e armado, com um corpete apertado que empurrava os seios para cima e para fora. – Se meu coração já não tivesse dona, Elizabeth, seria seu. – Então ele franziu a testa e colocou o dorso da mão na testa da garota. – Você deve estar com febre. Seu cabelo. – Ele pegou uma mecha úmida do cabelo dela e brincou com ele entre os dedos.

– Fui lá fora para pegar um pouco de ar – confessou, evitando os olhos dele.

MacGillivray olhou pela janela, a chuva batendo, iluminada por outro relâmpago.

– Com esse tempo?

– Por que, Alexander? – Elizabeth ergueu os olhos e encontrou os dele. – Você tem medo de tempestade?

Jessie entrou correndo na sala, quase derrubando Elizabeth, com a expressão alarmada.

– Anne – chamou ela –, venha rápido!

MacGillivray saiu apressado pela porta. Anne correu atrás, acalmando os convidados enquanto passava.

MacGillivray estava quase no andar de baixo e Anne correu para se juntar a ele. No salão principal, Donald Fraser carregava uma pessoa encapuzada e ensopada. MacGillivray o ajudou a sentar a mulher exaurida pela tempestade. Anne tirou o capuz encharcado, revelando o rosto da viúva, acinzentado, enquanto ela tossia.

– Louden está a caminho – revelou. – Ele sabe que o príncipe está aqui.

Anne virou-se para MacGillivray, sem palavras, e correu até o meio da escada.

– George! Margaret! – berrou.

Os dois, acompanhados de lorde Ogilvie, surgiram no alto.

– Vocês têm de tirar o príncipe daqui – gritou Anne aos rostos perplexos. – Já!

Os três correram de volta para a sala.

– Jessie, esvazie a sala. Tire todo mundo de lá! – Anne se virou e correu de volta para MacGillivray.

Antes mesmo que Jessie conseguisse se mover, o príncipe apareceu na porta ladeado por O'Sullivan.

– *Mon dieu*! Saia do caminho, garota. – O príncipe empurrou Jessie de lado e desceu correndo, seguido pelos demais. A música diminuiu até cessar.

– Leve-os para perto do lago – mandou Anne a MacGillivray –, à casa de veraneio. Eles podem se abrigar ali.

– Não vou a lugar nenhum – avisou. – Melhor que eles peguem ele do que você!

– Precisamos dele – explicou Anne. – Um corpo sem cabeça logo morre. Você é o único que conhece o caminho. Saia daqui, pela cozinha. Vá, vá!

Os músicos jogaram os instrumentos para baixo da escada. MacGillivray conduziu os convidados alarmados pela sala de jantar; Anne se virou para Fraser.

– Mosquetes, Donald. Pegue o que tivermos. Jessie, ajude-o. – Eles correram para buscar as armas. – Elizabeth – disse Anne, virando-se para a irmã que estava sozinha no alto da escada –, desça minhas pistolas.

– Você não pode enfrentar um exército sozinha.

– Mova-se, pare de falar! – berrou Anne.

Will estava parado, aturdido, ao pé da escada. Quando Fraser e Jessie jogaram os mosquetes, pistolas e sacos de pólvora e colocaram tudo na mesa do salão, Anne preparou uma arma e a lançou-a para ele. Ele olhou para a arma, desnorteado, como se não tivesse ideia de para que ela servia.

– Consegue carregá-la, Will? – Carregá-la?

– Observe Donald, faça o que ele fizer. – Anne começou a colocar pólvora em outra arma.

A viúva tossiu, inclinando-se para frente.

– Posso carregá-la – avisou, e começou a prepará-la.

– Tem mais alguém, Donald? – indagou Anne.

– Meg e aquele Duff estão nos estábulos, e estão a caminho. E gritei para meu Lachlan sair da ferraria.

Elizabeth desceu as escadas com as pistolas de Anne.

– Seis, isso é bom – concluiu Anne, pegando as pistolas para carregá-las.

– Sete – corrigiu Jessie, carregando um mosquete.

Anne hesitou, mas a garota a encarou de um jeito que não havia como argumentar.

– Sete é melhor – concordou Anne.

– Você é louca – disse Elizabeth, preocupada. – Louden tem dois mil homens.

– Número mágico, sete – afirmou Anne, vendo Will desajeitado com o mosquete. – Consegue atirar, Will?

– Em alguém? – Will olhou para cima, horrorizado, com o mosquete apontado para Anne.

– Queremos retardá-los, não confrontá-los – informou, empurrando o tambor da arma do rapaz para cima. – Atire no ar.

Will puxou o gatilho e o tiro explodiu no teto.

– Não agora, idiota! – gritou Jessie.

– Cuide dele, Jessie – pediu Anne, colocando os sacos de pólvora e balas ao redor do pescoço deles. – Certo, vamos. Encontramos os outros lá fora.

Todos correram para a porta da frente, a tempestade entrando quando a abriram.

– Você não. – A viúva segurou o pulso de Elizabeth quando a moça os seguia.

Elizabeth a encarou; a pegada da mulher parecia de ferro.

– Só ia fechar a porta depois que eles saíssem – avisou. – Não acho que vão voltar logo, a senhora acha?

Lá fora, os sete correram contra a chuva e o vento, em direção à estrada que levava a Inverness. Anne olhou em volta com os olhos semicerrados, o aguaceiro ensopando-lhe o cabelo e o rosto. Se eles conseguissem fazer Louden parar ou hesitar, ganhariam minutos vitais. Um relâmpago cintilou no céu, iluminando o cenário. Avistaram as sacas de turfas ao longo da estrada, enormes sombras retangulares na escuridão.

– As sacas de turfas! – gritou Anne. – Usem as sacas de turfas!

Donald e o filho correram para a mais próxima à beira da estrada e Anne pegou a seguinte, mais adiante. Os outros se posicionaram, examinando o local.

– Fiquem atrás delas – berrou Anne. – Will, você me ouviu?

– Sim – gritou de volta, abaixando-se perto de Jessie.

– Quando eles vierem atrás de nós – vociferou Anne, parando para deixar o barulho de um trovão morrer –, deixem as armas e corram daqui. Vocês conhecem a terra, eles não! – O tartã úmido deles os ajudaria a sumir rapidamente na noite escura e acinzentada. – Ela rangeu os dentes. Vestida de branco, mesmo ensopada, uma nesga de luz seria suficiente para revelá-la como um farol. Como se para zombar deles, um grande relâmpago iluminou as nuvens ameaçadoras.

De volta a Moy Hall, a viúva recuperara o fôlego. Elizabeth assistia à idosa tirar a capa ensopada e pendurá-la.

– A senhora não deveria sair numa noite dessas, com sua idade.

– Por que não? – A viúva a encarou. – Você saiu.

– Eu?

– Foi você que me fez vir até aqui. Ninguém mais conhece essa estrada como eu. Ninguém que eu pudesse ter enviado teria a autoridade para lidar com você. – Ela puxou a capa já pendurada no gancho, ainda úmida. – Você contou a Louden que o príncipe estava aqui – acusou, jogando a capa em Elizabeth.

– Não!

– Ao menos demonstre ter alguma honra. – A viúva falou com dureza e desdém. – Aeneas viu você.

– Está bem, sim! – gemeu. – E agora a senhora arruinou tudo!

– Você revelou onde o príncipe estava! Que tipo de mulher é você?

– Ele é um *poseur* – Elizabeth tentou explicar. – Assim que for capturado, esta guerra acabará. As coisas voltarão ao normal.

– Então você traiu a própria irmã.

– Olhe como ela está com MacGillivray. Ela deveria estar com Aeneas!

– E você acha que ela deve ser enforcada por isso?

Um trovão rompeu e explodiu como um canhão bem em cima da casa.

– Não, *cha dèan iad sin*! – protestou Elizabeth. – Eles não vão fazer isso! Ninguém vai machucar Anne. Louden disse que vão prendê-la e soltá-la quando tudo acabar.

– Você é mesmo uma criança boba. – A viúva estava sendo sarcástica. – Essas pessoas contra quem lutamos não são dignas. Seu plano pode ter condenado Anne à morte.

Elizabeth mordeu o lábio, o rosto enrugado. Ela ficara aterrorizada quando percebera que tudo dera errado, quando Anne pediu as armas e desapareceu na noite.

– Eu não sabia que ela ia fazer algo tão estúpido, sabia?

Vinte e seis

Anne se esticou para tentar ouvir alguma coisa, apesar do estrondo de outro trovão. O som oscilou, era chuva tamborilando. Não, eram gaitas e o barulho de pés marchando. Tudo o que ela queria era criar um clima de incerteza. Louden talvez parasse de avançar, talvez até dispusesse os soldados em fila.

– Esperem, esperem – disse respirando profunda e rapidamente. Saber o momento oportuno era essencial. Eles tinham de estar perto o suficiente para ouvir, mas não para enxergar com exatidão.

– Anne – Fraser assobiou de trás da saca ao lado. – Você está ouvindo?

Não era possível ver nada na estrada, só a escuridão. Um relâmpago iluminou o céu. À frente, uma sombra se moveu, vinda de uma curva. Será que tinha saído tarde demais? Ela levantou o braço.

– Agora! – gritou.

Donald Fraser atirou primeiro, a luz de seu mosquete cortando a escuridão.

– Loch Moy! – bramiu.

– Lochiel! Lochiel! – urrou seu filho, Lachlan, e atirou.

Tiros esporádicos vieram dos demais, seguidos de gritos a esmo e bramidos de guerra.

Andando a cavalo atrás do gaiteiro, Louden viu *flashes* de luzes de mosquete vindos da estrada e ouviu gritos.

– Espere, McCrimmon – ordenou, e enquanto as gaitas se silenciaram, gritou sobre o ombro: – Aeneas, o que consegue ver?

Aeneas esticou-se, espiou adiante na chuva forte e não viu nada, a não ser a luz difusa dos mosquetes disparados na escuridão, mas ouviu gritos e comandos. Ao lado dele, James Ray se esticou também.

– São os jacobitas? – indagou Ray.

Atrás deles, os soldados próximos ouviram a frase. Jacobitas. O nome correu pelas fileiras como fogo selvagem.

Entre as sacas de turfas, o bando de sete pessoas de Anne berrava, disparava as armas e atirava de trás das sacas, gritando e atirando outra vez.

– Venha, Macpherson! – espinafrou Fraser antes de atirar e correr.

– Venha até aqui, Drummond – gritou Jessie, atirando e correndo, abaixada, para a próxima saca.

– MacBean! Um MacBean – bramiu Will, cerrando os olhos antes de apertar o gatilho do mosquete.

– *Creag Dhubh*! – Anne lançou o grito de guerra de Cluny, atirou com uma pistola, correu para outra saca, disparou a outra arma e a recarregou.

A duas sacas de distância, Duff atirou e então se lembrou de gritar.

– Venha atrás! – berrou, pulando para a próxima saca ao lado de Meg.

Ela disparou o mosquete e correu para o lugar que ele deixara vago.

Pés pararam de marchar entre os soldados do governo. Eles poderiam estar a caminho de uma emboscada. Lutando no escuro, sem conseguir discernir entre amigo e inimigo, havia uma expectativa temerosa. Um relâmpago lançou um raio na noite, iluminando o chão embaixo deles. Havia numerosos grupos de homens enfileirados na estrada, formando sombras, centenas deles, os mosquetes atirando em sua direção. Adiante, mais sombras. Filas e mais filas de soldados das Terras Altas prontos para a batalha, esperando por eles. A Guarda Negra hesitou, a fileira da frente virou-se para baixar-se, as fileiras de trás empurrando-as.

– De pé, de pé! – gritou Louden. Um trovão fez um estrondo. – Toque alguma coisa, gaiteiro! – As gaitas voltaram à vida.

– Mas é o exército jacobita, senhor – berrou de volta Ray debaixo da chuva. – Estamos em menor número. É uma armadilha!

A notícia chegou ao ouvido de quem estava próximo. Os homens se viraram e correram pelo mesmo caminho pelo que tinham vindo, avisando sobre a emboscada àqueles mais distantes conforme passavam.

– Um MacLeod! – o grito veio das sombras à frente. Aeneas franziu a testa. Um tiro foi disparado; o gaiteiro gritou, cambaleando. A gaita soou um lamento até parar com um chiado e o fole sibilar. Aeneas chutou o cavalo para que ele seguisse adiante e pegou o homem que caía.

– *Och*, McCrimmon. – Ele colocou o soldado ferido, cujo sangue escorria pela garganta e que trazia um buraco atrás do pescoço, em cima do cavalo. O homem estava morto. A culpa invadiu Aeneas, como a chuva que corria em rios por seu cabelo e seu rosto.

Dentro da Moy Hall, o som da tempestade recuou. Elizabeth andava de um lado para o outro. Elas podiam ouvir os pés patinando pela casa.

– Se você sabe rezar, menina – falou a viúva –, melhor fazer isso. – Ela estava sentada ao lado da fogueira, com uma caneca de cerveja.

– É isso que a senhora está fazendo?

– Relaciono-me com os deuses do meu jeito.

A porta da frente se abriu, e Anne, Fraser, Lachlan, Jessie, Will, Meg e Duff entraram rindo, abraçando-se, eufóricos e ensopados. A viúva ficou de pé em um pulo.

– Vocês estão bem, todos vocês!

– Eles fugiram correndo! – anunciou Anne maravilhada, como se ainda não conseguisse aceitar o fato direito. – Eles foram embora!

– Oh, Anne – suspirou Elizabeth. – Tive tanto medo.

– Eles confundiram as sacas de turfa com soldados – riu a velha Meg.

– Acharam que tínhamos armado uma emboscada – explicou Donald Fraser.

Elizabeth ficou boquiaberta. A viúva olhou para ela, muito satisfeita.

– *Rinn mi a' chùis*! – gritou Will. – Consegui! Atiramos e corremos dando gritos de guerra. – Ainda animado, ele deu uma demonstração: – McIntosh! Fraser! MacLeod!

– Os MacLeod estão com o governo – explicou Anne amavelmente.

Jessie virou-se para Will.

– Então foi você quem atirou em McCrimmon!

– Ah, não – gemeu a viúva. – Um gaiteiro tão bom, e um jacobita, não importa o que o chefe dele diga.

– O responsável pelo tiro foi quem gritou MacLeod – insistiu Jessie. – O tiro passou bem perto da minha orelha, quase me tirou a pele!

– Não fui eu, Jessie – protestou Will. – Eu não faria isso. Fiquei de olhos fechados! – Ele tentou segurá-la, convencê-la, mas ela o empurrou e tirou-lhe o mosquete.

– Saia daqui, não dá para confiar em você lá fora! – Ela saiu pisando firme para a cozinha.

– Eu poderia lutar – insistiu Will. – Juro que poderia.

– Tudo bem, Will – garantiu Anne. – Foi um acidente, e todos vocês se saíram bem, melhor do que eu podia esperar. Vão para a cozinha, todos vocês, e tirem a roupa molhada. Jessie vai preparar-lhes ponche quente.

Quando eles saíram, Fraser e Lachlan recolheram todos os mosquetes e sacos de pólvora. Elizabeth deu o braço a Anne.

– É melhor você se trocar também – aconselhou. – Você está ensopada. Vamos, eu a ajudo.

A viúva retornara para seu lugar ao lado da lareira e para sua cerveja.

– Antes de ir – fez uma pausa –, ninguém mais se machucou?

Anne se virou, repentinamente brava.

– Como se eu me importasse com isso!

– Anne, por favor. Foi Aeneas quem me mandou aqui para avisá-la.

Anne agarrou o braço da irmã, buscando apoio.

– Por que ele salvaria um príncipe por quem não lutaria?

– Acho que ele quis salvar você. – A viúva olhou para Elizabeth. A garota a encarou com olhos assustados, implorando em silêncio que a senhora não disesse nada.

Anne riu sem achar graça.

– Me salvar do enforcamento, como fez com Ewan?

A viúva balançou a cabeça, apoiou a caneca de cerveja e olhou para Anne com seriedade e firmeza.

– Ele não enforcou Ewan. Hawley já o havia colocado no laço com o intuito de cortá-lo e destripá-lo enquanto ele ainda estivesse vivo. Tudo que Aeneas podia fazer era terminar com o sofrimento de Ewan. Foi isso que você viu.

Anne piscou e gotas de chuva caíram de seus cílios. Ela limpou uma gota do nariz com o dorso da mão. Seu corpo começava a emitir vapor perto do fogo. Aeneas havia apontado para o *cottar* que lutava; Hawley gritara que queria o homem vivo. O que a viúva dizia era verdade.

– Ninguém mais se feriu – revelou Anne baixinho. Estar errada não era fácil para ela. – A senhora contou a ele que eu não ia atirar nele?

A viúva concordou com a cabeça.

– É difícil lidar com a dura realidade. Seus olhos miraram Elizabeth, mas a irmã de Anne encarava o fogo. – Você precisa se trocar. – Ela se sentou de novo. – Olhe as poças.

No dia seguinte, a multidão animada ocupava as ruas de Inverness. A odiada guarnição do exército havia sumido na noite anterior. O príncipe, com seu séquito, percorria a cidade a cavalo, com metade do exército jacobita atrás. Só se falava na história sobre a fuga em Moy, sobre como a coronel Anne havia colocado o exército de lorde Louden para correr com um punhado de pessoas dispostas a ajudar. Ela era a alegria da cidade.

– *La Heroïne*[29] me deu Inverness – bramia o príncipe para O'Sullivan.

– E sem disparar um único tiro ou perder um homem – concordou O'Sullivan.

O príncipe virou-se na sela para olhar para seu comandante em chefe.

– Viu o que um pouco de fé pode fazer, lorde George?

MacGillivray trotava para tentar alcançar o grupo, que avançava em passo lento e comemorativo.

– O forte está abandonado. O povo da cidade está derrubando-o – contou. – Não há sinal de Louden, mas centenas de seus desertores se juntaram a nós.

O príncipe balançou a cabeça, cumprimentando com pompa real a multidão animada.

[29] "A Heroína", em francês. (N.E.)

– E se você achar algum de seus comandantes covardes – sorriu ele –, traga-o até mim. Devemos ser generosos na vitória. – Ao ver Robert Nairn aguardando na entrada da grande casa, fez que o cavalo seguisse em frente.

A viúva voltara para casa a cavalo assim que o sol nascera. Ela e Robert esperavam com as portas de sua casa abertas que o príncipe descesse do cavalo. Quando ele desmontou, ela deu um passo à frente.

– Minha casa é sua, senhor.

Ele pegou sua mão para beijá-la e então entrou.

Aeneas ajoelhou-se na margem do rio, inclinou-se para frente e, com a mão em formato de concha, pegou água para beber. A água fria congelou seus dedos feridos. Após entregar o cadáver de McCrimmon ao agente funerário, enviou uma mensagem a MacLeod, o chefe do gaiteiro, e depois saiu para encontrar todos os seus soldados que estivessem espalhados. Doze deles estavam deitados na margem, desalinhados, exaustos, pensando no que fariam a seguir. Fazia uma semana que eles viviam como foras da lei, abrigando-se em celeiros e na floresta, evitando as patrulhas jacobitas. Louden havia fugido para se encontrar com Cumberland, mas Aeneas não se interessou em se juntar ao avanço inglês. Ele jogou água fria no rosto e balançou a cabeça para secar-se. Seus soldados estavam cansados, famintos, e o clima estava ruim e úmido. Era hora de desistir, engolir o orgulho e levá-los para casa. O barulho do desembainhar de uma espada o fez olhar ao redor.

Uma companhia jacobita cercou o grupo, os mosquetes e pistolas carregados e apontados para eles. A alguns metros de distância, MacGillivray estava de pé, com a espada em punho. Ele saltou sobre os pés, para pegar sua própria espada.

– Eu não faria isso – avisou MacGillivray.

– Eu faria – respondeu Aeneas, desembainhando-a. Sem parar, ele a girou em direção a MacGillivray, que impediu o golpe com o escudo.

Alguns jacobitas sacaram as armas.

– Não atirem – ordenou MacGillivray.

Aeneas deu um golpe, bramindo. MacGillivray defendeu-se outra vez.

– Não seja tolo, Aeneas – grunhiu. – Você está cercado.

Aeneas girou a espada e MacGillivray mais uma vez interrompeu o movimento da arma.

– Você vai reagir! – gritou Aeneas.

– Você vai se render? – MacGillivray defendeu-se outra vez.

– Não a você – berrou Aeneas. – Não enquanto eu respirar.

– Renda-se a MacBean então – sugeriu MacGillivray enquanto dava um passo para trás, esquivando-se de outra tentativa de golpe.

Algumas armas foram apontadas mais uma vez para Aeneas, mas ninguém atirou. Todos testavam seriamente sua lealdade. Aeneas era o chefe deles.

– Cubram a Guarda! – lançou MacGillivray.

Eles viraram as armas para os prisioneiros, que também eram do clã Chattan. O velho MacBean os cumprimentava com a cabeça enquanto pegava suas armas.

Aeneas corria, fitando o escudo de MacGillivray e girando a espada para cima e para baixo. MacGillivray interrompeu o golpe direcionado ao seu pescoço com a própria espada.

– Por favor, renda-se – tentou ele enquanto os dois se empurravam.

– Quando você estiver morto – avisou Aeneas. – Depois que eu matar você. – Ele empurrou MacGillivray para trás e então girou a espada várias vezes. MacGillivray defendeu-se de todos os golpes.

– Não vou lutar com você – berrou.

– Então vai morrer – gritou Aeneas de volta. Ele correu, girando a espada para dar um golpe no escudo, depois no outro lado, mas MacGillivray parou-a com sua espada, fazendo o chefe girar a dele para baixo.

Outra vez MacGillivray defendeu-se, jogando seu escudo quando as espadas se cruzaram em cima da cabeça deles, o rosto dos dois próximos, encarando-se. Aeneas levantou a sobrancelha.

– Você melhorou.

– Tenho praticado – sorriu MacGillivray. A ponta de seu punhal, sacada pela mão esquerda quando as espadas se chocaram, pressionou a parte de baixo das costelas de Aeneas. Bastava uma punhalada e tudo estaria acabado.

– Você tem de fazer isso – concluiu Aeneas. – Ela nunca será sua enquanto eu viver.

MacGillivray estremeceu, seu olhar vacilou. Ele inspirou profundamente, e então guardou o punhal de volta no cinto e empurrou Aeneas para longe dele. Aeneas fez um movimento transversal com a espada. MacGillivray gritou, seu braço esquerdo estava ferido e sangrando. Ele encarou Aeneas, calmo, olhando-o de volta, e então desembainhou a espada.

– Você tirou sangue primeiro – falou. – Se sua honra não está satisfeita, então me mate.

Aeneas soltou um urro, levantou sua espada até a altura do ombro e deu um golpe diretamente na altura da garganta de MacGillivray com toda a força de seu tormento. Ele parou a espada bem pouco antes de tocar a pele, seus músculos e a arma tremendo diante do esforço que fez para não seguir adiante.

– Eu não lhe ensinei nada? – indagou com raiva.

– Não deu certo, não é? – MacGillivray deu de ombros com ironia. Ele não tinha planejado se render, mas não resistiu à piada. Aeneas não riu.

– Mande-os atirar nos meus homens – bramiu ele.

O grupo da Guarda Negra que assistia à luta se moveu, olhando preocupado. Os guardas jacobitas franziram a testa preocupados, confusos. MacGillivray olhou para eles.

– Vocês ouviram o chefe – avisou. – Atirem.

– Não! – gritou Aeneas. – Você também ameaça, e então me rendo. – Ele lançou a espada ferozmente no chão próximo ao seu pé. – Mas você não convida um homem a matar você quando o que ele mais quer é ver você morto!

– Entendo – afirmou MacGillivray, acertando Aeneas em cheio e com força no rosto.

Aeneas cambaleou, soltando a empunhadura da espada. MacGillivray puxou a espada do chão.

– Esse é um bom truque – confessou. – Vou me lembrar disso.

Vinte e sete

– Pela terceira vez – reclamou Cumberland – somos motivo de piadas orquestradas pelas mãos daquela mulher!

– Ela é uma bruxa – comentou com desdém Hawley.

– O responsável é Sua Alteza Real, senhor – afirmou Louden circunspecto, ignorando Hawley –, coronel Anne mal tem vinte e um anos, tem pouca experiência e estava em casa naquele momento.

– Lançando feitiços, sem dúvida – cortou Hawley.

– Talvez ela tenha enviado seu informante – sugeriu Cumberland.

– Era a irmã dela – admitiu Louden. – Mas ela parecia bem sincera.

– Sincera a ponto de preparar uma armadilha! – chiou Hawley.

O norte acizentado da cidade de Aberdeen, que abrigava o duque e seus soldados, era um lugar gélido e inóspito para se passar o inverno. Embora não houvesse neve e gelo suficientes para isolar as montanhas e vales estreitos da região, ventos encanados vindos do nordeste transformavam um mar de ferro em frenéticos açoites que atingiam o porto e os prédios de granito. O duque e seus generais estabeleceram residência na antiga casa do prefeito em Guestrow, longe da espuma e das gotículas do mar, mas aparentemente não das más notícias.

– Jovem ou não – continuou Cope verdadeiramente impressionado –, ela é uma comandante que derrotou um exército de dois mil soldados com apenas um punhado de homens.

– Um punhado foi o que viram – protestou Louden. – Certamente havia cem vezes mais soldados.

– Mesmo assim. – Cope sorriu.

– Bobagem – falou Hawley. – Se nossos informantes forem dignos de confiança, havia cinco deles no máximo, e eram criados, não soldados!

– São a mesma coisa nos clãs das Terras Altas – corrigiu Louden. – Até as mulheres e crianças lutam.

Cumberland olhou para todos eles.

– Esse país é tão nosso inimigo que a inteligência com que contamos é deliberadamente manipulada e contraditória, com o claro intuito de nos deixar em dúvida sobre como avançar. Mas vamos avançar, senhores. Um dia vou me sentar com essa maldita bruxa rebelde.

Fevereiro chegava ao fim, assolado por terríveis tempestades. O vento desenraizara árvores, fizera rochas e pedregulhos deslizarem das montanhas. A chuva transbordara lagos e riachos. Nenhuma notícia saía ou chegava a Moy e havia pouca esperança de viajar pelas estradas inundadas que davam em Inverness para buscar mantimentos, pelo menos até a água baixar. Quando o céu finalmente clareou, o dia ficou frio, gelado. Anne levou o baú com o resto do seu dote até a mesa do salão principal e abriu a tampa. Estava quase vazio. No inverno, a propriedade tinha dificiculdade de sustentar sua população normal. Agora, espalhados pela terra, havia outros soldados alojados a alimentar.

– O rei Louis mandou ajuda – revelou –, mas o navio foi capturado.

– Que interessante – disse Elizabeth, com total indiferença. – Por que você não manda todo mundo embora, para serem alimentados em casa? – Ela estava sentada junto ao fogo, costurando rosetas com fitas brancas para os soldados. Jessie trouxe lenha para a lareira.

– Alguns voltaram para casa – revelou Anne –, mas os soldados das Terras Baixas não podem voltar. – Ela franziu a testa para Jessie, ocupada em empilhar a lenha na lareira. – Jessie, Will pode fazer isso.

– Não confio nele perto de nada que solte faíscas. – Jessie enfiou uma lenha nova no fogo. – Posso servir alguma coisa para a senhora, uma xícara do seu chá?

Elizabeth balançou a cabeça.

– Não – respondeu Anne. – Obrigada. Vá colocar os pés para cima.

Jessie saiu e Elizabeth voltou a olhar a costura.

– Ela está bem? Parece um pouco pálida, e tenho certeza de que a ouvi vomitando de manhã.

– Ela está bem – sorriu Anne. – É só algo que ela pegou do Will.

– Estou contente que estejam todos bem – falou Elizabeth.

– Não é contagioso.

– Não é isso. Na outra semana, com os soldados...

Anne nunca tinha estado tão encharcada, pelo menos não usando roupas, mas a notícia da aventura estressante daquela noite de tempestade havia chegado a Inverness. Todos a chamavam de heroína, embora ela não quisesse falar sobre aquela noite. Muita coisa havia mudado desde então, suas certezas estavam abaladas.

– Esqueça, Elizabeth – pediu. – Tivemos sorte, todos nós. – Ela fechou o baú com o dote. – Farei isso mais tarde. Você precisa de ajuda com isso.

– Não consigo esquecer. Fui muito tola.

– Nem me diga – caçoou Anne. – Você costurou isso na sua saia?

A porta da frente se abriu e fechou-se, deixando entrar no salão um vento frio e MacGillivray. Anne nunca estivera tão alegre em vê-lo. Ela correu até ele e envolveu-lhe o pescoço com os braços.

– Oh, senti sua falta – afirmou, cobrindo sua boca e seu rosto gelado de beijos. – Onde esteve?

Ele a agarrou, colocou os lábios sobre os dela e lhe deu um longo beijo, com força e desespero, que se transformou em um beijo suave conforme ela correspondia. Ele interrompeu o beijo e a apertou com força, murmurando seu nome em seu cabelo, como se ele tivesse ficado fora uma eternidade.

– O que foi? – indagou ela, sem no entanto obter resposta. – Veja, você está congelado. – Ela esfregou seu braço. – Venha para perto do fogo.

Ele deu um salto de dor, colocando a mão direita no braço que ela havia tocado.

– Você está ferido.

– Não, estou bem – retrucou. – Ele se endireitou, como se algo se fechasse nele, olhando adiante, não para ela. – Trouxe uma ordem do príncipe.

– Uma ordem?

Elizabeth havia baixado a cabeça sobre a costura para não vê-los se abraçando, mas o tom formal e repentino da voz de MacGillivray chamou sua atenção.

– Semana passada, capturamos uma tropa da Guarda Negra. Todos escolheram se juntar a nós, exceto seu oficial. Ele também recusou a liberdade condicional. Vim trazê-lo sob sua custódia. – Ele entregou-lhe um documento, que Anne não pegou, então ele o deixou sobre a mesa.

– *Ciod e*? O que é isso, Alexander? – Ela sorriu. – Alguma piada?

Ele a olhou com os olhos sombrios.

– O príncipe acha que você é a pessoa ideal para cuidar dele. – Ele deu um passo para trás e gritou sobre o ombro. – Tragam o prisioneiro!

– Prisioneiro? – Elizabeth se levantou quando MacBean abriu a porta e fez um sinal para o prisioneiro entrar.

Aeneas entrou pela porta. Ao vê-lo, Anne sentiu um soco no coração que lhe tirou o fôlego. Ela o olhou sem acreditar enquanto ele vinha em sua direção, parando ao lado de MacGillivray, em carne e osso, sólido, o mesmo gingado relaxado e musculoso, o cabelo mais escuro que nunca, as sobrancelhas franzidas. Ele parou, encarando-a, o olhar firme e inabalável, o mais estranho dos olhares, frio como o gelo que cobrira o lago durante as semanas de nevasca, mas cheio de raiva. Não disse nada, era ela quem deveria falar.

Seu bom-senso vacilou. Atrás dela, Elizabeth engasgara ao ver quem era o prisioneiro. Atraída pelo trio, só podia ficar boquiaberta. A coluna de Anne estava rígida; MacGillivray estava indecifrável, os olhos ainda fixos na parede atrás da cabeça de Elizabeth.

Como uma salva de tiros na linha de frente, milhares de pensamentos e sentimentos atingiram Anne. Ela não o via desde o dia em que Ewan foi enforcado, onze semanas atrás. Durante esse tempo sua vida virara de cabeça para baixo. Eles não se falavam desde o dia em que Anne deixara a casa para reunir o clã, seis meses atrás, e muita coisa acontecera na ausência dele. Agora Aeneas estava diante dela, distante, frio, mas enraivecido, sem querer estar lá, rebelde. Ele era prisioneiro dela. Anne virou a cabeça para o lado e um sorrisinho entortou-lhe a boca. Quando nada mais funcionava, sempre restava o protocolo.

– A suas ordens, capitão – disse ela.

A rápida chama nos olhos dele era recompensadora, embora tenha se apagado rapidamente, antes que ele concordasse com a cabeça, secamente, em resposta.

– A suas ordens, coronel – respondeu.

Passou-se um longo momento até que ambos respirassem, então MacGillivray virou-se abruptamente e caminhou até a porta.

– Alexander, *fuirich*! Espere! – gritou Anne.

Ele não parou. Em dois passos ele estaria lá fora e iria embora. Ela ajeitou as saias, roçou Aeneas ao passar por ele e correu atrás de MacGillivray, abrindo novamente a grande porta dupla que ele fechara, seguindo-o para fora.

Assim que ela estava longe o bastante, Elizabeth correu até Aeneas.

– Por favor, não conte a Anne sobre Louden. Ela não sabe que fui eu.

Ele a olhou com certa aversão.

– Então ela deveria saber que não pode acreditar em quem está mais próximo dela.

– Fui idiota, não pensei. – Ela precisava convencê-lo. – Só queria ficar com MacGillivray e fazer que aquele príncipe bobo fosse capturado. Você e eu estamos do mesmo lado.

– Estamos mesmo?

No jardim, MacGillivray já estava montado em seu cavalo quando Anne o alcançou.

– Aonde você vai? – quis saber. – Não pode sair assim.

– Não posso ficar agora – avisou. Seus olhos brilhavam intensamente.

– Então vou com você. – O tom desafiador de sua voz queria forçá-lo a ficar, mas os dois sabiam que ele partiria e ela ficaria.

– Se precisar de mim, estarei em Inverness. – Ele puxou a cabeça do cavalo.

– O que vou fazer com ele? – lamentou.

MacGillivray balançou a cabeça, soltou as rédeas e saiu, seguido por sua tropa de guerreiros. Anne queria arrastá-lo de volta, furiosa por ele tê-la deixado, e por ter feito isso na frente de Aeneas. Seus olhos se encheram de lágrimas. Ela o viu ir embora, pela alameda, subindo a colina, até se tornar um pontinho negro fora do alcance da visão. Anne sentiu um nó na garganta, enorme, difícil de engolir. Então ele a amava incondicionalmente, mas fora embora mesmo assim.

Era só Aeneas aparecer para MacGillivray agir com deferência. O homem a quem ela recorrera, a quem se apegara quando tudo mais se mostrara falso, o homem que sempre estivera a seu lado, havia fugido quando ela mais precisava, e o culpado era Aeneas. Neutralizado, derrotado e preso, ainda assim ele era a causa de sua dor.

Ela se virou de repente e correu de volta para casa.

Elizabeth servira vinho quente e aparentava estar feliz consigo mesma. Aeneas estava perto do fogo, a taça na mão, um olhar cauteloso no rosto. Sem dúvida avisada por Will sobre o convidado, Jessie trouxe comida e saiu para a cozinha de novo, radiante.

– O chefe está em casa – contou rapidamente a Anne quando passou por ela.

– O que está acontecendo? – indagou a Elizabeth. – Ele é um prisioneiro, não um convidado!

– Só estava sendo hospitaleira – protestou.

– Então não seja – ordenou. Ela olhou para Aeneas. Ele parecia quase se divertir, aquele sorriso peculiar que ela quase esquecera brincando na boca. – Quero uma explicação. Você mandou sua tia aqui com um aviso. Por que fez isso?

– Isso incomoda você?

Ela também quase havia esquecido sua voz, aquele tom profundo e gutural como uma carícia.

– Se isso me faz ficar em dívida com um inimigo, então sim.

– Duvido que você aceite dever algo a um adversário – seus olhos brilharam intensa e raivosamente – quando não deve nada ao marido.

– Anne – interferiu Elizabeth rapidamente –, ele estava tentando ajudar.

– Ajudar a ele mesmo – falou Anne –, agradando ao príncipe antes que fosse tarde!

Aeneas estremeceu diante da frase, contraindo o músculo da mandíbula.

– Nada tão desonesto – concluiu laconicamente. – Protegi minha casa.

Então não fora para salvá-la. Por que diabos ela esperava que tivesse sido por esse motivo?

– E agora é sua prisão – concluiu ela, inspirando fundo para aliviar a dor no peito. Ela precisava proteger a própria fraqueza. –

Confine-se no seu escritório e durma no quartinho de depósito. – Ela o concedera o menor cômodo da casa. – Jessie irá levar-lhe as refeições.

– Anne, não pode fazer isso – interveio Elizabeth. – Ele é seu marido!

– Não – concluiu. – É meu prisioneiro e posso fazer o que quiser.

– Para mim está bem – devolveu Aeneas.

– Então suma da minha frente – ordenou, virando-se de costas enquanto ele colocava a taça de vinho na mesa e saía da sala.

As duas irmãs ficaram em silêncio até ele sumir nas escadas e fechar a porta do andar de cima atrás de si.

– O que está planejando fazer? – quis saber Elizabeth.

– Não quero ele aqui.

– Mas é a casa dele, seu lugar é aqui.

– A casa pertence ao clã, que está do meu lado – corrigiu Anne. – E o lugar dele é do lado errado. É hora de ele aprender isso.

– Tenho certeza de que ele vai amá-la por isso.

– Não quero seu amor. Mas vou ter o respeito dele.

– Se você menosprezá-lo, não vai – suspirou Elizabeth. Ela serviu uma taça de vinho quente e a entregou à irmã. – Você deveria ser grandiosa.

– Ele me desonrou – bufou – antes de todo mundo. Ele se juntou ao inimigo sem nem pedir minha opinião.

– Se fosse qualquer outra pessoa, você seria generosa. – Elizabeth sentou-se, inclinou-se para trás e tentou parecer relaxada. – Você sabe, se você ganhar e esfregar isso na cara do inimigo, então não terá vencido.

– Só que isso não é um jogo. – Anne também sentou-se, inclinando-se para frente, séria. – Estamos em guerra, e sou a única mulher que não conta com o apoio do marido. Ele me envergonhou.

– Mais uma razão para tratá-lo bem, ele vai se sentir envergonhado. Além disso, você não pode desdenhá-lo enquanto ele está preso.

– Então o que devo fazer com ele?

Elizabeth abaixou-se para pegar mais vinho e se esforçou para manter o sorriso longe do rosto.

– Deixe-o comer conosco – sugeriu como se tivesse de pensar no assunto.

– De jeito nenhum – retrucou Anne. – Mal consigo olhar para ele.

– Ele vai pensar que você não tem coragem.

– *'S coma leam*. Não me importo.

Elizabeth pensou: Aeneas era uma recompensa inesperada por ela ter traído o príncipe. Sua simples presença já fora responsável por separar Anne de MacGillivray. Deveria haver alguma maneira de garantir que marido e mulher não se ignorassem por completo.

– Ele vai ficar trancado naqueles cômodos. O quartinho de depósito é um armário, e ele só poderá andar seis passos no escritório. – Ela deu de ombros. – Você pode levá-lo a dar um passeio todos os dias.

– Para ele fugir?

– Ora, vamos. Ele não vai desonrar um favor, e você tem guardas lá fora. – Ela ficou em silêncio. – Quer saber, vou com ele. – Ela riu. – O que acha, sua irmã caçula levando seu marido para passear como se ele fosse uma criança malcriada?

– Mas você detesta caminhar.

– Não me importo, se isso lhe fizer parecer boa. Vai ser melhor que costurar essas rosetas intermináveis.

Assim que tirou Aeneas de casa, Elizabeth começou a persuadi-lo.

– Você poderia ser mais bonzinho com minha irmã – começou ela. Eles caminhavam em volta do lago, o ar do início de março era fresco e seco. Uma camada de gelo cobria as folhas caídas e as fazia estalar sob os pés.

– Você está tentando me persuadir? – indagou.

– Você é tão desconfiado, Aeneas – sorriu ela. – Estava chato não ter companhia, só isso. Se vocês dois estivessem se falando, Anne talvez deixasse você se juntar a nós à noite.

– Estou muito bem no escritório – concluiu. – Duvido que de outro modo conseguisse me controlar.

Elizabeth parou de andar e colocou a mão sobre o braço dele, com compaixão.

– Entendo isso, juro. Você deve sentir que ela o decepcionou.

– Decepção é apenas uma pequena parte do que sinto.

Elizabeth deu um um tapinha em seu braço.

– Poderia ser mais fácil – reforçou casualmente – se vocês não se gostassem tanto.

– Eu vi como Anne gosta de mim. Descartou minhas opiniões, não quis saber meus motivos. Declarou guerra contra meus desejos e caçoou publicamente da minha hombridade. Considerou-me um tolo e vingativo, e então usou isso como desculpa para ir contra mim. Um inimigo não poderia se importar menos do que ela!

Elizabeth deixou a invectiva cair sobre ela. Ele não negara que se importava com Anne, e era melhor expressar sua raiva do que guardá-la. Um cisne de pata cinza nadava na água, a cada noite havia menos deles. Em mais ou menos um mês, aqueles que não tivessem levado tiros nem sido devorados voltariam à Islândia. O inverno chegaria ao fim, a guerra recomeçaria; ela precisava resolver isso.

– Anne é tão orgulhosa – continuou Elizabeth –, nunca conseguiu pedir desculpas, mesmo quando éramos pequenas. Uma vez, quebrou meu dedo no campo de treinamento e disse que a culpa era minha.

– Lembro que uma vez me acertou a canela, quando seu pai morreu, quando eu tentava ajudar.

– E você não gostou?

– Nem um pouco. Terminei batendo nela.

– E ela gostou disso?

Ele riu com gosto.

– Ficou ainda mais brava – contou. – Acho que ela esperava que o clã saísse em sua defesa.

Elizabeth esquivou-se rapidamente do assunto, antes que ele percebesse como a situação tinha se invertido e voltasse a ficar irritado.

– Provavelmente queria picá-lo e servi-lo aos cachorros – sorriu. – Se lutar com ela, ela reagirá da mesma maneira. Mas se pedir desculpas, ela morrerá de remorso. Se submeter-se a ela, Anne fará de tudo para lhe fazer favores. Agora tente persuadi-la, e ela lhe arrancará a mão sem demora.

– Mesmo? – sorriu Aeneas.

– Mesmo – concordou. Ele estava mordendo a isca mais facilmente do que ela esperava. – Está ficando escuro, vamos voltar?

Vinte e oito

Se Anne notou que a irmã sempre voltava com Aeneas bem na hora em que ela acabara de se sentar no salão principal para realizar trabalhos burocráticos, não comentou nada. No início, ela apenas ignorava cuidadosamente a entrada dos dois, quando então Aeneas ajudava Elizabeth a tirar a capa e as luvas, passava sem dizer uma palavra sequer e subia a escada para voltar ao seu aposento. Ela mantinha a cabeça abaixada, respondia às cartas de Margaret, Greta e George Murray. As notícias nem sempre eram boas: Jenny Cameron havia sido capturada quando visitava seus feridos de Falkirk e levada a Edimburgo. Anne esperava que o prefeito Stewart e seus outros amigos se mantivessem animados até que eles pudessem garantir sua liberdade com segurança. Ela tratava de assuntos da propriedade, mantinha as contas da casa em dia e deixava Elizabeth e Aeneas darem sua caminhada diária.

Durante o dia, verificava os soldados alojados na propriedade, realizava pagamentos ou visitava a ferraria de Donald e Lochlan para encomendar trabalhos. Com frequência, fazia que a filha mais velha de Ewan fosse buscar caldo para o velho Tom. Por fim, quando não pôde mais adiar a tarefa, acompanhou a garota até os chalés. Ela tinha evitado encarar Cath, de quem haviam roubado um pai para seu bebê.

– Ele era um homem valente, que morreu corajosamente – contou à jovem mãe. Cath e o bebê haviam mudado para o chalé de Ewan e Cath assumira os cuidados com o pai doente e as duas filhas pequenas de Ewan. Estava quente e mais escuro do que nunca dentro do chalé, iluminado apenas pela luz do fogo de turfa. O bebê tentava encontrar o pé, buscando erguer-se, apoiado em qualquer objeto que tivesse à mão, caindo e rindo. As meninas o mantinham longe do fogo.

– Eu sei o que fizeram a ele – revelou Cath. – Aeneas me contou.

– Aeneas?

– Ele veio me dar a notícia pessoalmente, trazendo a manta e o punhal de Ewan, e chorou quando me contou como o torturaram. Bateram nele com o chicote até expor o osso, mas ele não revelou nada.

Anne olhou para o chão sujo. Fora por sua causa que Ewan morrera atormentado, era ela quem ele havia protegido.

– Sinto muito, Cath – afirmou.

– Se ele morreu servindo você, então morreu com orgulho. – Cath pegou o bebê, que tentava subir nela para mamar e afastou o vestido para deixá-lo sugar o seio. – Você tentou salvar Calum. Eles me contaram que Ewan deu aos *sasannaich* o que mereciam, por ele e Seonag.

– Sim, e Meg tomou como questão de honra pessoal pegar o tenente inglês.

– Eu sei. – Cath sorriu à luz do fogo. – Mesmo quando vocês os derrotarem e decretarem paz, ela não vai parar até encontrá-lo. Ela avisou o novo homem dela sobre isso. Olhe – Cath esticou os pés –, ele tem feito sapatos novos para todos nós.

Anne voltou dos chalés pensativa. Um futuro, era disso que o povo precisava, de sapatos nos pés, casas de pedra com janelas que deixassem entrar a luz, de meios para se sustentar, de comida suficiente para seguir em frente. Eles não precisavam de impostos que os fizessem sangrar até o fim ou de leis que destruíssem seu modo de vida, seus costumes e hábitos, sua maneira de se ajudar mutuamente, de ocupar e usar a terra, seu direito à opinião igualitária quanto aos seus próprios assuntos, retirados por uma nação que acreditava ser dona do povo, da terra, dos recursos, das riquezas.

Ao redor dela havia árvores, colinas, rios, lagos. Ninguém poderia ser dono daquilo, nem mesmo os peixes, animais e pássaros que lá viviam, assim como não podiam possuir a chuva, o mar, o céu ou outra pessoa. Cada coisa era dona de si própria. Aeneas sabia disso, ele não poderia ser das Terras Altas e não saber disso. Como chefe, seu povo lhe dava tudo, não por quem ele era, pois era um homem como outro qualquer, mas pelo que ele representava, o clã, que significava a preservação de quem e do que eles eram: um povo livre, que escolhia viver livremente juntos, pelo bem geral. Ele havia chorado por Ewan, pela dor e pela perda de Ewan, não pela sua própria perda. Talvez sua irmã estivesse certa, Anne deveria ser magnânima.

Quando Aeneas e Elizabeth voltaram do passeio naquela tarde, Anne estava ocupada com a correspondência, mas o observou entrar, tirar a capa da irmã e pendurá-la. Ele não tinha o olhar de um homem que tivesse medo de perder algo. Parecia confortável na própria pele, cheio de vitalidade e ainda assim perigoso, sem medo de nada. Quando virou-se para ela, pronto para subir as escadas, Anne voltou os olhos ao papel, mas quando ele se aproximou, prestes a subir o primeiro degrau, ela falou:

– Gostaria de jantar conosco hoje à noite?

Ela só levantou o olhar quando não obteve resposta. Ele estava parcialmente virado para ela e a olhava, o cabelo negro caindo sobre a testa, os olhos marrons como a turfa, ainda mais escuros que a piscina formada pela cachoeira de Invercauld. Seu estômago deu voltas. Ela baixou os olhos rapidamente.

– Não importa, se você não quiser.

As letras diante dela se transformaram em um borrão, não faziam sentido.

– Não, eu gostaria – falou ele. – *Tapadh leat*. Obrigado. – Ele continuou a subir as escadas. Ela olhou a escrita incompreensível, prestando atenção em cada passo seu. Então Elizabeth correu até ela e despencou na cadeira do outro lado, encantada.

– Bem, de onde veio isso? Como você foi esperta!

– Esperta? – Anne estava chocada. – Não sei no que estava pensando. Não vou conseguir ficar sentada na hora da ceia.

– Vai sim, vai sim. Estarei lá. Você me conhece, falo pelos cotovelos. Vou avisar Jessie, aí vamos subir e eu a ajudarei a se arrumar. – Elizabeth correu para a cozinha, sorrindo. Já fazia quatro semanas que Aeneas estava lá.

Lá em cima, no quarto principal, Anne se sentou à penteadeira enquanto Elizabeth maquiava-lhe o rosto e o decote com pigmento branco cremoso e esfregava carmim nas bochechas e nos lábios. Ela se mudara para o quarto quando MacGillivray fora embora, reivindicando seu lugar de dona da casa no lugar de Aeneas. Atrás delas, a cama de casal parecia ocupar mais espaço que antes, as cobertas levemente amassadas.

– Não sei para que todo esse alvoroço – reclamou Anne. Ela estava agitada por dentro. Elizabeth penteou-lhe o cabelo, fez alguns cachos perto das orelhas, enfeitando-lhe o rosto.

– Pistolas e espadas não prendem corações e cérebros – disse Elizabeth. – Você precisa conquistá-lo.

– Não quero o coração dele, e se ele tivesse cérebro, estaria do meu lado.

– Ele ainda a deseja, quer deitar-se com você.

– Deseja? – Aquilo era bom, significava que ela ainda tinha algum poder sobre ele.

– Ele a observa o tempo todo, andando, subindo as escadas. Ele é um peixe de boca aberta, esperando ser fisgado. Você tem estado muito ocupada ignorando-o para perceber.

– Ele não imagina que eu o deseje? – Ela sentiu o nó na garganta apertar-se. Por que se sentia tão ameaçada?

Elizabeth sorriu e apoiou a pinça de cabelos.

– Nenhum homem sabe o que uma mulher deseja. Não até se ver na cama dela ou na soleira de sua porta. Mesmo assim, ele vai acreditar no que lhe convier. Agora, qual vestido? – Ela começou a revirar o armário de Anne. – Branco não, não queremos ser agressivas. Azul, que tal? – perguntou, pegando o vestido.

– Vou vestir branco – afirmou. A cor jacobita a deixaria mais forte. A água de rosas em sua penteadeira estava perfumada com a rosa branca de junho. Ela esfregou um pouco do líquido nas mãos e passou-o no pescoço.

– Talvez você esteja certa. – Elizabeth contraiu os lábios. – Ele vai lembrar o dia do casamento – riu – e a noite.

– Não é por isso! – protestou.

– Vai servir para você por um motivo, para ele por outro. – Elizabeth escolheu o traje e o entregou a Anne.

Enquanto a irmã o amarrava, Anne olhou para o peito. Seus seios estavam expostos, quase nus.

– Não posso usar isso – avisou. – É como se eu estivesse nua!

– Pare de pensar como um soldado – reclamou a irmã enquanto dava voltas ao redor dela para observá-la. – Você quer que ele veja como está errado por se comportar assim.

– Você apertou muito forte. Meus mamilos estão quase de fora.

– Um leve incentivo, só isso – sorriu Elizabeth, e então deu um tapa na mão de Anne para afastá-la. – *Sguir dheth*! Não puxe. Se você precisa pensar como uma guerreira, imagine que esta é uma campanha para fazê-lo se arrepender.

– Quer dizer que ele não sente remorso nenhum? – Anne franziu a testa.

– É claro que sente – correu Elizabeth para reassegurar a irmã. – Mas ele é homem, então ainda não sabe disso.

– Então é melhor que descubra logo! – Anne precipitou-se para fora do quarto, arrastando a saia branca esvoaçante nas escadas enquanto descia. Elizabeth correu atrás dela.

Aeneas já estava na sala de jantar, estudando uma garrafa de vinho aberta como se tivesse um grande interesse naquilo. Ele olhou para cima quando elas chegaram.

– Coronel – falou – você está incrível. – Seus olhos escrutinaram Anne dos pés a cabeça. E então aquele meio risinho de troça já tão conhecido torceu-lhe os lábios. – Incrível – repetiu. – Estou honrado.

– E eu estou com fome – revelou Anne indo para sua cadeira e sentando-se. Ele não precisava pensar que ela estivesse lisonjeada e, não importava o que ele dissesse, estava claro que fizera esforço para estar apresentável. Seu cabelo negro e comprido ainda estava úmido e brilhante, contrastando com a camisa. Ele usava um jabô no pescoço e, embora não fosse permitido a ele carregar armas, a fivela do cinto e o broche que prendia a manta eram de prata.

Elizabeth, fazendo todos se lembrarem dos bons modos, esperou até Aeneas puxar a cadeira para ela se sentar. Anne viu o olhar lancinante que a irmã lançou para ela, mas o ignorou. Não seria fácil tirar outras coisas da cabeça. Quando Aeneas andou atrás dela para servir-lhe vinho, sua manta roçou-lhe o ombro. Ela sentiu o calor de seu corpo próximo quando ele se inclinou para frente. Houve uma breve hesitação antes que ele inclinasse a garrafa. Será que Aeneas havia notado seu perfume ou sua proximidade?

Ela manteve a cabeça baixa, consciente de que ele, também, iria lembrar que houvera uma época em que ele teria erguido o olhar e se inclinado para beijá-la, sua boca tocando a da esposa, sua língua brincando com a dela, uma época em que eles talvez tivessem feito amor ali mesmo em vez de comer. Ele era seu prisioneiro, ela lembrou a si própria, mas quando ele se sentou, sorriu do lado oposto da mesa e levantou a taça para fazer um brinde, ela perguntou-se quem era prisioneiro de quem.

– Aos rebeldes – falou ele. Se ele estivesse zombando, não gostaria da resposta que ela daria.

– À vitória – respondeu ela, retribuindo o sorriso. – *Slàinte.*

Jessie havia arrasado na cozinha. A refeição principal, o jantar, era servido ao meio-dia, quando visitantes e trabalhadores geralmente se juntavam a eles. A ceia em geral era uma refeição leve, mas não naquela noite. Ostras – em que Jessie estava pensando? Will com certeza fora buscar especialmente para eles, Anne supôs. Havia anca de veado, ganso selvagem, queijo *cottar* e meia dúzia de doces de marmelada com bolo de aveia e biscoitos amanteigados e açucarados. A conversa era estranha, havia muitos assuntos a evitar: a guerra, o clã, a administração de Anne da propriedade. A vida deles estava cercada de inimizade. Eles se refugiaram nas conversas sobre o clima, mas evitaram falar sobre o que aconteceria quando o tempo melhorasse. Discutiram sobre a saúde do gado, mas ignoraram o fato de que os animais foram reduzidos para alimentar os soldados. Falaram sobre o bebê que Jessie e Will esperavam, mas não sobre o motivo que fizera o casal se estranhar. Elizabeth preenchia as lacunas, tagarelando sobre a comida, moda e o gosto recente da mãe pelo rapé.

Embora Aeneas tivesse pouco interesse nos assuntos dela, aparentou estar fascinado, fez perguntas, piadas amáveis e garantiu que as taças de vinho estivessem sempre cheias. Toda vez que Anne olhava em sua direção, ele parecia estar olhando para ela, e ela desviava o olhar, fingindo desinteresse, mas com o rosto enrubescido. Quase perto do final da refeição, quando ele ficou perto dela outra vez, enchendo as taças, ela sentiu um impulso irresistível de virar a cabeça na direção dele e enterrar o rosto em seu abdômen, apenas para sentir sua rigidez, puxar sua manta e a camisa e pressionar a boca contra sua pele, para sentir de novo seu calor e seu perfume.

– Não, obrigada. – Elizabeth cobriu a taça com a mão quando ele chegou para enchê-la mais uma vez. – Já tomei mais que o suficiente. – Ela se levantou. – Se me dão licença, vou me deitar. – Com um farfalhar de saias, partiu. Bastou um toque e a porta se fechou atrás dela.

Agora só restava Aeneas. Anne sentiu uma onda de terror. Ela mal podia encará-lo, embora sentisse que ele prestava atenção nela. A melhor coisa, a única coisa a fazer era sair dali antes que algo irrevogável acontecesse e a deixasse em uma posição mais frágil.

– As ostras foram uma surpresa bem-vinda – disse ele.

– O bloqueio naval da costa não afetou nossa hospitalidade – retrucou, agarrando-se à educação como a uma corda de salvamento, olhando o vinho rubi na taça e o reflexo da luz da vela confinado dentro dela. Ela o sentiu se inclinar sobre a mesa e olhou em seus olhos escuros e brilhantes.

– Pensei que talvez você pudesse me servir as ostras com os dedos – pediu baixinho, com o olhar hipnótico –, depois com a boca, pode guiá-las com a língua até a minha boca, o sal delas enlouquecendo nossos lábios para o sexo um do outro.

– Aeneas! – Ele de fato havia dito o que ela ouvira?

Ele deixou a cadeira cair e se levantou, aproximando-se dela.

– Você acha que eu não perceberia a manipulação descarada da sua irmã? – Ele pôs os dedos no decote de seu vestido, entre seus seios, pegou o tecido e puxou-a para que ela ficasse de pé, assim sua cadeira também cairia quando ela se levantasse. – Mulher, se esse é o marido que você quer, pode tê-lo. Aqui, agora. Eu não preciso do vinho do nosso casamento, do perfume das rosas ou da comida que comemos quando fizemos amor pela primeira vez para desejar você. – Seus braços a envolveram, e ele a empurrou com o corpo contra a quina da mesa. – Minha fome por você, depois de todos esses meses, está além do apetite.

Sua boca tocou a dela com força, tão desesperada como ele dissera. Ela lutou contra o beijo, contra sua brutalidade, mas quando seu impulso se transformou em desejo urgente, ela cedeu. Aquele era o marido que ela conhecia e lembrava, a boca que ela queria na dela, o corpo que clamava para ter sobre o seu, o homem de quem sentira falta. Eles trocaram beijos no rosto, no pescoço, na boca, moveram as mãos sobre o corpo um do outro, tocando, acariciando, reconhecendo a geografia conjugal, desesperados para confirmá-la, murmurando o nome um do outro e palavras de desejo sem sentido. Quando ele lhe agarrou as ancas e a levantou para colocá-la sobre a mesa, ela ergueu a camisa dele, com uma ânsia cega para consumar aquela força entre eles; ele se entregaria a ela, ele se perderia nela naquele ataque de paixão e sentimentos e se tornaria seu outra vez.

Nada disso, porém, aconteceu. Ele não afastou o *kilt* de lado, em vez disso, segurou-a com força, perto de si, de modo que ela mal conseguia respirar, seu rosto quente apertado contra o dela, seu corpo rígido e tenso, tão tenso que tremeu diante de suas próprias necessidades.

– Aeneas?

Havia apenas o som de sua respiração profunda no ouvido dela, seu peito se movendo contra o dela a cada inspiração.

– Aeneas, o que foi? – Ela lhe beijou o lóbulo da orelha. – Quero-o tanto.

– Eu sei – afirmou com a voz brusca, a respiração esvoaçando o cabelo dela. Ele se inclinou para trás sem largar a esposa, os quadris ainda entre as coxas dela. – Mas não quero satisfazer minhas necessidades – seus olhos estavam escuros como uma noite sem luar – com as sobras de outro homem.

Levou um breve segundo para ela registrar o que ele dissera. Com as duas mãos apoiadas nos ombros dele, ela o empurrou para longe dela e girou o braço para acertar-lhe um tapa forte no rosto. A força do golpe jogou a cabeça dele para o lado. A palma da mão dela ficou formigando e ardendo.

– Jessie! – berrou, pulando da mesa para ficar de pé. – Will, Donald!

Donald Fraser, cuidando da segurança da casa naquele dia, apareceu primeiro, a pistola em uma mão, a espada em outra. Jessie e Will vinham logo atrás.

– Não vejo ninguém – falou Fraser alarmado. – Onde eles estão?

– Quero que o capitão McIntosh seja trancado! – ordenou Anne. – Já!

– *Dè*, o chefe?

– O prisioneiro – retrucou. Ela não conseguia olhar para Aeneas, sentindo que ele dava aquele seu sorrisinho irritante. Se ela o tivesse visto, sua humilhação a teria forçado a atirar nele. – Coloquem-no na bodega – mandou –, na bodega de vinho, onde ele poderá beber até morrer!

Vinte e nove

Quando Elizabeth desceu as escadas na manhã seguinte, Anne já estava no salão, vestida para sair, com a espada e o punhal embainhados na cintura.

– O que é isso? – sorriu. – Está lutando com ele?

Anne não achou graça.

– Estou indo a Inverness. Já dei instruções a Jessie e à guarda. A sua é que não haverá mais passeios.

– Espere um pouco – pediu Elizabeth. – Devo ter perdido alguma coisa. – Ela olhou em volta. – Onde está Aeneas? – Então ela riu. – Ainda dormindo? Exausto, é?

– Muito engraçado – falou Anne. – Ele estava brincando conosco, Elizabeth, com nós duas. Ele está preso na bodega e é lá que vai ficar. – Ela esticou o braço para apanhar a capa.

– Não, espere – contestou a irmã. – Vou com você. – Ela subiu as escadas correndo para vestir roupas mais apropriadas para viajar.

Enquanto Anne esperava, mandou Will desencilhar Pibroch e preparar uma carruagem e um cavalo. Havia neve fresca, úmida e parcialmente derretida no chão. A carruagem seria mais aconchegante para sua irmã com aquele frio. Aparentemente controlada e no controle, ela fervilhava por dentro. Uma mulher poderia recusar seu marido, se ele fosse bruto, bêbado, sujo ou irritante ou simplesmente porque não o quisesse, mas aquilo era inédito. Os homens honravam as esposas, é para isso que serviam. Ele não podia mudar as coisas para melhor servir à sua impertinência.

Quando Elizabeth desceu e se juntou a ela na carruagem, Anne havia sucumbido outra vez à fúria que a mantivera acordada parte da noite. Pegou a bolsa de rosetas novas para os soldados atrás dos assentos e começou a cavalgar depressa. Após cinco minutos batendo na neve derretida, balançando entre buracos e pedras, Elizabeth destravou a mandíbula.

– Anne – reclamou, batendo os dentes enquanto falava –, será que poderíamos ir mais devagar e você poderia me contar o que aconteceu?

Mortificada, Anne diminuiu a velocidade puxando as rédeas do cavalo. Ela havia galopado tão rápida e imprudentemente, arriscando a vida da irmã e a sua naquelas curvas.

– Mas ele não pode fazer isso! – exclamou Elizabeth quando ouviu a história de Anne. As duas quebraram a cabeça, mas nenhuma conseguiu pensar em uma única vez em que tivessem ouvido que um homem recusara deliberadamente a esposa, por livre e espontânea vontade. Falhar era tão comum quanto o *uisge beatha*, um levava ao outro como a noite seguia o dia, mas era resultado inevitável da bebida e da idade. Uma esposa frustrada em geral poderia ter um amante se seu marido bêbado não a satisfizesse.

– É isso! – Elizabeth gritou, assustando o cavalo que, espantado, quase lançou a carruagem a esmo antes que Anne o acalmasse.

– O que foi isso? – Anne perguntou quando voltaram em segurança para a estrada.

– Ele disse que você zombou da masculinidade dele.

– Aeneas está bem longe de ser impotente – disse Anne. – Acho que agora posso dizer o que se passa debaixo da manta de um homem.

– Não, mas está bravo porque pode parecer que ele seja. Outras pessoas vão acreditar que ele não consegue satisfazer a esposa.

– Então ele está me punindo?

– Você arrumou um amante.

– Tenho direito de satisfazer minhas necessidades e Aeneas não estava lá. – Anne ficou enfurecida. – Ele me abandonou, lembra?

– Eu sei, eu sei. – Elizabeth tentou acalmá-la. – Mas não é assim que ele encara a situação.

– Há outra maneira de encará-la?

– Anne, controle-se por um minuto. Ele acha que você o deixou, que não o escutou. Você saiu para a guerra e não voltou.

Anne franziu a testa. Havia algo de verdade naquilo. Ela quis voltar, várias vezes, mas não dera certo por motivos que fizeram sentido à época, razões que ele não podia saber.

– Viu? – Elizabeth defendeu seu ponto de vista. – Ele não podia agir como seu marido se você não estava em casa.

O orgulho masculino era um terreno traiçoeiro. Ele detinha a liderança do clã e MacGillivray o levara prisioneiro. Entre eles, ambos haviam neutralizado a virilidade. Ele perdera sua posição de chefe, sua primazia como guerreiro e, sem que houvesse verdade nisso, sua reputação na cama. Aeneas odiaria que pensassem que ele era incapaz.

– Não me admira que ele tenha sido cruel – ela percebeu. – O rancor é tudo que lhe sobrou.

Havia um rumor de excitação considerável em Inverness e nos arredores da cidade. Março havia acabado sem resistência e, apesar do frio úmido e inconstante, todos sabiam que a próxima batalha, talvez mesmo a última delas, viria em algum momento de abril. Havia um buraco onde antes existia o odiado forte George. Terminando o que o povo da cidade começara, as jacobitas explodiram o local. Elas encontraram MacGillivray levando os homens para o alojamento perto da praça. Elizabeth pulou da carroça e correu até ele.

– MacGillivray! – gritou, atraindo sua atenção. Ele abriu os braços quando viu quem era. – Sentimos sua falta. – E falou em seu ouvido: – A propósito, eu senti sua falta. – Ela colocou os braços em volta do pescoço dele, beijou seu rosto, sua boca, mas então ele avistou Anne, esperando atrás, e não havia mais motivo para abraços e beijos. Os dois se encararam quando Elizabeth soltou MacGillivray e voltou para trás.

– Você pode entregar esta carta à viúva? – perguntou Anne à irmã.

– Mas quero ficar aqui.

– E eu quero ter uma conversa em particular com esse comandante em chefe.

– Militar? – protestou Elizabeth.

– Apenas leve a carruagem e vá – insistiu.

Quando Elizabeth saiu, Anne observou MacGillivray. Ele resistiu à atenção e não a encarou.

– Você não pode simplesmente fugir de mim, Alexander.

– Vou servi-la até morrer, você sabe disso, mas devo a Aeneas.

– Você não pode me dever a ele. Sou dona de mim mesma.

– Minha vida, devo a ele minha vida.

– Não entendo, você o prendeu.

Nesse momento ele a olhou nos olhos, querendo se fazer entender.

– Ele poderia ter me matado, se quisesse.

Ela olhou para o braço dele. Ele se esquivara naquele dia, no dia em que trouxera Aeneas a ela, por causa de um ferimento.

– Ele o machucou?

– Já sarou. Ele tentou me fazer matá-lo primeiro.

– Ele pediu por sua vida?

– Não pediu nada, eu ofereci. Ele não quis.

Anne ficou nervosa.

– Então ele humilhou a nós dois!

– Morrer não teria sido melhor – concordou MacGillivray, mas não resistiu e sorriu. Aeneas poderia tê-lo matado, mas ele também poderia ter matado Aeneas. As coisas estavam certas entre eles. Anne teria de resolver o resto.

– Devo deixá-lo na bodega até ele apodrecer.

– Ele está na bodega? – MacGillivray balançou a cabeça, rindo. – Esse é um castigo terrível para um homem.

Anne riu. Ela não estava brava com MacGillivray, e sabia que ele estava aliviado por Aeneas não estar na cama dela.

– Vou mandar acorrentá-lo quando voltar. – Ela ficou séria outra vez. – Não podemos ficar na mesma casa. Quando ganharmos a guerra, vou voltar para casa em Invercauld.

A esperança aflorou em MacGillivray como se ela tivesse soprado brasas que se apagavam.

– Se for embora, venha para Dunmaglas.

Ela não podia prometer isso. A noite anterior havia provado que a paixão entre ela e Aeneas ainda era forte o suficiente para derrubá-los. Eles estariam ligados até que não houvesse mais raiva entre os dois.

– Ainda não acabou – assumiu ela. – Não posso ir com você até que tudo tenha terminado. Não de novo.

Anne esperou a esperança morrer nele. Ela teria arrancado essa coisa nela se pudesse, se soubesse o que era e como acabar com ela. O amor que Anne sentia por MacGillivray era alegre, imaculado, sem nenhuma das correntes incompreensíveis que a levavam para Aeneas. Ele não merecia a dor que ela lhe causava.

– Ele disse que você nunca será minha enquanto ele viver.

– Não quero fazer isso com você. – Ela colocou a mão sobre seu peito. – Encontre outra pessoa para amar.

Ele cobriu a mão dela com a sua, seus dedos entrelaçados aos dela. – Nunca nem sequer desejei que isso fosse possível. Meu coração tem uma mente própria, como o seu. Tudo que podemos fazer é segui-la, até que ela bata num ritmo diferente.

Anne se esticou e o beijou.

– Sou tão agradecida a você, Alexander. Nunca se esqueça disso. Você está certo, e devemos viver o futuro onde ele estiver. Mas tenha certeza de que meu mundo com você é mais brilhante.

– É melhor cuidar da minha retaguarda então – sorriu.

– Vou fazer isso – prometeu ela. – Não terminamos com essa aventura ainda.

Eles discutiram questões táticas. O príncipe havia pedido ao regimento dos McIntosh que ocupasse Inverness. Os outros regimentos estavam sediados em Ruthven ou tinham ido buscar suprimentos para eles mais adiante. Alguns já estavam ocupando outras partes do país, mas seriam chamados de volta quando Cumberland saísse de Aberdeen. Se o tempo permitisse, isso ocorreria em poucas semanas.

– Estaremos prontos para reunir todo mundo? – Anne franziu a testa, nada feliz com o fato de os soldados estarem espalhados geograficamente caso o tempo evitasse um retorno rápido. Cluny Macpherson ainda estava em Atholl. Ainda em Inverness, as forças esgotadas do clã Chattan formariam a linha de frente.

– Os regimentos em Perth e do norte precisarão de tempo, mas podemos evitar Cumberland até lá. George não é bobo, vai escolher a hora e o local ideais.

Garantindo que tudo estava em ordem, ela se preparou para sair.

– Voltarei quando precisarem de mim – garantiu-lhe.

– Quando chegar a hora, mandarei chamá-la.

Agora que a relação com MacGillivray estava resolvida, a confiança e a animação da cidade liberta eram contagiantes. Enquanto ela andava pelas ruas até a casa da viúva, as pessoas acenavam e a chamavam ou paravam para conversar com ela. Anne ainda era heroína deles, a expectativa da vitória aumentada depois que ela derrotara tranquilamente os soldados do governo em Moy, fazendo-os fugir de Inverness. Ela tinha intenção de pedir ao príncipe que tirasse Aeneas de sua custódia, mas lá, longe da opressão da casa, aquilo perdera a importância. Não ficou decepcionada ao encontrar o líder real inspecionando os soldados com O'Sullivan. Mesmo o mau humor de Elizabeth, gerado por ter sido enviada como uma criança a dar um recado, não conseguia atrapalhar seu bom humor.

– E como está Aeneas? – quis saber a viúva ao dar-lhe um abraço caloroso.

– Bem, e longe do perigo – respondeu Anne.

– Que bom – afirmou. – Minha casa está tomada pelas discussões entre o príncipe e George, e eu não queria que a casa fosse um lugar desagradável para ninguém. É bom passar um dia sem os dois aqui. Agora entre e coma conosco.

A viúva mandou preparar apressadamente um jantar em homenagem a Anne. A sala de jantar estava cheia de velhos e novos amigos. O prefeito e os dignitários de Inverness a encheram de elogios e convites para que ela se sentasse à cadeira do Conselho, para se juntar à associação, e assim por diante. Os oficiais franceses da *Écossais Royaux* flertavam com ela, declarando que ela era *magnifique*[30] e *notre guerrière héroïque*[31]. Margaret Johnstone e David Ogilvie estavam lá com Greta Fergusson e sir John e Robert Nairn, sua companhia nas sessões de concessão de liberdade condicional em Edimburgo.

– Você estava tão certa, Anne – afirmou com alegria Robert enquanto a recebia. – Melhor estar aqui entre os habitantes das Terras Altas, selvagens e generosos, do que entre aqueles *sasannaich* religiosos e rígidos.

– Então quem é o sortudo, Robert? – riu Anne olhando a sala, tentando adivinhar quem dos presentes era seu escolhido.

– Sou eu – garantiu ele. – O lugar está repleto de guerreiros musculosos e um ou dois políticos baixinhos que não cairiam mal como sobremesa.

---

[30] "Magnífica", em francês. (N.E.)

[31] "Nossa guerreira heroica", em francês. (N.E.)

– Você nunca se apaixonou?

– A cada cinco minutos. – Seu rosto então ficou sério. – Estou apaixonado, não sabia? Mas, por agora, ele prefere um pouco de adulação.

Anne ficou perplexa, mas então se lembrou do príncipe, bêbado e petulante em Stirling, dando ouvidos apenas a O'Sullivan, sem suportar nenhuma outra companhia, sem permitir nenhum outro conselho.

Robert riu para ela de novo.

– Se você não pode ter quem ama, ame quem você puder. Não é isso que nós dois fazemos?

Indo para casa ao anoitecer, com uma neve leve caindo sobre ela, cheia de vinho e votos afetuosos de bons amigos, com Elizabeth aninhada a ela para se aquecer, Anne pensou nisso. Ela amava Aeneas? Se era possível medir o amor pelo grau de raiva que ele pode gerar quando frustrado, então ela o amava. O que os unia parecia forte como ferro, inevitável, soldado pela fúria. O amor não deveria ser carinhoso, terno e alegre, como era com MacGillivray, sem desafios e confrontos? Aeneas não sabia aceitar nem perdoar, exigia o máximo da relação deles. Sua mente, seu corpo e sua alma comprometidos com ele. Ele poderia apodrecer. Por duas vezes ele teve a vida de MacGillivray na palma das mãos, no campo de batalha em Prestonpans, quando acreditava que eles fossem amantes, e quando foi capturado, já sabendo que eles de fato eram amantes, e devolvera a vida para MacGillivray. Mais uma vez ele não lhe dera nada.

A carruagem balançou ao passar em outro buraco. Elizabeth chacoalhou adormecida, encostada nela. Anne olhou para o belo rosto da jovem irmã. Ela a amava e não tinha dúvidas de que a irmã retribuía esse amor. Mas não era o mesmo amor que Aeneas e MacGillivray dividiam. Entre as mulheres, a lealdade era uma companheira nas boas ocasiões, algo confiável apenas até entrar em conflito com outros desejos. O laço de proximidade entre os homens era invejavelmente mais nobre e desinteressado. Eles não faziam exigências nem julgamentos e nunca davam as costas um para o outro. Mesmo Robert Nairn, que amava e desejava o príncipe, conseguia servi-lo sem rancor, amá-lo sem expectativas.

Talvez ela pudesse amar uma criança tão incondicionalmente, mas não um homem. Aeneas havia tomado o caminho errado. Não importava se ela o amava, mas, sim, que ele deveria amá-la.

Trinta

– Não podemos ao menos torturá-lo?

– *Isd*! Shh! – Escondida atrás do matagal, Anne abaixou a cabeça e mirou o alvo.

– Vai ser mais divertido que isso aqui – falou baixinho Elizabeth, quase sem se deixar ouvir.

Anne atirou com o mosquete e Elizabeth a imitou.

– *Siuthad*! Vá! – Anne mandou o cachorro atrás dela. O perdigueiro preto e marrom-claro correu rumo às águas escuras do lago para buscar a caça. – Pegamos os dois – contou à irmã. – Você está atirando bem.

– Bem, adivinhe quem me ensinou. – Elizabeth saiu detrás do matagal.

– Achei que você tivesse esquecido. Por que não caça com mais frequência?

– Porque – falou enquanto tirava folhas e ramos da roupa e do cabelo – não gosto de fazer coisas de menino, e sim de menina.

Anne riu e tirou o primeiro ganso da boca do cachorro.

– Ah, sim – falou. – Coisas de menina, como torturar prisioneiros? – Ela pegou a ave pesada pelo pescoço mole e escorregadio.

Elizabeth fez cara de nojo enquanto ela pegava a ave.

– Coisas de menina como não ficar coberta de sangue, saliva, lama e penas ensopadas. Por que não trouxemos Will ou Lachlan para fazer isso?

– Eles estão ocupados. – Anne pegou a segunda ave da boca do cachorro e o trio voltou em direção à casa.

– Torturá-lo pelo menos seria algo diferente – afirmou Elizabeth. – Ele está trancado lá há mais de uma semana. Deve estar congelando.

– Ele já pediu desculpas?

– A quem, às paredes?

– Ele poderia ter dito a Jessie – insistiu Anne. – Ela leva comida para ele três vezes ao dia. Tenho certeza de que conversam.

– Não vamos depenar isso, vamos? – Elizabeth não obteve resposta. – Ah, vamos lá, Anne. – Nada ainda. – Tudo bem, Jessie está ocupada, mas há várias outras pessoas na propriedade.

– A festa é deles. O ideal é que eles não precisem trabalhar.

– Tem de haver alguém que não tenha ido lutar – persistiu Elizabeth –, alguém que não tenha sido convidado.

– E há – contou Anne. – Ele está na bodega.

– Acho que vou me juntar a ele.

Elas caminharam com o cachorro ao lado, a língua pendurada para fora da boca, parando de vez em quando para chacoalhar a água do pelo, molhando-as.

– Espere um minuto – pediu Elizabeth. – Não vou destripar isso aí. – Anne não parou. – Não vou – insistiu. – Anne!

Quinze minutos depois ela fez uma careta diante do som suave e lamacento enquanto tirava as vísceras mornas de dentro da carcaça e separava com cuidado a moela, o coração e o fígado para serem cozidos mais tarde. O resto da massa de intestino viscosa e sanguinolenta foi dado ao cachorro, que aguardava pacientemente do lado de fora da cozinha. Essa era sua recompensa, algo diferente em sua dieta costumeira de mingau de aveia, e devorada às pressas antes que ele fosse levado de volta ao estábulo, onde morava e dormia.

– Sua mãe teria orgulho de você – disse Anne enquanto lavava o interior do seu pássaro eviscerado antes de amarrar as pernas da ave para pendurá-la no gancho da despensa.

– Devo escrever e contar a ela o quanto estou me divertindo – falou Elizabeth, fazendo uma careta. – Vamos ter de depená-lo também, não?

– Amanhã. Eles poderiam deixá-lo pendurado por mais tempo, mas precisamos fazer isso logo.

– Mal posso esperar – reclamou Elizabeth. – Mãos machucadas, dedos doloridos, penas no nariz e nas costas.

– Mais recheio bom para os travesseiros – concluiu Anne. – Se quer ser uma esposa, precisa pensar como uma. Não desperdice para não precisar depois.

– Estou tentando – retrucou. – Não podemos desperdiçar recheios de travesseiro, sem falar no desejo ou num marido disponível.

Anne suspirou. A irmã não parava mesmo.

– Não posso fazê-lo se dar para mim.

– Eu sei. Não é justo. Sentimos desejo, e os homens têm os meios para satisfazê-lo. Os deuses são perversos, não?

– Travessos – concluiu Anne. – A mulher que ama quer ser amada de volta. Os homens querem dormir com elas. Se pudéssemos apenas obter prazer, eles morreriam de exaustão em uma semana.

– *Gu sealladh orm*! – exclamou. – Conhece um que duraria uma semana?

As duas riram, e Anne serviu duas canecas de cerveja.

– De todo jeito – continuou, mais séria – Aeneas tem desejo, se ele se rendesse a ele. Ele está apenas sendo rancoroso. Então vai ficar na bodega até melhorar de humor.

– Um pouco de tortura iria ajudar – sugeriu outra vez Elizabeth.

A festa ocorreu dois dias depois. Foram dois dias cozinhando, assando, derretendo, cozinhando ao vapor. Havia ovelhas no espeto, gansos depenados e recheados com castanhas e aveia doces e então cozidos. Os jardins da cozinha e da despensa foram invadidos, havia muita cerveja e gaiteiros. A festa era um bota-fora para aqueles que estiveram hospedados com eles e voltariam para as próprias unidades no dia seguinte, e para os próprios guerreiros que tinham sido necessários em casa, mas que agora se juntariam outra vez a MacGillivray.

Todos que conseguiam andar, e alguns que precisaram ser carregados, estavam presentes. Moy Hall palpitava, cheia de vida. Os braseiros estavam espalhados pelo jardim, cheios de turfas reluzentes. A ordem do dia era cantar, dançar, beber, comer e contar histórias absurdas. Anne e Elizabeth, de avental, serviam os convidados. Jessie deveria ter tirado o dia de folga e juntar-se aos convidados, mas se recusou e armou-se de uma bandeja para ajudar. Will, apesar da frieza constante de Jessie, destrinchava o cordeiro. Ele era um rapaz quieto que falava pouco, e Anne lamentava por ele em sua devoção juvenil.

– Apenas dê tempo a ela – aconselhou quando o pegou boquiaberto diante da garota outra vez. – Quando o bebê estiver chegando, ela vai querer alguém em quem se apoiar.

– Ela vai querer um homem – lamentou. – Não eu.

A velha Meg trazia seu novo homem, Duff, o sapateiro *sasannach*, que se adaptara bem à vida dos moradores das Terras Altas e se tornara um bom parceiro para dança, agora como qualquer outro.

– Antes eu não sabia para que meus pés serviam – contou a Anne quando ela encheu sua caneca de cerveja. Ou outras partes, ela pensou, sorrindo para si mesma diante do vigor que ele trouxera aos passos de Meg. Ela tinha algo entre sessenta e setenta anos, e havia perdido o marido e dois filhos no último levante, trinta anos atrás. Ewan havia assumido o lugar dos filhos dela, por isso Meg tinha muitas contas a acertar. Era uma alegria vê-la abrigar sentimentos mais calorosos em seu coração.

Anne encheu de novo a própria caneca de cerveja e foi conversar com MacBean e a esposa. O chalé deles ficava em Drumossie, perto de Culloden House, e ela queria saber se eles ainda precisavam de direitos extras sobre o pasto.

– Não durante o inverno – explicou o velho. – Vendi alguns animais para abastecer o exército.

– Eu os vendi – corrigiu a velha senhora. – Eram muito para mim enquanto ele se divertia, fingindo ter sangue novo outra vez.

– O sangue é sempre novo – afirmou MacBean, piscando para Anne. – É o músculo que, se não for bem usado, atrofia.

Sua mulher deu-lhe uma cotovelada nas costelas.

– Eu vi a piscada – revelou, e então pegou o braço de Anne.

– Ele mais fala do que faz hoje em dia. Não o deixe enganá-la. – E virando-se para MacBean outra vez: – Se tem ânimo para lutar e piscar, então tem para dançar – concluiu.

Os dois saíram girando para se divertir entre os outros dançarinos. Os tambores bateram, as gaitas soaram, os pés pisaram forte. A fumaça dos braseiros pairava sobre os corpos em movimento. Um rapaz com apenas um braço rodopiava, cantando alto enquanto dançava. Era Howling Robbie. Anne entrou no meio das pessoas para falar com ele.

– Robbie – gritou, alegre por vê-lo tão bem. – Você ainda é um bom dançarino.

– Não tão bom na dança das Terras Altas – revelou com animação –, mas posso fazer a maioria das coisas sem cair. É risível quando esqueço e coloco o braço errado para pegar algo ou tento abrir a porta com ele, e acabo batendo, porque não tenho como empurrá-la.

– Shameless voltou?

– Ele não pode voltar, pode? – Uma nuvem de tristeza caiu sobre o rosto outrora alegre de Robbie. – Ele me entregou sua liberdade condicional e partiu com lorde Louden e os ingleses.

Anne o rodopiou e lhe deu um abraço.

– Não importa – garantiu. – Isso talvez acabe logo, e então ele vai poder voltar para casa.

– Vou mostrar a ele que consigo escrever meu nome outra vez – contou sorrindo o rapaz. – Com a mão errada.

Anne o girou para que ele dançasse com Cath e voltou a servir. Donald Fraser e Lachlan vieram até ela.

– Meu menino quer ir comigo desta vez – revelou Fraser.

– Devo a você, por ter me tirado do campo – acrescentou Lachlan.

– Foi seu pai que o salvou em Prestonpans – lembrou Anne. – E fez isso como pai, não como guerreiro. Você sabe que não quero levar duas pessoas da mesma família, e não vou arriscar meus dois ferreiros.

– Minhas costas já estão boas – contou Lachlan com teimosia. – E minha mãe disse que devo ir.

Anne pensou um pouco, era direito de Màiri dizer se seus homens deveriam ou não lutar.

– Então você vai ficar aqui até os tambores e as gaitas nos chamarem, e vai voltar depois da primeira batalha. Se houver a necessidade de mais enfrentamentos, apenas um de vocês vai. Combinado?

– Combinado. – O rapaz apertou-lhe a mão como se lhe agradecesse por um tesouro. – E vou cuidar do meu pai desta vez.

– Não vou esquecer isso. – Fraser deu-lhe um aperto de mão também. – Ficarei feliz por estar do mesmo lado que ele, e não contra ele.

A festa durou a tarde toda e se estendeu até a noite, quando o clima de festa mudou para o de despedida, e a cantoria começou. A esposa do velho MacBean, com uma voz bonita e nítida apesar da idade, puxava as canções, que terminaram com todos cantando em coro crescente o hino rebelde "The Auld Stuarts back Again", antes que as tochas de tecido fossem acessas nos braseiros quase apagados e todos tomassem o caminho de casa.

Anne passou instruções rígidas para Jessie: antes de se deitar, deixar tudo limpo até a manhã; pediu a Will que fizesse o primeiro turno de guarda da casa e entrou para relaxar junto à lareira. Ela estava um tanto embriagada por causa da cerveja que tomara durante todo o dia, mas a garrafa de vinho aberta perto do fogo era uma visão bem-vinda. Não havia sinal da irmã. Anne encheu a própria taça, enfiou o atiçador no fogo e, quando ele ficou incandescente, tirou-o e o colocou dentro do vinho tinto, até esquentá-lo. E então se sentou, esticou os pés no banquinho e bebeu. Fora um dia bom, uma ótima festa, uma boa despedida.

Elizabeth apareceu, vinda do corredor, papéis em mãos, quando Anne estava na metade da segunda taça.

– Oh – disse sobressaltada. – Achei que você ainda estivesse vendo-os partir.

– Todos foram embora – afirmou Anne. – Vinho?

– Eu pego. – Elizabeth colocou os papéis na mesa e veio sentar-se ao lado do fogo.

– O que são aqueles papéis? – indagou Anne. – Onde você estava, aliás? – Então ela percebeu a direção de onde vinha a irmã. – Você estava na bodega? Elizabeth – ela tentou ficar séria, embora sua língua lhe pregasse uma peça e não pronunciasse as palavras direito –, você torturou meu marido?

– Tentei. – Elizabeth fez uma cara de desculpa. – Mas ele não se deixou torturar.

– Bom, sabemos disso! – gritou Anne, enrolando um pouco a língua.

– Na verdade, levei comida para ele. Jessie estava ocupada com os convidados.

– Você é tão boa, 'Lizabeth. Por isso amo você. – Ela se inclinou para frente e falou calmamente: – Como ele está?.

– Bem alegre – revelou. – É a bodega onde está guardado vinho, lembra? – Ela encheu sua taça de vinho e a de Anne. – Também tentei convencê-lo a assinar a liberdade condicional.

– Por quê?

– Porque assim ele poderia vir e se juntar a nós. Ele não seria mais prisioneiro.

– E o que ele disse sobre isso? – Anne balançou o corpo, curiosa.

– Ele disse que não lhe daria essa satisfação.

Anne soltou uma risada barulhenta.

– Sabemos disso também! – Ela ficou de pé, cambaleando. – Está bem, diga a ele para ir ao meu quarto.

– Por que, o que você vai fazer?

– Vou torturá-lo um pouco, como você sugeriu. – Ela pegou a taça e a garrafa de vinho. – Vou exigir satisfação.

– Brigar com ele? – Elizabeth ficou alarmada.

– Não, não, não – Anne balançou a cabeça. – Vou fazê-lo me satisfazer.

– Anne, você sabe que não pode fazer isso.

– Vou dizer que é sua obrigação. Sua honra como marido e homem está em jogo. Vou dizer a ele que, se não me satisfizer, vou arrumar dois amantes amanhã e mandá-lo pastar.

– Não acho que seja boa ideia.

Anne não ouvia mais, já estava decidida.

– Minhas pistolas estão ao lado da cama – revelou. – Will pode ficar aqui embaixo. Dê a ele a chave da bodega quando mandar Aeneas subir. Se ele não me satisfizer, Will pode trancá-lo de novo. – Ela subiu as escadas com cuidado, tropeçando duas vezes, mas sem derrubar o vinho.

Elizabeth a viu partir, questionada pela própria consciência. Anne nunca teria sugerido aquilo se estivesse sóbria. Tudo poderia sair terrivelmente errado. Quem sabe, se ela apenas se sentasse, tomasse seu vinho e esperasse, sua irmã acabaria se esquecendo e adormecesse. Mas então, mais uma vez, a bebida não lhe permitira fazer algo que o juízo a impedia? Essa talvez fosse a melhor oportunidade, talvez a única, antes que a guerra os mandasse embora. A oportunidade para MacGillivray descobrir que não precisava esperar mais por uma mulher que nunca seria totalmente sua. Ele ficaria triste, é claro, mas ela o confortaria. Seria uma dor doce. A ideia de confortar MacGillivray foi suficiente. Ela deu um grande gole no vinho, levantou-se, pegou a chave do bolso, arrumou as saias e dirigiu-se à bodega.

Trinta e um

A cama estava aquecida pelo fogo da turfa. Embora sua mão estivesse pouco firme e o fósforo vacilasse, Anne conseguiu acender as velas. Desatar o vestido e tirar o corpete foi quase uma luta, mas ela já estava de combinação, parada em frente à penteadeira, quando alguém bateu à porta. Anne pegou a taça de vinho e deu um grande gole na bebida.

– Entre – ordenou o mais calmamente que pôde.

A porta se abriu e Aeneas entrou no quarto. Se ele se surpreendeu ao vê-la despida, não demonstrou nada, tampouco pareceu alegre, como Elizabeth supôs.

– Sua irmã me disse que você quer me ver – falou.

– Sim. – Ela o encarou, segurando firme a taça de vinho. – Feche a porta.

Ela estava um pouco tonta, mas bastante consciente de sua presença física, de sua masculinidade rígida e musculosa. Sentiu como se um animal tivesse entrado em seu quarto, o perfume, a forma e a energia diferentes que geravam um calafrio de medo. Como qualquer criatura selvagem, ele podia fazer algo inesperado, perigoso, algo que ela não conseguisse enfrentar. Aqueles que pensam que homens e mulheres são o mesmo animal estão totalmente equivocados. Nenhuma mulher conseguia deixá-la sobressaltada como aquele homem.

– Então, o que quer? – indagou quando fechou a porta.

Ela piscou para se concentrar de novo, para que sua língua conseguisse pronunciar as palavras direito. Ele não iria comandar, não daquela vez; ela mandaria nele.

– Você é meu marido e meu prisioneiro – disse.

Ele inclinou a cabeça, um brilho risonho iluminando-lhe os olhos. Então ele havia percebido que ela estava um pouco embriagada. Isso não faria diferença, ele teria de satisfazê-la ou deixaria aquele quarto impotentemente rejeitado.

– Você também é capitão – lembrou ela.

– Você vai ficar dizendo minha posição? – Seus olhos ficaram ainda mais risonhos.

– Estou apenas mostrando que você tem obrigações para comigo, em várias funções.

– É verdade.

– E se eu der uma ordem, você deve obedecê-la. – Será que ele sabia que era tão atraente quando olhava seriamente para ela, tinha consciência de como ficava sensual quando seu cabelo caía sobre o rosto, de como as pernas dela estavam bambas?

– Você só tem que pedir – falou com a voz em um tom mais obscuro.

– Então eu insisto que você me dê prazer. – Pronto, ela havia dito. – Agora – acrescentou para não deixar dúvidas.

Talvez tenha havido uma leve cintilação em seus olhos, mas seu olhar não vacilou. Em vez disso, ele se moveu em direção a ela, parou diante dela, pegou a taça de vinho de sua mão e a colocou na penteadeira. Um tremor de medo percorreu o corpo dela, separando-lhe os lábios e tornando a respiração mais rápida. Como ela repentinamente se tornara vulnerável ao escárnio. Ele colocou as mãos sobre os ombros dela e desamarrou a fita que prendia sua combinação. Com suspiros ligeiros, a peça deslizou pelo seu corpo até chegar ao chão, ao redor dos seus pés. Ele desviou o olhar e olhou seus seios nus, a barriga, as coxas. Pareceu transcorrer um longo tempo até ele retornar o olhar dela. Quando isso ocorreu e seus olhos se encontraram, ele desafivelou o cinto e deixou a manta cair com o próprio peso, ficando igualmente nu, exceto pela longa camiseta de linho.

– O prazer, coronel – comentou –, será meu.

Ele a elevou nos braços e então a levantou, com facilidade e gentileza, como se ela fosse uma borboleta, e a levou para a cama. Antes mesmo que ela se desse conta do calor da colcha de seda fria debaixo da sua pele quente, ele tirou a camisa e montou nela, o peso repentino de seu corpo na cama, os braços nos ombros dela. Ela ficou presa entre aqueles dois braços, o calor de seu sangue contra sua pele. O peito dele pressionava seus seios, a boca dele cobria a sua, a língua dele procurava a dela.

O risco de rejeição desapareceu. Aquela era a cama de casal dela, e toda a intimidade que ela abrigara voltava agora, conhecida, erótica, segura. Como ela o desejava desesperadamente, arqueando-se contra sua força e seu vigor, devolvendo seus beijos, murmurando palavras de amor e saudade. Suas mãos procuravam os músculos rígidos do braço dele, das costas, nádegas, apenas para conhecê-lo outra vez. Ela beijou sua boca, seus olhos, suas orelhas, a curva dos ombros, respirou seu perfume almiscarado, enterrou o rosto no calor de seu pescoço.

A voz sóbria e profunda dele sussurrou em sua orelha palavras de amor, de desejo e da dor que sentia por desejá-la tanto, o hálito quente em sua pele, a boca e as mãos dele tocando e acariciando seu rosto, seus braços e seios. Quando ela esticou a mão, pegou e acariciou seu membro ereto, ele se afastou para satisfazê-la primeiro, e ela se rendeu àquela sensação. Se havia alguma parte do corpo dela que ele não tocara, acariciara, beijara ou mordera levemente, ela não saberia dizer qual era. Era como um aprendizado reaprendido, uma agonia gerada pelo amor e pela estranheza por ser assim passiva, por permitir a adoração, o culto de um homem por sua mulher. Ela se moveu quando ele a moveu, virou-se quando ele a virou, abriu as coxas quando ele as pressionou com leveza.

Ele deslizou os dedos para dentro dela, acariciando-a até ela ficar tão úmida de desejo que pensou que poderia gozar apenas de tanto querer, mas então ele aproximou a cabeça entre suas coxas, experimentou-a com a língua, agradando-a gentilmente. Sem o menor esforço, ele segurou-a atormentada, parando para beijar-lhe a barriga, lamber-lhe e afagar-lhe as coxas, e então voltou, várias vezes, acariciando-a com a língua com tanta ternura até ela quase enlouquecer, mais do que isso, até quase perder a cabeça, até a onda de sensações físicas dominá-la, sacudindo e inundando sua carne trêmula, mais, mais e mais, levando-a para o fim do mundo, para aquele lugar onde não há nada além de sensações. Ele se moveu para segurá-la, o rosto encostado em sua barriga, os braços prendendo-a com força cada vez maior.

– Anne, *a ghràidh* – ela o escutou sussurrar enquanto seu peito arfava com dificuldade e ela voltava a suspirar mais profunda e lentamente, a sensibilidade da pele e da carne e dos membros voltava, a dor do desejo em sua boceta, esperando para recebê-lo, agora mais que nunca, para se juntar a ele, uma esposa pronta para ser possuída pelo marido. Ele se afastou para se deitar ao seu lado na cama, correndo a palma da mão quente levemente sobre sua pele arrepiada como se quisesse acalmar os tremores que abandonavam sua carne.

– Agora que está satisfeita – avisou com a voz doce e sóbria, os olhos profundos, escuros e sérios sob a luz das velas –, tenho algo a lhe pedir.

Como ele podia achar que precisava pedir alguma coisa quando ela ansiava por tê-lo dentro dela, pela sua masculinidade endurecida, para possuí-lo como marido enquanto ele se dava inteiramente a ela, assim como ela se perdia nele? Esticando o braço, ela colocou a mão atrás do pescoço dele, para puxá-lo para ela.

– Oh, meu amor – falou, apertando-o mais forte, tocando seu ombro com a boca –, qualquer coisa que queira de mim. – Ela alisou seu peito com a mão, descendo pelo seu abdômen trêmulo, deixando seus dedos encontrarem seu pênis duro e entumescido. Se ele quisesse se render ao toque dela, eles poderiam esperar para foder. Excitá-lo primeiro seria ainda mais prazeroso. – O que você quiser, querido. – Seus lábios tocaram sua pele quente. – Farei qualquer coisa para satisfazê-lo.

Ele pulou da cama, ficou de pé e enfiou a camisa na cabeça.

– Então, se é assim – falou de modo brusco e sem emoção –, deixei algumas cartas no meu escritório e gostaria de pegá-las de volta.

Ela estava certa de que seu queixo caíra. Ela o encarou descrente, e então pulou da cama, puxou a colcha de seda para cobrir a nudez do corpo e, passando por ele, correu até a porta, deixando-a escancarada.

– Will! Will! – gritou para o andar de baixo, e então se virou, encarando o marido, que ficara de pé olhando para ela com aquele meio sorriso irritante no rosto. – Como ousa?

– Então, você cumpre sua palavra? – perguntou, erguendo uma sobrancelha.

Will entrou correndo pela porta.

– Está tudo bem? – indagou ao ver apenas os dois.

– Não, não está nada bem! – berrou Anne. – Leve o capitão de volta à bodega. Já!

Will arregalou os olhos, perplexo. Anne não conseguia se conter. Ela passou correndo por Aeneas de novo, procurando as pistolas próximas da gaveta ao lado da cama.

– Não, não se dê ao trabalho – berrou. – Vou atirar nele aqui mesmo. Ela pegou uma arma e se virou.

– Acho melhor sairmos agora, chefe – aconselhou Will, puxando Aeneas pela camisa. Aeneas se esquivou e pegou sua manta antes de sair.

Anne manteve a pistola apontada para eles enquanto saíam pela porta, a mão trêmula. Sabia que, se atirasse, podia acertar o homem errado. Ela correu até a porta.

– E traga Donald – berrou atrás deles. – Tire-o da cama e o traga até aqui agora! – Ela bateu a porta, jogou a arma sobre a cama, deitou-se e chorou.

Elizabeth chegou antes de Donald, acordada pelos gritos. Ela abraçou a irmã, tentando confortá-la.

– Ele me humilhou – soluçou entre as lágrimas e a frustração. – Ele apenas me humilhou.

Sozinho na bodega, Aeneas enrolou a manta em volta do corpo, sentou-se com força no catre onde dormira aqueles dias, colocou a cabeça entre as mãos e gemeu. Seus testículos doíam, mas seu coração doía ainda mais. O que diabos ele fizera? Ele se abraçou para afastar o frio e se balançou para aplacar a dor na virilha. Que idiota ele fora, por deixar o orgulho conduzi-lo, quando aquela tinha sido a última coisa que seu corpo e seus sentimentos tinham desejado fazer. Por duas vezes, duas vezes, ele levara dor aonde deveria ter prevalecido o amor.

Ele se levantou e andou para lá e para cá. Se não estivesse tão loucamente apaixonado por ela, se não a desejasse tanto, teria sido tão fácil fodê-la e esquecer todo o resto. Mas ele queria que ela soubesse o que era ser rejeitado, o que significava ser destruído no coração do casamento, como era ver sua união reduzida à moeda comum da luxúria. Que idiota ele fora. Ele chutou a prateleira de vinho, gritando de dor no dedo quando as garrafas tilintaram, mancando de um lado para o outro, retorcendo-se de dor. Que completo idiota.

A porta se abriu acima dele e uma luz surgiu, seguida do barulho de pés descendo a escada. Ele esperava que fosse Anne, que tivesse tempo de pedir desculpas antes que ela atirasse nele. Ela não deveria viver sem saber que ele voltaria atrás se pudesse, que se pudesse viver aqueles minutos outra vez, faria tudo diferente.

Ele esperava que ela o acertasse na cabeça, explodindo-lhe o cérebro. Quem desceu foi Donald, trazendo uma lanterna e carregado de ferramentas.

– Tenho de acorrentá-lo – informou. – Com uma corrente longa o bastante para que alcance o penico, mas pequena para não alcançar o vinho. – Ele baixou as ferramentas e a lanterna. – Desculpe, chefe – pediu. – Não foi ideia minha. Tenho certeza de que ela vai mudar de ideia, é só lhe dar tempo.

– Consegui! Consegui!

Cumberland baixou a faca, limpou o queixo com um guardanapo e olhou em direção à interrupção. Era o general Hawley que entrava na tenda.

– Se conseguiu o aplauso dos seguidores do acampamento – reclamou o duque –, você deve pensar melhor antes de interromper meu café da manhã por isso. – Eles haviam saído de Aberdeen e avançado em direção a Inverness.

– Não, não. – Hawley estava muito excitado para conseguir entender a piada. – É aquilo que estava procurando. – Ele desenrolou o mapa que trazia em cima da mesa, empurrando o prato de Cumberland de lado, ansioso. – Aqui – mostrou com o dedo.

Cumberland franziu o cenho e olhou a cartografia.

– É um urzal, bastante elevado.

– Sim! – concordou Hawley, batendo o dedo no mapa outra vez. – Cercado por essas paredes, aqui e aqui. E úmido. Pantanoso, na verdade, em toda esta parte.

– Então – falou Cumberland ao notar a intenção –, se nos estabelecermos aqui... – apontou – será firme o bastante para as armas? Precisamos da artilharia.

– É seco ali. – Hawley passou a mão sobre a área. Um pedinte, com apenas um braço, morador das ruas cruéis de Aberdeen, tinha lhe fornecido a informação. O homem, Dùghall, odiava o clã cujas terras faziam fronteira com o local. – E a melhor parte: fica bem na soleira da porta da bruxa. A coronel deles, Anne – lançou – vai ter vista do quadrilátero.

– Você conseguiu a informação à força? – Cumberland o encarou, certo de que ouvira o ranger dos ossos do corpo magro do general. O homem era mais repugnante alegre que quando mal-intencionado.

– Subornado com ouro – olhou de modo lascivo Hawley –, a moeda do engano. – O pedinte havia custado pouco, mas seu novo informante cobrou um preço alto. – Ele bateu o dedo sobre o pântano. – Eles não vão lutar por isso. Minha vida está nisso.

Cumberland tirou o guardanapo do colarinho e o jogou na mesa.

– Acredito em você – concluiu. – Certamente não vão. – Sua voz parecia irada. – Nem George Murray será tolo o bastante para colocar suas forças como patos sentados com as asas depenadas para atirarmos neles!

– Ah – fez Hawley, balançando nos calcanhares, a boca abrindo em um sorriso que mais parecia um corte no rosto ossudo –, é aí que fica melhor ainda.

– O senhor perdeu o juízo? – George Murray olhou para o príncipe. – Essa terra não tem utilidade para os guerreiros das Terras Altas. Eles haviam saído de Inverness no dia anterior, sabendo que Cumberland não estava longe, e fixado residência na Culloden House. O dono do local, o velho juiz Forbes, havia fugido de Inverness com lorde Louden.

– É plano, aberto e estamos protegidos nos dois flancos por essas paredes, aqui e aqui – explicou o príncipe, indicando o cercado de pedra seca no mapa.

– Mas úmido no inverno. – MacGillivray franziu o cenho. – Faltará apoio debaixo dos pés.

– Não a essa altura do mar – discordou O'Sullivan.

– Podemos derrubar essas paredes de pedra antes – ofereceu Lovat.

– Abri-la. – Balmerino concordou com a cabeça.

– E expor nossos flancos? – questionou O'Sullivan.

– Melhor expô-los que ficarmos encurralados – lançou lorde George. – Senhor – ele se virou para o príncipe –, aconselho a renunciar esse campo. Nossas forças no norte precisam de mais tempo para chegar aqui. Cruzar o Nairn. O solo nos será mais propício, e outro dia de atraso vai permitir que as forças de Cluny se juntem a nós no sul.

– Sempre aconselhando o atraso, lorde George – sorriu o príncipe. – O último nos custou Londres. Não vamos acreditar em você dessa vez. Vou comandar nosso próximo confronto. O'Sullivan escolheu o terreno, e eu concordo.

O conselho de guerra ficou abismado.

– Lorde George nos deu Prestonpans e Falkirk – afirmou Margaret Johnstone.

– *Mais oui* – o príncipe a encarou – o conselho feminino. Bem, lady Ogilvie, isso deveria apelar para suas sensibilidades femininas. Meu primo comemora o aniversário hoje. Deixe-o partir enquanto ele pode. Amanhã ele receberá nosso presente atrasado. – Ele bateu o indicador no mapa. – Vamos lutar aqui. – Ele examinou o grupo. – Se vou ficar sozinho e não contarei com o apoio dos meus soldados, que seja. Mas amanhã resolveremos isso.

– E colocaremos um fim nesse terrível assunto! – declarou George Murray.

Trinta e dois

Elizabeth sentou-se sozinha na sala de jantar para comer. A comida, sobras da festa, parecia sem gosto. Não importava qual fora a intenção de Aeneas, ele havia estragado tudo para ela. Ela tentara pegar a chave de Jessie para descer à bodega e repreendê-lo, mas Jessie não cederia dessa vez. Antes de, por fim, cair no sono, Anne havia ordenado que Aeneas não recebesse visitas e que ela levasse apenas pequenas porções de comida. Anne ainda dormia, exausta do dia anterior, que terminara com uma carga emocional perturbadora.

Ela ouviu vozes alteradas vindas da cozinha, Will e Jessie e outro homem. A porta da cozinha se abriu e Jessie fez entrar o estranho. Era o rapaz de apenas um braço que dançara a maior parte do dia anterior.

– Tem certeza de que Robbie não pode ver Anne? – indagou Jessie.

– Eu tenho de vê-la – explicou o rapaz. – MacGillivray me mandou vê-la. – Ele tirou um bilhete de dentro da manta. – Preciso entregar isto a ela.

– Eu cuido disso, Jessie – concluiu Elizabeth. – Vá fazer uma xícara de chá. Já vou subir logo. – Quando Jessie saiu da sala e fechou a porta, ela encarou o jovem. – Deixe-me ver o bilhete.

– Preciso entregá-lo pessoalmente à coronel Anne – resistiu.

– Ela não está bem – garantiu Elizabeth. – Sou sua irmã, e muito próxima ao chefe MacGillivray. Se me der isso, levarei lá em cima.

Embora hesitando, entregou o bilhete a ela.

– Eles estão se reunindo no urzal – revelou. – Foi lá que os vi.

– Você precisa voltar para lá? – MacGillivray devia esperar uma resposta.

– Não, senhorita, não sirvo muito para lutar agora. Vou amanhã para assistir, quando os ingleses vierem. Meu Shameless deve estar lá.

– Amanhã? – A situação era urgente, então.

– Vou cuidar para que ela receba isto – contou a Robbie. – Pode ir. – Assim que ele saiu, ela abriu o bilhete e examinou suas breves linhas. MacGillivray queria que Anne se juntasse a ele em Drumossie. Era um assunto de guerra, contando basicamente que o primo de Anne fora destituído do comando. Não significava nada a Elizabeth – os Murray não tinham parentesco com ela –, com exceção da devoção eterna expressa no final. O que Anne tinha que os homens a amavam com tanta facilidade?

Quando Jessie trouxe o chá, Elizabeth guardou o bilhete no bolso, pegou a bandeja e subiu as escadas. Anne iria encontrar MacGillivray naquele dia como ele pedira e, já que ela e Aeneas estavam brigados, provavelmente ficaria com ele. Seria o fim do casamento da irmã, o fim das esperanças de Elizabeth para ela mesma. Não havia nada mais a fazer para mudar as coisas e atrair a atenção de MacGillivray para si. Era muito tarde.

Anne não estava dormindo, mas acordada, limpa e vestida, empacotando suas coisas.

– Ah, chá – exclamou quando Elizabeth entrou. – Era disso que eu precisava.

Elizabeth apoiou a bandeja e serviu-lhe uma xícara.

– O que você está fazendo?

– Indo embora – revelou. – Não há nada para mim aqui. Se eu ficar agora, vou me tornar amarga e vingativa.

– Aeneas bem merece isso – garantiu a irmã.

– Mas eu não – concluiu Anne. – Tenho sido tola, fiz uma escolha tola. O amor não é difícil e implacável, é generoso e bondoso. Alexander me mostrou isso.

– Você está indo encontrá-lo. – Aquilo não era uma pergunta.

Anne concordou com a cabeça.

– Amanhã minhas coisas seguem para Dunmaglas. Vou reunir meus soldados. – Ela apoiou a xícara de chá e abraçou Elizabeth. – Não fique decepcionada – pediu. – Haverá alguém para você, mas nunca foi ele.

– Ele gosta o bastante de mim. Isso não é justo. Você não o ama.

– Amo, e um amor mais fácil do que o que sinto por Aeneas. Alexander não me dá nada além da bondade. Mais que isso, ele acolhe meu amor por ele. – Aeneas a excluíra, não permitira que ela lhe desse seu amor. Um homem que não sabia ser amado, que não podia se mostrar vulnerável, que não podia ao menos controlar a intimidade era um homem que não podia amar. Ela esfregou o braço de Elizabeth. – Você e eu desejamos homens que não se importam conosco. É difícil achar uma cama para se deitar por muito tempo. – Ela olhou o quarto. – Todas essas coisas. Vou levar até a hora de dormir para arrumar tudo. – Ela abriu a porta e gritou para que Jessie subisse.

Elizabeth foi até a janela e olhou em direção ao urzal. Não conseguia ver nada àquela distância. O bilhete a provocava em seu bolso. Por que ela não desistia? Não faria diferença agora se Anne partisse naquele dia ou no outro.

– Jessie – falou Anne quando a garota entrou. – Preciso que Will vá até Inverness e volte antes do anoitecer. Ele terá de carregar a carroça de manhã.

Jessie contraiu o rosto. Suas mãos passavam pelo avental e paravam abertas e tensas sobre a barriga aumentada.

– Ele foi embora – contou. – Foi lutar.

– Mas Will não é um guerreiro – falou Anne.

– Eu sei, disse isso a ele. – Jessie começou a chorar. – Ele falou que ia me mostrar que era homem o suficiente.

– Oh, querida. – Anne puxou a garota para abraçá-la. – Não chore. Vou encontrá-lo amanhã e mandá-lo de volta.

– Vai? – Jessie se animou.

– Sim – concordou com a cabeça Anne. – O bebê de vocês não vai crescer sem pai. Agora vamos todas tomar uma xícara de chá. E então estaremos prontas para empacotar tudo.

– O que você precisava de Inverness? – quis saber Elizabeth. Seu coração estava apertado no peito. O urzal ficava a caminho de lá.

– Isso pode esperar – disse Anne enquanto servia mais chá. – É preciso avisar a viúva que ela será a dona da casa de novo, ao menos até Aeneas encontrar uma mulher com quem morar, se é que alguma consegue morar com ele.

– Está nos deixando? – perguntou Jessie.

– Sim – afirmou –, e sem lágrimas pela minha partida.

– Vou a Inverness – decidiu Elizabeth. – Não me importo, e para falar a verdade, vou gostar de sair um pouco.

– Vai percorrer todo o caminho e estar de volta antes da noite?

– Se ajudar.

Anne lançou os braços ao redor da irmã e beijou-lhe a face. – Você é uma bênção para mim – entusiasmou-se. – Mas não posso deixar você ir, não sozinha. Você tem dezenove anos – sorriu. – E há uma guerra lá fora.

– Ficarei bem – insistiu. – A estrada vai direto até lá, não há como me perder.

E assim ficou combinado. Ela informaria à viúva que Moy Hall ficaria sem dona de casa na manhã seguinte. Jessie e Anne fariam as malas. No dia seguinte, quando a carroça estivesse carregada, Elizabeth iria a Dunmaglas e então para casa em Invercauld. Anne voltaria ao exército. Era tudo bem simples, exceto que Elizabeth não tinha intenção de ir a Inverness. Havia uma noite ainda, uma noite em que ela talvez por fim convencesse MacGillivray de que seu futuro não era ao lado de Anne, mas do dela. Era uma pequena chance, mas a única que tinha. Ela iria a Drumossie para encontrá-lo e talvez mudar a vida dos dois.

Não era difícil encontrá-lo. Entre milhares de homens andando de um lado para o outro e montando acampamento, sua estatura e o resplendor de seu cabelo vermelho dourado o faziam se destacar, perto da tenda de suprimentos. Seu rosto se iluminou quando ela veio até ele, pensando por um momento que fosse Anne. Quando percebeu que não era, sua expressão se tornou preocupada.

– *Ciod e*? Anne está vindo? – perguntou antes mesmo que ela descesse do cavalo.

Elizabeth esticou os braços para que ele a ajudasse a desmontar. Talvez fosse sua vez de bancar a tola. O primeiro pensamento dele era sempre para sua irmã, ele nem mesmo tinha a educação de cumprimentá-la.

– Amanhã – avisou quando chegou ao lado dele, olhando para seu rosto franzido. Ele deveria se preocupar com ela, ali entre soldados estrangeiros.

– E ela está feliz com isso?

– Por que não estaria?

– Achei que ela queria que estivéssemos prontos. – Ele olhou ao redor, balançando a cabeça. – Esse solo não é bom, e com lorde George destituído do comando... Seu pensamento deu lugar ao silêncio.

– Mas ela espera que você lute por esse príncipe idiota.

Ele virou, olhando intensivamente para ela.

– Foi isso que ela disse?

Elizabeth só tinha querido mostrar como Anne se importava pouco com a sobrevivência dele.

– Ela não chamou o príncipe de idiota – corrigiu. – Essa é minha opinião.

– Mas ela acha que devemos lutar?

– É claro que sim. – Elizabeth pôs a mão sobre o peito dele. – É para isso que ela quer você, não é? Aeneas não faria isso.

– Como sua irmã podia colocar um homem como aquele em risco? Ele deveria ser um amante, não um guerreiro. – Se você me ouvisse, para variar, eu o tiraria deste campo agora mesmo e o levaria para um lugar mais quente e melhor.

– Cuidado com essa oferta – avisou sorrindo.

O estômago de Elizabeth revirou. Esse era o MacGillivray que ela queria, aquele que ria, zombava e flertava, o homem que olhava para ela com o rosto sincero.

– Então aceite – sugeriu, flertando-o com o olhar.

Mas ele ficou sério outra vez.

– É por um lugar melhor que estamos lutando – avisou. – Para sermos um povo livre como escolhemos. – Ele colocou as mãos sobre os ombros dela, sorrindo de novo. – Então uma mulher fogosa como você vai poder oferecer seu amor a um homem como eu em segurança. – Ele tocou o queixo dela, inclinou-se e deu-lhe um beijo suave na boca.

Os pensamentos e as palavras desapareceram da cabeça de Elizabeth. Ele poderia ser dela se Anne não estivesse sempre no meio do caminho.

– Você está perseguindo minhas duas irmãs? – interrompeu uma voz nada contente. Era James, irmão de Elizabeth. Ela havia esquecido de que ele estaria lá também. O barão Bàn, seu primo Francis, vinha a cavalo ao lado dele.

– Foi só agradecimento – respondeu MacGillivray. – Ela veio para nos desejar sorte.

– Isso vem em boa hora – disse Francis, agradecendo a Elizabeth com outro beijo. – Lorde George sugeriu que atacássemos Cumberland no campo dele antes de anoitecer.

– Pensei que George estivesse fora da jogada – presumiu MacGillivray.

– Então ele espera ganhar o território de volta antes de amanhã – resumiu Francis. – O príncipe concordou. Ele gosta da ideia de dar a derrota de presente no aniversário real, enquanto eles estiverem bebendo e comemorando. O'Sullivan não está muito contente.

– Está bom para mim – revelou MacGillivray. – Vamos liderar o caminho. – Ele chamou Donald Fraser e lhe passou instruções para deixar o regimento pronto.

– Você deveria estar em Invercauld – avisou James a Elizabeth. – É mais seguro lá.

– Vou para casa amanhã – avisou ela, mas fez uma careta quando ele virou as costas e saiu com Francis para preparar os Farquharson para a incursão noturna.

– Esse é um bom conselho – falou MacGillivray. – Cumberland está a apenas dezesseis quilômetros daqui. Se seu exército se dispersar, você não vai querer se deparar com soldados desgarrados.

– Então você se importa com o que acontece comigo? – Elizabeth inclinou a cabeça graciosamente, olhando nos olhos dele enquanto corria a mão por seu braço.

– É claro que me importo.

Aquilo era tudo que ela precisava ouvir. Ela escorregou as mãos ao redor da cintura dele, tirando as armas e a escarcela do meio deles, colocando o rosto contra seu peito.

– Então fique comigo. – Ela falou baixinho, com a voz profunda, esticando-se para tocar seu pescoço com os lábios. – Deixe o resto deles lutar na guerra. – Seus lábios pressionaram a pele dele, movendo-se contra ele. – Posso amá-lo melhor do que imagina.

– Eu só estaria tirando vantagem.

– E quem pode se machucar com isso? – Ele estava ficando excitado embaixo da manta. Nós dois somos livres para foder com quem quisermos. – Ela colocou a mão embaixo para levantar a barra do *kilt* dele. Ele de fato a desejava.

– Vamos, *trobhad*. – Ele a puxou para dentro da tenda de suprimentos e tocou o homem do estoque para fora.

Assim que os dois estavam seguros e sozinhos sob a lona, Elizabeth abraçou MacGillivray outra vez, esticando-se para beijar sua boca, tirando seu *kilt* do caminho com a outra mão para assim poder tocá-lo. Ele segurou seus braços com gentileza, mas firmemente, e a afastou.

– Você não desiste facilmente – disse.

– Mas você me deseja.

– Meu corpo é um instrumento do desejo, e é fácil para ele querer – explicou. – Mas coloque uma corda no meu pescoço, faça-me temer ou tente me ferir e vai ter a mesma resposta.

– Foi para isso que me trouxe aqui dentro, para dizer isso?

– Não queria deixá-la envergonhada na frente dos outros – contou baixinho, e então esboçou um leve sorriso. – Você faria seu irmão lutar para me fazer foder com você? – Ele deu um passo em direção a ela outra vez, colocou a mão sobre seu cabelo e o acariciou. – Elizabeth, eu amo sua irmã. Entenda o que isso significa.

Ela afastou sua mão enquanto lágrimas de raiva rolavam em seu rosto.

– Bem, ela não o ama – gritou. – Por isso não está aqui, ela está muito ocupada fodendo com o marido!

Ele estremeceu. Pelo menos havia alguma satisfação em saber que podia machucá-lo. Mas quando ele a olhou novamente, a desolação em seus olhos a fez desejar retirar o que dissera.

– Então tudo está como deveria ser. – Ele engoliu com dificuldade, como se algo estivesse preso em sua garganta. – Você foi enviada para me consolar?

Ela desviou o olhar, olhando para baixo, para a grama cheia de barro sob os pés deles, envergonhada, extremamente envergonhada, e balançou a cabeça.

– Anne não sabe que estou aqui.

Ele deu um passo até a saída da tenda e interrompeu a conversa.

– Vá para casa, Elizabeth – ordenou com a voz rouca e trêmula. – E antes de arrumar um marido – continuou, pigarreando –, aprenda que os homens são mais que parceiros de foda desalmados. – Quando ele saiu, a abertura da tenda bateu atrás de si.

Anne estava apertando a correia do último baú quando ouviu Elizabeth subir correndo as escadas, entrar em seu quarto e bater a porta. Ela pensou se devia vê-la, mas decidiu que não. Seria gentil de sua parte deixar a irmã pensar que ela não adivinhara, não fazê-la ter de confessar a rejeição de MacGillivray. De outro modo, a irmã teria entrado no quarto de Anne para anunciar que fora para a cama com Alexander. Pobre Elizabeth, como se ela tivesse ido a Inverness para servir qualquer um exceto a si mesma.

Anne olhou em volta do quarto. A não ser pelas roupas de cavalgar, prontas para usar na manhã seguinte, tudo estava empacotado. Não culpava a irmã. Ela tinha sido igual, também quisera mudar o mundo para que ele se adequasse a ela, e não o contrário. No andar de baixo havia outras caixas; ela ia levar tudo que trouxera consigo quando se casara. No dia seguinte, quando Aeneas fosse solto da bodega, não restaria nenhuma lembrança dela. Ela desceu as escadas. Sem Will, precisava encilhar, massagear e alimentar o cavalo. Estava escurecendo, e uma neve úmida típica de abril começava a cair lá fora.

Trinta e três

Na manhã daquele dia, Anne acordou com a luz acinzentada da neve fina que caía. Ela havia deixado as persianas abertas para que o céu a despertasse cedo, mas a luz opaca significava que era mais tarde do que parecia. A chuva de gelo descia pela janela como lâminas finas e afiadas. Ela ficou deitada, quieta, ouvindo o barulho da chuva por alguns minutos, os raios hipnóticos, os flocos de neve fina correndo pelos vidros, acumulando-se em montinhos brancos que logo desapareciam. Não havia júbilo no que ela estava prestes a fazer, apenas uma determinação nefasta. O clima era propício. O alívio chegaria quando tudo estivesse terminado. A primavera viria depois do último vislumbre do inverno, trazendo vida nova, como deveria ser.

Na bodega, Aeneas não conseguia dormir direito. A sombra das prateleiras e barris de vinho desenhava companheiros falsos. Donald Fraser havia acorrentado seu tornozelo direito e seu pulso esquerdo com extrema habilidade. Ele precisaria de um ferreiro para se soltar. As correntes eram fortes o bastante para prendê-lo, mas não tão pesadas que ele não pudesse se movimentar. Elas faziam barulho cada vez que ele se virava, movia-se ou levantava. Correntes colocadas pela esposa. Por quanto tempo eles continuariam com aquilo? Ele achou que sua raiva já tinha sido suficiente. Quando Jessie trouxesse o café da manhã, ele chamaria Anne e pediria desculpas, admitindo que estava errado. Ela o vencera não porque o acorrentara, mas porque não fizera nada pior. Anne era verdadeira consigo mesma, e mesmo que isso o irritasse muito, ele a admirava por isso. No alto da bodega, a claraboia na altura do chão deixou uma luz fraca e acinzentada entrar. Já era de manhã.

Não era tão cedo, a luz enganava. Nas florestas esparsas e construções precárias em volta da Culloden House, milhares de habitantes das Terras Altas exaustos dormiam sobre qualquer coisa que tivessem encontrado para servir de cama. Corpos se empilhavam nas barracas de mantimentos, embaixo das carroças e das poucas tochas que havia. Aqueles que não tinham com que se proteger do gelo amontoavam-se debaixo das mantas. MacGillivray escolhera ficar ao relento, perto de seus homens. Conhecendo o terreno, eles lideraram a marcha a Nairn na noite anterior, para cerca de três quilômetros perto do acampamento onde Cumberland dormia. Inacreditavelmente, suas guarnições que ficaram para trás ainda não tinham se juntado a eles. Ele parara várias vezes com lorde George para esperar que o príncipe e O'Sullivan trouxessem as fileiras de trás. O atraso significava que era tarde demais para prosseguir e atacar antes que amanhecesse. Eles recuaram, marchando para trás outra vez, sem poder dormir até a madrugada. De repente, alguém surgiu correndo e a mão de um Cameron o acordou.

– Eles estão vindo! Estão vindo! – falou o homem, e então correu para a Culloden House. MacGillivray ficou de pé em um pulo e acordou seus homens. As gaitas e tambores começaram a soar, chamando-os às armas. Eram onze da manhã.

Em um chalé na fronteira do urzal, a esposa de MacBean amassava o pão. Seu marido andava atrás dela, colocando o cinto que trazia a espada embainhada. Quando ficou cheia de vê-lo andar de um lado para o outro, virou-se, segurou-o pela manta e deu-lhe um beijo quente e molhado na boca.

– Agora vá, se você tem que ir – murmurou, virando-se para a massa para não ter de encarar o amor nos olhos cheios de lágrimas do marido. Velho tolo. – Deixe-me cozinhar em paz. – A porta se abriu atrás dela, deixando o vento e a chuva entrarem no calor. – Você vai querer comer – disse quando a porta se fechou atrás dela – quando voltar.

No café da manhã, Anne tirou os olhos de seu mingau para escutar o barulho. Não era a chuva, mas um som abafado pela cortina de gelo que caía. Ela se esforçou para escutar – tambores, gaitas, ela tinha certeza, ali e mais ao longe. Eles deviam estar se reunindo, deixando Inverness. Sua decisão de partir vinha em boa hora. MacGillivray iria mandar chamá-la em breve. Elizabeth entrou vestida, mas ainda com cara de sono. Anne desejou poder falar com a irmã sobre a noite anterior e sua ida a Inverness naquela noite chuvosa de fevereiro, mas era melhor não tocar no assunto, deixá-la confessar por si própria.

– Está ansiosa para voltar para casa? – perguntou em vez disso.

– Sim – respondeu desconsolada –, agora que você vai embora.

Anne serviu-lhe chá, mas a irmã fez uma careta e preferiu cerveja para acompanhar a aveia. Quando Jessie trouxe o mingau grosso e bem quente, revelou que tinha encontrado um senhor – um pequeno arrendatário de terra – e um rapaz para conduzirem a carroça a Dunmaglas e então escoltar Elizabeth a Invercauld.

– Eles estarão aqui em breve – informou Jessie. No tempo dos habitantes das Terras Altas, isso podia significar horas.

– Você ouviu as gaitas e tambores? – indagou Anne. – Meus ouvidos talvez estejam me pregando uma peça.

– Sim, começou meia hora atrás – falou Jessie. – Agora parou. Eles estão se reunindo no urzal. Will foi para lá.

Então ela estava certa, eles se reuniam, não iriam lutar em Drumossie, a menos que quisessem perder. George os levaria a Nairn, para aquele lado do rio onde o terreno era seco, acidentado e perigoso. Se ela os esperasse cruzar naquela direção, não precisaria viajar tão longe, e levaria meia hora trotando em vez do dobro disso. Mas ela queria partir, queria estar com eles. Sentia-se mais em casa no exército do que lá. Ela saiu, amarrou a carroça ao cavalo e o levou até a porta. Quando Elizabeth terminou de comer, elas começaram a descer os baús e caixas do andar de cima. Jessie foi dispensada de carregar peso, e em vez disso ateve-se a embrulhar comida para a viagem.

Em Drumossie, a neve fina que caía batia no rosto dos guerreiros. A visibilidade era precária. Eles estavam enfileirados e em formação de combate por uma hora ou mais, cansados, famintos e gelados. Entre os tufos de grama áspera do urzal, o gelo branco se acumulava.

– Você mandou chamar Anne? – perguntou Donald Fraser, à esquerda de MacGillivray.

– Sim – respondeu com a expressão séria. – Talvez Aeneas não a tenha deixado vir.

– Só se ela tiver tentado desacorrentá-lo – riu Fraser. – Mas duvido que ele consiga sair da bodega até eu ou Lachlan voltarmos.

– Você o acorrentou?

– Foi a última coisa que fiz antes de vir para cá – revelou Fraser. – Ele e Anne estão em lados tão opostos agora que duvido que haja algum outro lado que Aeneas possa encontrar.

MacGillivray ficou confuso. A decisão de como Anne devia tratar o marido cabia a ela. Ele não conseguia imaginar o que Aeneas fizera para merecer as correntes. Um sorriso atravessou-lhe o rosto. Discordar dela era provavelmente suficiente. Mas era estranho, ao mesmo tempo. Não era bem a situação descrita por Elizabeth. Pela primeira vez ele pensou no bilhete que mandara entregar. Anne não o teria ignorado, mas ele fora entregue, pois Elizabeth sabia aonde encontrá-lo.

– Acho que a irmã dela está com meu bilhete – contou a Fraser. – Duvido que Anne tenha sequer visto. – Ela não os abandonaria, tampouco o desapontaria.

Ele apertou os olhos para ver o campo sob a neve fina. Lorde George e seus homens de Atholl estavam enfileirados à direita, deixando o príncipe com O'Sullivan para comandar a parte de trás. George deixara a lealdade à causa falar mais alto naquele dia, contra seu juízo. Eles estavam indo lutar, e ainda por cima sem Anne. Essa seria uma vitória difícil de conquistar, se é que tinham condições para isso. Melhor seria ela descobrir isso depois, aquele seria um campo de batalha sangrento demais para se observar.

Apesar do mau tempo, havia gente assistindo: multidões vindas de Inverness estavam mal posicionadas, um punhado de garotos mais velhos que deveriam estar na escola se alojara no cume. As mulheres e os filhos dos guerreiros estavam logo atrás das fileiras, longe do perigo, no terreno plano, separadas das mulheres dos comandantes lideradas por Margaret e Greta, que estavam próximas ao príncipe. Will McIntosh abria espaço entre MacGillivray e Fraser.

– Posso ficar com Donald? – perguntou o rapaz do estábulo aparentando estranhamente em desacordo com as armas embainhadas na cintura.

– Não, não pode – respondeu MacGillivray. – Você precisa merecer seu lugar na frente. – MacBean estava à sua direita. A idade e a experiência contavam mais na batalha, para inspirar os jovens das fileiras de trás a serem bravos e corajosos. – Vá para trás – ordenou a Will –, atrás de Lachlan, onde colocamos você. – Quando o rapaz recuou, MacGillivray percorreu as fileiras do clã Chattan, dos McIntosh aos Farquharson. Comandante em chefe dos Chattan, estava no comando das duas famílias, e daria ordens aos seus capitães, o irmão e o primo de Anne, antes que o inimigo chegasse. Enquanto falava com James e Francis, eles ouviram os tambores. Olhando à frente, sob a neve e a chuva, MacGillivray viu o primeiro relance dos soldados vestidos de vermelho ao longe.

Em seu quarto, Anne pegou sua roupa de montaria, o veludo azul enfeitado com tecido tartã que usara para reunir o clã e aderir ao levante na primeira vez que se afastara de Aeneas. Ela ia se trocar quando tudo estivesse na carroça. Parecia boa ideia vestir a roupa agora que se afastaria dele definitivamente. Colocou uma roseta nova na boina azul, pronta para se vestir. Não haveria volta, não de novo. Atrás dela, a cama de casal estava feita com lençóis de linho limpos e cobertas novas. Ela não deixaria nem mesmo seu cheiro para trás. Aeneas ficaria com a cama assim que ela fosse embora. Ele poderia tirar suas próprias roupas do armário. Jessie tinha as ferramentas de Donald, eles poderiam resolver entre eles ou esperar até o ferreiro retornar.

O velho arrendatário e o rapaz haviam chegado para carregar a carroça. Os últimos pertences do quarto tinham sido levados para baixo. Tudo a ser carregado estava lá embaixo. Anne conferiu o quarto, abriu armários e gavetas, desejando não deixar nenhum rastro para trás. No chão do guarda-roupa só havia a caixa com os documentos pessoais de Aeneas. Ela havia deixado a certidão de casamento, que era de ambos. Pegou a caixa, colocou-a sobre a penteadeira e a abriu. Os papéis que estavam por cima eram novos. Curiosa, ela os abriu e leu.

Aeneas estava de pé, arrastando as correntes, quando a porta da bodega se abriu no alto da escada. Pés desciam a escada, os pés de Anne, as saias brancas roçando os degraus. Agora ele podia falar com ela, pedir-lhe perdão, fazer as pazes.

– Anne – falou logo que viu seu rosto – graças a Deus. Jessie disse que você estava indo embora. Achei que fosse partir sem me deixar falar com você.

– Não vim aqui para o deixar falar – disse. Ela estava furiosa. – Vim lhe dizer o que penso de você. – Ela segurava uns papéis, a renúncia da dívida e a escritura da Moy Hall e das terras do clã. Ela os balançou com raiva enquanto os mostrava. – Você nos vendeu! Vendeu nossa causa, nosso clã, e vendeu nosso casamento, por isto! Por paredes de pedra e um pedaço de chão! Agora sei porque aderiu à Guarda Negra, porque ficou contra nós, ao lado do governo!

– Não pedi nem esperava por isso.

– Tem seu nome aqui! Isso o torna dono da Moy, o que você nunca foi e nem pode ser. A terra é do clã!

– Mulher, vai me deixar falar? – A raiva que ele julgara que não fosse surgir contra ela de novo o dominou. – Tem meu nome aí porque é assim que eles fazem. Você sabe disso! Você luta contra a forma como eles detêm as propriedades.

– Porque eles a criaram para nos controlar!

– Eu sei disso. Forbes jogou a perda de Moy na minha cara. Mas voltou atrás depois de Prestonpans, quando achou que estávamos derrotados. Ele me deu isso para me deixar ir embora!

– O quê? Ele deu um presente que não era dele para alguém que não tinha o direito de receber! – Ela estava sendo mordaz. – E, com isso em mãos, você voltou para casa, para seu clã, para sua esposa? Acho que não!

Aeneas a encarou.

– Minha esposa estava no exército com outro homem.

– Não naquela época. Não até pensar que você tinha enforcado Ewan. Não até depois de Falkirk. – Ela foi até perto dele.

– Mas estou indo ficar com ele agora. Pode guardar isto na bolsa. – Ela jogou os papéis aos pés dele. – Veja se pode manter sua ereção de agora em diante!

Eles ouviram um estrondo, um estampido alto. Aeneas e Anne olharam para cima, para a pequena janela acima deles. O estrondo revelou-se um tiro de canhão, distante, mas inconfundível. Elizabeth apareceu no alto da escada.

– Anne, ouviu isso? – gritou descendo alguns degraus até conseguir ouvir a irmã, seu rosto amedrontado.

– Vem lá de cima, do urzal. – Aeneas virou-se para Anne.

– Não pode ser. – Ela olhou para ele e para Elizabeth. – MacGillivray teria mandado me chamar.

Elizabeth, chorando, caíu na escada.

– Ele mandou, ontem de manhã – berrou. – Não queria causar nenhum mal. Ele disse que você não queria que eles lutassem lá.

Anne correu até ela. O barulho dos tiros, a onze quilômetros de distância, parecia um trovão.

– Você o deixou pensar que eu não iria?

– Anne, tire-me daqui. – Aeneas puxou as correntes. – Vou com você!

– É muito tarde para isso! – gritou. Ela pôs Elizabeth de pé, subiu os últimos degraus e saiu da bodega. A porta atrás dele bateu, trancada.

Trinta e quatro

A fumaça espessa envolvia MacGillivray, de pé diante de seus homens, enquanto o tiro do canhão do governo assobiava sobre sua cabeça e granadas dos morteiros de Coehorn explodiam entre as fileiras jacobitas. Bem atrás das fileiras, cavalos relinchavam, homens gritavam e projéteis atingiam seus alvos.

– Juntem-se, juntem-se – ele ouviu o capitão nas fileiras de trás gritar a seus soldados para preencher as lacunas deixadas pelos mortos. Eles suportaram dez minutos assim, esperando o comando para atacar. Lorde George havia deixado sua posição e voltado para ver se o príncipe daria a ordem para atacar. Com a expressão séria, MacGillivray aguardava e teve de encolher-se quando uma bala rasteira atingiu sua fileira. Sem se virar para ver quem tinha sido atingido, apenas ouviu o baque, o som doentio da carne se estraçalhando e dos ossos se quebrando. Fosse quem fosse, já estava morto, pois não gritara.

– Juntem-se, juntem-se – gritou Donald Fraser atrás dele.

Anne conduziu Pibroch a galope e passou pelo extremo do loch Moy e sobre as colinas, incitando o cavalo a ir mais depressa do que jamais ousara. Mesmo naquela velocidade, Drumossie ficava a vinte minutos de distância. Não importava que ela soubesse conduzir o animal com maestria pelas encostas e córregos, ainda era preciso atravessar colinas, o pântano e o Nairn. Tudo isso a atrasava. O som dos canhões aumentava a cada passo, o baque e o estampido dos morteiros. Ela ouviria os gritos de guerra sobre a barragem, os mosquetes abrindo fogo, revidando? Se MacGillivray já tivesse saído, em direção ao inimigo, ela não poderia pará-los, apenas torcer para que sua presença fosse notada, deixá-los ver que ela não os tinha abandonado para lutar enquanto ficava segura em casa.

– Não vá – rezou –, não ainda. – Mais uma vez, ela instou o cavalo branco a um esforço ainda maior.

– Precisamos derrubar a parede à nossa direita – gritou lorde George a O'Sullivan –, estamos flanqueados atrás dela!

O'Sullivan continuou olhando para frente, ignorando-o. Lorde George virou-se para o príncipe.

– *Pour la pitié*,[32] você vai ordenar o ataque – instou – ou vamos apenas morrer aqui?

O príncipe virou o cavalo, olhando indeciso para ele.

– O inimigo deve avançar primeiro – justificou.

– E se eles não fizerem isso? – Lorde George sentiu um calafrio diante do olhar do homem. O príncipe não tinha ideia de como comandar, apesar de ter assumido essa função. – O povo das Terras Altas sempre ataca – apontou de novo, afirmando o óbvio. – Essa é sua força.

O canhão do governo atirou. Uma bala atingiu a cavalaria de lorde Elcho em um local perigosamente próximo ao príncipe. O'Sullivan inclinou-se para falar ao ouvido do príncipe.

– Deixe as armas fazerem seu trabalho – pediu. – Assim eles vão avançar.

– As nossas estão quase em silêncio – falou com raiva lorde George. – As únicas que trabalham são as deles!

– Podemos esperar – garantiu o príncipe. – *Noblesse oblige*.[33] – Mas ele olhou para O'Sullivan, buscando que ele concordasse. O ajudante concordou com a cabeça e indicou que a fileira de comando deveria recuar ainda mais, para trás das reservas francesas, fora do

[32] "Por misericórdia", em francês. (N.E.)

[33] "Obrigações da nobreza", em francês. (N.E.)

alcance do inimigo. Aquela área já abrigava uma matança, cheia de membros, corpos, o cheiro de sangue e de morte nas fileiras de trás.

Lorde George desistiu, virou o cavalo e dirigiu-se à frente outra vez.

À frente, MacGillivray cerrou a mandíbula com força. Eles já estavam parados havia vinte minutos, e ainda não viera nenhuma ordem. Ele ouviu o estrondo da artilharia do governo. Um tiro passou raspando, destruindo suas fileiras, e homens gritavam ao fundo.

– Juntem-se, juntem-se – berrou outra vez Fraser. A ordem ecoou de bem detrás enquanto os sobreviventes iam para frente para preencher as lacunas deixadas pelos mortos.

– Chega – murmurou MacGillivray. Eles tinham aguentado tudo que podiam. Enfiou a boina, levantou as mãos atrás da cabeça e sacou a espada enorme da bainha detrás das costas.

– Espada! – gritou.

O alívio espalhou-se pelas fileiras dos McIntosh e do clã Chattan. Homens prontos para a batalha ajeitaram a boina e sacaram as pistolas. MacGillivray empunhou a espada à frente.

– Loch Moy! – lançou o grito de guerra, seguido pelos homens atrás dele, e então eles atacaram, correndo pelo campo até os inimigos ingleses em formação cerrada.

Ao ouvi-los se aproximar, as armas do governo trocaram as balas por metralha, carregaram o canhão com sacos de pregos, fragmentos de metal e baixaram o ângulo para cobrir o campo em frente. Ao ver MacGillivray avançar, Lochiel empunhou a própria espada e incitou os homens da família Cameron para a batalha. Lorde George, chegando de volta na sua brigada de Atholl, viu que o poder de decisão tinha sido arrancado das mãos do príncipe pelo regimento McIntosh e que a ordem para atacar tinha sido dada.

A meio caminho para baixo do campo, o primeiro tiro de metralha passou pelo meio dos homens de MacGillivray enquanto eles pararam para descarregar as pistolas. Corpos caíram, tiros foram disparados, pistolas jogadas, e era possível ouvir o som alto de metal das espadas, dos machados e punhais sendo sacados. A linha de frente do governo atirou e se ajoelhou para recarregar as armas. Os homens da segunda fileira miraram.

– Loch Moy! – gritou MacGillivray mais uma vez antes de atacar.

Contornando as ladeiras mais baixas, com a cabeça abaixada sobre o pescoço de Pibroch, Anne tinha ouvido a mudança no som do tiro de canhão. Sem saber a causa, ela desejou que isso significasse que alguma das armas maiores tivesse sido silenciada. Agora ela ouvia o tiro de mosquete, rápido, a descarga repetitiva das armas numerosas. Ela estava muito atrasada. O ataque havia começado. Seus homens deveriam estar correndo para lá, os homens McIntosh e do clã Chattan que ela reunira para a causa, os Farquharson e os homens de Atholl que ela conhecia da vida toda, homens com quem ela se importava, que amava, suas três famílias: a de sua mãe, a de seu pai e a que assumira quando se casara, lutando lado a lado. Ela rezou a todas as forças conhecidas da humanidade para que eles ficassem em segurança, unidos e fortes. A mais da metade do caminho do rio Nairn, ela continuou cavalgando, abaixada para incitar, com a voz, o cavalo a correr mais rápido, enquanto o barulho dos cascos do animal soava sobre a grama.

MacGillivray corria no urzal, acertando o passo, os tiros de metralha passando rente à sua cabeça. À frente, ele avistou o pântano. Se ele mandasse os guerreiros correrem para lá, eles teriam de parar. Ele desviou à direita para não ser atingido, perdendo velocidade enquanto toda a fileira seguinte fazia a mesma coisa. Expostos ao fogo cruzado do seu flanco, vários homens atrás da dúzia de líderes caíram, deixando uma lacuna nas fileiras de comando.

Atrás deles, homens das famílias Cameron e de Atholl que vinham correndo viram o caminho para o inimigo se estreitar, empurrados pela onda de guerreiros McIntosh, que os forçava a se espremer contra as paredes à direita. Atrás daquelas paredes, o general Hawley ordenava a seus soldados que jogassem pedras e atirassem no flanco dos Atholl. Na linha de frente jacobita, Francis de Monaltrie sacou sua espada e incitou os Farquharson a atacar, o clã paterno de Anne seguindo o de seu marido em direção às fileiras ajuntadas do governo. Atrás dele, o irmão de Anne, James, esperava para comandar a segunda fileira. À esquerda, lorde Drummond incitava os MacDonald a se juntar a eles no ataque, mas eles não iriam, bravos por terem sido tirados do seu lugar à direita do campo por lorde George quando ele passara para frente. Eles ficaram parados, estoicos e sérios, ombro a ombro, as armas embainhadas, quando uma chuva de metralhas os atingiu, matando sua terceira força, que tombou a seus pés.

Mergulhando no inimigo, MacGillivray girou a espada para baixo e transversalmente, decapitando o soldado mais perto com um só golpe. Ao redor dele, seus homens atravessaram a linha de frente do governo, cortando, partindo, tentando forçar a abertura que enfraqueceria a parede de armas inimigas. Ele girou a espada outra vez, abrindo a cabeça de um soldado britânico até o pescoço. Quando o homem caiu, MacGillivray olhou ao redor. Apenas uma dúzia dos seus homens o havia acompanhado. As fileiras do governo fecharam-se atrás deles, ainda atirando nos guerreiros que se aproximavam. Ao seu lado, MacBean e Donald Fraser se defenderam das baionetas com os escudos, cortando e partindo os inimigos com as espadas. Atrás dele, o sapateiro Duff atravessou a garganta de um soldado britânico com a espada, mas sucumbiu a um golpe de baioneta na barriga vindo de um homem próximo, caído no chão.

Will, que havia corrido para ficar o mais próximo de Fraser possível, derrubou o escudo que ele tinha vaga ideia de como usar e girou a espada como um louco, acertando um homem que caiu ao chão e golpeando outro no rosto. Um oficial sacou a espada, atingindo o braço e depois a garganta de Will. Quando o rapaz caiu, MacGillivray cortou a mão do oficial que segurava a espada. Defendendo-se dos soldados, ele arrastou Will para perto de si e se deteve sobre o jovem enquanto seus homens restantes se juntaram ao chefe. Fraser, ao ver que eles protegiam o chefe, virou-se para resguardar a retaguarda de MacGillivray. Uma baioneta perfurou as costelas do ferreiro. Enquanto ele cambaleava, ainda com a arma enfiada nele, uma espada resvalou-lhe o rosto, derrubando-o ao chão. O peso excessivo de outro soldado das Terras Altas caiu sobre ele.

MacGillivray jogou a espada, pegou o sabre e mirou, com o punhal atrás do escudo. Enfiou o sabre na garganta do soldado mais próximo e girou o punhal para atacar outro à esquerda. À sua direita, um soldado o atingiu com uma baioneta, que lhe perfurou a lateral do corpo e o fez estremecer quando a arma foi arrancada. Com um golpe, MacBean cortou o braço do homem que feriu seu chefe. Outro homem mirou o mosquete já sacado e atirou, atingindo MacBean no peito. Ele caiu, contraindo-se, o sangue jorrando de suas costas. MacGillivray ajoelhou-se na poça vermelha de sangue, o flanco jorrando sangue, respirando com dificuldade. Um tenente inglês parou ao lado dele, levantou e enfiou a espada entre os ombros feridos do chefe. Era James Ray. Quando MacGillivray tombou para frente, Ray colocou o pé sobre as costas largas do chefe das Terras Altas e puxou a lâmina.

A pouco menos de um quilômetro de distância, na fileira jacobita de trás, O'Sullivan alcançou o cavalo do príncipe, pegou suas rédeas e o virou para que saíssem do campo dizimado. Lorde Elcho trotou, a garupa e as patas do cavalo manchadas de vermelho. Assim como lorde George, ele também havia implorado pela ordem de atacar, sua cavalaria brutalmente partida aos pedaços pelo canhão enquanto aguardava, sem servir para nada.

– Você vai ordenar a retirada? – berrou para o príncipe.

Seu comandante real olhou para ele, as lágrimas rolando-lhe pelo rosto.

– Deixe cada homem salvar quem puder – gritou. – Fomos derrotados. *Nous sommes défaits*.

– Seu covarde chorão e mimado – rosnou Elcho. – Fuja. Volte para o outro lado do rio. Seria melhor para a Escócia se você nunca tivesse aparecido! – Ele arrancou com o cavalo, procurando por um rapaz do tambor ainda vivo para soar o toque de retirada. Enquanto a brigada irlandesa e a Ècossais Royaux iam para frente para fazer a proteção, a fileira dos comandantes saiu com O'Sullivan escoltando o príncipe, galopando rápido, para longe do campo de batalha.

Anne incitou Pibroch a entrar nas águas do Nairn, mas o cavalo refugou. Ela deu um chute no animal, observando a água rasa no fundo pedregoso. O animal deu dois passos e tentou voltar. Ela puxou as rédeas, apertando-as e impedindo o cavalo de virar a cabeça. Eles estavam perto o suficiente para ouvir os gritos de homens e animais, o ronco do canhão, os sons repetitivos dos mosquetes atirando.

– Vamos, Pibroch – mandou, batendo os saltos no lombo do animal. – *Siuthad*, de verdade! – O cavalo deu mais quatro passos adiante, jogou a cabeça para trás, relinchou e parou.

A tempestade de gelo havia parado, a nuvem se dissipara como se nunca tivesse existido. Com o rosto no chão úmido, MacGillivray olhou para frente, para os pés dos soldados rendidos que se moviam depressa, reorganizando as fileiras, ignorando o grupo de moribundos no meio deles. Ele não sentia nada a não ser uma tranquilidade fria, arrepiante. Respirava com dificuldade outra vez, o sangue que saía do seu peito formava uma poça lodosa que corria por seu ombro. Ao seu lado, a garganta de Will ainda sangrava. Diante de si, MacBean lutava no chão, a alguns centímetros de MacGillivray, tentando alcançar seu chefe para protegê-lo com o próprio corpo. Ele se esticou, os dedos quase encostando nele, sua mão caindo na nascente, o sangue correndo por seu braço. MacGillivray, olhando para a grama manchada e úmida, viu o estreito filete de água salobre tornar-se vermelha.

Anne saltou, segurando firme as rédeas. Com o tornozelo enfiado na água, puxou o cavalo adiante pela cabeça. O animal não se mexeu. Anne olhou para frente, procurando um local mais fundo, uma baixada que o animal pudesse ter percebido, mas não viu nada. Nada, apenas pedregulhos, a água correndo, tornando-se turva. Ela olhou para a margem oposta. A brisa quente do sol de abril soprou as árvores pendentes, onde o gelo ainda formava uma capa branca nos tufos de grama, banhadas pelo rio, manchado de vermelho. Ela olhou para as patas brancas de Pibroch. O líquido vermelho subia pelos machinhos do cavalo. Olhando para a saia branca e molhada, ela viu a mancha avançar, o vermelho dominando o branco, o branco ficando vermelho. Ela e seu cavalo estavam em um rio de sangue.

Um suspiro fez o peito de MacGillivray tremer. As lâminas verdes da grama diante de seus olhos, manchadas de carmim, eram grossas como a floresta. Ele viu Anne no cume, em seu cavalo branco, a neve caindo em seus ombros, aquele sorriso que um homem morreria para motivá-lo em seus lábios. Ele esperava que ela se sentisse orgulhosa, não triste. O arrepio frio passou. Não havia cume nem neve, só uma luz branca, o som seco da batalha.

– Cabeça para frente, soldado – disse uma voz. – Ignore-os, eles não podem nos fazer mal agora.

Ele estava morrendo, não havia como lhe fazerem mal. A paz dominou-lhe os ossos. Os velhos mitos estavam certos, a morte era a última amante com quem um homem se deitaria. Uma onda mortal se levantou para recebê-lo, preenchendo todo o vazio que a vida deixara, trazendo-o para dentro.

O vazio preencheu os ouvidos de Anne, o ronco do nada. Ela tirou os olhos da água ensanguentada e encarou os olhos selvagens de Pibroch. As rédeas, enroladas em sua mão, queimavam quando o cavalo as puxava. O estrondo do canhão e das armas cessou. Um silêncio estranho e zombador caiu sobre ela, mais plenamente preenchido por urros e gritos além da margem distante, lá em cima, no urzal. Ela ergueu os olhos em direção ao barulho. Uma cortina de fumaça amarela vagava sobre as árvores da margem do rio.

No urzal, Cumberland havia ordenado o cessar-fogo. Seus homens haviam feito um bom trabalho. Seguindo a formação dos soldados das Terras Altas, ele tinha colocado seus veteranos Flandres na linha de frente, homens que não iriam se esquivar, dar meia-volta, correr ou romper as fileiras. Suas linhas de frente olharam através das nuvens de fumaça amarela que se elevavam, nuvens estranhamente mais amareladas pela luz do sol atrás da fumaça impenetrável. O campo diante deles se movia, contorcia, gemia, gritava e se lamuriava, corpos em cima de corpos. Soldados acostumados à guerra, nunca tinham visto um campo de matança como aquele. Os soldados das Terras Altas continuavam atacando, ondas sucessivas de homens furiosos, mesmo quando afundavam os joelhos nos seus feridos, em pilhas de corpos de até quatro corpos de altura, antes de serem atingidos e caírem. Poucos tinham chegado às suas fileiras, ainda menos haviam conseguido abrir brechas nelas. Eles dominavam o terreno deles.

Cumberland andou para frente, ladeado pelo conde de Louden. Passando com o cavalo pelos escombros das paredes que ele havia ordenado derrubar para atacar os flancos dos Atholl, Hawley veio juntar-se a eles. Entre um grupo de homens das Terras Altas caído entre as fileiras, um guerreiro corpulento e mais velho vomitava bile e sangue.

– Despachem este homem – ordenou Cumberland a lorde Louden.

O escocês olhou de soslaio para seu comandante. – O senhor pode ter minha patente – explicou –, mas não minha honra.

Hawley sacou a pistola, mirou e atirou. O corpo do homem das Terras Altas estrebuchou até cair parado.

– Limpe essa bagunça, Hawley – mandou Cumberland. – Despache os feridos. Reúna todo oficial vivo que consiga caminhar. Não dê clemência para o resto.

Trinta e cinco

Anne se virou para o lado oposto da cortina de fumaça, incongruente agora contra o céu claro e azul, em direção a Pibroch, segurando o freio com as duas mãos, puxando-o. Ela precisava chegar lá, precisava levar aquele animal teimoso para o outro lado do rio.

– Vamos, Pibroch. *Siuthad*!

Atrás dela, um pé deslizou pela margem do rio e entrou na água. Uma mão agarrou-lhe o ombro, fazendo-a se virar. Era a velha Meg, segurando o forcado na outra mão, com o rosto alarmado de medo.

– Corra. – Ela deu um puxão no braço de Anne. – Eles estão matando todo mundo.

A margem agora estava viva, cheia de gente, mulheres e crianças, correndo para salvar a vida. Acima do rio, guerreiros das Terras Altas batiam nas árvores, fugindo às pressas do campo de batalha.

– Venha – chamou Meg, puxando Anne para o outro lado.

Pibroch se esforçou para se virar, os cascos batendo para trás, em direção à margem oposta. Anne segurou o cabresto com firmeza.

– Preciso ir em frente! – Ela lutava para se soltar da pegada forte como ferro da senhora.

– Você não pode fazer mais nada – brigou Meg, segurando-lhe o punho.

– Aquele está vivo! – A voz fina soou logo acima. Os cascos do cavalo bateram na grama encharcada. O peso do rapaz morto caído sobre o peito de Donald Fraser o esmagava. Ele piscou os olhos e os abriu. O braço do outro homem cobria-lhe metade do rosto. No espaço livre por onde podia ver o céu, viu um general inglês, uma sombra em um cavalo preto, inclinado para frente, apontando. Um corpo vestindo um tartã preto deu um passo, seu rosto ficando visível dentro do espaço. Era Shameless, espiando. Ao reconhecer o homem, seus olhos brilharam e ele deu um leve sorriso. Então o rapaz McIntosh levantou o mosquete, puxou-o para trás e mergulhou a baioneta no corpo morto sobre o peito de Fraser.

– Agora está morto, senhor – falou sobre o ombro.

Pibroch estava fora d'água, recuando, as patas ganhando vantagem na grama. Puxada pelo cavalo e por Meg, Anne foi tirada do Nairn. Elas estavam cercadas de mulheres que fugiam correndo. Aquelas que passavam por Anne a mandavam correr, esconder-se, sair de lá. Uma mulher entrou na água, arrastando um menino de cerca de sete ou oito anos. Eles tropeçaram e caíram. A mãe agarrou o filho pela manta, puxou-o, tentou levantá-lo e carregá-lo. O peso da lã ensopada dificultava o trabalho. Anne subiu na sela, inclinou-se em direção à mulher assustada e puxou a criança para cima, para frente dela.

– Suba atrás – pediu à mãe. Ela os levou por cerca de um quilômetro e meio, deixou-os nos chalés e voltou para pegar outra mulher que arrastava um jovem. Às vezes era a criança que arrastava um dos pais, com medo de ficar ou de partir sozinha. Depois, foi a vez de uma senhora com o tornozelo torcido e inchado, mancando enquanto os outros sumiam sobre as colinas. A cada vez, eles estavam mais longe do rio. Em sua última viagem de volta, a margem distante estava repleta de soldados do governo. Meg havia sumido, assim como todas as mulheres e crianças. Não havia guerreiros visíveis nas colinas circundantes.

No chalé na fronteira de Drumossie, com uma toalha limpa aberta entre as mãos, a esposa de MacBean tirava um segundo pão do forno e o colocava sobre a mesa para esfriar, perto do primeiro. O pão a havia mantido ocupada. O som da batalha havia parado meia hora atrás. Alguém se aproximava. A porta do chalé foi aberta com força, deixando entrar o ar frio. James Ray entrou com dois soldados britânicos que fizeram uma busca rápida no único cômodo.

– Não há ninguém aqui – avisou a senhora.

Ray levantou a espada e baixou-a até a altura do ombro. O sangue espirrou sobre o pão que esfriava. A velha caiu sobre a lareira.

– Agora não há ninguém – disse ao sair.

Quando os soldados ingleses entraram no rio, Anne virou o cavalo cansado em direção a Moy. Estava quente agora, o sol brilhando no céu azul e branco da primavera. O lampejo brilhante de um tartã debaixo de uma árvore lá perto chamou sua atenção. Ela aproximou-se com o cavalo. Era Lachlan, ferido, o rosto jovem cortado, um talho na cintura sangrando muito; ele havia lutado para chegar lá antes de cair. Ela pulou ao lado dele.

– Consegue ficar de pé?

O rapaz balançou a cabeça.

– Não, vá em frente. Ficarei bem aqui por um tempo. – Ele fez uma careta. – Nove vidas, eu tenho. – Era uma frase daqueles que pertenciam ao clã do gato.

– Eles estão caçando as pessoas – contou Anne. Os soldados estavam espalhados, mas estavam perto e o encontrariam com facilidade, como ela havia feito. – Venha, vou levá-lo para casa. – Ela ajudou o rapaz a ficar de pé, colocou o braço dele ao redor de seu pescoço enquanto ele arrastava a perna, levantou-o e colocou-o sobre Pibroch. Um tiro vindo de trás jogou-o para frente, sobre o pescoço do cavalo.

Anne virou-se. O soldado inglês que havia atirado estava a centenas de metros de distância, bem à frente do resto, correndo em direção a eles. Ela pegou a pistola da sela, virou-se e atirou. O rosto do homem explodiu com o tiro. Anne ergueu-se atrás de Lachlan, agarrou a manta do rapaz para evitar que ele caísse no chão e incitou o cavalo a ir adiante. Embora estivesse cansado, Pibroch correu adiante e galopou quase um quilômetro antes de diminuir o trote. Seu passageiro não estava vivo, mas ela não podia deixar o corpo cair no chão. Ela o segurou com toda a força até chegar à ferraria, chamou Màiri e entregou o corpo do filho nos braços transtornados da mãe.

Enquanto engatinhava sobre a grama do urzal, a cabeça partida e sangrando, Robert Nairn ouviu uma respiração pesada ao lado dele e olhou em direção ao som. Não havia ninguém. A respiração cessou. Ele cambaleou; seu braço direito, quase arrancado, arrastou-se atrás. A respiração fez um som desagradável outra vez. Era a sua própria respiração, chiando no peito. Sua cabeça bateu na pedra. Dolorosamente devagar, ele se virou, rolou de costas contra o abrigo do dique. Sua cabeça pendeu, com os olhos fechados.

Deprimida e exausta, Anne conduziu o cavalo cansado até Moy, deixando-o ir sozinho para o estábulo. Ela o desencilharia e o esfregaria mais tarde. A carroça carregada estava à porta; nada havia mudado desde sua partida.

Lá dentro, Elizabeth e Jessie saltaram sobressaltadas quando Anne entrou, o rosto das duas iluminado pelo alívio enquanto corriam para ela.

– Está machucada? – Sua irmã olhava para o sangue que lhe manchava as roupas.

Anne balançou a cabeça.

– Fomos derrotados – revelou.

– Will, você viu Will? – quis saber Jessie.

Outra vez, Anne balançou a cabeça.

– Não cheguei ao campo – explicou. – Lachlan está morto. Trouxe-o para casa. Ele é o único sobre quem sei alguma coisa. – Ela se virou para Elizabeth. – Você deveria ter ido a Invercauld.

– Eu não poderia ir, não até ter notícias. Podemos ir juntas agora.

– Preciso ficar. – Anne começou a tirar o vestido ensanguentado. – Nossos homens precisam saber onde me encontrar quando as coisas acalmarem. Não vou deixá-los pensar que fugi. – As lágrimas inundaram-lhe o rosto, penosas, doloridas.

Elizabeth pegou-a nos braços, apertando-a com força.

– Não chore, por favor, não chore. – Ela acariciou as costas da irmã, balançando-a. – Como enfrentaremos tudo isso se você chorar?

Uma fileira de tambores marchou diante de Cumberland a caminho de Inverness. Ele cavalgava ao lado de Cope, vestindo o uniforme vermelho imaculado, os botões de metal brilhando. O regimento que marchava com ele estava animado, encorajando as poucas pessoas nas ruas a fazer a mesma coisa.

– Tudo que temos de fazer agora, Johnny – falou –, é não dar trégua. Nós expulsamos os ratos enquanto eles estavam em desvantagem, cada um deles.

Lorde Boyd, que observava a situação à frente, veio até eles.

– O melhor lugar para nos alojarmos é a casa que o pretenso príncipe ocupou – afirmou.

– Se serviu para meu primo, vai servir para mim – concordou Cumberland.

Quando chegaram a casa, a viúva lady McIntosh estava lá fora, esperando para receber Cumberland em sua casa. Ele a olhou com desprezo. Os homens das Terras Altas eram grosseiros, selvagens e nada dignos de confiança. Suas mulheres eram ainda piores.

– Jogue esta mulher na cadeia – ordenou.

Depois de se lavar e vestir seu traje de montaria limpo, a única roupa que não fora empacotada, Anne ficou diante do fogo, uma caneca de cerveja nas mãos. Seus pertences já estavam dentro da casa outra vez, empilhados no andar de cima, e o homem e o rapaz tinham sido mandados para casa. A esperança não tinha ido embora. Centenas de guerreiros haviam deixado o campo às pressas, outros teriam fugido em diferentes direções. O príncipe tinha buscado o enfrentamento muito cedo. Metade do exército deles ainda estava no meio do caminho; eles se agrupariam. Haviam perdido uma batalha, não a guerra.

– George vai reuni-los – falou. Seu primo não iria desistir facilmente.

– Se ele sobreviver – respondeu Elizabeth. – E eles não vão se reunir aqui. Deveríamos ter ido para casa. O que você está esperando?

Anne observou a irmã caminhar pela sala. Ela deveria saber por quê.

– MacGillivray – revelou. Não era esperança nem expectativa; apenas a verdade. Ela deveria ter estado ao lado dele, mas não estivera. Agora teria de esperar. Era uma vigília necessária, como uma penitência. Ele voltaria para ela, ou pelo menos ela receberia alguma notícia dele. Ela não podia partir antes disso.

Elizabeth parou de andar, colocou a mão no bolso, tirou uma folha de papel e a entregou a Anne.

– O bilhete dele – mostrou, o rosto vermelho de vergonha.

Os *cottars* correram para as respectivas casas enquanto soldados montados a cavalo atiravam neles. Os soldados no chão corriam atrás deles, matando-os com a arma. O chalé da velha Meg fora incendiado. Homens com tochas partiram para o próximo. Cath, com o bebê agarrado desesperadamente em seu seio, saiu correndo do chalé de Ewan. Lá dentro, o velho Tom, deitado em seu estrado de madeira, tossia. As duas filhas mais novas de Ewan se encolheram de medo atrás dele. A porta do chalé foi fechada com um empurrão. Lá fora, um soldado forçou a maçaneta com um pau de madeira, através do batente. Outro queimou o telhado de relva com uma tocha em chamas. Cath escalou a encosta, agarrando-se às urzes para subir. Dois soldados ingleses a perseguiram. O mais próximo sacou o mosquete e bateu com o cano em sua nuca. Atordoada, ela caiu. Ele tirou dela o bebê que chorava, jogou-o ao companheiro e a virou, arrancou-lhe as saias e abriu-lhe as pernas. O segundo soldado enfiou o mosquete nas pedras, a baioneta apontando para o céu, levantou o bebê que lutava e chorava sobre a cabeça e jogou o corpo para baixo, bruscamente. O choro tornou-se um grito estridente até parar, fraquinho.

Jessie veio correndo da cozinha. Elizabeth parou de andar de um lado para o outro e Anne ergueu os olhos do bilhete.

– *Isd*! Vocês estão ouvindo? São armas? – indagou Jessie.

As três haviam escutado. Havia um barulho vago e o eco de tiros esporádicos.

– Devem ser grupos de soldados lutando contra alguns dos nossos – Anne as acalmou. – Faríamos a mesma coisa, tentaríamos prender o máximo de prisioneiros possível.

Assustada, Elizabeth se virou para ela.

– Por que está envolvida nisso? – protestou ela.

– Eu estava dando sopa rala para aqueles que precisavam de carne. Pobreza é tudo que podemos esperar com essa União. Eles apenas nos usam!

– E nos matar é melhor?

– Elizabeth – Anne pegou a mão da irmã, tentando fazê-la compreender –, os ingleses tornam suas mulheres escravas. Elas não têm direitos, nem poder, tampouco nome. Seu corpo, seus filhos e sua casa são bens dos homens. Se não ganharmos, vamos nos tornar assim.

– Isso é bobagem – retrucou Elizabeth. – Nenhum homem pode me impedir de eu ser quem sou, ou de fazer o que quero.

A porta da frente foi aberta com força. Elas se viraram em direção a ela. Anne colocou o bilhete de MacGillivray dentro do decote. Donald Fraser, sangrando e todo rasgado, trazendo uma manta amassada, entrou.

– Traga água e toalhas, Jessie. – Anne foi ajudar o ferreiro.

– Não há tempo para isso – avisou Fraser, enquanto ela e Elizabeth o colocavam sentado em uma cadeira. – Eles estão na propriedade.

– *Dè*? – perguntou Elizabeth. – Quem?

– Os *sasannaich*.

– Ouvimos as armas – revelou Anne. – Você esteve em sua casa?

– Não, eles estão nos caçando, matando os feridos. Shameless me ajudou a escapar. – Ele fez uma pausa para tossir um pouco de sangue. – Vim para avisá-la, eles estão vindo para cá. – Ele interrompeu a fala para tossir outra vez.

Jessie correu, espirrando água da bacia no braço. Fraser balançou a cabeça, afastando a ajuda.

– Não posso ficar. Se me encontrarem, vão atirar em todas vocês.

– Você viu Will? – perguntou Jessie.

Fraser cambaleou e entregou a manta em farrapos e manchada que trazia com ele.

– Eles cortaram seu cinto, derrubando-o. – Ele balançou a cabeça. – Ele correu para frente, comigo. Matou cinco ou seis antes... – sua voz falhou. – Ele, que não poderia lutar. – Ele caiu enquanto Anne o segurava.

– Ele não pode voltar lá para fora – falou Elizabeth. – Eles vão pegá-lo.

Acorrentado na bodega, Aeneas se esforçava para escutar. Ele tinha certeza de que havia ouvido tiros nas terras de Moy, perto dos chalés a noroeste. Alguém colocou a chave na fechadura. Ele se levantou, arrastando as correntes, para olhar a escada. A fechadura virou, a porta se abriu e a luz da lamparina iluminou os degraus. Dois pés desceram a escada, seguidos de outros.

– Anne! – O alívio que sentiu transformou-se rapidamente em preocupação quando ele viu o ferreiro ferido descendo com ajuda. – Donald!

Elizabeth trazia a lamparina e a bacia, seguindo-os.

– Precisamos escondê-lo aqui – informou Anne. – Cuidado – pediu a Fraser quando eles chegaram ao último degrau de baixo. Ela guiou-o à cama de Aeneas.

– Posso ajudar – insistiu Aeneas, segurando o braço dela – se você tirar essas correntes.

– Não há tempo para isso. – Ela pegou as toalhas e a bacia com água de Elizabeth, subindo rapidamente os degraus. Na metade da escada, parou e se virou. – Não importa o que escute, fique quieto, ou eles vão encontrá-lo. – A porta da bodega se fechou e a chave deu uma volta na fechadura outra vez.

Jessie não havia se mexido do lugar onde eles a haviam deixado. Ela estava de pé, segurando a manta rasgada de Will sobre a barriga aumentada, soluçando. O barulho dos cascos dos cavalos podia ser ouvido lá de fora. Anne colocou a chave de volta no bolso de Jessie.

– Não entregue isso a ninguém – pediu. – A ninguém.

A porta da frente se abriu. James Ray entrou acompanhado de dois soldados ingleses e seguido de meia dúzia de homens da Guarda Negra. Ele olhou Anne de cima a baixo, sorrindo.

– Coronel Anne – disse, batendo os saltos do sapato.

– O senhor não tem a educação de bater na porta, tenente? – indagou ela.

– Prenda-a – ordenou Ray, balançando a cabeça casualmente em direção a ela.

Dois soldados da Guarda Negra correram para se colocar em ambos os lados dela enquanto os outros invadiam a casa, vasculhando tudo. Anne olhou para eles.

– Você vai pedir que seus homens tratem minha casa com respeito? – indagou a Ray.

Um dos soldados ingleses andou para frente e bateu o cano do mosquete em seu peito. O rapaz da Guarda Negra ao seu lado direito levantou a arma e a apontou para o soldado inglês.

– Não toque na senhora outra vez – avisou ameaçadoramente.

Anne olhou para ele direito. Ela conhecia aquela voz, aquele rosto.

– Shameless!

– Ganhamos desta vez – sorriu ele. – Posso voltar para casa de novo.

– Sim, pode. – Não havia motivo para explicar que ele não deveria ter saído de lá.

– Já chega de gentilezas – falou Ray. – Atenção!

Shameless e o outro guarda deram um salto. Uma sombra moveu-se na porta; um homem magro, vestido de preto, seguido por mais dois soldados ingleses, entrou pela soleira da porta. Era o general Hawley, a espada girando casualmente na mão.

– Ora, ora – desdenhou ele. – O ninho da víbora.

– Minhas desculpas, general – pediu Anne. – Deveria tê-lo convidado para jantar.

– Estamos longe de Falkirk agora – Hawley colocou o rosto perto do dela – e da senhora Forbes. – Seu sorriso pouco convincente retornara, mais alarmante que sua cólera.

– Tem um mandado para estar na minha casa? – Anne se esforçava para manter a voz calma e firme.

– Muito engraçado. – Ele tirou uma ordem por escrito de dentro do casaco, um sorriso de satisfação nos lábios finos. – Para sua prisão – informou. – Assinado pela Sua Alteza Real, o príncipe William, o duque de Cumberland, não menos. – Ele colocou a ordem de prisão de volta no casaco e olhou Elizabeth. – Você é Elizabeth Farquharson, certo?

Elizabeth concordou com a cabeça. Hawley estalou os dedos para os dois guardas ao seu lado.

– Levem-na para fora – ordenou.

Os soldados ingleses foram para frente e seguraram Elizabeth.

– Ela não fez nada! – protestou Anne. – Sou eu quem vocês querem. Minha irmã é leal ao governo!

– Ao contrário – corrigiu Hawley. – Ela saiu daqui até Inverness, na noite de dezesseis de fevereiro, para nos pregar uma armadilha que você tinha armado para os soldados de lorde Louden.

Elizabeth segurou o braço de Anne.

– Eu não queria lhe fazer mal. Eu queria MacGillivray, só isso.

– Eu sei. Está tudo bem, eu sei.

– Então – Hawley deu um olhar lascivo – uma briga de mulheres pelo selvagem de cabelo vermelho.

– Você está com ele? – indagou Anne.

– Vai vê-lo em breve – afirmou, virando-se para os guardas de Elizabeth. – Ela quer um homem – sorriu ele. – Então entregue-a aos homens.

Os dois guardas tiraram a garota aterrorizada de longe de Anne.

– Não! – gritou Anne tentando segurar a irmã outra vez. – Ela traiu a mim, não a você!

Hawley colocou a ponta da espada no pescoço de Anne para fazê-la parar enquanto Elizabeth era arrastada, lutando e implorando, para fora. Shameless e o outro soldado cruzaram os mosquetes na frente de Anne. O movimento poderia servir para dominá-la ou protegê-la. Os olhos de Hawley piscaram abertos, olhando um soldado das Terras Altas e depois o outro. Os dois olharam para frente. Os outros soldados da Guarda Negra desceram ruidosamente as escadas e saíram de outros cômodos. Hawley baixou a espada e virou-se para James Ray.

– Seu capitão McIntosh está preso em algum lugar desta casa – revelou. – Encontre-o e o liberte, depois de sairmos. – Ele examinou Anne outra vez. – Disseram-me que é uma ótima dançarina, senhora McIntosh.

– Farquharson – corrigiu. – Coronel Anne Farquharson, a lady McIntosh.

– Qualquer que seja seu pseudômino, coronel – falou. – Vou vê-la dançar, na ponta de uma corda. – Ele ficou de lado, indicando que ela deveria precedê-lo.

Do lado de fora, uma batida lenta dava o tom, uma batida fúnebre, a marcha daqueles rumo à cova. Anne respirou fundo, ergueu os ombros e saiu pela porta.

Trinta e seis

O sol brilhante, típico da tarde, sobre o loch Moy esquentava persistentemente a região. Quatro rapazes tocadores de tambor estavam, em pares, dos lados opostos dos degraus, tocando a batida fúnebre. Pibroch tinha sido encilhado. O cavalo relinchou gentilmente quando ela se aproximou. Ela parou, ouvindo frases rudes, grunhidos e gritinhos de perto do estábulo. Quando se virou, uma mão pegou-lhe pelo cabelo e torceu-lhe a cabeça para trás.

– Quer assistir? – Hawley cuspiu-lhe no rosto. – Por isso você parou?

– Não, deixe-a ir, por favor.

– Monte seu cavalo, ou a farei assistir à sua irmã sendo tomada por cada homem daqui!

Ele a soltou. Com a cabeça baixa, vertendo lágrimas ao piscar, Anne colocou o pé no estribo e subiu na sela. Um soldado inglês segurava as rédeas. Dois outros, carregando armas, ficavam a postos ladeando a cabeça do cavalo. Os quatro tocadores de tambor, aos pares de cada lado, ainda tocavam a batida lenta. Shameless e o outro soldado da Guarda Negra vinham atrás. Hawley ia à frente, com uma satisfação intensa estampada no rosto. Anne não olhou para o grupo que grunhia e brigava perto do estábulo. Os homens tinham sido abençoados com a força para proteger as mulheres e crianças, não para aquilo. Não para aquilo. Um horror frio se espalhou dentro dela. Ela não conseguia falar, gritar, chorar, apenas se sentou, as costas rigidamente eretas, os olhos para frente. Havia alguma compaixão no choque, a mente humana erguia barreiras de descrença contra aquilo que não podia suportar.

James Ray ficou olhando Jessie enquanto ouvia o som do cavalo e dos tambores se afastarem. A garota caiu contra a parede, apertando uma manta ensanguentada e rasgada nos braços. Ele esperou até não ouvir mais a batida, até que o único som audível fosse a garota grávida chorando e o grito indistinto dos soldados ingleses lá fora. Então ele esperou de novo, até o som surgir.

– Anne! – O grito, abafado, repetiu-se.

Ray sorriu, andou pelo átrio até encontrar uma porta. Ele virou a maçaneta, que não abriu, e então se voltou para Jessie.

– Onde está a chave? – Ela não respondeu. Ele observou a manta que ela agarrava sobre o abdômen aumentado. Aquilo explicava o choro. – Suponho que ele seja o pai do seu menino – concluiu escorregando a mão sobre o pano rasgado e espalhando os dedos sobre seu ventre protuberante. Havia algo de totalmente repugnante naquela jovem mulher de olhos inchados, o rosto cheio de muco, os seios trêmulos. Como uma porca no cio, era isso. Animal, quase não humana. Ele cerrou o punho, jogou o braço para trás e deu-lhe um soco no abdômen com o máximo de força que pôde. Ela se inclinou para frente, o pano imundo caindo ao chão, o grito gutural como de um porco.

– Onde está a chave? – repetiu. Será que ela não entendia inglês? Talvez. A maioria dos bárbaros não falava a língua. Ele se esticou para procurar nos bolsos dela e ela se ergueu, agitando o punho, batendo-lhe no rosto. Ele segurou seus braços. Ela cuspiu no rosto dele e ele lhe deu outro soco na barriga, mais forte. Quando ela caiu, ele enfiou a bota em sua barriga. Ela então se agachou, e ele enfiou a mão em seus bolsos, virando-a com força quando ela vomitou, e fechou a chave na palma da mão, tirando-a do bolso. Essa seria a certa.

Ele olhou para suas coxas quando ela estava agachada sobre as pernas nuas e trêmulas e puxou sua saia para cima para expor-lhe as nádegas. Aquele povo das Terras Altas só fazia aquilo o tempo todo. Era para aquilo que servia o vestido deles, homens e mulheres, poucos decentes. Boatos davam conta de que os urzes estavam cheios de gemidos, de casais copulando no Primeiro de Maio, e aquela com certeza já tinha recebido um homem dentro dela. Não havia aliança no dedo dela, ela não era propriedade de ninguém. Ele estava quase explodindo as calças, nunca havia metido em uma porca grávida antes, e se ela ainda tinha alguma vontade de lutar dentro de si, seria mais animado que a submissão obediente da esposa. Submeter os nativos, era para isso que ele era pago. Eles tinham de aprender quem mandava. Ele guardou a chave no próprio bolso. O capitão teria de esperar um pouco mais.

Hawley não pegou o caminho para Inverness. Ele levou a prisioneira pelos antigos caminhos da propriedade. Dois exploradores iam à frente para mantê-los na rota que ele queria seguir. Anne olhava para frente, o som do tambor em seu ouvido, e viu uma fumaça negra no céu, próxima, entre as árvores. Eles diminuíram o ritmo quando passaram por dois chalés em chamas. O velho arredentário e o rapaz que empacotaram e desempacotaram seus pertences mais cedo moravam em um deles. Ela virou os olhos do monte carbonizado que ardia em uma das soleiras. Eles iam em direção aos chalés do noroeste.

Ao chegar lá, o general diminuiu o ritmo da marcha, dando voltas entre os corpos estraçalhados por tiros e golpes. Ele queria garantir que ela veria tudo. Cath, estuprada e assassinada com tiros, estava jogada no meio da costa. Seu bebê estava pendurado, ainda cravado em uma baioneta próxima. O chalé de Ewan ardia em brasas, destelhado. O velho Tom devia estar lá dentro, o que restava dele. As outras habitações ainda queimavam, incluindo a de Meg. Será que ela estava em casa? O cheiro acre da fumaça chegou às narinas de Anne, um cheiro de porco assado, de carne carbonizada e queimada. Hawley não lhe disse nada, embora assistisse como, de golpe em golpe, ela se entristecia, anestesiada. Ela olhou o pelo branco esvoaçante da orelha de Pibroch, sabendo que agora estava no inferno, sem saída.

No caminho, tambores tocavam sua batida, serpenteando pelas colinas, descendo ladeiras, passando pela árvore onde ela buscara Lachlan. No Nairn, mais cheio do que quando ela tentara atravessá-lo, ela imaginou se o cavalo se recusaria a atravessá-lo de novo, mas ele não recusou, seguindo o cavalo de Hawley, puxado pelas mãos dos soldados ingleses. O cheiro os atingiu primeiro, um cheiro metálico doce e enjoativo, e então o zumbido de milhões de moscas ocupadas com o sangue coagulado e os ferimentos abertos, pondo ovos nos olhos mortos, rastejando nas vísceras cortadas. Se o que ocorrera antes era um gostinho do inferno, aquilo era um banquete. O campo estava repleto de corvos. Aqui e ali, um corpo se virava, um membro se movia, uma voz gemia. Os soldados do governo vasculhavam os dois mil mortos, verificando-os. Golpes surdos ecoavam quando eles apunhalavam um soldado vivo para matá-lo. Um tiro disparado atingia outro, assustando os corvos.

Anne foi guiada pela carnificina do que certamente fora a retaguarda das fileiras jacobitas. Na fronteira do urzal, vários jovens amontoados tinham levado tiros em suas posições. Perto dali, um rapaz vestido com *kilt* estava de bruços, com um buraco nas costas e sem o braço direito. Os cascos de Pibroch chafurdavam no sangue. Não havia descanso. Se ela fechasse os olhos, a procissão parava e esperava, deixando o cheiro fétido, o grasnado e o zumbido trazê-la de volta à realidade. Para buscar alívio da visão de membros arrancados, corpos estraçalhados e olhos escancarados, ela olhava para o céu, até os corvos voando em círculos a deixarem tonta. Ela então tentava se controlar.

Aquilo era sua punição, devidamente imposta. Os mortos mereciam sua atenção respeitosa. À frente dela, viu montículos triangulares no solo, primeiro indiscerníveis, mas, quando se aproximou, percebeu que eram corpos empilhados. Viu que eram corpos de soldados dos seus clãs. Como conhecia a formação, sabia onde cada um deveria cair. Apenas os MacDonald estavam fora do lugar, à esquerda, mas os seus estavam onde ela esperava.

Sem conseguir virar-se, ela vasculhou os corpos dos Farquharson, buscando sinais de seu irmão ou de Francis, sem vê-los, mas às vezes percebendo um rosto conhecido: Dauvit, o adivinho; o pai da pequena Catríona; um pastor que ela vira a última vez amarrando uma lã ensanguentada em um cordeiro órfão. Era difícil reconhecer, agora que a vida se fora, os traços dos rostos cortados e cobertos de sangue seco. Doía-lhe pensar que ela podia ver o irmão James, tão gentil, e não reconhecê-lo. Agora vinham os McIntosh. Ela reconheceria MacGillivray na morte? Quão profunda era a sua dor? Todos aqueles homens que um dia tinham vivido e amado, marchado e lutado com tanta esperança, agora tinham partido. Hawley garantiu que ela visse todos eles, serpenteando pelas pilhas e pilhas de mortos. E ela não sabia dizer se George estava entre os Atholl Murray, nem seus tios ou outros primos. Ela estava além de implorar para sair dali.

Por fim, as pilhas ficaram para trás, ali havia menos corpos espalhados, depois quase nenhum. Os corpos eram dos soldados do governo, ingleses retirados pela carroça para serem enterrados. Hawley deixou seu cavalo passar por um grupo e parou, virando-se na sela para olhar para ela. Aqueles não eram soldados ingleses. Ela não olharia, não olharia, embora já olhasse. Eram homens McIntosh que haviam morrido aglomerados entre o inimigo, o sapateiro, Duff, na borda. Mais adiante, estava MacBean, o braço estendido, tentando alcançar Will, pobre, querido Will, e, oh, meu Deus, tentando alcançar... Ela não conseguia olhar, virou a cabeça e viu Hawley encarando-a.

– Você não vai implorar misericórdia? – perguntou ele. – Nem pedir perdão?

Anne sentiu a garganta fechar-se. Seus olhos doíam, feridos pelas lágrimas que nunca sairiam. Ela não podia ser abençoada pela cegueira, nem mesmo pelas lágrimas?

Tampouco podia sair sem vê-lo. Ela se virou e olhou para seu cabelo vermelho dourado caído na mistura de lama e sangue, aquele corpo bravo e forte que ela havia amado quebrado como uma grande árvore derrubada pela chuva. Se ele apenas pudesse ver que ela havia vindo, que havia estado ali. Sem sentir nada além do desejo de fechar seus olhos mortos para protegê-los dos corvos e acariciar seu rosto, ela virou-se na sela. Hawley latiu um comando. Os dois soldados ao lado dela agarraram-lhe as pernas. Ela não tinha permissão para desmontar, a ela não seria permitido nenhum tipo de luto, nenhum alívio.

Anne enfiou as próprias unhas afiadas nas palmas, o sangue escorrendo das mãos. Hawley virou-se na sela e os deixou seguir, alcançando o passo.

Ignorando os punhos sangrando, Aeneas abriu o último elo da corrente com o punhal de Fraser, tirou as argolas e subiu correndo as escadas. Quando chegou ao topo, a chave virou no cadeado e a porta se abriu. James Ray pulou para trás, surpreso.

– Capitão – cumprimentou.

Aeneas o empurrou para trás, vasculhando o átrio com o olhar. Jessie estava deitada entre a parede e as cadeiras. Um leve movimento revelou a ele que ela estava viva. Ele sacou o punhal para cortar o pescoço de Ray.

– Eu não, capitão – protestou Ray, levantando as mãos. – Eu deixei você sair.

– Onde está Anne? – gritou Aeneas.

– Hawley a levou. – Ray apontou para a porta.

Aeneas passou o punhal para a mão esquerda, arrancou a espada de Ray da bainha com a outra mão e saiu correndo, seguido por Ray. Abriu com força a porta da frente, saltou os degraus e olhou ao redor. Um grupo de soldados em uniforme inglês vermelho, com o rosto amarelo, estava ao redor do estábulo, olhando para algo no chão. Demorou um segundo para ele registrar o que eles olhavam, até ouvir o grunhido, um risinho tonto, reconhecer as sacudidas, ver as saias da mulher. Uma raiva enorme cresceu e saiu de dentro dele, fazendo-o correr até eles. Todos os homens viraram a cabeça, com exceção do ocupado, para ele.

Havia dez deles, um era seu soldado. Três se viraram e correram. Um, o sargento do grupo, sacou uma pistola. Os outros procuravam os mosquetes apoiados na parede. Aeneas girou a espada para o sargento, um golpe mal dado que atingiu a arma e a fez voar, arrancando o dedão do homem. Os outros tentaram mirar o mosquete, mas Aeneas estava entre eles, pronto para acertá-los. Ele girou a espada com força e rapidez, cortando dois homens e jogando-os ao chão, um quase sem cabeça. O punhal atingou a oposição oposta, abrindo a barriga de um homem.

Segurando a mão sangrando, o sargento ferido saiu correndo atrás dos outros. O homem no chão ficou de pé em um salto, seu órgão ainda ereto. Aeneas desceu a espada, castrando-o, e então apontou a espada para seu pescoço. Um mosquete atirou, acertando seu braço direito. Foi a última coisa que o soldado fez antes de parar de respirar, com a traqueia cortada. O sexto homem enfiou-lhe a baioneta. Aeneas deu um golpe nela. A lança penetrara sua manta diretamente, acertando-lhe a coxa. O soldado correu, mas Aeneas atirou-lhe o punhal, acertando entre as escápulas do fujão. Aeneas olhou para baixo, para a mulher no chão. Era Elizabeth.

– Oh, menina. – Ele se inclinou em direção ao seu rosto acinzentado. Sua cabeça estava virada para o lado, em sinal de vergonha, e sêmen escorria-lhe pela boca. Ela estava morta, sufocada. Ele baixou-lhe as saias para cobrir-lhe o corpo, ficou de pé e soltou um grito gutural, terrível. Atrás dele um cavalo galopava levando James Ray montado. Aeneas correu até o sexto homem, pegou o punhal de suas costas, virou o homem e cortou-lhe a garganta.

– Chefe! – Foi um suspiro, quase um grito. Ele olhou para a casa. Jessie estava na soleira da porta, dobrada, segurando-se no batente da porta. Ele enfiou as armas no cinto, mancou de volta para o corpo de Elizabeth e, o mais gentilmente que pôde, levantou-a e a carregou para casa. Quando chegou perto de Jessie, viu sangue ao redor do pé dela, correndo-lhe pelas pernas.

No subúrbio de Inverness, Hawley fez sua companhia diminuir o passo outra vez para seguir a batida fúnebre dos tambores. Ouvindo a marcha fúnebre, as pessoas saíram das casas para a rua. Ao verem Anne passar, ficaram em silêncio. Eles haviam pegado sua heroína, os tambores proclamando que ela ia encontrar seu fim. Todos que olharam se esforçaram para vê-la até ela sumir de vista. Alguns seguiram os soldados, imitados por outros. Ouvindo a batida de pés multiplicar-se, Hawley olhou ao redor, imaginando se eles esperavam um enforcamento àquela hora do dia. O sol estava baixo; eles ficariam decepcionados.

Cumberland havia transformado um quarto no andar de baixo da casa da viúva em centro de comando. Sentado à mesa, bebia vinho, um bom vinho da bodega. Seus *chefs* estavam ocupados nas cozinhas da viúva, preparando um jantar especial. Ele olhou para frente. Seria uma comemoração. Lorde Boyd havia acabado de apresentar-lhe a lista dos prisioneiros. Ainda faltavam alguns nomes, mas, para um dia de trabalho, era mais que satisfatório.

– General Hawley está aqui – anunciou lorde Boyd.

Cumberland não pensou que um dia teria de se adaptar à visão de um Hawley alegre. O rosto magro, de bochechas encovadas, era quase desconcertante quando contente.

– Tenho a bruxa rebelde, Anne McIntosh – revelou. – Uma multidão nos seguiu pelas ruas, esperando um enforcamento, acho.

Cumberland foi até a janela espiar. Várias centenas de moradores locais aguardavam em silêncio, aglomerando-se na porta e ao redor, os chapéus nas mãos.

– Acho que não esperam um enforcamento – disse gravemente para lorde Boyd. – Disperse a multidão, atire se for preciso. – Ele voltou para sua cadeira e se acomodou. Aquilo seria interessante. – Bem, Henry, traga sua prisioneira.

Ela não era de forma nenhuma como ele esperava, era uma moça jovem, extremamente bonita, entrando com aquela dignidade estranha que ele já havia notado no povo das Terras Altas. Embora soubesse que era alguns anos mais nova que ele, tinha vislumbrado alguém mais madura, mais confiável, e não aquela garota etérea e elegante. Ela parou em frente à sua escrivaninha, olhando para frente em vez de para ele, com o rosto pálido, porém calmo, como se não sentisse nem temesse nada.

– Trouxe-a por Moy e Culloden – explicou Hawley – esfreguei-lhe o nariz na sujeira que ela fez. Mas duvido que ela veja o horror do caminho que tomou.

– Ela fala inglês?

– Falo – respondeu Anne enquanto Halwey balançava a cabeça afirmativamente, olhando para ele pela primeira vez. Seus olhos eram claros, azuis, mas sem emoção.

– Então você vai entender que é prisioneira da Coroa – revelou. – Acusada de traição e de incitar rebelião, cuja pena é a morte. Tem algo a dizer?

Ela não tirara os olhos dele enquanto ele falava, nem demonstrara nenhuma reação. Agora, inspirou profunda e ruidosamente, ficando ainda mais alta.

– Você fez uma matança horrível, acabou com meu regimento – concluiu. – Vai ser uma honra e um privilégio me juntar a eles.

Trinta e sete

Aeneas carregou Jessie com cuidado para a cozinha quando sua bolsa d'água estourou. Lá era mais quente, e havia fogo, água, cerveja e toalhas. Ele a deitou na cama, pegou travesseiros sobressalentes do roupeiro e os colocou atrás da cabeça dela. Ele teria saído à procura de uma mulher que já tivera filho para ajudá-la, mas Jessie já sentia as dores do parto e, embora pudesse ser uma noite longa, ela estava sofrendo muito para ficar sozinha. O corpo de Elizabeth estava no átrio. Donald Fraser ainda estava na bodega, dormindo, inconsciente ou morto. Aeneas havia lavado e feito curativos nos ferimentos do ferreiro antes de se libertar. Aquilo teria de servir até Jessie não precisar mais dele.

Ele fez tudo que sabia e o que parecia certo, lavou seu rosto com água fria e esfregou-lhe uma toalha quente e úmida sobre a barriga e as coxas. Como havia crescido em um chalé, tinha visto bebês nascerem, embora nunca tivesse feito um parto. Os homens adultos eram afastados das mulheres que davam à luz pelas outras mulheres. Ele só havia praticado com éguas, vacas e ovelhas. Não podia ser muito diferente. Enquanto ela gemia e se retorcia, ele lhe esfregava as costas, falava-lhe baixinho, como faria com qualquer animal assustado. Quando chegou a hora de fazer força, ele lhe segurou a mão, colocou o braço ao redor de seu ombro e a encorajou.

A filha de Will nasceu pouco antes do amanhecer. Sua compleição pequena cabia nas mãos de Aeneas. Ele a segurou para que Jessie pudesse vê-la. O bebê mexeu os braços, esticou as pernas, virou a cabeça. Impressionados, os dois observavam. Jessie, apoiada na cama, acariciou a filha gentilmente com o dedo. A pequena boca se abriu, fechou-se, mas o sopro da vida não pôde entrar. O bebê havia nascido cedo demais, seus movimentos eram apenas resquício dos que fazia no útero. Quando ela parou de se mexer, Jessie beijou o pequeno rosto morto. Aeneas colocou o corpo no balde ao lado da cama.

– Veja – disse ele à jovem mãe cansada –, você fez uma criança perfeita. Ela só não estava pronta para este mundo. – Ele levou o copo de cerveja à sua boca, deixando-a sorver um gole. – Tem mais a fazer.

– Não consigo.

– Vai conseguir – falou –, porque vai viver. – Ele pôs a mão sobre seu ventre. – Vou lhe dar toda a ajuda que puder, mas você precisa empurrar para fora.

Ela tinha dezessete anos, era corajosa e forte, e as exigências da natureza lhe trouxeram a coragem para parir. Quando a dor veio, ela cerrou os dentes e fez o que era necessário.

– O mais forte que puder, Jessie – pediu, pressionando a mão atrás do músculo de seu abdômen para ajudá-la. E acabou. – A placenta escorregou de seu corpo, bem mais facilmente do que os dois esperavam. Jessie caiu sobre os travesseiros, exausta. Aeneas limpou tudo, colocou o material no balde, limpou Jessie, lavou-lhe o rosto. Ele lhe deu outro gole de cerveja e então a deixou dormir. Quando levou o balde para fora e enterrou seu conteúdo perto do lago, estava cansado, exausto, por isso se deitou sobre o catre de Will, perto do fogo, e fechou os olhos.

Donald Fraser foi quem o acordou.

– Achei que estava morto – revelou quando Aeneas pulou e o encarou –, a julgar pelo estado em que está.

– Jessie? – Aeneas olhou para a cama.

– Dormindo. – Donald estremeceu. O sangue fresco que saía do ferimento em seu peito atravessava-lhe a camisa.

– Deite aqui – insistiu Aeneas, levantando e colocando Fraser em seu lugar. – Está profundo, e você já sangrou muito. Vou buscar Màiri.

Ignorando os corpos dos soldados ingleses do lado de fora do estábulo, ele encilhou um cavalo e foi até a ferraria. Havia fumaça ao norte quando ele perseguira os soldados no dia anterior, mas não havia nenhum sinal de confusão perto da ferraria. Os soldados não tinham ido além da Moy Hall. Era sua mulher que eles queriam.

Quando ele entrou, Màiri ficou horrorizada diante do chefe ensanguentado, mas logo se pôs de pé. Ela havia ficado sentada ao lado de Lachlan, deixado em sua cama à espera do enterro.

– Veio trazer suas condolências – indagou – ou notícias do meu Donald?

Aeneas tirou a boina e se colocou ao lado da cama. O rapaz tinha sido trazido do mundo dos mortos uma vez, mas dessa vez levara um tiro na cabeça. Aeneas puxou a coberta sobre o corpo e se virou para Màiri. Ele era um pai para seu povo, a idade não importava. Aquele era seu papel, e era assim que ele se sentia.

– Sinto muito pela sua perda. Ele era um bom filho, para você, seu chefe e seu clã. – Ele colocou a boina. – Donald está vivo, em Moy. Vai se recuperar logo se for bem cuidado. Vim buscá-la para levá-la até lá.

Ela deixou a tristeza de lado quando o medo foi substituído pela esperança. Pegou as filhas e foram todas a Moy. Quando chegaram, Shameless estava lá. Ele vira um corpo que julgara ser de Howling Robbie, morto na beira do campo de batalha, e voltara para verificar. Era ele. Levou o amigo para casa e então foi para Moy Hall.

– Não vou voltar – avisou com teimosia. – Não depois do que fizeram a Robbie e nos chalés. *Gonadh*! – jurou. – Eles são maus.

Os chalés ficavam na direção da fumaça que Aeneas tinha visto.

– Você não tem obrigação de voltar – avisou. – Está sob meu comando, e preciso de você aqui. Eles embrulharam comida, encilharam um segundo cavalo e partiram em direção aos chalés.

A cena era desesperadora. Dos trinta *cottars* e seus filhos, apenas seis tinham sobrevivido. Os menos feridos tinham começado a retirar os corpos. Aeneas e Shameless cavaram uma cova grande perto de onde Seonag e Calum estavam enterrados. Mesmo em seu chalé destruído não havia sinal da velha Meg, nenhum resto. Os mortos foram colocados para descansar, o bebê de Cath em seu peito, o velho Tom com sua neta. De alguma forma, a garota mais velha tinha sobrevivido ao incêndio, com o rosto e o corpo cheios de cicatrizes dolorosas. Uma das duas mulheres moradoras dos chalés cuidava dela. Ela ficaria com eles. As crianças do clã eram criadas por quem tivesse condições, caso os pais não pudessem. O filho de um era filho de todos.

Os ingleses haviam levado o gado, saqueado o celeiro, queimado ou destruído suas ferramentas, incendiado as casas. Um balde de ordenha era tudo que tinham para buscar água. Os chalés não tinham como ser consertados, mas um abrigo sólido poderia ser construído em um dos chalés menos afetados pelo incêndio. Os que estavam bem tiraram a relva que ainda queimava do telhado e trouxeram água para jogar no resto. Eles fariam o telhado no dia seguinte, naquela noite, dormiriam ao relento. No dia seguinte, quando o chalé estava habitável e eles haviam feito tudo que podiam pelos feridos, Aeneas e Shameless partiram para Culloden, procurando sobreviventes.

O campo de batalha era vigiado por guardas. Soldados ainda andavam por ali, verificando e matando os feridos. O odor inebriante de sangue tinha desaparecido, e o cheiro de decomposição ainda não começara. Havia um aroma levemente doce no ar. Por todo o urzal, havia corpos espalhados, acinzentados, sem vida, estranhamente retorcidos, como montes de objetos partidos que tinham sido jogados fora.

– Por que eles não cruzaram o Nairn? – quis saber Aeneas sem esperar resposta, exceto o dar de ombros de incompreensão de Shameless. Aquele era território de seu clã, terreno que eles conheciam como a seu próprio corpo. Drumossie era o pior lugar possível para os habitantes das Terras Altas lutarem. Ele os teria levado para cruzar o rio, caso estivesse lá. Os outros chefes teriam seguido sua liderança territorial. Era uma matança sem sentido, facilmente evitável, caso ele tivesse estado lá.

Não era permitido andar entre os mortos. Um oficial inglês rude e sua tropa os fizeram recuar, apontando-lhes as armas. Ao voltarem para Moy, passaram por dois chalés destruídos. Corpos estavam sendo retirados da propriedade; os dois homens desceram para ajudar. Quando chegaram à casa, Aeneas estava sem forças e desconsolado.

Antes de entrar, arrancou suas roupas estragadas e imundas e mergulhou no lago, esfregando-se e se lavando para tirar o sangue, a morte, a sujeira e a fumaça do corpo. Os gansos selvagens haviam ido embora. Os patos logo voltariam, seu povo não. Eles tinham lutado contra a opressão, ele não lutara com eles. Ele mergulhou, emergiu, esfregou o cabelo com força, submergiu outra vez. O ferimento da bala do mosquete que atingira seu braço de raspão ardeu, assim como o corte em sua coxa. Mas seu corpo estava inteiro e iria se curar. No entanto, seu coração e sua alma estavam marcados por cicatrizes.

Com a presença de Màiri e as garotas na cozinha, a casa estava quase normal, se é que isso poderia acontecer de novo algum dia. O fogo estava aceso, havia comida sendo preparada, os doentes estavam limpos e sendo cuidados. Mesmo o corpo de Elizabeth tinha sido lavado, vestido e coberto, e agora aguardava no átrio. No dia seguinte, depois de enterrar os soldados lá fora, ele a levaria a Inverness. Naquela noite ele estava oco por dentro, assombrado pelas imagens de brutalidade e carnificina.

Rostos mortos, corpos quebrados, seu clã dizimado, sua esposa presa. Um vazio profundo e terrível crescia dentro dele. O que ele tinha feito?

A prisão de Inverness estava lotada. Anne sentou-se em sua cela pequena e emparedada, olhando para o chão de palha. Quando a noite chegou, ela deitou no estrado duro e ficou observando a lua e as estrelas acima dela, pela janela alta, minúscula e gradeada. Dentro do vestido, o bilhete de MacGillivray ainda estava apertado em seu peito. Ela ainda não havia derramado uma lágrima sequer. Ao seu redor, a prisão sussurrava. Um grupo de estudantes, que tinha ido ver a batalha, tinha sido deliberadamente assassinado, assim como os moradores da cidade que tinham ido assistir. Vozes perguntavam quem tinha sobrevivido, quem tinha morrido, quem estava preso, até o sono ou o pesar silenciá-las.

Na manhã seguinte, os carcereiros serviram água em copos de metal. Anne recebeu uma cesta de pão, presente de amigos, revelou o guarda. A única comida disponível na prisão era a dada por pessoas de fora. Anne passou o pão pelas barras para mãos estendidas dos seus dois lados. O pão passou de mão em mão, cada vez menor, de cela em cela, pela sala.

– Poucos sabem que já estamos aqui – disse uma mulher na cela à sua direita.

– Margaret? – Anne conhecia aquela voz. – É você?

– Sim – confirmou confusa, logo percebendo quem era. – Anne! – Todas as perguntas vieram a seguir, sobre onde e como ela fora capturada. Margaret fora presa no campo de batalha e não sabia nada sobre o marido, David, o lorde Ogilvie, se ele estava vivo ou morto.

Os outros presos se identificaram. A viúva lady McIntosh, ainda confusa com sua prisão, estava presa a quatro celas abaixo, entre lady Gordon e lady Kinloch. Na porta ao lado, entre os homens, estavam presos o marido de lady Kinloch, os lordes Lovat, Balmerino e sir John Murray de Broughton. Ninguém sabia o paradeiro da glamorosa esposa de sir John, Greta Fergusson. Ninguém mencionou o irmão de Anne, James, ou seu primo, Francis. À noite, mesmo aparentemente dormindo, o nome dos mortos passava pela sua cabeça, como pedras rolando no bolso.

Todo dia chegava comida para ela – pão, carne, uma caneca de cerveja – e ela a dividia com todos. Também chegavam bilhetes, em geral de desconhecidos ou de pessoas que ela mal conhecia, trazidos por um guarda ou enfiados pela janela da cela, caindo aos seus pés como neve. Eles ofereciam compaixão e esperança, palavras cujo significado ela conhecia bem, e lhe traziam notícias, cheios de raiva. O exército não permitia ninguém no lugar da batalha. Nenhum pai, esposa ou filho podia identificar seus mortos, nenhum corpo fora liberado para o enterro. Os feridos que conseguiram fugir tinham sido caçados, presos, se fossem oficiais, ou mortos, caso contrário. Qualquer um que os abrigasse ou os ajudasse recebia um tratamento duro: roubavam-lhes os mantimentos e o gado, saqueavam-lhe as casas e depois lhe arrancavam a cabeça. Houve notícia de Moy. Elizabeth estava morta. Anne sentou-se com o olhar vidrado, por dias depois de receber a notícia, mas mesmo assim não conseguia chorar.

Ao final da segunda semana, sem nenhuma prova contra ela, a viúva foi libertada. Sua jovem sobrinha, a grávida lady Gordon, saiu com ela, solta por estar prestes a dar à luz. A viúva voltou no dia seguinte para visitar Anne, furiosa por ter sido barrada em sua própria casa por causa da ocupação de Cumberland.

– Tive de pedir a amigos uma cama para dormir – reclamou antes de contar os problemas dos outros. A libertação de lady Gordon tinha sido uma armadilha para pegar seu marido. Soldados o aguardavam na casa da mãe da esposa, onde nasceria o filho do casal, uma armadilha pronta para pegá-lo.

– Então não foi um gesto de bondade – afirmou com amargura. Lovat, Balmerino, sir John Murray e lady Kinloch e seu marido haviam sido enviados à Inglaterra para julgamento, contaram os guardas.

Anne ouviu tudo sem emoção, com a expressão desoladora como o urzal estéril. Nem as mulheres esperavam que a corte fosse mais misericordiosa que o exército assassino e vitorioso. Culloden, era como os ingleses haviam chamado a batalha, depois da casa de Forbes no urzal.

– Não desista – pediu a viúva, segurando os dedos frios de Anne. – Eles podem matar seu corpo, mas não deixe seu espírito morrer de tristeza. – E então, baixando a voz para que os guardas não a ouvissem: – Tenho notícias de lorde George.

– Ele está vivo? – Havia alívio na pergunta, mas não vigor.

– Sim – concordou com a cabeça a viúva. – Ele e os outros oficiais que conseguiram escapar reuniram o exército em Ruthven, três mil homens, e há mais a caminho.

– Então eles vão lutar. – Ela não conseguia entender por que eles haviam lutado quando metade de seu exército estava fora. Culloden. Aquilo era tão confuso que ela ficou exausta.

– Não – corrigiu a viúva. – O príncipe enviou uma carta, ordenando que eles se dispersassem, deixando que cada homem se salvasse, se conseguisse. – Ela estava terrivelmente brava. – De que lado ele está?

– Do dele – concluiu Anne.

Na casa da viúva, Cumberland sentou-se na cadeira e examinou seu visitante. Era noite. Informantes preferiam o escuro.

– General Hawley foi generoso com nossos fundos – afirmou – e nossas promessas.

– Eu entreguei. Você teve sua vitória e a dispersão do resto.

– Ainda que seus homens do campo tenham protegido a retirada do povo das Terras Altas antes que eles se rendessem, tenho mais para recolher do que esperava.

– Bem, você não pode comprar todo o rebanho, e vai se lembrar de que, como os mercenários do rei Louis, eles são prisioneiros de guerra, e não traidores.

– Eles embarcam para a França amanhã – confirmou Cumberland. – Sua recompensa vai com eles. Espero que confie nos portadores.

– Com minha vida.

– Agora espera garantir sua própria passagem em segurança, com seu chefe?

– Isso faz parte do preço.

Cumberland levantou-se e andou pela sala. Se ele fizesse o que pretendia, erradicar essa raça de bárbaros e fazer a nação deles se ajoelhar, então a ameaça deveria continuar.

– O problema – falou – é que ainda há corações fracos reclamando misericórdia. Essas vozes vão crescer se ele for embora. Não posso deixá-lo sair desta terra até terminar meu trabalho.

– Se for atrás dele, criará um mártir, e um prisioneiro também pode reunir gente. França e Espanha não ficarão sentadas vendo-o ser morto.

– Não me diga como fazer meu trabalho – ralhou Cumberland. – Um príncipe na torre não é algo que meu pai deseje, tampouco o Parlamento. Mas ninguém será libertado e criará problemas no exterior, onde essa rebelião pode ser acalentada e eclodir de novo.

– Minha influência...

– Não vai durar para sempre – cortou Cumberland –, talvez nem dure muito quando outros bajuladores assumirem. Não, ele não pode ir até eu dizer que é o momento certo. Até que cada cabeça de nobres traidores seja arrancada dos ombros, cada rebelde enforcado, seus aliados transportados e aqueles que os financiaram estejam falidos e pobres. – Ele se sentou outra vez e explicou o que ocorreria a seguir. O príncipe iria fugir de um lugar para outro. Sob o pretexto de persegui-lo, o exército iria atrás e expulsaria os simpatizantes. – Há mais ratos para serem expulsos. – Quando as Terras Altas e as ilhas da Escócia tivessem por fim se submetido, então, e só então, a passagem de volta à França seria liberada. – Entendeu?

Não houve resposta. Ter levado uma vida árdua entre os bárbaros pelo que talvez fosse um bom tempo claramente não servia de apelo. Cumberland se inclinou para frente de novo.

– Uma execução pode ser arranjada – avisou. – Nas colinas áridas do norte, algumas covas anônimas nunca seriam encontradas. – Ele se encostou. – Agora você entendeu?

O homem concordou com a cabeça.

– Então nosso negócio está concluído. Você vai receber instruções nossas de tempo em tempo sobre a área para onde gostaríamos de ir em seguida. – Ele se serviu de outra taça de vinho.

Sua visita virou-se em direção à porta.

– Um momento – pediu Cumberland. – Estou curioso. O triunfo da Inglaterra não seria o desejo do rei Louis.

– Nem deixar a Escócia para os escoceses.

– Mas ele não se oporia a isso.

– Nós poderíamos ter tido Londres e a Coroa Britânica, mas o povo das Terras Altas não nos deu isso. Eu então não lhes dei a Escócia.

– Então se trata de vingança – concordou Cumberland. Aquilo fazia sentido. – Agora pode me assistir cobrando isso.

A porta se fechou atrás do visitante noturno. Após alguns minutos, Hawley voltou depois de acompanhar o informante para fora, discretamente.

– Ele não parece feliz.

– Deveria estar – sorriu Cumberland. – Está prestes a usufruir da sorte dos irlandeses. Sempre um passo à frente.

Notícias melhores começaram a chegar à prisão, sobre os sobreviventes. O castelo de Cluny tinha sido destruído, mas Macpherson conseguira escapar. A Écossais Royaux francesa, tratada como prisioneira de guerra, tinha sido enviada de navio para casa. O mercenário irlandês Wild Geese, também enviado pelo rei Louis, tinha ido com eles. Eles tinham fornecido proteção para a retirada dos soldados das Terras Altas do campo de batalha, uma ação corajosa que salvara muitas vidas escocesas. Era um alívio que eles, pelo menos, tivessem sido poupados.

Havia boatos de que Greta Fergusson estava segura com amigos, também grávida e escondida em Edimburgo, segundo disseram. Seu marido, sir John Murray, tinha sido levado para Londres. Para se salvar, ele havia oferecido provas contra lorde Lovat, comprando a própria vida e se livrando do ressentimento por Lovat pelo estupro de sua parenta. Lovat tinha sido levado para a torre com lorde Balmerino. Lorde Kilmarnock, enviado de Edimburgo, tinha se juntado a eles.

Muitos, contudo, haviam escapado no exterior. Frustrando a armadilha preparada para ele, sir William Gordon fugira sem conhecer seu primeiro filho. Lochiel, lorde Elcho e o marido de Margaret Johnstone, lorde Ogilvie, tinham ido para a França. Sob a Velha Aliança, cidadãos dos dois países eram cidadãos de ambos. Eles estariam seguros lá. Tarde daquela noite, Anne ouviu Margaret chorando em sua cela, aliviada por seu marido estar vivo e pela solidão de ter de enfrentar os poucos dias que lhe restavam de vida longe dele. Outras mulheres também choraram, com medo de perder a vida ou por luto. A cela de Anne parecia ainda mais opressiva. Ela se deitou, ouvindo os soluços através das paredes, e desejou a liberdade que a morte traria.

Quando a viúva a visitou de novo, ela correu até ela, mal podendo conter-se.

– Anne, Anne – ela segurou os braços da jovem, o rosto resplandecente –, seu irmão e seu primo estão vivos!

Anne a encarou. Após semanas de luto por eles, aquelas palavras não faziam sentido.

– James e Francis, eles estão livres?

– Não. – O rosto da viúva ficou mais tristonho. – Eles foram levados do campo, feridos. Nada sério – garantiu. – Mas estão sendo cuidados, por isso não estão na cadeia. Os ferimentos deles estão quase curados e... – sua voz se tornou mais fraca – ... serão enviados de navio para o sul em breve.

A alegria que havia começado a surgir dentro de Anne se dissipou. Que tipo de dor era aquela, tê-los de volta dos mortos para perdê-los de novo? Seu irmão doce e gentil, seu primo forte e seguro de si mesmo. Os dois prefeririam sofrer uma morte rápida na batalha que a indignidade de um julgamento e a desonra de um fim como traidor. Ela caiu para trás em sua cama.

A viúva suspirou. Aqueles eram dias brutais, quando as boas notícias apenas traziam mais pesar.

– Eu tive dois filhos de reis sob meu teto – falou com a voz oscilando. – Espero nunca mais ver nenhum.

Enquanto sua casa permanecesse ocupada por Cumberland, ela havia decidido ir para Moy. Uma jovem McIntosh esperava do lado de fora da cela, carregando uma jarra e uma bacia. A viúva a chamou.

– Morag disse que virá todos os dias para ver do que você precisa – explicou. – Vai arrumar-lhe o cabelo, trazer roupas limpas e ajudá-la com a toalete. É uma vergonha que eles mantenham as pessoas assim. Animais seriam mais bem tratados. – Ela tentou mais uma vez tirar Anne de sua dor. – Eles estão vivos – insistiu. – Enquanto houver vida, há esperança.

– Esperança de quê? – indagou. Os julgamentos tinham começado.

No calabouço de pedra fria do castelo de Carlisle, os prisioneiros eram dispostos em pequenos grupos, os ingleses jacobitas primeiro. A cada dia, vários eram sorteados. Aquele que tirasse a menor palha era mandado a julgamento. Os demais eram transportados às colônias para serem vendidos como escravos contratados. Então eles começaram com os escoceses.

– Meu pai não pode participar do sorteio – opôs-se Clementina. – Ele não está bem!

O prisioneiro que tinha a tarefa de fazer o sorteio estendeu-lhe as palhas.

– Todos temos de fazer isso – explicou.

Clementina tirou o primeiro, então seu pai, depois os outros do grupo, homens e mulheres.

– Tirei o menor – gritou a menina.

– Você o quebrou – disse seu pai. Todos concordaram, ela havia quebrado o seu de propósito. Seu pai tirara o menor. De alguma forma era sempre um homem quem ia a julgamento, nunca uma mulher ou uma criança.

– Diga a eles que o fizeram lutar – gritou, segurando-o. – Diga que foi forçado. É isso que todo mundo está dizendo.

A maioria dos prisioneiros negava ter pegado em armas contra o rei e o país. Esperando ser compreendidos, alguns diziam que as esposas os tinham mandado aderir ao levante, outros, que o chefe os havia mandado. Aos juízes ingleses, de uma nação onde as mulheres não tinham poder e a obrigação do sistema de clã era um mistério, suas desculpas não significavam nada. A maioria dizia qualquer coisa para ser poupada, que tinham sido obrigados a lutar sob pena de morte, ameaças à família, de sua casa ser queimada. Poucos se diziam culpados. Declarar-se culpado significava ser enforcado e, meio morto, castrado e, com os intestinos para fora, queimado diante dos olhos deles. O coração era então arrancado, alguns ainda batendo, para ser mostrado à multidão. Cabeças formavam um piquete fora dos portões da cidade, avisando o destino que aguardava os traidores. Nas cidades do norte da Inglaterra, onde era realizada a maioria dos julgamentos, erguiam-se novas forcas diariamente, três por vez. Raramente um prisioneiro era considerado inocente. A clemência, quando concedida, significava não ser castrado, arrastado e esquartejado, apenas enforcado até a morte.

Quando o pai de Clementina lhe deu um beijo de adeus, foi o derradeiro. Ele foi levado à forca; ela, aos barcos. Nos porões dos navios, ela desejou poder subir no deque, sob o ranger da vela, só para ver a costa que eles deixavam para trás. Eles iam para uma terra estrangeira, de onde nunca retornariam. Uma mulher das Terras Altas, cujo marido havia sido enforcado, balançando ao ritmo das ondas, começou a cantar suavemente, como se cantasse uma canção de ninar para si mesma:

> Quando estou sozinha, querido coração branco;
> Negra é a noite e selvagem é o mar;
> Na luz do amor, meus pés encontram;
> O velho caminho que leva a ti.

Trinta e oito

Quando Morag lhe trouxe um travesseiro, Anne dormiu com o bilhete de MacGillivray embaixo dele. Nas manhãs, lavada e vestida com roupas limpas, ela guardava o bilhete outra vez no decote, onde ficava aninhado junto ao seio. Ela o levaria para a sepultura com ela. Saber que sua vida terminaria em breve era o que a mantinha sã.

As celas se esvaziavam e eram novamente ocupadas. Centenas de pessoas foram enviadas à Inglaterra para julgamento, incluindo o irmão e o primo de Anne. Outros foram julgados e executados onde tinham sido pegos. Milhares foram transportados. Nas Índias Ocidentais, seriam vendidos pela maior oferta, para trabalharem até o final de seus dias. Mesmo aqueles cujas sentenças eram menores nunca obteriam os meios para voltar para casa. A expulsão para a escravidão era permanente.

O irmão e a irmã de Margaret chegaram a Inverness para cuidar dela. As visitas de Anne aumentaram. A situação tinha lá suas ironias. A jovem Morag trouxe uma bandeja de chá pela manhã, completa, com xícaras chinesas, algo destoante naquele ambiente taciturno.

– Vai querer tomar chá com suas visitas – falou. Parecia que havia muita gente querendo vê-la.

No primeiro dia com chá, a primeira visita foi a de James, o lorde Boyd, jovem e abatido, mas ainda capaz de corar quando seus olhos cruzaram com os dela.

– Estou feliz em vê-lo – disse Anne. – Como vai sua mãe?

– Preocupada com meu pai – respondeu ao sentar-se. Lorde Kilmarnock estava prestes a ser executado, juntamente com os lordes Lovat e Balmerino, na Tower Hill.

– Não houve clemência, então?

– Apenas será rápido. – Os lordes jacobitas escoceses seriam decapitados, uma morte mais fácil que o enforcamento aplicado àqueles sem título.

– Não consigo ter compaixão por Lovat – confessou Anne.

– Assim como muitos. – Cinquenta anos antes, ele escapara de uma sentença de morte dada pelas cortes escocesas pelo estupro da cunhada, viúva de seu irmão, filha da marquesa de Atholl. – Seu fim já deveria ter chegado há tempos. Mas sinto por seu pai. Ele é um bom homem, gentil. – Ela se serviu de chá, sem conseguir lembrar um tempo em que conversava sobre a vida e o amor, nascimentos e assuntos agrícolas.

– Viajo semana que vem para me apresentar – revelou lorde Boyd –, mas queria vê-la antes.

– Há algo que eu possa fazer?

– Não, mas achei que gostaria de saber de um amigo seu, Robert Nairn.

– Conhece Robert? – Anne tomou um susto. Lembranças das semanas juntos em Edimburgo voltaram-lhe à cabeça, semanas em que ambos eram cheios de vida. – Ele está bem?

– Gravemente ferido. Encontrei-o dois dias depois da batalha e o trouxe para cá.

– Isso foi um gesto muito bondoso. Pelo que ouvi, outros o teriam matado.

– Eu não sabia então que ele podia ser enforcado. – Lorde Boyd se mexia no próprio lugar diante de tal brutalidade. – Ele está sendo cuidado por alguém que você também conhece, uma mulher de Skye chamada Nan MacKay.

– Sim, conheço. Ela guardou meu cavalo uma vez, na cozinha dela. O marido dela foi lutar. Ele está em segurança?

– Ela não teve notícia desde a batalha, mas tem esperança. Hoje eles começaram a cavar enormes buracos em Culloden, para os enterros. Acho que a esperança dela é em vão.

Anne mexeu o chá. MacGillivray seria colocado nesses grandes buracos, despejado como uma carcaça podre, ele e tantos outros, sem nome em uma cova comum. Nada se tornava mais fácil com o passar dos dias.

– Mas Robert está aqui, em Inverness, e ainda vivo?

– Por enquanto. – Lorde Boyd inclinou-se para frente, com o semblante grave. – Você tem muitos amigos, lady Anne. Eles estão fazendo o que podem.

As atividades desses amigos deixou o duque de Cumberland nervoso. Petições para a libertação de Anne estavam empilhadas em sua escrivaninha. Agora era Forbes de Culloden, lorde e presidente da Suprema Corte, quem estava irritado porque a residência de sua família tinha sido escolhida para dar nome a uma batalha, bravo porque a lei tinha sido usurpada.

– O Ato da União afirma que os escoceses devem ser julgados nas cortes escocesas, não na Inglaterra.

– Assim você pode soltá-los de novo – falou Cumberland.

– Ela é uma garota – protestou o velho juiz.

– E perigosa. Olha isto. – O duque espalhou a pilha. – Estamos perseguindo guerreiros. Devemos perseguir cada autor também?

O general Cope, sentado ao lado do general Hawley, apoiou a taça de porto. – Eles apenas querem honrar uma mulher que veem como heroína – afirmou calmamente.

– Maldita bruxa – gritou Hawley, ficando de pé e andando pela sala. – Vou honrá-la com uma forca de mogno e uma corda de seda!

– Ela precisa ser julgada antes – afirmou Cope. – Se ela me vencesse, eu estaria menos ansioso para que o mundo soubesse disso.

Cumberland pensou um pouco naquilo. Coronel Anne iria certamente atrair atenção.

– Não estamos fazendo nenhum favor a nós mesmos perseguindo pessoas com tanta dureza – falou Forbes. – Nossos soldados são brutais. Eles matam os homens, estupram as mulheres, assassinam-nas e a seus filhos. Arrastam os idosos da cama, incendeiam completamente suas casas.

– Para evitar que os rebeldes se reorganizem – explicou Cumberland.

– E semear mais ódio? – indagou Forbes. – O que nos tornamos?

– Sem mulheres e crianças, eles não podem criá-los – falou Cumberland. – Há uma raça de selvagens agressivos que crescerá outra vez se eles não forem exterminados.

– Essa não pode ser sua intenção. – O rosto do velho juiz ficou pálido.

– Não fale como uma velha chorona, Forbes.

– Antes isso que me tornar carniceiro de um povo. – Forbes tremia. – Vou escrever ao rei e ao Parlamento sobre isso.

– Escreva – pediu Cumberland, segurando um punhado de petições sobre Anne e chacoalhando-o diante de Forbes. – Não será o único. Mas não espere compaixão. Estou incumbido de destruir esses escoceses, para garantir que essa causa nunca seja retomada!

Poucos dias depois da visita de lorde Boyd, Anne recebeu outra visita inesperada, a da esposa do tenente James Ray.

– Anne. – Helen segurou suas duas mãos. – Minha querida, sinto muito. Pensar que meu marido não tinha nada a ver com isso.

– Ele está cumprindo sua obrigação – revelou Anne.

– Saboreando tudo isso – falou Helen. – Disso, tenho certeza. É terrível. Eu poderia chorar. Dizem que vão enforcá-la.

– Não fique triste, estou feliz. Outros sofreram muito mais.

– Você, feliz? – Helen ficou surpresa. – Não podemos deixar isso acontecer. Minha querida, você tem sido uma inspiração. Escrevi para todos meus amigos. Você foi citada na corte.

– Tenho certeza de que eles comemoram nossa derrota, e a minha, como nossos inimigos.

– Humpf, inimigo nada. Não acredite em tudo que ouve. Os jornais gostam de criar confusão, só isso. Sim, houve fogos e toda comoção depois de Culloden, mas não agora. Sabe, depois de apenas três dias vendo homens fortes e jovens morrendo de modo tão doloroso nas forcas, as pessoas de Carlisle viraram as costas e foram embora.

– Eles não têm estômago para aguentar o que fazem?

– Não para atrocidades. – Helen sentou-se na cama estreita de Anne e espalhou as saias. – O povo inglês é mais bondoso do que você pensa. Não somos como Cumberland, o açougueiro.

– Helen, cuidado. – Anne olhou ao redor para ver se algum guarda podia ouvi-la.

– Está tudo bem – garantiu Helen. – Eles estão no portão, e sei onde devo segurar a língua. É algo que você aprende.

– Duvido – sorriu Anne. Era o primeiro sorriso em muitas semanas. – A minha será silenciada por mim.

– Talvez sim, talvez não. Não é preciso fazer isso. A União está salva. – Ela fez uma pausa, olhando-a satisfeita. – Tenho de dizer que estou feliz por isso. Porque vocês, mulheres escocesas, têm títulos próprios, posição, propriedade, casas e terras. E podem se divorciar dos maridos! A Inglaterra tem muito a aprender com vocês. Eu aprendi, desde que estou aqui. Mas – ela deu um tapinha na mão de Anne de modo conspiratório – eu preciso ensiná-la a lidar com os homens ingleses. Eles gostam que façam suas vontades, isso os faz se sentir fortes e espertos. As mulheres devem parecer dóceis e frágeis. Quando aprender como, poderá torcê-los com seu dedinho. – Ela olhou ao redor quando Morag trouxe-lhe a bandeja de chá. – Fico feliz que eles sejam civilizados o bastante para lhe permitir uma empregada.

Anne franziu a testa, confusa.

– Morag não é minha empregada – contou. – Ela é uma McIntosh, um membro da família, do clã. – Sua visitante ainda a olhava sem entender direito. – Ela ajuda porque quer. Não temos empregados nem escravos. O clã fornece tudo de que precisamos.

– Que gentil – disse Helen. – Mas eles não precisam ajudar a eles mesmos?

– Todos somos obrigados a nos ajudar – explicou. – Ninguém passa fome nem fica sem abrigo ou cuidado, caso necessite. Todos fazemos nossa parte.

– Entendi – falou, embora não tivesse entendido claramente. – Bem, nós também fazemos. Uma de minhas amigas visitou seu primo Francis, na prisão de Southwark. Ela gostou dele à primeira vista. Um homem bom e bonito, ela disse. Acho que há romance no ar.

– Ele foi sentenciado à forca.

– Não se Elizabeth puder ajudar.

– Elizabeth? – Um arrepio percorreu as costas de Anne ao ouvir o nome da irmã.

– Elizabeth Eyre – confirmou. – Ela vem de uma família bem-nascida, e é uma lutadora. Escreveu para a amante do rei implorando pela vida de seu primo.

– Não ao rei? – Anne estava surpresa. As mulheres inglesas não eram desprovidas de poder?

– Não, não, não – sorriu. – Você não me ouviu. Peça algo a um homem e ele não vai atendê-la, apenas porque pode fazer isso. Então damos a volta neles. Se a condessa de Suffolk decidir que seu primo deve ser perdoado, o rei vai achar que isso foi ideia dele.

– Mas isso não é enganação?

– E isso importa, se funciona? Veja o que sua franqueza fez a você.

Mais tarde naquela semana, Helen se juntou ao jantar de comemoração de Cumberland. Seu marido seria transferido para a equipe do duque enquanto lorde Boyd estivesse cuidando das execuções. Esse jantar seria o último antes de o jovem escocês, cavalariço do rei, ser mandado a Londres.

Lorde Louden era o único outro escocês presente. Forbes não era desejado ali e também não teria aceitado o convite. A conversa foi sobre o pretendente a príncipe e sua fuga das forças que os perseguiam. O exército havia feito uma busca em Aberdeenshire e no Mearns, atirando em rebeldes, pilhando e devastando os condados no caminho. Agora a inteligência informava que o pretendente e seus companheiros haviam fugido para o norte, para Hebrides.

– Vocês devem esperar pegá-lo em breve – afirmou Helen.

– Não tenho pressa – sorriu Cumberland. – Ele nos leva a seguidores de quem talvez nunca tivéssemos suspeitado, se ao menos ele soubesse.

– Tomei chá com lady McIntosh outro dia – revelou lorde Boyd. – Ela é uma mulher muito bonita, pena que seja uma rebelde.

– Não por muito tempo – concluiu Hawley. – Ela vai a julgamento na semana que vem.

– Chá? – Cumberland franziu o cenho. – Ela está na prisão, não num tribunal.

– Mas recebe muitas visitas – interveio Cope. – As pessoas formam filas do lado de fora, entre elas muitos dos nossos próprios oficiais.

– E suas esposas. – Helen sorriu e se virou timidamente para o duque. – Meu lorde Cumberland – pediu –, gostaria de pedir-lhe permissão para participar desse julgamento.

– Pode depor contra ela?

– Por quê? Não – falou inocentemente –, mas que história ela deve ter para contar. Meus amigos em Londres estão curiosos por notícias sobre ela.

– Estão mesmo? – Cumberland não parecia nada satisfeito.

– Ela reuniu o clã do próprio marido e lutou contra ele. Então – Helen riu com alegria – o prendeu debaixo do próprio teto. Isso é muito divertido.

Cumberland olhou para James Ray, que encarava a esposa com frieza.

– Haveria poucas esposas de rebeldes lá – falou Ray – se seus maridos hanoverianos as mantivessem sob controle com mais eficiência.

– Vocês conhecem esse homem, o marido dela? – indagou Cumberland.

– Um dos meus capitães, senhor – revelou lorde Louden. – Corajoso e leal. Ele lutou em Prestonpans e salvou um pequeno número de soldados nossos que escaparam. E estava ao meu lado quando tentamos tirar o pretendente da casa dele em Moy, frustrando sua esposa, coronel Anne. Ele foi capturado depois disso.

– O pretendente o colocou sob custódia da mulher – acrescentou Ray. – Quando a prendemos, encontrei-o preso na bodega, onde tinha sido acorrentado.

– Então não deve haver amor ali – ponderou Cumberland. – Não me lembro de uma petição dele. Ele vai depor contra a esposa?

– Ele sabe pouco das ações dela, a não ser pelos boatos – contou Louden. – Eles estavam separados. General Hawley tem mais provas contundentes sobre seu papel na derrota que ele sofreu em Falkirk.

– Espero que forneça provas, general – pediu lorde Boyd a Hawley. – Ninguém mais se apresentou, embora a tenhamos presa por seis semanas. Ela nos fez de tolos, especialmente o alto comando.

Cumberland franziu a testa. Hawley não parecia gostar da tarefa. Cope encheu sua taça de Bordeaux.

– Coragem, Henry – falou. – Sua reputação estará protegida, tenho certeza.

– Não há motivo para testemunhar – afirmou Helen. – Ela pretende confessar toda a história do começo ao fim. Oh, estou tão ansiosa para ouvi-la.

– Ela quer se enforcada? – quis saber Cumberland. – Todos os outros traidores mentiram sobre seu envolvimento. Ouça-os e parecerá que não combatemos ninguém, especialmente aqueles selvagens sanguinários e assassinos que irromperam contra nossas tropas. Eles não relutaram em morrer por uma causa que agora renegam.

– Ela não parece se importar com a morte, senhor – contou lorde Boyd. – Está bem calma, como se tivesse encontrado a paz dentro dela.

Cumberland não havia esquecido aquele rosto pálido, porém bonito, aquela dignidade tranquila.

– Como Joana D'Arc! – exclamou Helen. – Imagine – ela olhou atemorizada para o duque –, o senhor poderia torná-la uma grande heroína escocesa quando ela morrer.

Trinta e nove

Era o primeiro dia de junho. O grande rio Ness brilhava sob o sol quente do verão. O campo vermelho de Culloden começava a se tornar verde. Ali era um lugar onde a paz deveria imperar, exceto que não havia nenhuma. Nenhum pássaro cantava no local da matança. Os ferimentos se curavam devagar naquelas sete semanas, mantendo os feridos longe dos julgamentos e das sentenças. Nas vilas e cidades, o som das forcas havia diminuído, mas não parado. O príncipe fora perseguido no norte e ali novamente. Unidades do exército o haviam rastreado, invadindo casas, estuprando e assassinando os moradores. Quando o fluxo de guerreiros diminuiu e simpatizantes conhecidos se tornaram poucos, tudo era motivo para as prisões: um boato aqui, o fato de vestir branco, uma expressão de simpatia pelos condenados.

Cumberland recebeu uma carta do pai, elogiando-o por manter seu reino e os reinos unidos em segurança. "Mas estamos preocupados em não criar mártires", estava escrito, "especialmente do sexo mais belo, cuja influência não deve ser espalhada." As mulheres rebeldes, não importa de que posições, deveriam ser julgadas na Escócia e então mandadas para o sul para receber a sentença, suas ações consideradas muito chocantes para os cidadãos ingleses ouvirem. A carta do rei confirmava o curso da ação que o duque havia decidido tomar. Lorde Louden ficou de pé, aguardando a ordem. Hawley não estava feliz.

– Este é o papel que você deve entregar a Aeneas, o chefe McIntosh e do clã Chattan – ordenou Cumberland, enfiando a pena no tinteiro e assinando o documento. – Isso vai virar o jogo ordenadamente.

– Mas é uma punição nada justa! – reclamou Hawley.

– Se ela fosse enforcada como você queria, receberia glória e influência – respondeu Cumberland. – Uma morte que ela parece procurar. Isto – ele borrou a tinta seca – vai tirá-la da nossa história. – Ele entregou a carta a Louden. – Ela logo será esquecida. Duvido que encontre a paz agora. – Enquanto Louden saía para cumprir a ordem, Cumberland sorriu. Ele tinha a resposta adequada ao problema da coronel Anne Farquharson, a lady McIntosh, e do primo dele, o pretendente. A justiça tinha sido feita.

Quando o machado foi erguido, sua lâmina brilhou sob a luz do sol. A multidão na Tower Hill respirava com dificuldade, em alto e bom som, inspirando e segurando a respiração. Ajoelhado, lorde Kilmarnock sentiu a madeira dura da tábua pressionar sua garganta. A lâmina desceu.

O clérigo na cela de Anne tinha vindo confortá-la em seus últimos dias.

– Para onde vós ireis, eu irei – leu. – E onde vos alojardes, eu me alojarei, vosso povo será meu povo, e vosso Deus será meu Deus. Onde morrerdes, eu morrerei, e lá serei enterrado.

Anne olhou para cima, para a janela da cela. O julgamento de Margaret havia começado naquela manhã. Logo, eles viriam buscá-la. Ela estava com medo de morrer, mas não da morte, que acabaria com toda a dor e o pesar. Na cova, não haveria mais tormento. O julgamento aliviar-lhe-ia a culpa. Ela iria confessar, obter sua paz. Sua intenção era andar calmamente para o cadafalso. Outros, que ela sabia serem almas corajosas, não tinham conseguido desistir da vida facilmente. Da prisão, tinha sido possível ouvir seus gritos e seu tormento. Ela havia pensado em Ewan, no sofrimento pelo qual havia passado. – Permita que ela fique anestesiada para a vida. Permita que ela não desonre os mortos com o desejo de manter o corpo vivo. Permita que ela não fracasse no final.

Ela ouviu o ruído da chave sendo enfiada e girando na fechadura da porta da cela. A voz do clérigo ficou mais baixa, até se silenciar por completo. A hora devia ter chegado. Ela fechou os olhos, inspirou profundamente e se virou. Lorde Louden estava parado na porta.

– *Trobhad*, você vem comigo – avisou.

Ao sair da prisão, Anne ficou cega pela luz. Como lá dentro era maçante e sombrio. Mas mesmo sem enxergar, ela reconheceu os cascos, o machinho, as patas e o corpo do cavalo que a levava. Era seu Pibroch. Ela subiu na sela com ajuda, no corpo familiar e caloroso do animal. Poderia ter-se machucado. Como eles eram cruéis. Se ela fosse andando para a corte, seria mais fácil. Mas Louden não levou nem ela nem sua escolta para lá. Em vez disso, eles andaram pela cidade, onde as pessoas paravam para vê-la e então conversavam quando ela passava.

Eles pegaram o caminho para o porto. Os navios saíam de lá para o sul, levando aqueles que seriam julgados na Inglaterra para Berwick ou Londres. Alguns tinham dito que eles temiam julgá-la nas Terras Altas, que temiam um motim público, outros que eles temiam deixá-la falar de todo modo. Aqueles que eram transportados também saíam de lá, navegando para as colônias e a escravidão. Qual era a intenção, tirá-la de sua terra natal, mantê-la viva, longe e em silêncio?

Ela perguntou aos soldados ao seu lado, mas não obteve resposta. Lorde Louden, logo à frente, não se virou. Na encruzilhada, eles não pegaram o caminho da costa, mas viraram para o sul. Então não haveria julgamento, apenas uma morte rápida. Como tinha ocorrido com muitos outros, ela seria levada a um lugar tranquilo e seria executada. Pelo menos seria rápido. Pobres rapazes, ela olhou para sua escolta, tão jovem, a maioria deles, para serem obrigados a atos tão desesperados.

Ela tentou não pensar no que viria pela frente. Em vez disso, já com os olhos adaptados à luz, prestou atenção nos matizes de verde, no urzal escuro, nas árvores coloridas, no som dos pássaros. O lombo forte de Pibroch estava debaixo do corpo dela, seus músculos se movendo contra suas pernas. O céu estava azul, rajado de nuvens finas e brancas. Cotovias cantavam, subindo até sumir de vista. O vento quente e leve acariciava sua pele, brincava com seu cabelo. Lá fora não havia julgamento, apenas a terra fazendo seu trabalho. A crueldade de estar ali a feriu. Seria difícil deixar este mundo.

Na Tower Hill, lorde Balmerino interrompeu o pedido de desculpas do carrasco.

– Amigo, você não precisa me pedir perdão, desempenhar seu dever é louvável. – Ele deu ao homem três guinéus, tudo que tinha, tirou o casaco e o colete e os depositou no caixão à espera. – Alguns pensam que meu comportamento é atrevido – explicou –, mas eu digo, ele vem da confiança em Deus e da consciência limpa. – Ele se ajoelhou, colocou a cabeça na tábua e chamou o carrasco para o golpe.

A lâmina do machado brilhou sob a luz do sol quando ele girou para baixo. Aeneas estava com Donald Fraser e Shameless, no alto da colina sobre o loch Moy. O ferimento do ferreiro havia se curado, mas requeria cuidado para não abrir outra vez. Era Aeneas quem manejava o machado. Shameless cortava galhos das árvores caídas, Fraser os empilhava. Eles estavam cortando madeira para reconstruir os telhados dos chalés queimados. Os *cottars* que haviam perdido a casa se mudariam quando os reparos tivessem terminado. Construções de pedra forneciam um abrigo melhor que os chalés de relva. Mais uma vez, a lâmina do machado brilhou quando foi girado para frente. O barulho do golpe na madeira ecoou pelo vale. Lascas brancas de madeira eram lançadas do corte. Aeneas puxou o machado e o girou de novo.

– Chefe – chamou Fraser –, veja. – Ele balançou a cabeça indicando a estrada de Inverness, distante do outro lado do lago. Era possível ver soldados e homens a cavalo, vindo em direção a eles.

Na mesma hora, Aeneas virou-se e voltou para casa. Fraser e Shameless partiram atrás dele, passando pelas árvores. Ele entrou correndo no átrio, surpreendendo a viúva, que lia sentada perto da janela.

– O que diabos está acontecendo, *ciod e*? – perguntou enquanto ele corria para pegar a espada, o punhal e a pistola. Shameless e Fraser o seguiram e o imitaram.

– Há soldados vindo para cá – avisou enquanto colocava a espada na cintura.

Ouvindo a confusão, Jessie entrou, vinda da cozinha, e pegou o machado.

– Já não houve mortes o suficiente? – indagou a viúva, embora tivesse pegado o atiçador da lareira quando ouviu o barulho dos cavalos entrando no jardim.

– Eles já fizeram tudo o que tinham para fazer aqui – retrucou Aeneas, virando-se gravemente para a porta, com a espada na mão direita, a pistola na esquerda, o punhal no cinto, de costas para o ferreiro e o jovem McIntosh igualmente armados.

Alguém bateu e abriu a porta. Os três homens se espalharam pelo átrio grande; Lorde Louden entrou.

– Aeneas – sorriu. – Bom dia. – Ele olhou todas as armas apontadas para ele. – Você espera problemas?

– Depende se você trouxe algum – respondeu.

– Tenho uma ordem para você e uma prisioneira – respondeu Louden. – Você decide se isso é um problema. – Ele gritou para os homens lá fora: – Tragam-na!

Anne foi levada ao átrio. Houve um silêncio atordoante, quebrado primeiro pelo som do atiçador da viúva que caiu perto da lareira.

– Anne! – gritou ao correr para ela.

Enquanto a tia abraçava sua esposa, e os outros embainhavam as armas, Aeneas a encarou, paralisado por não crer que ela estava lá. Ela estava pálida, mas parecia bem. Como podia ter uma aparência tão boa? Louden tirou a ordem do bolso.

– Lady McIntosh deve permanecer sob sua custódia até aprender que errou e se regenerar – parafraseou.

– Minha prisioneira? – indagou Aeneas, guardando a pistola no cinto e embainhando a espada para pegar o papel e lê-lo.

– Sim, capitão – sorriu Louden. – O duque virou a mesa de modo mais agradável desta vez. – Ele cumprimentou a viúva com a cabeça e saiu, seguido por seus homens.

Aeneas passou os olhos pelo documento, mal conseguindo lê-lo. Anne deveria permanecer sua prisioneira até se comportar da maneira correta e modesta, como uma mulher submetida ao marido, à lei e à Coroa. Ela não deveria adotar nenhuma causa que não fosse aceitável por ele, e Aeneas estava encarregado de garantir que ela negasse suas atividades anteriores que fossem fora da lei, incluindo as presentes ou futuras. Ele levantou os olhos para ela, que não havia se mexido nem respondido ao abraço caloroso da viúva, mas estava de pé, tensa e inacessível, olhando para baixo, quase ausente.

– Você está bem? – perguntou preocupada a viúva.

– Estou bem, obrigada – respondeu Anne. Sua polidez tranquila era arrepiante. Ela talvez fosse uma estranha em um lugar estranho.

Por sete semanas, do momento em que Shameless contou a ele que Anne fora levada a Inverness, viva e sem ferimentos, Aeneas não tinha conseguido pensar nela sem ficar enraivecido por sua impotência para agir. Agora ela estava lá. Sua tia havia escrito uma petição pedindo sua libertação, assim como muitos outros. Ele não tinha, não pôde escrever sem causar mais mal ao seu povo sofrido. Sua função no exército britânico era tudo que os protegia agora, um papel que o envergonhava. Não havia nada a dizer a ela.

– Você poderia levar Anne para seu quarto lá em cima? – pediu a Jessie.

Anne levantou a cabeça. Seus olhos encontraram os dele, alarmados.

– Não se preocupe, minha senhora – falou laconicamente. – Vou me confinar em outro lugar.

Ela baixou o olhar imediatamente, mas não sem antes deixá-lo perceber seu alívio.

– Como desejar – murmurou.

– Como eu desejar? – lançou. – Não há uma única coisa em toda essa triste e lamentável situação que seja como eu deseje!

Os outros, de pé ao redor, engoliram em seco. Anne se encolheu, mas manteve a cabeça baixa.

– Eu não escolhi isso – afirmou ela.

Ele bufou; mesmo a gratidão estava além dela, se significasse que ela deveria tolerar a presença dele.

– Nenhum de nós tem escolha agora – falou ele, virando-se enquanto Jessie a levava para cima. Quando a porta se fechou no andar superior, a viúva veio até ele.

– Aeneas, tenha piedade. Ela está viva.

– Mais ou menos, visto que ela obviamente preferia estar morta a estar aqui.

– *Isd, no*! Isso é chocante. Ela estava preparada para ser enforcada. Você não pode ser mais gentil?

Aeneas desembainhou a espada e a jogou no chão.

– Tenho árvores a derrubar – revelou, pegando o machado que Jessie havia deixado escorado na parede. – Há casas a serem construídas. – Ele saiu; Fraser e Shameless trocaram um olhar e o seguiram.

O machado brilhou quando foi erguido. Na tábua, lorde Lovat puxou o pano que receberia sua cabeça para mais perto. A multidão na Tower Hill prendeu a respiração, aguardando. Alguns diziam que aquele velho deveria ter sido enforcado cinco vezes por crimes passados. Agora, ele tinha o que merecia. O machado desceu.

Em certo local da estrada, Anne tinha percebido aonde eles iam. Antes que pudesse pensar em ser executada na própria casa, lorde Louden virou-se na sela.

– Moy vai ficar feliz em recebê-la de volta – revelou.

Ela se sentiu fraca. Isso estava muito errado. Ter esperança era algo amargo, indesejado e nada merecido. Na porta da Moy Hall, as rosas brancas, cheias de botões entumescidos prestes a desabrochar, zombavam de seu retorno. O eco doentio de luta vindo do estábulo veio-lhe à memória. Lá dentro, estavam todos de pé, como acusações: Jessie sem o bebê, Donald sem o filho, Shameless sem Robbie, Aeneas sem centenas de homens do clã.

Agora, lá em cima, Jessie falava como se algo bom tivesse acontecido.

– Desfiz suas malas – contou. – Mesmo quando pensamos que tinha partido para sempre, eu esperava que voltasse.

– Como você pôde desejar isso, Jessie? – Anne desabou sentada na cama. – Veja o que causei.

– Não foi você. – Ela se agachou em frente a ela, olhando com sinceridade em seus olhos. – Nós todos fizemos o que escolhemos. Digo a mim mesma que meu bebê também fez, que ela preferiria estar com o pai, onde estão os heróis, do que aqui, onde estamos agora. – Seus olhos se encheram de lágrimas. – Mesmo Will...

Anne tapou a boca da jovem com os dedos. A menção do nome do rapaz trouxe a imagem do rosto diante dela, deitado sobre o sangue coagulado. Visões de todos eles, cortados e estraçalhados, emergiram em sua mente.

– *Isd*, shhh – falou lutando para controlar-se. – Trago todos eles comigo, mas se falo neles ou choro por eles, todos vão sair de dentro de mim, como fizeram antes.

– Mas você não pode carregar todos. Não tantos.

– Posso e preciso.

Jessie se levantou, sentou-se ao lado dela na cama e colocou o braço em volta de Anne.

– Não podemos viver sem nos machucar.

– Sinto muito, Jessie.

– Agora eu que digo shhh – imitou a jovem –, ou vai me fazer chorar de novo. Sua vida está salva. Haverá algo que você está destinada a fazer com ela.

A viúva então entrou, com uma bandeja trazendo vinho e taças.

– Você vai precisar de uma bebida – afirmou. – E se não precisar, eu preciso.

– E de um banho – acrescentou Jessie, ficando de pé em um pulo e indo preparar o banho. – Aposto que eles não oferecem banhos na cadeia.

– Será que eu poderia – pediu Anne – conseguir papel, caneta e tinta?

Jessie e a viúva trocaram olhares.

– Não vejo por que não – respondeu a viúva.

– Vou trazer – revelou Jessie animada – quando eu voltar para levá-la ao banho.

Quando ela saiu, a viúva serviu vinho e colocou a taça na mão de Anne.

– O que você quer escrever? – perguntou casualmente.

Anne deu um gole. As janelas estavam abertas. No calor do verão, o aroma das rosas que desabrochavam debaixo da janela encheu o quarto.

– O que eu puder – sussurrou – para impedir os outros de seguirem eles.

Quarenta

– Não posso deixá-la mandar isso. – Aeneas colocou as cartas com cuidado sobre a mesa e olhou para Anne. – Você não tem permissão para conversar ou escrever sobre as coisas que fez, nem mesmo para conseguir a libertação de outra pessoa.

Já fazia quase duas semanas que ela havia retornado para junto deles e ele ainda não conseguia se acostumar com seu comportamento. Ela ficou de pé, com as mãos dobradas em frente do corpo, a cabeça baixa, encarando o chão, sem olhar para ele.

– Anne – ele tentou falar com mais gentileza –, dizer que seu irmão e seus primos só fizeram o que você mandou não é uma desculpa, mesmo que seja verdade. Os ingleses não entendem as leis do clã.

– Então o que eu posso escrever? – Mesmo suas palavras não pareciam dela. Anne em geral só dizia o que ia fazer; agora ela parecia perdida.

– Peça clemência. Diga que eles estavam equivocados, mostre o que a perda deles significará para os outros. Se conseguir lançar dúvida sobre as testemunhas da Coroa, faça isso. Culpe um chefe apenas se o chefe estiver morto ou a salvo no exterior, e certifique-se de explicar a obrigação do clã.

– Então posso tentar? – Ela olhou rapidamente para o marido.

– Sim – concordou com a cabeça. – Margaret Johnstone... – Ele fez uma pausa. Agora ele não podia olhar para ela. – Lady Ogilvie foi sentenciada à morte. Você talvez queira apelar por clemência.

Anne virou-se e saiu da sala. A viúva, sentada junto à janela, lendo, tinha ouvido toda a conversa.

– O que está acontecendo? – Aeneas perguntou a ela.

– Em que sentido?

– O modo como ela fala, como se não houvesse ninguém dentro dela que pudesse tomar alguma decisão. Mesmo ouvir a sentença da amiga não lhe causou nenhuma reação. Ela se veste de passividade como se usasse uma mortalha.

– Ela é uma prisioneira.

– Ora, vamos. A Anne que conheço estaria furiosa com isso.

– Então por que não pergunta a ela? – A viúva tirou os olhos da revista e olhou para ele.

Ele não podia, foi a resposta. A subserviência era uma atitude estrangeira, não cabia aos habitantes das Terras Altas. O problema deles era geralmente o excesso de orgulho. O dele era a culpa.

– Sou eu, o que eu fiz, o que eu faço?

– Você apenas leu a correspondência dela.

– Eu tenho de fazer isso. – Ele colocou as folhas de papel sobre a lareira fria e as queimou. – Ela vai fazer que todos nós sejamos enforcados.

– Ele é um homem inteligente, o duque. Somos escoceses, mas agora você vive sob as leis inglesas, tem a esposa sob seu controle.

– O que não muda o fato de que me enforcariam primeiro, assumiriam Moy e... – ele não pôde resistir – ... a deixariam sem uma bodega cheia de vinho para assaltar.

– Você precisa mesmo reabastecê-la. – A viúva não piscou os olhos nem uma vez sequer. – As obrigações foram deixadas de lado. Seu tio deve estar se revirando no túmulo.

Alguns dias depois, no café da manhã, ele aprovou as cartas que Anne escrevera.

– Estas estão muito boas. – Nas cartas, ela implorava por seu irmão, seu primo, Margaret Johnstone e Jenny Cameron, mas também havia escrito em benefício daqueles que tinham poucos defensores, cujos chefes estavam mortos, tinham fugido ou estavam presos. Cada palavra o fazia se sentir mais envergonhado. – Espero que tragam resultados.

Do outro lado da mesa, Anne manteve a cabeça baixa e comeu seu mingau de aveia sem dizer nada.

– Pedirei a Shameless que as leve ao correio – acrescentou Aeneas.

– Posso fazer isso? – perguntou, ainda sem encará-lo.

– O quê, ir a Inverness?

– Por favor – implorou. – Margaret vai sair logo. Posso vê-la uma última vez? Jessie poderia ir comigo. – Ela olhou para a garota, que a servia de chá, e então baixou os olhos de volta para a mesa. – Se ela quiser.

– Posso ir, sim – falou a garota. – Não saio desde, bem, há meses.

– Nem três meses, Jessie – corrigiu Aeneas. – Não quero que arrisque sua recuperação.

– Estou bem – garantiu – agora que Morag veio para fazer a limpeza.

– Ela vai ficar bem – falou a viúva. – Se está bem o bastante para cozinhar, pode se sentar em uma carruagem. Deixe Anne se despedir.

Então ficou tudo acertado. Shameless atrelou a carroça; ele não tinha tanto talento para os cavalos como Will, mas tinha disposição. Na cozinha, longe dos ouvidos alheios, Anne ajudou Jessie a preparar duas cestas de alimentos para os prisioneiros.

– Você não precisa fazer isso por mim, Jessie – avisou. – Pode ser perigoso.

– Estou fazendo isso por mim – completou. – Tenho contas a acertar com os *sasannaich*. Uma vida em troca de uma vida me parece um bom preço.

Aeneas institiu para Shameless levá-las, para a proteção delas. Para poder carregar armas sem ser punido, o rapaz vestiu o uniforme da Guarda Negra. Aeneas entregou-lhe uma breve ordem escrita detalhando a escolta das duas mulheres, caso fossem questionados.

Ele não estava convencido de que a viagem fosse algo acertado a se fazer, mas esperava que ajudasse Anne. Preferia encarar a raiva dela contra si do que ser tratado com tal sujeição lamentável. Pelo menos era um bom dia para viajar. Jessie estava alegre e usava uma touca e um avental brancos e limpos, e Anne vestia seu vestido de verão azul favorito. Ele não percebeu até que eles saíssem que temia que elas talvez não voltassem mais.

Nos subúrbios de Inverness, a primeira parada foi na casa em que Anne havia deixado Pibroch no dia em que testemunhara a morte de Ewan. O guarda na porta verificou a cesta de comida que Jessie carregava antes de deixá-las entrar. A mulher de Skye,[34] Nan MacKay, havia tratado de vários jacobitas feridos e estava prestes a enfrentar o tribunal. Agora ela cuidava de apenas um paciente, o tesoureiro Robert Nairn.

– Anne, *a ghràidh*! – exclamou da cama onde ele convalescia quando ela entrou. – *Fàilte*! Ouvi dizer que tinha sido solta. Você deve gostar de Inverness para voltar tão rápido.

– Gosto do povo daqui – afirmou. – Como você está?

– Sarando rápido demais, para quem está sendo esperado pela forca. – Ele sorriu, o rosto atravessado por uma cicatriz lívida na bochecha. – Este braço está quase inutilizado, embora seja um milagre que eu ainda o tenha. Tenho de agradecer a Nan por isso. Mas perdi minha beleza.

– Nem um pouco – insistiu Anne. – Você parece... – ela fez uma pausa para pensar –... interessante e malvado.

– Então precisa ver o resto de mim – riu Robert. – Tenho o corpo mais interessante que um homem pode desejar, e nenhuma chance de fazer malvadezas com ele.

---

[34] Maior ilha do arquipélago das ilhas Hébridas, na Escócia. (N.T.)

– Então suas partes vitais estão intactas? – sorriu Anne. Era tão fácil estar ao lado dele, sem nenhuma culpa para puxá-la para baixo. Com Aeneas, ela se sentia intimidada pela culpa, uma culpa profunda. – Até quando vai demorar para eles decidirem que você está bom para viajar?

– Um mês, talvez mais. Nan disse que vai me manter doente o máximo que puder. Acho que ela planeja uma febre, mas é do aspecto dessa faca de filetagem de que menos gosto.

Eles conversaram até passar bastante do meio-dia, sobre quem estava lá, quem tinha partido, quem ia partir. Robert se lembrou de Shameless e gostou da ideia de vê-lo, mas outro dia, talvez. Apesar das bravatas, ele sentia muita dor, seus ferimentos internos eram graves. Anne o deixou com uma garrafa de uísque, um beijo e a promessa de visitá-lo outra vez. Na saída, parou para falar com Nan na cozinha, mandando seus dois filhos brincarem em outro lugar. Lá fora, Jessie conversava com o guarda.

A prisão era a próxima parada. De novo, a cesta que Jessie carregava foi revistada. O guarda reconheceu Anne, e quando destrancou o portão principal para deixá-las entrar, brincou dizendo que o velho quarto dela poderia ficar à disposição se ela assim desejasse. Ele não as seguiu dentro da prisão. A cela de Margaret já estava aberta para outros visitantes: seu irmão, Tom, e sua irmã, Susan. Todos estavam tristes. Margaret seria enviada ao sul para ser executada em dois dias. Ao contrário de Anne, ela havia agido ao lado do marido e poderia morrer por isso tranquilamente. Como lorde Ogilvie havia escapado, sua morte seria uma maneira de punir os dois.

– Duvido que ela seja perdoada – revelou Tom Johnstone. – Eles estão determinados em fazer de seu caso um exemplo.

– Já que escolheram não fazer isso com o meu – acrescentou Anne.

– Aeneas fez a diferença – concluiu Tom envergonhado –, sua lealdade à União.

– Não foi apenas isso – acrescentou Susan. – Sua história não os agradaria na corte aberta. Se já era ruim o suficiente ir contra o rei, imagine contra o marido? Todo homem na Inglaterra se sentiria ameaçado por isso.

– E pensar que invejei seu David – falou Anne a Margaret.

– Pelo menos ele está livre – concluiu. – Meu advogado o culpou na corte por meu envolvimento, mas eu o convenci a lutar. Eu mereço perder a cabeça.

– Bem, não vamos deixá-la perder, se pudermos – disse Anne. – Jessie?

Jessie, aguardando parada no canto da cela, desamarrou o avental, soltou o vestido e o deixou cair. Ela estava completamente vestida, com um segundo avental e um vestido debaixo do primeiro, além de trazer outra touca na cabeça. Anne explicou o que eles fariam a seguir.

– O que vocês acham? – indagou ao trio aturdido quando terminou.

– Não tenho nada a perder – revelou Margaret – mas e vocês?

– Você será açoitada, ou pior, se for pega – Tom disse a Jessie.

– Minhas costas são fortes – observou a garota.

– E nós seremos multados ou jogados na prisão – acrescentou Susan. – Mas nenhum de nós perderá a cabeça, então vamos em frente.

Enquanto Margaret se trocava, Tom distribuía a comida da cesta pelas outras celas. Anne e Jessie enrolaram o colchão fino do estrado e puxaram a coberta sobre ele. Na cela escura, deitado com o travesseiro ajeitado com cuidado, ele quase passava por uma pessoa dormindo. Susan arrumou o cabelo de Margaret como o de Jessie, com a touca enfiada na cabeça. Ela esfregou sujeira no rosto e nas mãos da irmã para escurecer a pele pálida, que não via a luz do sol havia dez semanas. Anne tinha escolhido bem, pedindo ajuda a Jessie. As duas eram razoavelmente parecidas em altura e cor de cabelo. Quando seu irmão entrou de volta, eles observaram o resultado.

– Talvez – falou baixinho –, se alguém a olhar bem de perto.

– Então vamos descobrir – entusiasmou-se Anne.

Jessie se escondeu no canto da cela, para não ser vista da porta. Susan puxou a cadeira em frente da cama e se sentou, e ficou conversando com o colchão enquanto o tapava da vista dos guardas. Anne e Tom andaram até o portão principal, Margaret bem atrás, a cabeça abaixada. O guarda destrancou o portão e o segurou aberto.

– Sua irmã não vai sair? – quis saber enquanto o grupo passava.

– Ela quer ficar um pouco mais – explicou Anne, certa de que ele ouviria seu coração batendo e os descobriria. – Tenho outras coisas a fazer.

– Eles valem mais enforcados – brincou o guarda quando fechava o portão atrás do grupo. Ele mal olhou para a jovem serviçal do outro lado do homem. Ela tinha vindo com Anne e ia embora com ela. Se tivesse olhado sua cesta, teria descoberto um belo vestido de mulher, mas não havia razão para revistar o que as pessoas levavam de dentro da prisão.

Uma vez na rua, o trio não perdeu tempo se vangloriando de como havia sido fácil. Apertaram-se as mãos, e Anne deu um beijo de adeus na amiga trêmula.

– Agora vá para França e para David.

Tom ajudou a irmã a subir na carruagem e eles partiram a caminho da costa para procurar uma passagem segura. Anne voltou para onde Shameless as esperava.

– Jessie foi visitar uma amiga – revelou. – Disse que ela tinha uma hora.

Embora Shameless não soubesse, eles esperaram a troca da guarda às seis da tarde. Serviçais entravam e saíam sem receber atenção. Mesmo que o novo guarda olhasse para Jessie, não suspeitaria que ela fosse outra pessoa além de ela mesma.

Shameless vagou para conversar com velhos conhecidos. O tempo passou, houve a troca de guarda e Anne ficou preocupada. Por que estavam demorando tanto? Então as duas mulheres apareceram, Jessie correndo pela rua até a carruagem, seguida da irmã de Margaret, que deu um abraço animado em Anne.

– Não podia ter dado mais certo – disse baixinho, mas eufórica. – Fiquei conversando como se ela ainda estivesse lá. Quando saímos, disse ao guarda que ela não estava se sentindo bem e tinha ido dormir. Ele mal olhou para a cela quando a trancou. De manhã, ela estará longe.

Susan foi embora, de volta a seus aposentos. Ao ver Jessie com Anne, Shameless voltou para levá-las para casa. Sentadas atrás dele na carruagem, as duas mulheres riam conspiratoriamente uma para outra. O plano tinha dado certo. O coração das duas começou a diminuir o ritmo, até chegar ao normal. Anne se sentiu melhor do que nunca desde Culloden. Um estava a salvo.

Na noite seguinte, no meio da ceia, lorde Louden visitou Moy.

– Sinto interromper, Aeneas – pediu –, mas tenho ordem de revistar sua casa. – Enquanto os soldados que ele trouxera vasculhavam os aposentos, verificando, ele explicou a situação. Margaret Johnstone, a lady Ogilvie, tinha fugido da prisão em algum momento durante a noite. – De uma cela trancada, aparentemente.

– E o que isso tem a ver com Moy? – indagou Aeneas, sem encarar a mulher propositadamente, embora tivesse percebido que a viúva a olhava.

– Provavelmente nada – concluiu. – Anne a visitou ontem, mas ela recebeu outras visitas depois disso e estava lá quando o guarda trancou a cela, assim parece. Ele tinha ordens de procurar em lugares onde Margaret poderia ter recebido guarida.

– E sou suspeito? – quis saber Aeneas, enfurecido.

– Nem um pouco – garantiu Louden. – Mas ela e Anne eram amigas. – Ele virou-se para Anne, sentada à mesa, a cabeça baixa. – Ela falou algo sobre seus planos?

Anne o olhou, balançando a cabeça.

– Margaret não me comprometeria – revelou. – Não fiquei muito tempo. Ela falou sobre sua execução. Nos despedimos na saída e não esperamos nos ver novamente.

– Mais ou menos o que a irmã dela disse. – Louden parecia satisfeito. – O irmão dela desapareceu. Suponho que ele tenha subornado os guardas. – Quando os homens voltaram de sua busca infrutífera, ele repetiu suas desculpas e saiu.

– Bem, isso é uma reviravolta – falou a viúva, segurando a taça de vinho vazia para que a enchessem.

– Daqui a pouco – avisou Aeneas. – Acho que podemos esperar por Jessie.

A porta da cozinha se abriu. Jessie entrou apressada, seus olhos procurando Anne. O alívio em seu rosto era tão óbvio quanto passageiro, logo reprimido quando ela ergueu a garrafa de vinho para encher a taça da viúva.

– Deixe isso, Jessie – mandou Aeneas – e espere aqui. – Ele se inclinou em direção a Anne, assustadoramente calmo. – Você não ficou muito tempo – repetiu. – Embora essa fosse sua razão para ir, e você deva ter passado várias horas com sua amiga. – Ele havia contado essas horas, esperando que voltassem em segurança para casa.

– Visitamos outras pessoas – murmurou Anne sem olhar para ele.

– Ela não ficou muito na prisão – Jessie a defendeu. – Uma hora, talvez.

– Você também vai mentir para mim agora, Jessie? – indagou Aeneas.

A garota balançou a cabeça, abatida:

– Não é mentira – falou.

– Então talvez eu deva lhe pedir que conte toda a história?

– A culpa não é de Jessie – protestou Anne.

Aeneas derrubou a cadeira para trás quando se levantou. Ela bateu no chão.

– Então – gritou – minha mulher se esconde dentro dessa mortalha submissa, afinal? E ainda não se importa com a vida de quem arrisca! *Taigh na Galla ort*! Justo Jessie? – Ele andava enfurecido em volta da mesa. – O bebê dela e de Will morreu, ela foi estuprada, e você – ele ficou sobre ela –, você a envolve em seus planos!

– Eu escolhi participar – insistiu Jessie, com lágrimas nos olhos.

– Desculpe – sussurrou Anne, olhando para as mãos entrelaçadas sobre o colo.

– Desculpar? – Aeneas estava ainda mais enraivecido. – Levante, fique de pé! – Ele puxou a cadeira debaixo dela quando ela se levantou, jogando-a para trás, lançando-a pela sala.

– Aeneas! – A viúva se levantou. – Acalme-se!

– Estou calmo – gritou enquanto encarava Anne, de pé, as mãos na cintura, a cabeça baixa, encarando o chão entre eles. – Olhe para mim!

Anne ergueu a cabeça. Se ela fosse homem, teria apanhado.

– Então você consegue me olhar – berrou. – Como olhou para Louden. Para mentir! – Ele a encarou, o peito arfando como se ele lutasse para se controlar. – Eu era casado com uma mulher que consegue olhar qualquer homem nos olhos e falar sem medo. Mas você? Você se esconde, finge, engana. Não sei quem ou o que você é agora!

Anne baixou os olhos outra vez.

– Sua esposa – sussurrou.

Sua resposta apenas serviu para deixar Aeneas mais furioso. Ele puxou o punhal do cinto e, enquanto os outros prendiam a respiração, colocou a ponta da arma no queixo de Anne.

– Mostre-me – ordenou quando os olhos dela cruzaram os seus de novo. – Mostre-me se eles mandaram de volta a mulher que conheço. Tire o vestido.

– Não, chefe, *sguir dheth* – objetou Jessie. – Não faça isso.

– Tire-o – mandou sem desviar a atenção de Anne, com a voz perigosamente baixa agora. – Vamos ver o quão obediente você é. Tire o vestido.

Anne foi para trás e desamarrou as fitas ao redor da cintura, então começou a soltar os colchetes da frente, de cima a baixo. Quando todos estavam soltos, ela parou, ainda olhando para ele, sua expressão indecifrável.

– Aeneas – pediu a viúva – pare com isso.

Ele a ignorou, olhando atentamente para o rosto da esposa. Agora ele queria saber quando ela pararia, quando revelaria o espírito que fingia estar intimidado desde que tinha chegado em casa. Perturbadamente excitado diante da facilidade tentadora com que ela podia ficar nua diante dele, ele também desejou que estivessem sozinhos no andar de cima, para jogar seu vestido de lado, tocar o calor de sua pele, torná-la sua esposa novamente. Mas ele não ia quebrar a tensão do momento. Devagar, percorreu, com a ponta do punhal, a extensão que ia da abertura do seu vestido até seu umbigo.

– Continue – ordenou.

Ela parecia tão fixa no momento quanto ele, seu olhar mantendo o dele. Levantou a mão esquerda até o ombro direito e tirou as alças. Quando o tecido desgrudou-se de sua pele e começou a escorregar, ela levantou a outra mão e tirou as alças do ombro esquerdo. A seda azul começou a cair no chão. Um pedaço de papel caiu dos seios dela, onde esteve guardado todo esse tempo.

Anne engasgou e tentou pegá-lo, mas ele foi mais rápido. Aeneas pegou o bilhete enquanto ela agarrava o vestido para impedir que ele caísse a seus pés. Ela ficou parada, quase nua, segurando a roupa amarrotada com uma mão, a outra estendida. Agora ele sabia o que havia em seus olhos. Eles imploravam. Ele guardou o punhal no cinto, desdobrou o papel, baixou os olhos e o leu.

Quarenta e um

Coronel, mo luaidh,

A hora chegou. Estamos em Drumossie, onde devemos lutar amanhã. Lorde George foi destituído do comando. Preciso do seu conselho antes que esse dia termine.

Em meu coração, do seu sempre,

MacGillivray.

Aeneas cambaleou para trás, atingido no coração pela letra e a assinatura.

– Por favor – implorou Anne, com a mão estendida.

Ele pôs o bilhete na mão dela.

– Cubra-se – ordenou com a voz grave e rouca. – E saia. Todas vocês, saiam daqui!

Jessie correu até Anne, para ajudá-la a subir o vestido e tirá-la da sala. A viúva pegou a garrafa e a taça de vinho e as seguiu. A porta se fechou atrás delas. Aeneas despencou na cadeira mais próxima, passou o braço ao redor da mesa, limpando o espaço em frente a ele, derrubando os pratos. Deitou a cabeça nos braços dobrados e chorou, o corpo destruído pela dor que ele suportava havia semanas, o pesar pelo tormento de seu povo, pelas mortes do clã, de sua família, pelas perdas deles e pelas suas, e pela perda de MacGillivray, seu amigo e chefe irmão, brilhante e corajoso, e pela dor de ter perdido a mulher que não era sua esposa agora e nunca mais seria, uma mulher que amava um homem morto.

No dia seguinte, assim que soube que ela estava de pé, ele foi até o quarto de Anne, aquele quarto que um dia tinham dividido e que ele não conseguira ocupar, mesmo durante a ausência dela. Ela estava sentada à penteadeira, mas levantou de súbito, como se sentisse medo, quando ele entrou.

– Não faça isso, Anne. – Ele não conseguia lidar com essa reação ou com o abismo que havia entre eles. – Agi errado com você ontem à noite.

Ela apenas baixou a cabeça.

– Se eu pudesse mandá-la para sua casa em Invercauld, eu a mandaria. Mas até suspenderem a ordem de prisão, você precisa ficar aqui.

– Eu sei – sussurrou.

– Consegue entender? Não há escapatória. Espero que Margaret viva. Mas, em Angus, os Ogilvie perderam suas terras, como os Cameron e os MacGregor, como Monaltrie e Dunmaglas. O povo está sendo mandado embora pelos novos proprietários ingleses. Invercauld sobreviveu apenas porque Forbes apoiou sua madrasta. Isabel... – ele fez uma pausa. Isabel Haldane não era jovem, e estava grávida do quarto filho quando foi estuprada; sua casa foi desmantelada, saqueada e incendiada diante de seus olhos. Todos foram colocados para fora e ela foi deixada para parir sozinha, no celeiro. Aeneas fora muito duro com Anne, levado pela própria culpa, querendo protegê-los. Quando falou de novo, foi com pesar. – Ardsheil aderiu ao levante porque Isabel insistiu. Agora ela e os Appin Sterwarts não têm casa. É o que você quer que aconteça aqui?

– Sinto muito. – Sua voz estava tão baixa que ele mal podia ouvi-la. – Não pensei.

Ele ansiou por pegá-la nos braços, para dar e receber perdão, mas não conseguiu suportar a ideia de ela se afastar dele de novo.

– Anne, você só pode ajudar se cooperar. Confine-se na propriedade. Escreva suas cartas. Se salvar um chefe, dentro da lei, pode talvez salvar um clã.

Mesmo sendo o autor da frase, ele não acreditava no seu conteúdo. O governo britânico não apaziguaria a situação. A lealdade dos clãs também os deixava mais encolerizados. A vida aqui e ali, uma casa, um pedaço de terra, aquilo podia ser salvo. Moy iria em frente, mas havia mudado. Ele talvez conseguisse manter Anne em segurança, mas falhara com seu povo. Não havia recompensa em ter defendido suas ideias. Tudo que ele podia fazer era sair daquele quarto. Lá fora, numa corrente branca, as últimas pétalas da rosa branca da Escócia caíam em volta da Moy Hall.

Aeneas passou as semanas do verão ocupado com a mudança dos *cottars*, mudando seu *status* para o de arrendatários, demarcando terras. Seria difícil, com tantos ausentes. As habilidades perdidas com eles teriam de ser compradas de estranhos. Não podiam mais sobreviver como um grupo familiar que se ajudava reciprocamente. Daquele momento em diante eles teriam de vender o que produzissem e pagar aluguel, ser autossuficientes – se conseguissem, já que seu gado tinha sido roubado, as ferramentas queimadas, os estoques de grãos saqueados. Mas agora o que valia era a moeda, não o parentesco. Sobreviver dependeria da riqueza, não de guerreiros. Os velhos tempos haviam acabado, mortos naquele urzal com mais da metade de seus homens.

Anne escreveu as cartas. Quando Shameless levou a correspondência a Inverness, ela pediu que Morag levasse comida para os prisioneiros. As cartas começaram a voltar. Jenny Cameron fora libertada, sem julgamento, de Edimburgo, onde ficara presa por meses. Sem um marido para culpar, a história dela era parecida com a de Anne, portanto não devia ser exposta na corte. Mulheres que pensavam por elas mesmas, que pegavam em armas e lideravam soldados para lutar pela liberdade eram uma ameaça à estabilidade da Inglaterra, onde todos sabiam seus lugares e as mulheres não lideravam. Seus amigos também haviam pedido bastante por ela. Tinha valido a pena. A vida de Jenny, como a de Anne, fora trocada pelo silêncio, e seu papel na rebelião fora apagado.

O irmão de Anne, James, escreveu para dizer que sua sentença de morte havia sido substituída pelo exílio além das costas britânicas. Ele iria para a França, viajaria com os Kinloch, que também tinham sido exilados, e esperava que um dia fosse perdoado e pudesse voltar. Seu primo, Francis, também recebera um indulto e fora libertado aos cuidados de miss Elizabeth Eyre, com quem esperava se casar, mas estava proibido de voltar à Escócia. O tom das petições de Anne mudara: em vez de implorar clemência, ela agora buscava perdão.

Com cada carta, contudo, havia menos a fazer. Em agosto, próximo do fim de um verão agradável, as preocupações comuns começaram a exigir atenção. Anne levou Pibroch para a ferraria. Lá fora, com a luz do sol filtrada pelas árvores, Donald Fraser ensinava sua filha mais velha a ferragear um cavalo. Velhos hábitos relutavam em morrer.

– Ela está se saindo bem – disse Anne.

– Sim – concordou Fraser com orgulho. – Ela quer, o que é ainda melhor. Foi ela que me pediu para ensiná-la.

– Melhor isso que trabalhar em casa – revelou a garota.

– Ela não é boa dona de casa. – Fraser observou a filha colocar a última ferradura. – Tampouco vai concordar com tudo que um marido diga. Não é como essas jovens de Edimburgo, que gostam dessas ideias modernas desses *sasannaich* ingleses.

– Meu pai diz que os homens precisam de mulheres que briguem com eles para manter sua inteligência afiada – acrescentou a garota – até você brigar com ele, é claro.

– Minha inteligência já está bastante afiada – sorriu Fraser.

– Você fez um bom trabalho nos chalés – revelou Anne. – Passei por lá ontem. A filha de Ewan estava fora, lavando as janelas. A novidade vai passar, espero.

– Aeneas fez quase todo o trabalho, eu apenas bati os pregos.

Anne baixou a cabeça diante da menção do nome do marido. Aeneas a fazia sofrer porque era obrigado, ele deixara isso bem claro.

– Sabe o que eu mais queria, Donald? Queria ter estado no campo aquele dia, ao lado de MacGillivray.

– É claro que não. Você está viva. Ele iria querer isso.

– Uma vida que não suporto – concluiu. – Ele chamou por mim e eu não fui. – Ela olhou nos olhos do ferreiro. – Eu desapontei todo mundo. Até ele morreu pensando isso de mim.

– Não vejo como. – Fraser coçou a cabeça. – Ele sabia que sua irmã não tinha lhe entregado o bilhete que ele mandou.

– *Dè bha siud*? – As pernas de Anne ficaram bambas. – Ele sabia?

– Sim, e ele estava bem contente por você não ver a bagunça em que nos metemos.

– Então ele não acreditou que o deixei na mão? – Ela ficou tonta.

– Como se você pudesse fazer isso. – Fraser segurou o braço dela ao ver que ela estava pálida. – Como se algum dia faria isso. – Ele a colocou em um banco e chamou Màiri para lhe trazer cerveja.

Enquanto ela bebia, Fraser contou tudo que conseguia lembrar: a visita de Elizabeth ao campo no dia anterior, a marcha inútil deles até o Nairn e a volta naquela noite, a manhã da batalha.

– Lorde George ficou, então ficamos também – informou. – A vontade da maioria. Sabíamos que haveria derramamento de sangue, mas se o príncipe tivesse ordenado o ataque, teríamos ido antes e podíamos ter forçado a passagem pelo canhão deles. MacGillivray fez tudo que podia, mas não tivemos chance com poucos soldados e tiros de metralha destruindo nossos flancos.

– Eu estava indo tirar vocês do campo. – Seus olhos ficaram inundados de lágrimas. – Era tarde demais.

– *Isd*, não se atormente. Nada do que fez precisa de perdão.

Ele então se levantou para verificar o trabalho da menina, deu uma examinada superficial em cada ferradura para que a filha não achasse que tinha feito um bom trabalho. Anne limpou as lágrimas dos olhos. Pesar era um luxo a que ela não podia se permitir, sua culpa era maior que isso. Ela havia colocado a liberdade e a independência acima da vida e as deixado escapar em primeiro lugar.

Ela conduziu Pibroch de volta a Moy e o deixou com Shameless para ser desencilhado e levado para pastar com os demais cavalos. Aeneas e a viúva já jantavam. Havia uma carta ao lado do lugar de Anne.

– Não vai abri-la? – incitou Aeneas. – Podem ser mais boas notícias.

Ela balançou a cabeça; a letra era conhecida, ela resolveu esperar por privacidade.

– Também tenho notícias – anunciou a viúva. – O duque de Cumberland saiu da minha casa e voltou a Londres.

– Pena que não levou seus soldados com ele – comentou Aeneas.

– Acho que ainda vamos ter de conviver com eles por um tempo, com um príncipe escondido em cada pedra – falou a viúva. – Mas pelo menos poderei deixá-los a sós na casa de vocês agora.

– O quê – sorriu Aeneas –, com minha bodega ainda cheia?

– Esta tarde – revelou a viúva, com ar de superioridade, e então com um sorriso malicioso –, antes que você verifique a bodega.

Ela estava ansiosa para sair, para descobrir em que estado eles haviam deixado sua casa. Aeneas ofereceu-se para alterar seus planos e acompanhá-la, mas ela não aceitou.

– Shameless pode me levar – insistiu.

Aeneas estava concentrado na carta em frente de Anne. Assim que ela pôde escapar, levou-a para cima, para seu quarto, e a abriu à luz do sol, junto à janela. Era de Robert Nairn. O médico militar o havia considerado pronto para ser julgado.

O ar do mar será só o que me faltava. Vários daqueles a quem concedemos a liberdade condicional em Edimburgo aparentemente se lembram bem de mim para testemunhar. Isso irá me ensinar a flertar com o inimigo. Eu serei, espero, o último homem na Escócia a ser enforcado por isso!

No resto da carta ele lhe desejava bons votos e agradecia por sua ajuda e amizade e pela boa comida que ela enviara durante sua convalescência. Anne não deveria pensar que isso o ajudara a sarar, caso ela se culpasse por isso, mas tinha tornado os dias na cama mais palatáveis. Ele seria mandado para um navio no dia seguinte, para Berwick, onde seria julgado.

Espero renovar minha amizade com um certo ministro arisco da igreja de Kirk. Não tenho dúvida de que ele tem um lugar bem na frente, abençoado e pronto. Viva bem e ame bem, Anne, só isso importa.

Do seu infelizmente saudável,

Robert.

Ela deixou a mão cair e olhou pela janela aberta. Todos aqueles meses para se curar e para quê? Ele era o tesoureiro jacobita. Apesar da brincadeira, não precisaria dos prisioneiros a quem havia concedido liberdade condicional para enforcá-lo. Haveria evidências contra ele o suficiente para enforcá-lo umas cem vezes. Além do lago, ela viu Aeneas montado a cavalo, entre as árvores. No jardim, Shameless preparava a carruagem. A viúva devia estar no quarto, arrumando seus pertences.

Anne deixou a carta sobre a penteadeira, saiu pela porta e correu em silêncio pelo corredor até as dependências de Aeneas. Seu coração começou a bater forte no peito. A cama dele estava feita, mas havia algo de sua presença no ar, uma leve desordem. Em sua cômoda, uma garrafa de uísque, três quartos cheia, ao lado de um copo. O lugar tinha cheiro de homem, ele estava tão perto, era só ela se virar e ele estaria lá. Isso era aterrorizador. Sentindo-se uma criminosa, ela vasculhou seu guarda-roupa. Ele nunca teria perdido o que ela procurava. Quando encontrou, virou-se para sair. A garrafa de uísque chamou sua atenção outra vez; ela a pegou e saiu.

Mais tarde, no andar de baixo, Jessie olhou a cesta coberta.

– Por que você levou isso lá para cima?

– Estava colocando uma surpresa dentro – respondeu Anne, colocando comida pela abertura do tecido. Você tem *potted housh*[35]?

– Não há ninguém doente nos chalés – avisou Jessie, pegando um pequeno vidro com a comida.

– Eu sei. Mas preciso levar alguma coisa quando os visito.

Shameless carregava o baú da viúva pela cozinha nos fundos da casa. Ele não estava vestido de modo apropriado para a cidade.

– Você não vai levá-la? – quis saber Jessie.

– Não, o chefe pediu que eu a levasse, mas a viúva mudou de ideia. Você sabe como ela é.

– Mulheres – falou Anne, concordando com ele.

Lá fora a viúva esperava sob a luz do sol por Shameless, para ele guardar o baú atrás do banco da carruagem.

– Eu devia ir com a senhora – murmurou.

– Eu dirijo sozinha desde antes de você nascer – revelou. – E os soldados ingleses não incomodam Moy. Então *isd* e me deixe.

Anne aguardava, a cesta coberta aos seus pés.

[35] Prato típico escocês, uma espécie de embutido de carne, servido frio. (N.T.)

– Posso dizer adeus e obrigada? – falou dando um abraço na senhora. – *Tapadh leat*. – Isso feito, ela pegou a cesta e saiu em direção aos chalés enquanto a viúva se despedia de Jessie e Morag.

Dez minutos depois, um quilômetro e meio adiante, na estrada, a viúva encostou a carruagem debaixo das árvores e esperou. Não demorou muito para Anne aparecer vinda da floresta. Ela colocou a cesta ao lado do baú e subiu no banco da carruagem.

Quarenta e dois

– Pessoas melhores são tratadas pior – reclamou o guarda ao ver o uísque na cesta.

– Não é para ele – sorriu Anne. – É para Nan. Ela fez um bom trabalho deixando-o bem para ser enforcado. Talvez ela divida um trago com você. Se você gostar disso.

– Depois que escurecer, avise a ela – informou o guarda – quando não tiver perigo de eu ser pego.

Lá dentro, percebendo que haveria problema, o filho menor de Nan se escondeu debaixo da mesa. O mais velho espiava detrás da cortina da cama. Nan estava triste por perder seu paciente. Robert estava sentado à mesa, tentando convencê-la de que ela havia feito um bom trabalho e de que era culpa dele, não dela, que o governo logo estragaria seu trabalho. Quando Anne esvaziou a cesta, ele pegou o uísque, não a comida.

– *Uisge beatha* – falou –, a água da vida.

– Espero que seja – afirmou Anne. – Mas isso é para Nan. A comida é para as crianças. Isto – ela puxou o tecido de dentro do fundo da cesta – é seu. – Embaixo, dobrado com cuidado, havia um redingote de linho e um chapéu amassado. – Aeneas nunca usa isso. – Ela fez uma careta. – Talvez pertençam à sua juventude equivocada, à França?

– Os franceses têm mais estilo – brincou Robert. – Talvez isso fosse motivo suficiente para me enforcarem.

– Você não vai ser enforcado – explicou Anne, pegando algo debaixo das saias. – Você vai sair daqui andando, usando isto. – Ela tirou de debaixo do vestido um par de calças que complementava o traje. – Eles vão procurar um guerreiro de *kilt*.

– Atraente – sorriu Robert. – Fico feliz que elas combinem, ao menos.

– Tenho algum linho branco duro – revelou Nan. – Poderia fazer um cinto para você passar por pastor.

O plano era simples. Antes do toque de recolher das dez horas, assim que tivesse escuro o suficiente, Nan distrairia o guarda e beberia uísque com ele, enquanto Robert sairia pela porta. Uma vez na rua, ninguém prestaria atenção nele. Anne esperaria na periferia da cidade com a carruagem e eles sairiam de Inverness durante a noite e iriam até Portsoy, onde ele poderia pegar um barco para a França.

– Durante a noite? Mas vão sentir sua falta.

– Não até ser tarde demais – garantiu ela. – E Aeneas não vai me entregar.

– O amor é um sonho jovem – suspirou Robert.

– Nem tanto – falou ironicamente –, mas ele não vai. Ele tem muito a perder agora.

A espera seria difícil. Anne voltou à casa da viúva. A velha senhora havia levado um *arasaid* e suas pistolas escondidos no baú. Elas passaram o tempo removendo todos os vestígios da ocupação recente da casa.

Em seu quarto, preparando-se para a ceia, Aeneas notou a falta da garrafa de uísque em sua cômoda. Sua tia era incorrigível, mas podia, ao menos, ter-lhe deixado um trago para a noite. No andar de baixo, a sala de jantar estava vazia. Enquanto esperava por Anne, leu as cartas do dia. A primeira era de Forbes e incluía uma cópia do Ato de Desarmamento recentemente aprovado pelo Parlamento. O velho juiz não o aprovara: "As leis escocesas devem ser decididas na Escócia", escreveu. "Isso é uma farsa da União".

O ato era pior do que Aeneas esperava. Todas armas das Terras Altas foram citadas e banidas: "Espada de lâmina larga ou escudo, *Poignard*, *Whinger* ou *Durk*, pistola, revólver ou outra arma do tipo de guerra". Todas deveriam ser coletadas e destruídas ao norte do rio Clyde. Qualquer homem ou mulher que mantivesse, portasse ou usasse armas seria preso até que pagasse as multas. Homens que não pudessem pagar as multas seriam enviados para lutar pelo exército britânico nas Américas. As mulheres seriam presas por seis meses. Uma segunda ocorrência por qualquer um dos sexos significaria ser enviado para as colônias para servir por sete anos. O ato visava banir também as roupas, gaitas e tartãs das Terras Altas, exceto os usados nas forças armadas, e a forçar todos os professores escolares a jurar lealdade à Coroa. As penalidades eram as mesmas. Era esmagador. Sua cultura seria erradicada e, nas entrelinhas, estava claro que suas crianças aprenderiam mentiras, sua língua seria deixada de lado.

Sua impotência o golpeou com força. Ele havia ajudado isso a acontecer. Todos eles tinham visto isso acontecer, uma dominação progressiva que, desde a União, havia consumido pouco a pouco sua vida tribal. Ele havia tentado salvar o que pôde. Anne havia lutado para parar o processo e estava certa. Aeneas desejou que ela tivesse descido; se pelo menos sua ira fosse despertada, eles poderiam conversar honestamente. Ele olhou a segunda carta. Era um papel fino e timbrado, da corte real inglesa. Ele e sua esposa eram convidados a irem a Londres participar de um baile para marcar a restauração da paz.

– *Taigh na Galla ort*! – jurou. – Primeiro nos destroem, agora nos fazem dançar! – Ele jogou o papel no chão, gritou por Jessie e a mandou descobrir se Anne pretendia jantar com ele. A garota voltou em alguns minutos.

– Ela não está aqui.

– Ela saiu?

– Depois do jantar, quando a viúva saiu. Ela estava indo aos chalés.

– Mas você a viu voltar?

Jessie balançou a cabeça.

– Não reparei nisso. Ela pode ter vindo quando eu estava ocupada. Mas ela não estaria lá todo esse tempo. Está quase escuro lá fora.

– Peça a Shameless que encilhe um cavalo para mim. – Ele subiu as escadas correndo até o quarto de Anne, com um mau pressentimento nas vísceras. A carta que ela recebera naquele dia estava sobre a penteadeira. Ele semicerrou os olhos sob a luz fraca para enxergar melhor a carta. Enquanto lia, ficou seriamente em dúvida quanto ao risco de sua mulher ter encontrado qualquer contratempo na estrada. Ele abriu a gaveta onde ela guardava as pistolas com um puxão. Não estavam lá. Voltando às pressas para o próprio quarto, vestiu o uniforme da Guarda Negra, colocou a espada na cintura, enfiou a pistola no cinto, desceu correndo e saiu para encontrar o cavalo.

Do lado de fora de casa, Nan MacKay servia outro trago para o guarda e enchia o próprio copo. Ela havia se posicionado diante dele, de modo que ele ficou de costas para a porta aberta. Flertar não era bem seu estilo, e já que ele falava inglês e ela, apenas gaélico, foi difícil. Mas Robert havia lhe mostrado como agir, e ela fez o melhor que pôde, sorrindo e mexendo os ombros, fazendo perguntas e respondendo, embora não conseguisse entender nada, nem ele a ela. Parecia que ela agradava o homem, entretanto. Enquanto ele ria com vontade diante daquilo que ela supunha fosse uma piada, Robert espiava pela soleira da porta. Nan juntou-se a ele na risada, como se entendesse a graça. Robert passou sorrateiramente e ganhou a rua, sumindo com rapidez na escuridão. Nan lhe serviu mais uísque, fez um brinde e bebeu outro trago com o homem. Quando o toque de recolher soou, ela voltou para casa.

Na periferia da cidade, Anne aguardava sentada na carruagem. Ela estava enrolada em seu *arasaid* para se proteger do frio da noite e enfiara as pistolas entre suas dobras. Dez horas, tinham dito. Já era mais que isso e perigoso estar fora de casa. Mas então Robert surgiu, subindo na carruagem e sentando-se ao lado dela, parecendo em todos os detalhes o clérigo que ele definitivamente não era. Ela sorriu para ele, fez um movimento com as rédeas e partiu, séria. Era difícil manter o cavalo a meio trote, sem galopar, mas se fizesse o contrário chamaria atenção. Assim que alcançaram certa distância das casas, ela fez o cavalo trotar mais depressa, em sentido leste, para a costa.

– Conseguimos! – exclamou Robert.

– Conseguimos – sorriu Anne.

– Coronel Anne, você é uma heroína.

– Eu não – discordou. – Nan se arriscou.

– Eles não podem provar que ela me ajudou, não é?

– Não. Ela vai ser interrogada. Mas ela é muito pobre para ter-lhe comprado roupas ou lhe pagado transporte. Enquanto ela ficar quieta, eles vão ter de deixá-la para lá.

– Minha família vai cuidar para que ela nunca mais precise de nada outra vez. – Seu rosto assustado ficou sombrio sob a luz da lua. – Nunca vou esquecer isso. Esperança, esperança de viver. – Seus olhos ficaram cheios de água. – Não tinha me dado conta de como é perder algo tão normal.

– Não chore – pediu ao diminuir o ritmo do cavalo, para poder passar o braço em volta dele. – Se você me fizer chorar, é capaz de eu nunca mais parar.

O som do galopar do cavalo atrás deles os interrompeu. Anne agarrou as rédeas.

– Não corra – sussurrou Robert. – Vai parecer que somos culpados. Apenas o deixe passar, seja lá quem for.

Mas o cavaleiro não os ultrapassou; emparelhou-se com o cavalo deles, diminuindo o ritmo, os alcançou e agarrou o cabresto.

Anne sacou a pistola do *araisad* quando ele parou e mirou nas suas costas, quando de repente ele se virou. Era Aeneas.

– *Plus ça change*[36] – falou, erguendo a sobrancelha. – Nada mudou, exceto que desta vez não vou fugir. Você vai ter de atirar em mim.

Ela baixou a arma.

– Por favor, Aeneas – implorou. – Ele vai morrer se eu não tirá-lo daqui.

– É seu marido? – indagou Robert.

– Sou – respondeu Aeneas, com a voz forte. – E já que ela é comprometida, por que devo me importar se você morrer?

– A honra de sua mulher não corre perigo comigo.

Aeneas levantou a mão para interrompê-lo quando ouviu um barulho vindo da estrada adiante. – Mas a vida dela está – lançou.

Anne e Robert também haviam escutado algo, alguém marchando em direção a eles.

Aeneas desceu da sela e pulou para dentro da carruagem, formando um laço com a rédea do cavalo sobre o chicote. – Vá para debaixo do assento, rápido!

Robert estava encolhido no banco e se abaixou atrás. Aeneas empurrou Anne para o lugar vago, sentou-se, puxou-a em seus braços e colou a boca na dela.

A proximidade repentina assustou-a, o calor do corpo, os braços em volta dela, o rosto dele tão perto, a pressão de sua boca, o hálito dele contra seu rosto. Aeneas parou o beijo e moveu a boca para perto do ouvido dela.

– Tire a pistola fora de vista – murmurou – e então tente agir como se quisesse fazer isso.

Ela enfiou a arma nas dobras do tecido e, enquanto a boca dele procurava a dela outra vez, passou os braços em volta do pescoço do

---

[36] Forma reduzida da frase “plus ça change, plus c’est la même chose”, em francês, que significa “quanto mais as coisas mudam, mais permanecem as mesmas”. (N.E.)

marido. Os lábios quentes dele moveram-se contra os dela, e um desejo conhecido cresceu como uma lembrança nela, transformando-se em desejo desesperado. Ele se aproximou, pressionando o corpo com força contra o dela, abraçando-a com o braço direito, segurando-a junto dele. Entre eles, sua mão esquerda moveu-se sobre a pistola em sua cintura. O som de marcha, mais de dois pares de pés, estava próximo agora. Quem sabe eles não estavam apenas passando.

– Pare! – Os passos pararam. – Ei, você! – a mesma voz chamou.

Aeneas interrompeu o beijo. No escuro, seus olhos brilhavam quando ele a olhava.

– Bem quando a vida estava ficando interessante – falou com aquele meio sorriso quase esquecido na boca. Ele olhou ao redor, mantendo-a firme junto dele, a mão direita ainda sobre o corpo deles, escondendo a arma, a outra segurando a cintura dela, em direção ao homem que falava.

Anne também se virou. O homem era um sargento e segurava um mosquete. Três soldados britânicos o acompanhavam, as armas apoiadas nos ombros. Um ficou de pé atrás do sargento, que tinha passado pela frente do cavalo e encarava Aeneas. Os outros dois ficaram perto da cabeça do cavalo. Eles pertenciam ao regimento de Wolfe, eram soldados britânicos de rosto amarelado, uma patrulha de guarda que voltava para a cidade. Todos pareciam se divertir. Do seu lado, Anne sentiu a mão esquerda de Aeneas engatilhar a pistola. Ele não podia sacá-la e atirar antes que o soldado fizesse isso. Ela escorregou as mãos nas dobras do *araisad* e pegou as duas pistolas.

– Capitão, certo? – indagou o sargento ao notar o uniforme de Aeneas. – Então o senhor tem um nome e ordem para estar fora neste horário.

Seus homens deram uma risadinha de deboche, pensando claramente que a clandestinidade do encontro naquela rua tranquila era exatamente o que parecia, um encontro adúltero.

– O senhor não pode evitar que a senhora fique envergonhada, sargento – Aeneas disse soltando Anne – e apenas seguir seu caminho?

Os três soldados soltaram mais risinhos. O sargento sorriu, como se compartilhasse a piada. Ele mexeu de leve no mosquete; faltava-lhe o polegar na mão direita.

– Cuidaremos da senhora – bufou enquanto o riso grosseiro rompia atrás dele. – O senhor se preocupe consigo.

Anne disparou através do tecido de tartã. O tiro fez um buraco redondo na testa do sargento. Aeneas sacou a pistola, mirou e atirou com um movimento suave, derrubando o soldado para trás. Enquanto ele pulava para o chão, desembainhando a espada, Anne sacou a outra pistola, mirou e atirou no terceiro soldado. Aeneas girou a espada e cortou o pescoço do quarto soldado. Os corpos ficaram amontoados na estrada.

Houve uma movimentação de trás do banco. Robert colocou a cabeça para fora, espiando. Ele ficou boquiaberto diante dos quatro corpos caídos e contorcidos, de ambos os lados do cavalo que puxava a carruagem, e então deixou sair um assobio alto.

– Fico feliz que vocês estejam do mesmo lado.

– Já tinha visto esse homem antes. – Aeneas embainhou a espada e arrastou o corpo do soldado sem o polegar para longe do cavalo. – Este aqui, com certeza. Eles já estavam atrasados para o encontro com a morte.

– Devemos ir logo – concluiu Anne – caso tenham ouvido os tiros.

– Sabe andar a cavalo? – perguntou Aeneas a Robert.

Ele concordou com a cabeça, saindo da carruagem.

– Pegue meu cavalo. – Aeneas segurou as rédeas. – Vá para Elgin pelo Nairn. O ferreiro de lá vai lhe dar dinheiro e colocá-lo em um barco de pesca em Lossiemouth.

– Vocês dois ficarão bem?

– Se você sumir sem ser visto – explicou Aeneas. – Mas você terá fama de guerreiro quando descobrirem sua fuga e esses corpos.

Robert emparelhou o cavalo ao lado de Anne, inclinou-se e a beijou.

– Se você não tiver mais nada com ele – disse piscando –, mande-o para mim.

– Vá em segurança, Robert – incitou enquanto Aeneas voltava para o banco ao lado dela. – Vá rápido. – Por alguma razão inexplicável, seus olhos se encheram d'água.

O jovem tesoureiro virou o cavalo, deu um chute no lombo do animal e saiu rápido, engolido pela noite. Aeneas levantou as rédeas, bateu-as no animal e deu um breve comando para eles partirem. As lágrimas cegaram Anne, não importava o quanto ela as limpasse. Ela sentiu um nó na garganta e enterrou o rosto na lã quente do *araisad* e soluçou, com o coração partido, enquanto a carruagem ganhava velocidade, levando-os para dentro da noite, de volta a Moy, à segurança do lar.

Anne ainda chorava, intensamente, dando soluços agonizantes que faziam tremer seu corpo, quando eles estacionaram no jardim. Aeneas berrou para Shameless cuidar do cavalo, então a levantou do banco, carregou-a para dentro de casa e subiu as escadas. No quarto dela, deitou-a na cama, e ela enfiou o rosto no travesseiro, sentindo o corpo pesado. Jessie estava logo atrás deles, trazendo cerveja e vinho.

– Vou fazer chá também – avisou. – Olhando para a cama, viu o buraco chamuscado no *arasaid*. – Anne está machucada, ela levou um tiro?

– Não. – Aeneas balançou a cabeça. – Ferida, mas não machucada. Não se preocupe com o chá.

– Ela tem muito que chorar – concluiu Jessie. – Chorar vai ajudar. – Ela os deixou no quarto e saiu.

Durante toda a noite, Aeneas ficou deitado ao lado de Anne, segurando-a, acariciando seus cabelos, murmurando palavras de amor e consolo. Aos poucos seu choro diminuiu até parar de vez. Exausta, ela adormeceu em seus braços. Ele ficou deitado por um bom tempo, o rosto encostado na cabeça dela, inalando o perfume de seu sono, de sua mulher. Mesmo quando Anne pensara que seu resgate tinha sido ameaçado por ele, ela não atirara, ela não podia fazer isso. Em vez disso, pediu sua ajuda. Aeneas não a havia perdido. Fora ela quem atirara primeiro, para salvar a vida dele, deixando-se exposta; ela confiara na ajuda dele. Confiara nele? Não, ele não a havia perdido, ele a havia mandado para longe. Ele ficou deitado por horas, atormentado pela própria culpa. Por fim, adormeceu. Quando acordou, ela havia saído.

Quarenta e três

Anne conduziu Pibroch pelo campo de batalha. Sob o sol da manhã, o local estava tranquilo, tranquilo, e cheio de paz. Da grama áspera do urzal brotavam montinhos verdes entre as moitas de urzes roxas. Mesmo as grandes covas haviam quase se misturado à terra, sinal de que a natureza tomava de volta a vida. Ela caminhou por entre as sepulturas, devagar, ciente de que ele estava lá, e não havia como saber onde. Mas era pelo último momento de vida, e não pelos ossos mortos, que ela procurava. Ela não tinha certeza de que podia encontrar o local exato até ver a lápide.

Estava escrito: *Poço dos mortos. Aqui o chefe dos MacGillivray caiu.*

De joelhos em frente a ele, ela tirou o punhal, enfiou a lâmina na terra, abriu o solo, pegou o bilhete no vestido e olhou mais uma vez para a letra de mão. Ele estava presente na nota, uma marca tão pessoal, parte dele, seu nome escrito com a própria letra. Ela ficou sentada ali por um bom tempo, segurando o papel entre as mãos. Então o pressionou contra os lábios, dobrou-o e colocou o papel no buraco na terra.

– Agora você sabe que eu vim – sussurrou.

Com o cabo do punhal, jogou a terra em cima, fechando o ferimento feito na terra. Limpou a lâmina na grama, enfiou a arma outra vez no cinto e inclinou-se, passando a ponta dos dedos sobre o escrito.

– *Slàn leat, mo luaidh* – falou. – Adeus, meu amor.

Ela se levantou, pegou as rédeas de Pibroch e voltou-se. Vários metros depois, Aeneas estava ao lado do cavalo, observando-a. No chão esponjoso não era possível ouvir o som de passos e cascos se aproximando. Ela se dirigiu até ele, parou próximo o suficiente para alcançá-lo e tocá-lo e olhou em seus olhos.

– É uma boa lápide – reconheceu, sabendo que era ele quem a havia colocado ali.

– Eu também o amava.

– Eu sei. – Na noite anterior, ele havia ficado ao lado dela, arriscando a própria vida por um homem que sequer conhecia, para salvá-la. Fora isso que ele sempre fizera, tentara proteger aqueles com quem se importava. – Desculpe – pediu ela. – Eu lhe dei um mundo de muita dor e perda.

Ele fechou os olhos por um momento, se movido pela dor ou pelo alívio ela não sabia dizer, e então pôs as mãos sobre os ombros da esposa.

– Não, Anne, *'s mis' a tha duilich* – afirmou.– Sou eu que sinto muito, e estou envergonhado. Se tivéssemos enfrentado tudo isso juntos, isso nunca teria terminado aqui, ou assim. Meu lugar era ao seu lado.

Ela escorregou as mãos em volta da cintura dele e se aproximou, descansando a cabeça em seu peito, ouvindo seu coração bater com força dentro do corpo. Já não lutava mais; sua energia havia acabado. Ela tinha feito tudo que podia, mas nunca seria o suficiente. Não havia como voltar ao que tinha perdido, e ela não conseguia imaginar o futuro.

– Tudo isso já acabou?

– Não. – Ele baixou a cabeça para olhá-la. – Nós apenas seremos derrotados se desistirmos. Haverá outros meios.

Anne não estava certa de qual pergunta ele havia respondido, ou qual de fato havia feito. Eles estavam irremediavelmente ligados, porque outros assim quiseram. Ela era sua prisioneira. Será que eles tinham escolhido verdadeiramente um ao outro quando não lhes restava outra escolha? Ela lhe deu a mão e eles levaram os cavalos à fronteira do urzal.

– Ontem à noite – observou – você sabia uma rota de fuga.

– Era para nós. Se eles tentassem pegar você ou levá-la para os barcos, estaríamos na França agora. Moy pertenceria a um inglês.

Ele teria desistido de tudo, colocado ela antes de si mesmo, antes do país e do clã. Todas aquelas longas semanas na cadeia, ela não tinha estado sozinha. Ele havia olhado por ela. A comida que lhe davam, os cuidados de Morag, a fuga. Ainda assim ele escolhera ficar com ela, como tinha feito desde o começo e através de tudo que os separara, exatamente como tinha jurado. Usara sua espada e seu clã em sua defesa, só a morte os separaria agora. Não, não era possível imaginar o futuro, ela só sabia que queria vivê-lo com aquele homem.

– Vamos para casa – pediu.

Depois do café da manhã, James Ray e a esposa se sentaram na carruagem já carregada e saíram de Inverness rumo ao sul. Após cumprir seu tempo de serviço, eles também voltavam para casa.

– Podemos parar na Moy Hall no caminho? – indagou Helen. – Seria bom dizer adeus ao seu capitão e à sua esposa.

– Não. – Ray fora direto. – Quanto mais rápido eu levá-la de volta à civilização, melhor. Não fiquei nada feliz com seu comportamento desde que chegamos aqui.

– Podíamos ter ido de barco – concluiu olhando para o outro lado. O marido sofria de enjoo marítimo e não gostava de lembrar isso. – Oh, veja – apontou ela. – Eles estavam passando pelos chalés relvados arruinados, apenas um tinha permanecido inteiro. Era possível notar a fumaça saindo do telhado. – Não são essas as casas de relva pelas quais passamos quando viemos por aqui, quando conhecemos a coronel Anne? Fico imaginando o que aconteceu com ela.

– Quieta! – Ray encostou a carruagem. Ele olhava para o lado oposto, para o leve declive do outro lado da estrada. Na metade da subida, havia a figura de uma mulher agachada perto de uma vaca, tirando leite. Havia algo de familiar nela. Ele desceu, sacou a espada e começou a subir a ladeira.

A velha senhora inclinada ao lado da vaca ordenhava os úberes ritmicamente. O leite branco e cremoso escorria para dentro do balde de madeira. Sua cabeça estava enfiada na anca do animal, virada para o lado. Pelo canto do olho, ela viu o homem se aproximar, sacando a pistola.

– Ei, você! – gritou quando estava perto o bastante.

Ela não respondeu, embora seu olho tivesse baixado para o eixo de madeira jogado na grama alta ao lado dela. O homem estava bem atrás da mulher.

– É surda? – berrou.

Ela pulou, levantou o eixo, virou-se e investiu contra ele. O forcado entrou fundo nas vísceras do homem. Ela o empurrou para cima e soltou um riso maníaco e desdentado.

Ray estremeceu na ponta do forcado; sua cabeça sacudiu, seus olhos se arregalaram. A espada caiu de sua mão, a boca aberta, sangrando. Ele tentou pegar a pistola.

– *Danns, a Shasannaich*! – gritou Meg, girando o forcado outra vez, direto na caixa torácica do tenente. – Dance!

Ele atirou, inutilmente. O sangue saiu da boca aberta de Ray. Ele ainda estava de pé, empalado no forcado, mas já sem vida.

Ao ouvir o tiro, Helen ficou de pé na carruagem e olhou para o alto do declive. Seu marido ainda estava lá, pulando com raiva em frente da mulher. Ela se sentou e esperou.

Em cima da ladeira, a velha deixou o corpo do inglês cair, enfiou o forcado na terra para limpá-lo, pegou o balde e saiu correndo.

Uma cultura estava morrendo. Quase que do dia para a noite, o tartã fora banido da terra. Tintureiros esvaziaram barris de cores vibrantes e os teares ficaram cheios de tons marrons e cinzas. Boinas, cintos e broches foram deixados de lado, as gaitas queimadas. A dança cessou, as velhas canções morreram. Os homens usavam as roupas das Terras Baixas, antigamente consideradas impróprias para homens, amaldiçoando o desconforto inconveniente enquanto as vestiam. Mulheres transformaram seus *arasaidean* em cobertores, e suas línguas tiverem de aprender novas palavras. O gaélico passou a ser usado sigilosamente atrás de portas fechadas, ao passo que o inglês tomou as ruas. Armas foram entregues para serem destruídas. O exército britânico começou uma busca sistemática em cada casa atrás de qualquer arma que pudesse não ter sido entregue, tratando de pilhar e brutalizar de novo por onde passavam.

Em Moy, Aeneas assumiu a tarefa de recolher ele mesmo as armas. Seu povo não passaria mais por outras incursões. Enquanto agosto se transformava suavemente em setembro, ele e Shameless percorreram as fazendas e chalés, agradecendo a homens e mulheres pela cooperação, tentando não notar a vergonha que sentiam.

– Armas em troca de relhas – concluiu Donald, tristemente, quando eles as entregaram à ferraria para serem destruídas –, como diz a Bíblia. – Mas ninguém acreditava que o bem poderia vir com a desonra.

Anne começou o trabalho de ensinar aos adultos a língua dos ingleses. Os filhos os ajudavam, já que os professores não tinham permissão para falar nenhuma palavra da língua nativa em classe e os jovens aprendiam depressa. Não era um trabalho alegre, exceto que ela aprendera mais palavrões em gaélico naquelas primeiras duas semanas do que ouvira durante toda a vida. A pausa para aceitar o convite real foi quase um alívio.

– Não é possível que você esteja querendo mesmo ir. – Aeneas observava Anne guardar as últimas coisas no baú em cima da cama deles.

– Eu quero – falou. – Quero ver essas pessoas que nos dizem como nos vestir, falar e viver. E quero que elas nos vejam. Além disso – ela o fez sentar na tampa do baú para poder amarrá-lo –, não temos escolha.

Aeneas vestiu o *kilt* da Guarda Negra. O tartã só era permitido para uso militar. Ele teria renunciado à graduação de oficial, mas fazer isso significaria não usar a manta ou arma, sair nu em um mundo subjugado à repressão. As pessoas ainda eram mandadas à prisão pelos vales largos e estreitos, e agora havia mais razões para a punição.

– Sinto-me um traidor usando isto.

– Um de nós precisa estar armado para a viagem – rebateu Anne, amarrando o baú com força. – Vai ser mais seguro assim.

– Você espera confusão?

– De jeito nenhum – sorriu ela, dando um beijinho em seus lábios, enquanto passava por ele para amarrar a segunda tira.

– Eu me sentiria bem mais contente se você não tivesse sorrido quando disse isso. Você vai precisar se comportar lá.

– Vou me comportar perfeitamente bem – garantiu, amarrando a tira. – Tenho de impressionar certo duque. – As restrições a ela não seriam retiradas enquanto Cumberland não concordasse.

– Você está sorrindo de novo. – Ele a puxou para frente dele e passou os braços em volta de sua cintura.

– E desaprendi a fazer aquele papel? – indagou. – Não vai haver sorriso nenhum. Qualquer escocês pego sorrindo ao norte de Stirling levará um tiro na mesma hora.

Ele a virou sobre o baú na cama e a segurou com força.

– Você precisa de um motivo para sorrir – sorriu, levantando-lhe o vestido.

– Agora é você que está fazendo isso – riu –, rindo sem motivo.

– Ah, tenho um bom motivo. – Ele acariciou-lhe as coxas com os dedos. – E quando eu terminar – disse roçando-lhe a pele com os lábios –, vou descobrir por que você está rindo.

A porta do quarto se abriu e Jessie entrou.

– Vocês podem deixar isso para a carruagem? – falou ao vê-los na cama.

– É uma ideia – Aeneas piscou para Anne, arrumando suas saias enquanto ficava de pé. – Você nos interrompeu só para sugerir isso?

– Não – objetou. – Mas vocês precisam pegar o barco, e achei que gostariam de saber que Nan MacKay foi presa três dias atrás. Eles não vão deixá-la dormir, comer nem mesmo se sentar até ela dizer quem ajudou Robert Nairn a fugir.

– Três dias? – Anne ficou chocada. Ela presumira que Nan, muito pobre para fornecer meios de fuga, não seria considerada suspeita. – Por que ninguém nos avisou?

– A viúva acabou de saber e mandou avisar.

Aeneas abriu a janela e chamou Shameless para ajudar com o baú. Anne desceu as escadas correndo e pegou a capa.

– Não esqueça – Aeneas lembrou Jessie enquanto iam em direção à porta. – Fale inglês enquanto estivermos fora.

– O que, comigo mesma? – Ela mostrou a língua quando eles se viraram de costas, mas, lembrando que poderia perder aquela parte do corpo, colocou-a rapidamente para dentro da boca. Havia histórias de pessoas cuja língua fora cortada e fixada na soleira das portas de prédios públicos como aviso. – *Gonadh*! – jurou, e então olhou culpada para o átrio vazio.

Na carruagem, a caminho de Inverness, Anne ficou preocupada.

– Foi ideia minha. Não posso deixar Nan ser punida por isso.

– Sua confissão não vai fazer isso parar.

– Pararia o interrogatório.

– E a colocaria de novo no cadafalso, comigo junto.

– Não – insistiu. – Eu o deixaria fora disso.

– Você não pode. – Aeneas distanciou-se de casa. – Mesmo que eu a deixasse dizer que eu não participei, você é minha prisioneira. Sou responsável pelo que você faz agora.

Anne ficou pasma. Na casa deles, a ordem contra ela tinha começado a parecer não mais que uma chateação. Mas lá fora, no mundo, a incapacidade infligida por Cumberland estava clara. Ela era impotente, um fardo, não uma companhia, um ser desigual, sem poder para agir ou assumir a responsabilidade por suas ações, como uma criança pequena ou um cachorro desobediente. Se ela falasse ou agisse de maneira inapropriada, Aeneas sofreria e, através dele, seu povo. Mesmo que sua energia voltasse a aumentar e o desejo de lutar ressurgisse, de nada valeriam. A restrição contra ela a atingiu fundo. Ela não era livre, e isso era esmagador.

– Então o que podemos fazer?

– Eles querem vítimas, não justiça – concluiu Aeneas, tirando as mãos das rédeas e pegando as dela. – Alguém do clã vai confessar, se for preciso. Será apenas uma sentença de prisão.

– E se não for?

– Um passo de cada vez. Quando for a hora, veremos. Só, por favor, não diga nada sem concordarmos antes.

Na prisão, eles obtiveram permissão para entrar na sala de interrogação só porque Aeneas era capitão do exército. Cinco minutos, o guarda avisou. Nan MacKay estava com péssima aparência. As pernas da mulher de Skye estavam inflamadas e inchadas por ter ficado tanto tempo de pé. Ela estava cheia de hematomas onde haviam batido para acordá-la.

– *Uisge* – implorou com os lábios quebradiços.

Anne pegou um pouco de água para ela do balde. Nan ignorou o aviso de não falar gaélico. Era inútil. Como a maioria das mulheres das Terras Altas e da Ilha, ela não sabia falar inglês, e só não tinha perdido a língua ainda apenas porque eles queriam que ela falasse.

– Vamos tirar você daqui – prometeu quando Nan bebeu da caneca de metal.

– Não vou dizer nada – sussurrou Nan. – Não importa o que eles façam.

– Você não está abandonada – falou Aeneas. – Não pense isso. Vamos acabar com esse sofrimento.

Forbes estava com o conde de Louden no escritório dele. O juiz havia envelhecido e se desiludido depois da vitória. Para apoiar o governo, ele havia subornado os chefes e fundado as companhias da Guarda Negra com seus próprios fundos, embora nunca tivesse recebido nenhuma reparação. Agora evitavam suas cortes. O Parlamento havia aprovado uma legislação repressora contra o povo das Terras Altas que ele tanto amava. O povo tribal, expulso das terras confiscadas, mudara-se para as cidades. Outros saíram por conta própria, sem conseguir suportar as mudanças a que foram forçados. Navios partiam todos os dias rumo aos Estados Unidos, cheios de membros dos clãs desprovidos de direitos.

– Logo, aqui só restarão o gado e as ovelhas – reclamou. O mais duro de tudo para ele seria o nome de sua terra viver na história como o local daquela matança sangrenta, onde começara a pacificação massacrante e a ruína de um povo, não como o lar de uma justiça honrosa. Culloden. Cumberland, entretido com os protestos de Forbes, considerou aquilo sagaz.

A viúva lady McIntosh havia feito uma petição ao juiz logo que ouvira sobre a tortura de Nan MacKay. Agora ele importunava lorde Louden com sua arenga. Quando Anne e Aeneas entraram, o irritado conde jogou as mãos para cima.

– Suponho que tenha vindo confessar.

– É claro que não – falou Aeneas.

– Eu vim – revelou Anne.

– Minha mulher estava comigo quando Robert Nairn escapou – Aeneas olhou para a esposa.

– Se me deixasse terminar – protestou – eu diria mais, se isso acabar com o tormento dela.

– Ah, vamos lá, Aeneas – falou Louden. – Não fique de fora. – O comandante estava claramente sob pressão. – Presumo que saiba que sua tia já confessou que forneceu uísque, roupas e transporte para ajudar o rebelde a fugir.

– Confessou?

– Como cada membro da sua casa – irritou-se –, um após o outro. Estou prestes a conseguir a confissão de Forbes e seu pessoal, sem dúvida. Talvez você queira entrar na fila.

– Ahn, não – recusou. – Temos de pegar o barco.

– Então peguem. Acabei de mandar uma ordem à prisão dizendo para pararem de torturar Nan MacKay imediatamente. Mas ela vai ficar presa até que sua sentença seja executada.

– Vim protestar contra o tratamento que ela tem recebido – rosnou Forbes –, não para confessar. Também vou apresentar recurso contra a sentença. Oitocentas chicotadas é uma execução. Ela não é militar, eles não têm direito de puni-la.

– Oitocentas chicotadas? – Anne agarrou o braço de Aeneas para apoiar-se.

– É o que todos estão dizendo – apontou Louden. – O guarda insiste que ela o distraiu. Concordo que a sentença seja excessiva, mas não posso anular o veredito.

– O duque de Cumberland pode – sugeriu Forbes.

– Então vamos pedir a ele – concluiu Aeneas. – Quando a sentença será executada?

– No final do mês que vem – respondeu Louden. – Vão para Londres. Vou cuidar para que ela não sofra nenhum mal até vocês voltarem.

Com isso acertado, todos dividiram um trago. Forbes retomou a crítica à legislação punitiva. Outro ato estava sendo articulado para acabar com as jurisdições hereditárias. Os chefes dos clãs não teriam autoridade sobre seu povo quando ele fosse aprovado.

– Você será relegado a senhorio – contou a Aeneas –, nada mais que isso. Os clãs vão acabar.

– Eles não podem evitar que você seja chefe, podem? – indagou Anne. – O povo escolheu você. Só você pode mudar isso.

Aeneas balançou a cabeça. Isso era um golpe, talvez o mais duro contra a cultura deles. Acabava com o laço entre os membros dos clãs, retirava-lhes o direito de escolher seu líder.

– Sem o direito de resolver litígios, o que um chefe será? O povo vai se voltar para a lei, para o Estado. A razão para ter e defender um chefe terá acabado.

Louden serviu outra dose de uísque ao velho juiz e viu Anne e Aeneas saírem para tomar o barco.

– Você ouviu que seu tenente foi assassinado? – perguntou quando eles chegavam à porta. – Mandamos seu corpo de navio para o sul na semana passada, com sua esposa. Foi bem perto de Moy.

– Houve alguma briga?

– Não. – Louden estava cansado. – Trabalho de um único meliante. A mesma história de sempre, ninguém viu nada. Ele deixou a mulher na carruagem na estrada e foi falar com uma velha senhora. Nunca mais voltou. Foi esfaqueado duas vezes por uma baioneta, disse o cirurgião. – Ele fez uma pausa. – Vi os ferimentos. Estranho, posso jurar que foram feitos por um forcado. O fim das armas banidas, hein? – Ele lhes desejou boa viagem e fechou a porta.

Anne e Aeneas se entreolharam. A velha não tinha sido vista desde o ataque aos chalés, portanto eles haviam presumido que ela estivesse morta.

– Meg – disseram os dois ao mesmo tempo.

Quarenta e quatro

Londres era surpreendente. Rua após rua de prédios altos, cortadas apenas pelo rio que corria pela cidade. Até o canal parecia vivo, cheio de gente, palpitando com barcos e barcaças, suas várias pontes constantemente cruzadas por carruagens e liteiras. Grandiosas mansões de pedra ocupavam praças elegantes, cercadas com portões fechados com cadeados de ferro. Casebres miseráveis se amontoavam incongruentemente entre elas. Pedintes, negociantes e mascates lotavam as calçadas. Panfletistas políticos e pregadores de rua vociferavam suas diferentes fúrias em cada esquina. Odores de cigarro, comida de rua e padarias se misturavam à fumaça das indústrias de processamento de açúcar e têxtil, à fedentina das cervejarias e destilarias, o mau cheiro de açougues e canos de esgoto e das valetas que corriam a céu aberto pelas ruas como resultado das fossas que transbordavam debaixo das casas. Era tudo mais imponente e sujo que em Edimburgo.

– Você está bem? – indagou Aeneas, aproximando-se da janela por onde Anne espiava a multidão abaixo.

– Eles são muito pequenos – afirmou.

– Mas são muitos – concluiu ironicamente ao olhar para baixo. – Como formigas.

– Posso alcançar os olhos dos homens sem inclinar a cabeça, e as mulheres só chegam até meu nariz. – Ela levantou a cabeça para olhá-lo. – Você deve se sentir um gigante.

– Sinto-me deslocado – sorriu. – Você não respondeu minha pergunta. Esse ar pensativo não combina com você.

– Acho que estou com medo.

– De quê?

– Por Nan. Tudo que eu faço termina mal. – Ela franziu as sobrancelhas acima dos olhos apreensivos. – Cumberland vai ver você?

– Enviei um pedido, e ele vai ser o anfitrião do baile amanhã. Podemos falar com ele lá.

– Você pode. – Anne virou-se para a janela. – Helen diz que só devo falar com meus superiores quando falarem comigo.

Aeneas a virou para que ela o olhasse.

– Não vai haver nenhum superior lá – explicou –, pois eles não existem. Não aceite isso. Em casa, você fala com os rapazes do estábulo, moradores dos chalés e ferreiros ou com princesas, condes e duques, e você é a mesma pessoa, assim como eles são as mesmas pessoas com você. É assim que somos. Se tiver oportunidade de falar com Cumberland, aproveite-a.

Sem estar convencida, ela concordou com a cabeça. Eles estavam hospedados na casa de Helen Ray. A inglesa insistira, apesar de sua perda recente, e ensinou a Anne os modos que esperavam dela na corte. Aeneas era um caso perdido. Ele se recusara a se inclinar para fazer a reverência habitual da corte. Um rápido cumprimento com a cabeça para agradar Cumberland foi tudo que ele concordou em fazer, só porque a vida de Nan podia depender disso.

– São os habitantes das Terras Altas que eles querem, são os habitantes das Terras Altas que eles terão – insistiu.

Helen flanou pela sala, claramente animada.

– Vocês têm visitas – anunciou.

Atrás dela, um homem alto, loiro e vestido em trajes da cidade baixou a cabeça enquanto passava pela soleira da porta e então parou do lado de dentro. Atrás dele, uma mulher mais jovem e delicada o acompanhava.

– Francis! – Anne soltou seu nome em um sussurro descrente e correu pela sala até alcançar os braços do primo, repetindo seu nome. – Francis!

– Anne, Anne. – Farquharson de Monaltrie a ergueu e a abraçou com força. – Faz tanto tempo. Temi que nunca mais nos encontrássemos.

Aeneas cruzou a sala para se juntar a eles. – Se puser minha mulher no chão – falou –, gostaria de apertar-lhe a mão. – Houve vários tapinhas nas costas, abraços e brincadeiras sobre o estranho estilo das roupas de Londres. Francis, barão Bàn, retornara do mundo dos mortos quando sua sentença de enforcamento fora convertida em exílio da Escócia por tempo indeterminado.

– E, com suas petições, minha nova esposa é responsável por minha vida – disse Francis, apresentando a mulher. – Senhora Elizabeth Eyre, lady Monaltrie.

Quando Aeneas pegou a mão de Elizabeth para cumprimentá-la, ela fez uma reverência.

– Oops – fez ele, pegando seus braços e então percebendo que ela não caíra, apenas fazia aquele gesto estranho que as mulheres faziam nesses momentos. Todos riram.

– Convidei-os para ficarem aqui e jantarem conosco – avisou Helen. – Vocês vão querer tempo para colocar a conversa em dia.

A primeira preocupação de Anne foi sobre notícias do irmão, agora exilado na França.

– Você viu James antes de ele embarcar?

– Fui com ele ao barco – revelou Francis. – Era para lá que eu ia também, se não fosse Elizabeth. É a você que ele tem de agradecer pela vida dele. Ele lhe escreveu para agradecer?

– Sim, claro, mas você sabe como ele é ruim com as palavras. Ele estava bem?

– Ele mancava um pouco, mas estava bem de saúde. Seu coração é outro assunto.

– Vamos continuar tentando obter clemência – prometeu Aeneas – para trazê-lo para casa, e você também.

– Francis fala sempre nas suas amadas Terras Altas – contou Elizabeth. – Acho que Helen também sente um pouco, agora que perdeu a casa.

– Ah, não é a mesma coisa – revelou Helen. – Meu irmão me ofereceu uma casa. Pelo menos ainda estou em Londres. Isso não se compara ao exílio.

– Então não vai ficar aqui? – indagou Anne.

– Não posso – explicou Helen. – Meu pai me deu esta casa, mas, é claro, ela se tornou do meu marido quando nos casamos. Agora vai passar para o sobrinho dele. – Pelo tempo que havia passado entre eles, ela esperava que isso chocasse o pessoal das Terras Altas. – Não é tão ruim – acrescentou. – A casa dos seus chefes também passa ao herdeiro mais próximo.

– Mas nenhuma mulher perde a sua residência, seja esposa ou não – esclareceu Aeneas –, e a viúva de um chefe recebe uma casa nova para ela, mais uma renda para se manter. Espero que seu sobrinho pretenda sustentá-la.

– As coisas não funcionam assim aqui – observou. – Mas – continuou animada – provavelmente me casarei outra vez. Sou bem jovem e ainda tenho boa aparência.

Embora isso fosse inquestionavelmente verdade, um silêncio constrangedor atingiu os três moradores das Terras Altas. Criticar o estilo de vida da anfitriã seria uma afronta à sua hospitalidade. Mas um casamento que despojava a mulher de seus bens era sem dúvida um roubo. Como solução para a pobreza forçada, as mulheres se transformavam em prostitutas e os homens, em seus clientes.

– Conte-lhes sobre lady Broughton – pediu Elizabeth a seu marido, mudando de assunto com muito tato.

– Minha esposa deve contar ela mesma essa história – riu Francis –, já que a fascina tanto. – Mas Elizabeth baixou a cabeça, envergonhada outra vez, e então ele continuou. Com a ajuda de vários amigos, Greta Fergusson se escondera em Edimburgo depois de Culloden. Ela teve o bebê lá, mas como a criança nascera prematura, acabara morrendo. Suas tentativas de viajar para a França saindo de Leith deram errado duas vezes, então ela viajara para o sul, tentando em diversas partes conseguir uma passagem para o exterior. Por fim, ela acabou em Londres.

– Mas ela ainda está sendo procurada – preocupou-se Anne. – Ela foi capturada?

– Não – respondeu Elizabeth, esquecendo-se da vergonha. – Mas só porque Francis a convenceu a não procurar o marido.

– John Murray sem dúvida ajudaria a esposa – apontou Aeneas. – Ele certamente se mostrou capaz de ajudar a si mesmo. – Sir John havia feito uma delação na corte, traindo o desprezível lorde Lovat para salvar a própria vida.

– Duvido – discordou Francis. – Tendo recuperado o título e as propriedades, ele não as arriscaria de novo, não por Greta. Depois que foi solto, ele começou a sair com uma mocinha Quaker e a intitulou lady Broughton.

– Mas a verdadeira lady Broughton está em segurança – terminou Elizabeth triunfante. – Meu pai conhecia um capitão de barco que a ajudou, e ela foi para a França no dia seguinte.

– Que emocionante! – exclamou Helen. – Realmente não sei por que eles têm de continuar perseguindo as pessoas. Afinal, acabou. É isso que comemoraremos amanhã.

– Não era um convite que podíamos declinar – contou Aeneas.

– Não quando sua esposa é a convidada de honra – concluiu Elizabeth, percebendo então a troca de olhares entre ele e Anne. – Vocês não sabiam?

Anne balançou a cabeça. A ideia de que ela teria de enfrentar os olhares dos cortesãos ingleses na noite seguinte não ajudou a diminuir-lhe a ansiedade. Ao contrário, saber que ela seria o centro das atenções a aumentou consideravelmente.

– Duvido que o duque de Cumberland pretenda me prestar honrarias.

– Esqueça ele – pediu Helen. – Ele tem pose de herói conquistador, embora a vitória tenha sido um golpe de sorte. Nunca ganhou nenhuma batalha antes e ficaríamos muito surpresos se isso acontecesse outra vez.

– A Inglaterra está a salvo de invasões graças à sua marinha – analisou Francis –, não por causa de seu exército. Duvido que eles consigam manter os territórios do Novo Mundo contra a França e a Espanha.

– Eles conseguirão, se os clãs fizerem parte do exército – revelou Aeneas –, e essas proibições foram feitas com essa intenção. É a única maneira de nossas roupas e habilidades marciais sobreviverem. Esse baile é provavelmente a recompensa por essas punições.

– Você é muito desconfiado, Aeneas – admoestou Helen. – É uma comemoração, da paz.

– Para a qual o inimigo é convidado?

– O inimigo derrotado – acrescentou Anne.

– Não é assim – disse Elizabeth. – O povo clamou por sua presença. Agora que eles se sentem seguros, todos querem conhecer a terrível guerreira de quem eles sentiam tanto medo.

Anne baixou os olhos para a mesa. Aquela mulher partira havia tempos. Não importava o que eles esperassem, ela não poderia lhes dar.

– Eles esperam que uma demonstração de riqueza e poder passe por coragem e nos mantenha acovardados? – quis saber Aeneas.

– Alguns sim – respondeu Francis. – Outros acham que é preciso uma compensação para expurgar. Mas a maioria está apenas curiosa. – Ele olhou de modo pensativo para Anne. –

Você não tem que provar nada. Eles a cercaram de um *glamour* exótico, só isso. E agradeço por isso – sorriu. – Significa que posso usar roupas adequadas novamente.

Uma longa e agradável noite se seguiu, cheia de lamentos inevitáveis temperados com algumas piadas rápidas. Conforme passava a noite, Anne caiu em silêncio. Apesar da rejeição de Helen, Cumberland ainda tinha controle sobre ela e, através dela, sobre Aeneas, sua casa e seu povo. Era sua resposta no dia seguinte que importava, não as fofocas da multidão.

O palácio estava em alvoroço, repleto de senhores, senhoras e excitação. As pessoas ostentavam perucas empoadas meticulosamente vestidas e saias de cetim bordadas cobertas pela mais cara seda. Havia uma abundância de rendas francesas e leques. Mesmo os ministros do governo usavam novos casacos a 3/4 e broches que combinavam. Todos que eram "alguém" estavam lá, segurando os cobiçados convites.

Anne e Aeneas ficaram na fila, esperando serem apresentados antes de descerem as amplas e curvas escadas que davam no salão de baile. Os poucos habitantes das Terras Altas em Londres formavam os casais finais. Como convidados de honra, os McIntosh seriam os últimos.

– Vai dar tudo certo – sussurrou Aeneas no ouvido da esposa.

– *Tha mi na dòchas* – falou. – Espero que sim.

– Devemos falar inglês.

Ela inclinou a cabeça, atormentada.

– Sei quando devo segurar a língua – murmurou.

Ele podia ter usado o gaélico, já que as proscrições eram aplicadas apenas ao norte de Stirling.

– Vai haver muito disso. – Ele deu uma olhada na roupa de Anne. – Mas seu vestido fala por você.

Ela usava a cor branca rebelde, um vestido longo e decotado, de seda e algodão fino penteado, com uma faixa azul amarrada na cintura. No cabelo negro e enrolado ela trazia uma perfeita rosa branca. Não era a rosa jacobita, pois não era época, mas a mais parecida que ela conseguira arrumar no meio de setembro, em Londres. Um leque de renda branca e o cartão de dança balançavam em seu pulso.

– Vou dar a eles o que eles esperam – concluiu ela. – Como você.

Aeneas ficou ao lado dela usando um traje completo com *kilt* de chefe, além de penas, boina e broche de prata e, com a permissão oficial solicitada e garantida, sua espada larga de cabo de prata. A autorização fora dada por causa de seu *status* militar e lealdade durante o conflito. Francis já havia acompanhado Elizabeth ao salão de baile, igualmente resplandecente, mas na condição de inimigo restrito, com a bainha vazia.

Anne sentiu um frio no estômago. Eles estavam lá como algo curioso, rebeldes selvagens de uma terra que agora havia sido pacificada. Embora Aeneas parecesse tão calmo e digno como ela se esforçava para parecer, ela sabia que o marido também estava nervoso. Não importava o que acontecesse, eles precisavam que o duque consentisse em adiar a sentença de Nan.

Lá embaixo, a multidão na corte conversava em inglês e se acotovelava, sussurrando e olhando, tentando vê-los por detrás dos poucos que estavam à frente e ainda aguardavam para descer. Na soleira das portas amplas, o mordomo bateu duas vezes com a bengala no chão.

– Sir John Murray de Broughton e lady Broughton.

Anne observou a jovem modesta ao lado do ex-secretário do príncipe. Greta teria amado aquilo. Sempre glamorosa, ostentando penas no cabelo, ela teria flanado elegantemente nas escadas de braço dado ao marido, a cabeça erguida. Não teria deixado se abater pela derrota ou submissão. Ela se sairia bem na França.

Aeneas pegou o lápis do cartão de dança de Anne e rabiscou o convite deles.

– O que está fazendo? – sibilou.

– Você vai ver – falou, piscando o olho para ela.

A bengala deu duas batidas.

– Excelentíssimo senhor lorde Boyd.

James olhou brevemente para Anne e desejou boa sorte com a cabeça, o rosto corando como sempre que estava na companhia dela, e então também começou a descer a escada ampla. Por toda sua lealdade àquele governo, três dos quatro títulos que ele teria herdado foram cassados e seu pai fora executado. Ela imaginou se ele agora corava de timidez ou de vergonha. Aeneas entregou o convite deles ao mordomo e então se virou para ela.

– Se esta for a última vez – avisou –, então vamos fazer direito.

A bengala bateu duas vezes de novo.

– O honradíssimo capitão Aeneas McIntosh, dos McIntosh, chefe do clã Chattan e – houve uma pequena hesitação – coronel Anne Farquharson, a lady McIntosh.

– Aeneas! – protestou Anne. Sua posição e a forma escocesa de nomeá-la seriam interpretadas como afrontamento.

– Seja quem você é – mandou ele, passando a mão dela entre seu braço.

Todos no salão de baile se viraram para o anúncio. Um sussurro lembrando o mar correndo em direção à costa encheu o salão, aumentando cada vez mais até encontrá-los.

– É ela.

– Ela está aqui.

– São eles.

– Que bela jovem.

– Que esbelta.

– Aquela garota, não acredito.

– Não parece selvagem.

– Então essa é a divina lady McIntosh.

Os comentários se multiplicaram, indo e vindo, atrás dos leques ou das mãos ou até mesmo abertamente, enquanto Aeneas conduzia Anne pelos degraus até o salão. Atrás deles a bengala soou novamente, ignorada, anunciando os que chegavam mais tarde. Todos os olhos fitavam o casal das Terras Altas descer e percorrer todo o salão para prestar seus respeitos ao anfitrião, o duque de Cumberland. Anne enfiou os dedos no braço de Aeneas.

– Sinto-me uma aberração – sussurrou.

– Tem uma bem ali. – Ele indicou com a cabeça a direção de uma cortesã afetada.

Anne deu uma gargalhada.

– Na verdade – acrescentou Aeneas, inclinando-se para falar em seu ouvido – estamos cercados. Escolha uma. Fico com as que você deixar.

Ela abriu o leque para esconder o riso.

– Oh, querida – disse uma mulher pela qual eles passavam –, acho que ela vai triunfar.

Um homem surgiu em frente a eles. – McIntosh. – Ele retribuiu o cumprimento com a cabeça. – É verdade que sua jovem e elegante esposa liderou aqueles selvagens na batalha?

– Sim – confirmou Aeneas –, e comeu os mortos depois.

Irritado, o homem retirou-se para juntar-se aos amigos, todos loucos para saber o que o homem das Terras Altas dissera.

– Anne! – Uma mulher vestida de preto acenou para ela. Era Helen, abanando-se freneticamente. Ela fora anunciada como senhora Helen Ray, seu primeiro nome restaurado para indicar a viuvez.

Vendo-os descer ao salão, Cumberland ficou tranquilamente satisfeito. Ele se virou para o general Hawley, que estava a seu lado, nervoso ainda por ter sido contrariado.

– Vê? Esta noite eles conhecerão uma mulher reformada e submissa. Tão agradável e maçante que amanhã mudarão de assunto. Ela será esquecida.

Henrietta Howard, a condessa de Suffolk, surgiu do outro lado.

– William, meu querido – falou –, você tem de me apresentar à sua pequena rebelde. Disseram-me que ela se deitou com mais homens que eu. Podemos comparar nossas anotações.

A repugnância que Cumberland sentia pela condessa se igualava aos seus sentimentos por Hawley. Seus olhos bulbosos cintilaram. Parecia que a noite ofereceria muitas recompensas.

– Acho que vai descobrir, Henrietta – sua mandíbula tremeu – que ela faz isso por prazer.

– Mesmo?

– Concluo que essas mulheres escocesas sejam assim.

Lady Suffolk virou-se para apreciar a aproximação do casal e olhar bem para Aeneas. – Que desperdício – disse friamente.

Chegando em frente ao duque, Aeneas cumprimentou-o brevemente com a cabeça. Anne fez uma reverência profunda e elegante, como Helen lhe havia ensinado.

– McIntosh – Cumberland acenou com a cabeça. – Lady McIntosh. – Ele fez um movimento com a mão em direção à mulher ao seu lado. – Permita-me apresentar a condessa de Suffolk.

– Bem, McIntosh – sorriu Lady Suffolk. – Você certamente faz o meu tipo. E sua esposa – disse olhando para Anne – é extremamente charmosa.

– Obrigada – respondeu de maneira suave, como se sempre falasse pela esposa, e esquivando-se com uma contração quando Anne enfiou as unhas em seu braço, logo escondida com um sorriso. Os ensinamentos de Helen ao menos evitaram surpresas. Eles nunca teriam adivinhado que as pessoas se dirigiriam ao marido para falar da esposa como se ela não estivesse presente, nem que Anne não deveria falar ao menos que lhe dirigissem a palavra. A condessa era uma mulher poderosa, os olhos e ouvidos do rei. Ela tinha obtido aquele poder da única maneira permitida às inglesas, através de um homem poderoso. Tinha dado seu jeito, e agora era amante do rei.

– Embora desagradável – informou Cumberland –, cabe a mim iniciar a dança. – Ele se virou para Aeneas. – Como meu convidado de honra, tenho certeza de que não vai se importar se eu convidar sua senhora.

– Nem um pouco – anunciou, disfarçando a contração com mais rapidez dessa vez. Se Anne continuasse com isso, seu braço traria cicatrizes para toda a vida.

O duque acompanhou Anne até o meio do salão. Quando ficou satisfeito com a posição, a certa distância dela, virou-se para encará-la. Como se essa fosse a deixa, a banda começou a tocar.

– Um começo bem adequado, acho eu – concluiu sorrindo.

A música era uma canção de guerra escocesa, "Ye Jacobites by Name", escrita para elogiar e glorificar a derrota deles. Foi possível ouvir que todo o salão ficou sem ar; Aeneas ficou teso.

– Meu Deus – exclamou lady Suffolk. – Ele pretende mesmo criar um embaraço.

Francis estava com a família da esposa, e sua mão foi automaticamente para a bainha vazia. Anne certamente sairia do salão.

Ela não saiu. Em vez disso, continuou encarando o parceiro, inexpressiva, como se a música não lhe significasse nada. Cumberland estendeu a mão com uma pergunta no olhar. Sem nenhuma hesitação, Anne levantou a dela e a depositou com suavidade na palma dele. Juntos, enquanto o cantor começava a cantar a letra, eles começaram a dançar.

Vocês, conhecidos como jacobitas, agora ouçam, agora ouçam.
Vocês, conhecidos como jacobitas, agora ouçam.
Vocês, conhecidos como jacobitas, seus defeitos irei proclamar.
Condenarei suas doutrinas, vocês devem escutar.

Chocada pela humilhação sofrida por seus convidados das Terras Altas, a multidão demorou alguns minutos para reagir.

– Eles devem ter dado láudano a ela – sussurrou Helen aos amigos.

– Talvez devêssemos nos juntar a eles – sugeriu lady Suffolk a Aeneas.

Dançar a música de vitória do duque era a última coisa que Aeneas queria fazer, mas se Anne conseguia, ele também poderia. Ele lhe ofereceu o braço e ambos rumaram para o centro do salão. Assim que chegaram, outros casais dançarinos ocuparam o lugar, a maioria tentando chegar perto do casal central, desesperada para ouvir a conversa entre eles.

– Você é tão boa dançarina quanto dizem – elogiu Cumberland enquanto girava Anne.

– Como o senhor – sorriu, afastando-se e se aproximando dele.

– Seu marido fez um bom trabalho – aprovou. – Preciso parabenizá-lo.

– O senhor é muito amável – falou baixando a cabeça.

Helen Ray dançava logo atrás deles com o irmão.

– É terrível que ele a atormente assim.

– Tenho certeza de que ele só quer que ela saiba seu lugar.

Um ar de desilusão e decepção atingiu todo o salão, embora ninguém pudesse dizer ao certo o que esperavam. Aquela jovem de modos aprazíveis aceitando a superioridade do duque não seria uma boa história a ser contada àqueles pobres e ansiosos que ficaram fora da lista de convidados.

Anne fechou os ouvidos à letra da música sobre o papado que considerava o príncipe filho de um assaltante e ladrão. Ela tinha algo a fazer lá. Inspirada nas maneiras coquetes que tinha visto Helen desempenhar quando falava com homens, sorriu timidamente para Cumberland enquanto um girava ao redor do outro.

– Há uma mulher presa em Inverness – revelou gentilmente – Nan MacKay.

– Essa ralé não me interessa – respondeu Cumberland.

– Ela vai receber oitocentas chicotadas.

– Duvido. Poucos sobrevivem a cinco.

Ali perto, o lorde que havia indagado sobre o recorde de batalha de Anne inclinou-se para falar ao ouvido da parceira.

– Não parece a guerreira sedenta por sangue.

Aeneas tinha desistido de tentar ouvir o que Anne e Cumberland conversavam e passou a dar atenção total à sua parceira.

– Disseram-me que sua esposa matou uma dúzia de homens em Culloden – comentou lady Suffolk.

– Minha mulher nem estava lá. Estava em casa, comigo.

– Que maçante.

– A vida com minha mulher é muitas coisas – revelou. – Menos maçante.

– E você, McIntosh – ela acariciou o rosto dele com o leque enquanto faziam um passo –, a vida com você é maçante?

– A senhora pode fazer essa pergunta a minha mulher – sugeriu.

O cantor cantava:

> Quando o duque William dá o comando, você deve obedecer, deve obedecer;
> Quando o duque William dá o comando, você deve obedecer, deve obedecer;
> Quando o duque William dá o comando,
> Então você deve abandonar a terra,
> Sua consciência em suas mãos como um corvo.

Ignorando pensamentos sobre seu amado irmão, e sobre todos os outros que tinham sido expatriados, Anne concentrou-se em seu propósito. Ela e Cumberland deram passos para frente e para trás, e então giraram um em volta do outro novamente.

– Então não posso convencê-lo a intervir? – Ela voltou ao seu pedido de clemência.

– Não me faça rever minha opinião – avisou Cumberland. – Tenho certeza de que McIntosh pode cuidar de qualquer assunto.

– E eu serei apropriadamente grata – sorriu certa de que seu rosto iria rachar.

– Espero que sim. – Cumberland a girou em volta de si. – Política é assunto de homens, não é para você se preocupar. Uma esposa é um adorno, lady McIntosh. Atenha-se à dança.

A dança estava terminando. O cantor lançou as últimas palavras:

Eles devem ser suspensos no alto pelo mesmo motivo.

Fazia tempo que Anne não ouvia a voz do velho MacBean, mas agora ela se lembrava. A morte deveria vir com honra, ele dissera. Nan estava pronta para isso, como Anne estivera uma vez e poderia estar de novo. Sem honra e dignidade, uma pessoa não era nada. Ela executou um último passo com Cumberland. A música acabou. O duque fez uma reverência, Anne retribuiu. Todos aplaudiram. Cumberland ofereceu seu braço para escoltá--la para fora do centro do salão.

Em vez de pegá-lo, ela ficou parada, imóvel, encarando-o. Agir como uma mulher inglesa significava ser tratada como uma. Uma imagem açoitou-lhe a memória, de uma criança golpeando o chão, lutando com sua sombra. Daquela vez ela estava feliz em perder a batalha, feliz porque a frustração vencera. O aplauso a assustou. Ninguém se moveu. Ninguém podia fazer isso até o duque deixar a pista de dança. Ele indicou outra vez que Anne deveria tomar-lhe o braço. Ela não o fez. Seja quem você é, tinha lhe dito Aeneas. Ela não podia ser mais ninguém. Ergueu um pouco o queixo, olhando Cumberland nos olhos.

– Senhor – falou com a voz firme e clara como um sino no silêncio – dancei sua música. Agora vamos dançar a minha?

Quarenta e cinco

Aeneas recuou e automaticamente tocou a espada com a mão. Lady Suffolk colocou a mão na cintura dele e balançou a cabeça brevemente. Francis, com a bainha vazia, identificou o guarda mais próximo cuja arma poderia ser roubada e puxou a esposa para mais perto. Aquele poderia ser um casamento curto. Como a maioria no salão, Helen ficou boquiaberta, como um peixe morto. Ninguém respirava, ninguém ousava, para não perder a reação do duque. Ele hesitou – foi apenas um momento, mas um dos mais longos de que a corte conseguia se lembrar – e então baixou a cabeça, assentindo educadamente ao pedido. Anne virou-se para os músicos.

– Sabem tocar "The Auld Stuarts back Again"? – pediu.

Todos no salão inspiraram ao mesmo tempo. Ela havia pedido a canção rebelde. Várias mulheres desfaleceram e seus parceiros tiveram de segurá-las. Helen quase delirava de deleite. Lorde Boyd sorriu e balançou a cabeça, corado de admiração. Elizabeth correu a mão até a boca. Percebendo agora o que acontecia, ela olhou para Francis com os olhos cheios d'água. Sir John Murray, envergonhado pela própria covardia, ficou olhando fixamente, constrangido, para o chão.

O maestro concordou com a cabeça. Poderia ser a última vez que ele fazia isso antes de perder a cabeça, mas ele não parara de balançá-la.

– Sim, minha senhora – respondeu a Anne. – Sabemos, sabemos.

– Então toquem-na – pediu calmamente, e se virou para o duque, fazendo uma reverência longa quando soou o primeiro acorde. Ela colocou a mão na cintura e mostrou a ele como dar os primeiros passos. Todos rapidamente se juntaram a eles. A dança era rápida, furiosa e, de tempo em tempo, exigia um parceiro por perto para executar bem os passos. Mesmo aqueles perto das extremidades do centro do salão se viram de repente mexendo os pés, contraindo as pernas, batendo palmas. Lady Suffolk apertou o pulso de Aeneas. Eles não se mexeram, embora vários corpos rodopiassem ao redor deles.

– Viu, McIntosh – disse –, não há perigo. A boa educação é tudo na corte. O duque não poderia recusar.

Aeneas sorriu um riso largo, sentindo-se bem. Ele poderia receber a ordem de matar a esposa quando voltassem para casa, se é que iriam para casa, mas naquele momento ele se encheu de orgulho e tudo que pôde fazer para comemorar foi dançar. Ele puxou a condessa para seus braços e a apertou contra si.

– Meu Deus – exclamou ela –, meu cabelo vai desmontar.

– Então deixe – retrucou Aeneas enquanto a rodopiava.

Para um jovem rígido e encorpado, Cumberland tinha os pés leves e aprendia rápido, passando a conduzir rapidamente assim que aprendeu o padrão dos passos e movimentos. A dança escocesa era fácil de desempenhar. Erros apenas pareciam inovações. No meio da dança, ele já estava craque. Anne girou em seus braços, colocou o rosto no seu e falou em seu ouvido.

– Os homens ingleses sempre tiveram medo das mulheres?

Ela se inclinou um pouco para trás quando eles viraram para poder ver seu rosto.

– Então por que eles as controlam?

Eles deram passos para frente e para trás, para fora, bateram palma e voltaram aos braços um do outro.

– As mulheres são o sexo frágil, lady McIntosh. Elas precisam de direção.

– Oitocentas chicotadas, metade dadas num cadáver? Isso me parece mais medo que direção.

– A senhora é persistente, vou aceitar seu pedido.

Já sem fôlego, eles rodopiaram em silêncio até que, com um floreio final, as mulheres giraram, as saias ondularam e a música terminou. Todos trocaram cumprimentos e reverências; o duque ofereceu o braço a Anne.

– Se seu marido vier falar comigo pela manhã – falou quando ela pegou-lhe o braço –, ele receberá uma ordem remitindo a sentença a um curto período de prisão. – Ele a conduziu para fora do centro do salão, os dois um tanto sem fôlego. – Admito sentir uma relutante admiração por McIntosh ter escolhido se casar com a senhora. Mas essa travessura, coronel Anne, será sua última. Estamos entendidos?

– Sim – sorriu. – Sim, senhor, estamos.

Na costa oeste da Escócia, a lua cheia iluminava um caminho sobre ás águas do Loch nan Uamh. Um pequeno barco saía de Borrowdale. Na proa, um príncipe estava sentado com seus criados. Balançando suavemente na maré de águas profundas, dois soldados franceses aguardavam, agitando as falsas cores dos navios de guerra britânicos. Vários chefes das Terras Altas já estavam a bordo, homens que não poderiam retornar à casa, às terras dos clãs e à própria vida, agora perdida. A madeira rangeu ao bater em outro pequeno barco que chegava ao lado. Pés subiram a escada estreita; as correntes da âncora chacoalharam, rolando. As velas foram desenroladas, inchando com o vento que os levaria ao mar. Os navios deram uma guinada à frente, em direção à onda. Atrás deles, a terra ressaltada pela luz da lua, acentuadamente sombreada em tons de cinza.

Na cadeia de Inverness, Nan MacKay estava deitada na cama em sua cela, observando os parcos raios de sol do fim de outubro entrar pela pequena janela acima. O inchaço em sua perna havia desaparecido, os hematomas haviam se transformado em manchas amareladas. A comida chegava todos os dias, portanto ela não passava nem fome nem sede. Ela era uma mulher paciente, tinha aguardado calmamente pelo retorno do marido muito tempo depois de saber que ele nunca voltaria, havia cuidado de Robert Nairn pacientemente, acreditando, durante várias semanas, que ele deixaria sua casa morto, antes de perceber que ela o salvara para a forca. Agora ela irá paciente outra vez, esperando a volta de Anne e Aeneas. O destino tinha uma face escura e outra clara, e nunca se sabe qual ele irá nos mostrar. Ela se mantinha paciente evocando imagens de Skye, do possível retorno à ilha com os filhos, correndo do porto com seus poucos pertences enquanto a chuva caía assobiando nas pedras brilhantes, para a casa onde havia nascido. Enquanto imaginava, ela murmurava palavras antigas e esquecidas, cantadas suavemente de forma que traziam o sonho mais perto da realidade.

O cadeado da cela retiniu quando alguém virou a chave. Ela se levantou logo que a porta se abriu, mas não era Anne, tampouco Aeneas. Era a viúva lady McIntosh, com um pacote que tirou da capa e desempacotou assim que o carcereiro saiu. Dentro havia uma garrafa de um líquido cor de palha, brilhante.

– *Uisge beatha*? – Nan franziu a testa.

– Uísque, Nan. – A viúva tirou a capa, pegou a caneca de Nan e lhe serviu uma dose. – Precisamos fazê-la falar inglês.

– Devo me preocupar com isso agora? Se quem me traz o uísque é portadora de más notícias.

Anne e Aeneas estavam atrasados. O barco deles deveria ter aportado sete dias atrás. Eles só podiam trazer más notícias, já que não haviam chegado antes.

– Não há nenhuma notícia. – A viúva entregou-lhe a caneca. – Eles ainda não voltaram.

– A garrafa será boa para mim. Podemos nos sentar e acabar com ela.

– Eles não devem ter enfrentado tempestades no mar, não no mês de seca.

– Não, foi a falta de vento, provavelmente.

– Isso se os *sasannaich* os deixarem partir.

– A família de Robert Nairn colocou alguém para cuidar dos seus filhos. – A viúva evitou a implicação disso. – Quando tudo acabar, eles prometeram transporte para Skye e uma pensão pela... – ela hesitou em dizer "vida toda", pois ela podia ser curta, nem quis dizer "até eles crescerem", pois isso implicaria que eles não teriam mãe – pelo tempo que for preciso – resolveu dizer. Ela se acomodou na cama e bateu a garrafa na caneca de latão de Nan. – *Slàinte mhòr* – disse antes de beber.

Em seu escritório, lorde Louden estudava as plantas espalhadas sobre a mesa em frente a ele. O novo forte George se estenderia sobre todo o promontório de Ardesier que se destacava pelo Moray Firth[37]. Ele substituiria o velho forte da cidade, destruído pelos habitantes quando da chegada dos jacobitas. Em ressentimento por alojar uma guarnição do governo desde que a União fora estabelecida, como se eles fossem um povo conquistado, eles o haviam derrubado com as próprias mãos. Agora eram um povo conquistado, e a magnificência do novo forte perduraria por séculos para os lembrarem disso. Seria a fortificação de artilharia mais poderosa da Grã-Bretanha. Como ele havia desejado comandá-lo.

O guarda lá fora bateu na porta e a abriu.

– Capitão McIntosh e lady McIntosh, senhor – anunciou.

– Faça-os entrar, homem. Faça-os entrar.

[37] Estuário, em Scots. (N.T.)

Já era tarde quando Anne e Aeneas voltaram a Moy. No crepúsculo, os gansos que voavam grasnando pareciam flechas sobre eles em direção ao lago, os primeiros gansos selvagens que chegavam para o inverno. A viagem para casa tinha sido estressante, mesmo depois que um vento bom impulsionara as velas ao norte de Berwick, pois o medo a atingira novamente. Pelo menos a ordem para aliviar a sentença de Nan havia sido entregue. Eles pararam na prisão para contar que ela seria solta em um mês e depois ceiaram na casa da viúva, onde atualizaram as notícias de Louden e pegaram a carruagem. Agora, enquanto os gansos selvagens cruzavam o céu púrpura desvanecente, abandonando a formação para pousarem, Aeneas conduzia o cavalo com facilidade pelas curvas familiares e sombras conhecidas.

A volta para casa deveria ser alegre. Depois do baile, Anne se convertera na menina dos olhos de Londres, invejada, admirada e procurada. Contudo, enquanto as rodas da carruagem giravam na poeira, dançarinos rodopiavam outra vez em sua cabeça. Todas aquelas reverências e floreios em vez de cortesia, mulheres flertando e adulando homens para manipulá-los porque não tinham nenhum poder sem eles. Mesmo Helen, desesperada para recuperar parte do *status*, dava sorrisos afetados a pretensos pretendentes. Esse poderia ser o futuro da Escócia, esposas sempre intimidadas, implorando, em um casamento desigual. Os costumes e hábitos ingleses iriam invadir cada vez mais a sociedade escocesa, modificando-a até seu povo se esquecer quem era, quem tinha sido.

Anne não esperava levar isso para casa com ela. Suas vísceras deram um nó. A raiva tremeluzia e crescia dentro dela. Sua própria situação havia sido esquecida. Aeneas tinha total poder sobre ela. Como as esposas inglesas cativas dos maridos, ela ainda era sua prisioneira.

Ele estacionou a carruagem no jardim, saltou e deu a volta para ajuda-lá a descer.

– Posso descer sozinha – desafiou.

– Ei! – Ele deu um passo atrás como se tivesse levado uma picada. – De onde veio isso?

– Não me trate com condescendência. – Ela se atrapalhou com as saias e tropeçou no chão.

– Já é tarde – afirmou. – Suba, levarei vinho.

– Para me acalmar, é isso?

Ele segurou seu braço e a encostou de costas na carruagem.

– Do que está falando?

– Uma vez eu lhe disse que não era uma esposa inglesa para ser possuída e mandada. Mas ouça você: comporte-se, não fale, fale inglês, seja você mesma, vá para cama.

– Não é...

– Sem dúvida você quer me foder também!

– Não, claro que não.

– Não sou bichinho de estimação de homem nenhum – falou com raiva. – Mesmo o ministro calvinista diz que o marido e a mulher são iguais entre os lençóis. Então não venha para minha cama até sermos iguais. Não serei pilhagem de guerra! – Ela saiu correndo para dentro de casa.

Aeneas se virou, a mão erguida e a boca aberta para chamá-la de volta. Ela bateu a porta com força. Ele deixou o braço cair ao lado do corpo e expirou prolongadamente. Sua boca se retorceu e ele balançou a cabeça. Rindo, virou-se para ver o cavalo.

Lá em cima em seu quarto, Anne bateu a porta atrás de si, pegou uma palha, encostou-a na turfa incandescente na lareira, acendeu as velas, despiu-se, colocou um xale e sentou-se à penteadeira para soltar o cabelo. Quando os fios lhe caíram soltos sobre os ombros, ela os penteou, segurando o comprimento para desfazer o emaranhado das pontas, sua fúria transformada em indignação. Os dois haviam falado com Cumberland. Ela procurara pela liberdade de Nan, Aeneas nem sequer havia pensado na liberdade da esposa. Ela o deixaria concluir o motivo da raiva sozinho, e poderia dormir no escritório até lá. Sabia como ficar sozinha agora. Sua nação talvez acabasse pedindo dinheiro para seu senhor e mestre, implorando favores, aprendendo a ter vergonha. Ela não.

A porta do quarto se abriu e ele entrou. Ele tinha tirado as armas e a manta, vestia apenas uma camisa e o *kilt*. Trazia na mão o papel enrolado com a ordem que a confiava à sua costódia.

– Anne, nunca serei igual a você.

– E isso é verdade.

– Cometi um erro.

– Um grande erro – concordou ela.

– A resposta é sim – revelou ele.

– Sim o quê?

– Sim, quero foder você. – Ele fechou a porta e caminhou até ela.

Involuntariamente, ela se levantou. Nenhum papel o permitiria dominá-la. Se ele quisesse brigar, era isso que ela faria.

– Mas, como você é minha esposa – aquele meio-sorriso irritante brincava em sua boca – e minha prisioneira – ele soltou o laço que prendia o xale –, e eu sou seu chefe...

Ele não podia fazer isso com ela. Ela não podia fazer isso.

– Você está me impondo sua posição?

Seus olhos brilharam, refletindo a luz das velas.

– Vou aceitar que você me dê prazer em vez disso – terminou.

– Aeneas – gemeu ela.

– Você inventou esse jogo, minha senhora. – Ele acariciou-lhe o pescoço com a ponta do papel enrolado, abrindo-lhe a frente do xale com ele. – E, pelo que lembro, quando foi em seu benefício, eu a servi bem.

Ela se lembrava disso. Uma onda de desejo percorreu-lhe o corpo quando ela se lembrou. Ele baixou o papel vagarosamente percorrendo-lhe a linha dos seios.

– Quando vi o duque, ele me passou a progressão dessa ordem para mim.

– Por que não me contou?

– Queria fazer isso aqui, em nossa casa. Para isso o vinho, para comemorarmos. – Ele se aproximou, seu corpo quase tocando o dela. – Então – ofereceu, o cintilar do fogo tornando a escuridão de seus olhos ainda mais profunda, e agora sério –, se me satisfizer hoje à noite, pode queimar isto amanhã de manhã.

Ela podia bater nele. Talvez arrancasse a ordem de sua mão, e a jogasse no fogo. Mas aquilo não significaria nada para ele. Ele se oferecera a ela, vulnerável. Ela podia recusá-lo, zombar dele, menosprezá-lo ou repreendê-lo, vingar-se, mas não fez nada disso. Algo mais profundo teria de ser honrado. Inclinando a cabeça, ela levantou um pouco o queixo. Um sorriso curvou-lhe a boca.

– O prazer, marido – falou –, será meu.

Lá fora, a lua estava alta sobre o lago. Os gansos selvagens haviam se acomodado sobre a água. As sombras delgadas dos veados se moveram na floresta. Acima do penhasco das encostas mais altas, um gato selvagem caçava sozinho. Entre as árvores, batendo as asas como uma respiração, um coruja piava. Sobre os montes de ruínas dos chalés do nordeste, a turfa brilhava em uma lareira remanescente enquanto a velha Meg dormia no catre ao lado do fogo. Nos chalés de pedra, com o lado do rosto marcado pela cicatriz encostado no travesseiro, a filha de Ewan também dormia, sonhando com o amanhã. No colchão de crina de cavalo da cama da cozinha, segura agora de que o chefe e a esposa estavam a salvo em casa vindos do sul pagão, Jessie puxava as cobertas sobre os ombros e se preparava para a noite. No dia seguinte haveria trabalho a fazer.

Bem antes de amanhecer, as cinzas desmoronavam na lareira do quarto principal em Moy. A última chama brilhava do pergaminho. Anne e Aeneas estavam deitados um no braço do outro, conversando baixinho, acariciando-se, fazendo planos. Ela sentia o coração bater contra o corpo dele, firme como um tambor. Muitos daqueles de quem eles gostavam haviam partido, mas nem todos. O modo de vida que eles valorizavam havia acabado, embora o amor permanecesse. A deliciosa ironia do duque dançando a música rebelde não constituía uma vitória, mas fizera brotar a esperança, esperança de que ali ainda havia uma fagulha a ser acesa que poderia arder no dia seguinte. Uma nação não morreria enquanto seu espírito vivesse. Ela havia conseguido pequenas concessões. Nelas, o jogo se invertera. A vida não pararia. Leis poderiam ser revogadas, eles descobririam novas maneiras de viver. A liberdade era uma ideia, e não podia ser destruída.

Posfácio do autor

"A mulher é metade do mundo"

Margaret Oliphant, 1828-1897

Coronel Anne Farquharson, a lady McIntosh, transferiu suas atividades políticas para a vida civil. Em 1763, foi eleita cidadã livre e chefe do burgo de Inverness. Após a morte do marido, em 1770, mudou-se para Leith, Edimburgo. Quando ela morreu, em 1787, foi enterrada no jardim da igreja de St. Ninian, na rua Coburg, onde uma placa, colocada em 2001, celebra sua contribuição ao levante de 1745. Ao lado, plantaram uma roseira, a rosa branca da Escócia – a rosa jacobita.

A rosa branca rebelde é uma ficção. Apenas fragmentos irresistíveis de sua história sobrevivem. Encontrei o primeiro na obra de Rennie McOwan, *Stories of the Clans*, e procurei por mais informações em *Colonel Anne: Lady Anne MacKintosh*, de F. Macdonald, em relatos originais e em muitas outras histórias. Por trás da perda de importância que sofreu com o tempo havia uma mulher reconhecível, um personagem histórico parecido com a maioria das mulheres escocesas, uma bela guerreira, uma verdadeira ancestral. O mito gerado pela história de que o homem fez o mundo e a mulher sofreu por ele é evidentemente falso e um desserviço para os dois gêneros. Homens e mulheres fazem a história juntos, cooperando um com o outro para defender a sociedade que criaram, não importa qual seja. Os homens de 1745 não eram vítimas, mas autores, participantes ativos da guerra civil da Grã-Bretanha que terminou em genocídio. Contar essa história significa simplificá-la. O tempo foi comprimido no início e no final, a campanha, condensada aos eventos principais, os personagens secundários, fundidos. *A rosa branca rebelde* assume o olhar jacobita, mas ecoa as ações de Anne e de outros atribuídas a eles pelo governo naquele tempo. A necessidade de autopreservação combinada à culpa britânica sobre os atos brutais de pacificação fizeram que seu envolvimento fosse logo reescrito. Mas o duque de Cumberland reporta a captura de Anne, mencionando-a entre "quatro das principais senhoras [do inimigo]". Coronel Anne, *la belle rebelle*, a heroína, uma mulher muito bonita, a divina lady McIntosh, a rebelde sanguinária, espírito masculino, traidora, a maldita bruxa rebelde – ela era tudo isso, uma heroína de 1745.

A anistia foi aprovada em 1747. Monaltrie foi perdoado após vinte anos. Alguns não tiveram a mesma sorte. A proibição contra os trajes das Terras Altas foi suspensa em 1782. Atos abolindo o porte de armas e jurisdições hereditárias continuaram válidos. O sistema de clãs foi destruído, substituído pelo capitalismo. O *status* da mulher foi reduzido, as Terras Altas, esvaziadas, o povo, dispersado.

Em 1997, a Escócia votou em massa para recuperar seu próprio parlamento, estabelecido pela primeira vez desde 1707 em 1999. Talvez a nação também consiga recuperar sua própria história.

Glossário

Gaélico

Ach: Mas, exceto
A ghràidh: Minha querida
Arasaid: 1,8 metro de tartã ou manta usado plissado e amarrado na cintura sobre a roupa da mulher
Bàn: loiro
Bheir me ò, horo bhan o;
Bheir me ò, horo bhan i;
Bheir me ò, o horo ho: vocábulos do coro de "Eriskay Love Lilt"
... o cruit mo chridh': Oh, harpa do meu coração
Cha dèan iad sin: Eles não farão isso
Chan eil! Chain eil idir!: Não é! De jeito nenhum!
Ciod e?: O que é isso?
Co-dhiù: De todo modo, de qualquer jeito, qualquer
Creag Dhubh!: Black Rock! (grito de guerra)
Danns, a Shasannaich!: Dance, inglês!
Dè?: O quê?
Dè bha siud?: O que foi isso?
Fàilte: Bem-vindo(a)
Fàilte oirbh: Bem-vindos (plural/formal)
Fuirich: Espere, fique
Ghràid: Querido
Greas ort: Depressa
Gonadh!: Droga!
Gu dearbh, fhèin, chan fhuirich!: Não vai esperar, certamente não vai!
Gu sealladh orm!: Meu Deus!
Isd!: Silêncio!

Isd, a ghràidh: Silêncio, querido(a)
Isd, no!: Não, de jeito nenhum! (literalmente, "Quieto, não!")
Mo chridhe: Meu coração
Mo ghaoil: Minha querida, meu amor
Mo luaidh: Meu (minha) amado(a)
Na can sin!: Não diga isso!
Nì sinn dannsa, a Shasannaich: Dançamos, Sassenach
Och: Interjeição de irritação
O mo chreach: Oh, querido
Peighinn rioghail: Poejo, espécie de menta
Pòg mo thòn: Vá se catar
Rinn mi a' chùis!: Fiz isso!
Sasannach: Do sul
Sasannaich: Habitantes do sul, pertencente aos habitantes do sul
'S coma leam: Não me importo
Seachdnar!: Sete homens!
Seadh: Só assim, sim
Seadh, a-nis: Então, de fato
Sgian dhubh: Faca de pequeno porte com cabo preto
Sguir dheth!: Pare!
Siuthad!: Vá!/Ande!
Slàinte: Saúde! (usado em brindes)
Slàinte mhòr!: À sua saúde!
Slàn leat, mo luaidh: Adeus, meu amado
'S mis' a tha duilich: Sou eu que sinto muito
Taigh na Galla ort!: Vá para o inferno!/Dane-se
Tapadh leat: Obrigado (informal)
Tapadh leibh: Obrigado (formal)
Tha e crùbach: È coxo
Tha mi na dòchas: Espero
Tha mi sgith: Estou cansado
Tha mi uamhasach duilich: Desculpe-me

Torr-sgian: Espada para cortar turfa
Trobhad: Venha
Trobhad an-seo: Venha aqui.
Uisge beatha: Uísque (literalmente, "água da vida")
Uisge: Água

Este livro foi impresso pela Prol Editora Gráfica para a Rai Editora Ltda.